虎兒

白山黑水三部曲之三

張永軍◎著

（原書名：黃金老虎）

Siberian Tiger

編者薦言

虎子傳奇：真情相依的人與虎

陳曉林

法國名導演雅克．阿諾（Jacque Anol）素以擅拍動物題材的影片著稱於世，早些年引起各方稱譽的《熊的故事》及《遷徙的鳥》固然風格獨特，口碑極佳；二〇〇四年推出的《虎兄虎弟》以兩隻野生老虎的成長與遭遇爲主題，鋪陳出感動人心的情節，更曾奪下當年度全歐賣座冠軍，打敗了好萊塢各部堆金砌玉的商業大片。

如今阿諾積極爭取拍攝華文暢銷名著《狼圖騰》；而在此同時，華文創作界另一部充滿曠野情調的動物小說《黃金老虎》，卻也翩然問世。此作品迥異於《虎兄虎弟》那般以原生態老虎爲主體、而只以人類爲配角的取材方向，乃係以人與虎在高嶺雪原相依爲命的一段真情歲月作爲故事的樞紐，從而抒寫出在當年東北的白山黑水之間，因日本軍閥蓄意布局侵凌或壓榨華人賴以生存的資源，所導致的一連串血淚交集、驚心動魄的傳奇故事。《黃金老虎》，隱含著一段傷心痛史。

曠野上的真情相愛

如同作者在前一部以民初東北爲時空背景的長篇創作《狼狗》，在這部敘事抒情更爲鏤心刻骨的《黃金老虎》中，他也著意鋪陳了當年那些離鄉背井、隻身北上，胼手胝足「闖關東」的漢子，如何在極匱乏、極艱辛的環境中搏命求存。

他們上山伐木、狩獵，下海捕撈、運送，不但隨時可能遭遇危險，乃至喪失生命；而且，由於從晚清到民國，中國國勢江河日下，地方政權膽怯怕事，日本軍閥、浪人步步進逼，致使他們首當其衝，直接暴露在日本強權的刺刀威脅下。這就構成了所謂「場合的悲劇」，而本書主角魯十七遂自始至終都面臨紛至沓來的挑戰。

「闖關東」的漢子與在東北冰天雪地中謀生的外來女人，湊合過無數男歡女愛的逢場作戲，但也演出過不少撼人肺腑的真情故事。出身富豪世家的魯十七來到關外後與淪落爲妓的金葉子相戀，乍看是相當令人費解的荒唐事，細察卻正顯示了他內心的正直與坦蕩。因爲他不僅喜愛金氏的娟美與溫柔，更直覺地認同金氏對真愛的詮釋：只要心裡「不埋汰」（不骯髒），他們的愛情就是純潔的、神聖的；唯有心裡「埋汰」的人，才沒有相愛的資格。在金葉子這裡，飄泊如浮萍的魯十七找到了安頓心靈的港灣，儼然譜出了一曲輕快悠揚的浪漫史。

相依為命的人、狗、虎

然而，金葉子忽然不告而別，且長時期下落不明，魯十七傷心之餘，投身以苦力勞動掙錢、隨時有生命危險的木幫。以他縝密週延的性格、勇於擔當的毅力及臨危不亂的鎮定，在幾年內即脫穎而出，受到幫主的賞識及同儕的愛戴。但他爲迴避幫內的權力傾軋，寧可攜著那隻與他已親暱到形影不離的青毛大狼狗進入深山，擔任倉庫守衛的角色。正是在這時候，他於深山中救下一隻被母虎遺棄、嗷嗷待哺的幼虎；於是，魯十七、青毛大狼狗與這隻從小與他們嬉戲撲咬的東北虎，成爲相依爲命的「三人組」。這時書中洋溢的情調，猶如大自然的原野生態中一闋如歌的行板。

匹夫無罪，懷璧其罪

在深山，魯十七受到木幫長輩「老棒子」的照顧，兩人發展出近乎父子般的情誼；魯十七還目睹了日本武裝浪人率眾追殺一名手無寸鐵的高麗婦人，氣憤填膺下，他利用捕獸的機關與弓弩奮勇搏殺了這批日本浪人。從高麗婦人口中，他親耳聽聞她全家遭到殘殺的慘狀，並得知日本軍方之所以指使外圍勢力及武裝浪人進山搜尋，是因爲山中某處蘊藏了價值極可觀的貴金屬礦脈，日本軍方認爲非將它攫取到手不可。至此，魯十七當然便成爲日方亟欲得之而甘心的眼中釘了。

恰在此時，老棒子傳來金葉子又出現的消息：原來，當初她的父親賭輸巨款，手段殘戾的日本豪強山下小次郎（**以漢名金銅山的身分在東北活動**）強迫她充任姬妾；她因深知愛人魯十七性格剛烈，一旦得知內情，定會找金銅山對決，但金銅山財雄勢大，擁有眾多浪人槍手，她生怕魯十七爲此罹禍，寧可主動離去，不留音訊，讓魯十七認爲她水性楊花，不值得信任。

接著，魯十七又探知，原來率眾殺害高麗女全家的歹徒首領亦正是金銅山，此人有日本軍部撐腰，故而心狠手辣，肆無忌憚。

人為刀俎，我為魚肉

恰在此時，魯十七所屬的木幫因幫主猝逝，陷入群龍無首。幫主生前因夫人喜愛，亦曾餵養一隻幼虎，當下金銅山意圖乘機併吞木幫，遂咄咄逼人地致送「戰書」，聲稱木幫與他有債務糾紛，指明要與木幫「鬥虎」，木幫若贏則債務一筆勾消，若輸則產業全部歸他所有。幫主夫人曾對魯十七青睞有加，爲了抗拒外侮，魯十七即使兩肋插刀也在所不惜；更何況，鬥虎的時候，金銅山當著魯十七的面儘情羞辱金葉子，衝突發生後又一槍擊殺了與魯十七形影不離的青毛大狼狗…

金銅山贏得鬥虎，是因爲他手下的武裝浪人爲搜尋貴金屬礦場，在山中誘捕了魯十七所養的「虎小弟」。但在衝突現場，魯十七雖被金銅山率眾圍捕得手，「虎小弟」卻在魯十七的指示下飛快逃離。

虎子傳奇：蒼茫人世的魔幻影射

金銅山爲了取得礦穴的確址，不得不依照魯十七的條件，帶同金葉子一起進山。屆時，木幫兄弟在魯十七安排下紛紛逃脫日本浪人武士的毒手，而金銅山及其核心親信則在「虎小弟」的伴攻下，終於逐一喪生在魯十七布置在崇山野嶺的狩獵弩箭下。血債血還後，心地坦蕩的魯十七與金葉子飄然離去，留在山中的「虎小弟」則成了魯十七口中的「虎兒子」。臨去秋波的情節，實有如一段耐人尋味的傳奇——關於真情相依的人與虎，在白山黑水間一舉了結恩怨情仇的傳奇。

一方面是高度的寫實，且運用了泥土味、草根性的東北方言爲敘事情節平添真實感；另方面卻以酷烈、血腥的情節營造出魔幻似的虛構意味：《黃金老虎》所鋪展的傳奇，與當代拉丁美洲某些魔幻寫實名著，例如馬奎（Gabriel Marques）的《百年孤寂》大有異曲同工之妙。

其實，在一定的程度上，只要是寫得成功、寫得精彩的傳奇，幾乎都帶有魔幻色彩。

虎，東北虎。東北虎是一種記恩記仇的猛獸。

如果你救助過一隻東北虎，東北虎會記著你的恩惠；

如果你打傷過一隻東北虎，那麼恭喜你，你就會成為這隻東北虎捨命追蹤的獵物。

東北虎在猛獸中是最懂得報仇的……

CONTENTS

小說中常出現的名詞

編者按：本書因以東北大漠為故事背景，故書中常出現許多東北方言及特殊名詞，茲將其明列說明如下，以便讀者在閱讀時更為瞭解。

*貓冬：躲在家裏過冬。

*嘮嗑：談天、閒聊。

*綹子、鬍子：土匪、強盜。

*這疙瘩、那疙瘩：這裡、這地方；那裡、那地方。（例：「你那疙瘩的？」指你是什麼地方的；「上那疙瘩去？」指上哪兒去。）

*「整」東西、「整」錢、「整」房子：弄妥、擺平之意。

*媳婦：指妻子。

*暗門子：暗娼。

*搗：做。

*急眼：生氣、翻臉。

*叫號：挑戰、挑釁。

*忽悠：唬弄；唬爛；吹噓。

*草雞：形容人膽小軟弱或畏縮洩氣了。

＊老鼻子：形容很多、很長、很久。

＊哈拉子：口水。

＊木幫：伐木、放排的人結成的幫派。頭領稱為把頭。

＊地倉子：低矮的茅草屋（有四分之一地下式的和半地下式的）。用土打（夯實）的牆，茅草壓的頂。

＊埋汰：齷齪、骯髒、諷刺、挖苦、擠兑、打擊。

＊麻溜：迅速、麻利。

＊二人轉：東北的地方戲曲，通常演員為一男一女。

＊掐架：打架。

＊貓起來：躲起來。

＊苞米麵粥：玉米粉粥。

＊槽子會：吃水上飯、吃山上飯的人的具有江湖味道的組織。

＊買呆：指沒事閒看。

＊邪虎（乎）：指本事、聰明、鬼點子多的人。

＊軲轆杆子：指獨身一個的小夥子。

＊傻了巴嘰：指腦子不聰明。

第一章　招套

鐵七在幾棵白樺樹的空隙間看到了生平見到的最大的熊。鐵七瞇了下眼睛，心一下飄升起來，頭皮傳電般滾過一絲涼意，眼前龐大的熊的棕紅色濃密的毛在夕陽下、在北風中像飄動的火，熊的發紅的目光和鐵七目光相撞就使鐵七打了一串冷顫……

《狼狗》

1

隨著冬季的深入，鴨綠江漸漸變得平靜溫順了。

這條起源於長白山天池，又因江水酷似野鴨脖子的顏色而得名的江也就進入了貓冬（躲在家裏過冬）的時期，流向黃海的浩蕩江水慢慢不見，鑽到冰層下面去了。

在鴨綠江原來的水道上，取而代之的是雪道。平坦坦、雪絨絨彎曲盤轉向前，從長白山的山裏一直延伸出去，待到來年春季轟隆隆開江，冰排出現，鴨綠江的生機也就會再一次出現。

每年進入初冬十月，幹山場子活的木把們就進山「開套」了。進入長白山林海裏伐木的都是男人，這些人有個俗稱，叫「木把」。他們是一幫一幫的，結成的幫也就叫「木幫」。領頭的木把叫「把頭」。他們的東家叫「大櫃」。他們進山去幹伐木的活，就叫去幹山場子活。所謂「開套」，就是指木把們開始進山伐木幹活了，一般是在十月份。到了次年二月，通常是指春節之前，就到了「掐套」的時間了，也就是指這一季的山場子活幹完了。在掐套的那一天，木把們從山裏出來，從東家二櫃手裏結算完這一季的工錢，就找地貓冬過年去了。

當然，有幹山場子活的木把，也就有幹水場子活的木把。幹水場子活的木把又叫「老排」，也就是沿鴨綠江水路放木排的排工們。他們也是木幫的人，往往和幹山場子活的木把是同一夥的。

待到山場子活掐套後，時間進入同年春季，鴨綠江開了江，水場子活也就開始幹了。老排們需要在春夏季把冬季山場子活伐下來運到江口的原材串成木排，沿鴨綠江水路放出山去換成大洋，這一季的水場子活才算結束。

同時，在水場子活結束後，待到十月，下一季的山場子活也就開始了，也就是又一次「開套」了……

2

昨晚的一場大雪把鴨綠江兩岸的山川叢林又增加了一層近尺厚的雪絨，這場年前降下的大雪下到臨近午時才漸漸小了，片片朵朵的大雪花變成了細細碎碎的小雪粒，也預示著一個寒流將在春節前後來臨。

鴨綠江畔南岸有個木場，被稱爲六道溝木場。這會兒，在六道溝木場裏等待東家大櫃依爾覺羅·和六的木把已聚集了四五十個了。

木把們的衣著還挺統一，頭上大都戴著長毛的狗皮帽子，身上也大都穿件老羊皮襖，又都在腰上用布帶子或草繩子扎實了，腳下穿的鞋更統一，都穿著牛皮製作的十個褶的或八個褶的靰鞡鞋。大多數木把穿的老羊皮襖和靰鞡鞋都磨損得破破爛爛的。這些木把聚成星散的幾堆，每堆又各有不同：有坐在原材上抱著膝蓋打瞌睡的，有坐不住冷了站起來走動的，也有坐著發呆的，有三兩個蹲在雪地裏吸煙鍋嘮嗑白話女人的，有圍一大圈叫喊著在扒犁上叮噹砸大洋賭錢的。

六道溝木場的南面有一排木刻楞，就是用原木一根一根刻在一起建成的住人用的木製房子。大點的木刻楞又叫霸王圈。在那一邊，正有幾個木把從一間木刻楞裏抬出幾口大鐵鍋，把大鐵鍋架在搭起的爐竈上，在大鐵鍋裏裝上雪，準備燒化了用雪水刷鍋。還有幾個木把忙著掄開山斧咔咔地把鋸成一段一段的原木劈成燒火用的柴瓣子。等到午時，東家大櫃來時要用大鐵鍋煮食物吃掐套飯。

一架大黑驢拉的扒犁，慢悠悠地從六道溝木場外面的那條彎彎曲曲的扒犁道上下來了，驢拉扒犁上是四個最後從乾飯盆林場出山的木把。魯十七和老棒子背靠背互相支撐著坐在驢拉扒犁上晃，都不說話。這一小一老兩個傢伙是睡著了。在魯十七和老棒子的腿邊擠著一個躺著的木把，他是這架驢拉扒犁的主人，叫孫吉祥。駕驢拉扒犁的木把是道爾吉。

拉扒犁的大黑驢在這條扒犁道上拉原材走久了，根本不用道爾吉吆喝，拉上的四個人也沒一根原材重，自然走得順順當當的。道爾吉坐在扒犁的前面，一副半睡半醒的樣子。道爾吉右大腿旁邊就是大黑驢的黑屁股，道爾吉就時不時地瞄一眼黑屁股，又閉上眼睛去想另一面屁股，是面女人的屁股。那女人是道爾吉去年掐套後在望江屯找到的一個靠。所謂的「靠」，在木把們的嘴裏說出來都是指女人。有靠嗎？是指有女人嗎；找到靠了嗎？是指找到女人了嗎；我有老靠，是指我有老關係的女人。靠也是指和女人發生性關係。例如，我和這個女人靠過，就是指我和這個女人睡過；上去靠女人，就是指上去睡女人。

道爾吉去年找的那個靠，是個生完三個孩子還不滿二十一歲的女人，人長得奇醜也奇黑。但從背後靠那女人，再閉上眼睛，也就能接受了。那女人看不見你閉眼睛靠她，也就不算不尊重她。道爾吉和那女人的頭一次就是這樣靠的。但即便是這樣的黑皮女人，在木把們的眼裏，也是不易得到的，也是值得花大把大洋去靠的女人。因爲那女人有一大暫時的優勢，就是年輕。整好了，那女人又願意了，給你生起孩子來不像下餃子似的？這才是道爾吉去靠那女人的真正心願。

道爾吉又看了眼靠在右大腿邊一步一晃悠的黑驢屁股，又想了一下那女人的黑皮屁股，心有所感了，抬手輕輕揉了揉大黑驢的黑屁股，嘟噥：「你這黑傢伙和那女人像一個黑皮爺們靠出來的姐妹！」

大黑驢被揉了屁股就快走幾步，長耳朵向後轉，似乎想聽道爾吉的下一句話，但沒聽到，因爲道爾吉沒嘟噥第二句話。道爾吉瞄著黑驢屁股暗暗下著決心，就是一會兒見了東家二櫃結算了大洋，就去望江屯找黑皮女人，先按倒翻過來從後面狠狠靠幾次，然後擱下大洋和黑皮女人的丈夫攤牌，求黑皮女人的丈夫答應准他介入，讓他道爾吉介入拉邊套。

所謂拉邊套，是東北早期山裏人家的一種婚姻習俗，一般是指本家的男人病了殘了養不了家口了，這時候就需要女人去找個肯進家的男人進她的門。這種情況一般來說本家丈夫都是同意的，也就是說同意和另一個男人合用他的妻子。這也是拉邊套能成立的重要支點。這個肯介入拉邊套的男人就負責幹活掙錢養家口。就像一駕大車有了駕轅的馬，車太重了拉不動了怎麼辦？就在轅馬的旁邊再拴一匹馬幫忙。

但是，這種婚姻多以悲劇收場，而且拉邊套的男人和女人生了孩子，孩子不能算拉邊套的男人的，而算本家丈夫的，得管本家丈夫叫爸。這也是這種姻緣往往不能圓滿的原因之一。

道爾吉惦記的黑皮女人的丈夫，在幾年前的一個冬天，跑鴨綠江上破開厚冰用魚鉤釣鰉魚。那丈夫釣到了一條大鰉魚，往上拽時，反被大鰉魚一下子拽倒了，又一滑滑進了冰窟窿，好在那丈夫水性好，居然沒被冰下的水流沖走，硬是從冰窟窿裏爬了出來。卻也壞了，那丈夫一身水一爬上光溜溜的冰面，就抬腿往家跑，但跑不幾步，靰鞡鞋底的水少了，也就在踩冰跑時被冰黏住了，又跑得急切，一隻腳從鞋裏脫出來，人也一下摔倒了，整個人大字形趴在了冰面上，在衣服上的水和冰的交合下，整個人被凍在了冰上，也就動不了了。直到有路人聽了救命聲又叫了其他人，用了挖杠才把那丈夫從冰上挖鬆整下來，抬回家後，緩過氣了，那丈夫也癱瘓了。他一家連他帶三個小崽子就靠黑皮女人養家了。黑皮女人就每年在木把掐套時，招一個看上眼的木把靠上掙大洋了。道爾吉也是這樣在上一季掐套時被黑皮女人招到炕上的。

而現在，道爾吉打定了拉黑皮女人邊套的想法，心裏呼呼就從嗓子眼裏冒了火，擔心這次去晚了，黑皮女人的大炕上已經睡著另一個木把了。到那時道爾吉要想和黑皮女人的男人打商量拉邊套成個家，就得等另一個木把離開之後了。

道爾吉心裏著急，精神也就好了些，抬手用老羊皮手套抹去掛在眉毛、鬍子上的串串凝霜，又大力地揮手拍了大黑驢的屁股，嘴裏還衝出一句：「媽的孫吉祥，你媳婦的腳變懶了。黑毛媳婦你他媽快點！」

孫吉祥睡著了不吱聲。大黑驢打了個響鼻，衝掉掛在鼻孔旁的幾串凝霜，就加快了速度。道爾吉又把眼睛閉上，去想黑皮女人的黑皮屁股了。

驢拉扒犁的後邊，在一大片雜樹林裏，無聲無息地鑽出一條青毛大狼狗，青毛大狼狗的個頭出奇的大，大得都不像狗了。

青毛大狼狗的身上掛滿霜花，嘴裏叼著一隻灰毛大兔子。青毛大狼狗跑上扒犁道，抬頭看眼前面的驢拉扒犁，就叼著灰毛大兔子揚起腦袋奔跑追來，追到驢拉扒犁的後邊，就一躍跳上扒犁，把灰毛大兔子輕輕放在魯十七的腳邊。青毛大狼狗又跳下扒犁，跑過大黑驢，向前面鴨綠江邊的六道溝木場裏快步跑去了……

3

沒多久，大黑驢拉的扒犁停下了，到了六道溝木場。

道爾吉從扒犁上下來，把狗皮帽子摘下來在身上摔打幾下清除了浮雪，又戴回腦袋上，回頭衝著扒犁說：「棒子叔、十七哥醒醒吧，再睡就凍死了。黑毛媳婦走的他媽太慢了，昨晚準叫孫吉祥靠舒服了，要不孫吉祥能累得睡死了？」

道爾吉把大黑驢叫成孫吉祥的媳婦，是因爲有木把說，孫吉祥晚上總跟大黑驢靠那事兒，道爾吉才總開孫吉祥玩笑的。

孫吉祥卻不理會這些有臭味的流言。因爲有驢、尤其有母驢的木把，對母驢操心的事就多。在一百二三十天見不到女人的日子裏，爲防止有的木把憋不住去偷偷靠母驢，也真得把母驢看護好了。

老棒子先醒了，抬起手揉揉眼睛，把腦袋抬起來瞇縫了眼睛看看透出片藍色的天，說：「這一覺睡得挺結實。壞了，壞了，這不是午時了嗎？那些原材怎麼還沒歸置好？」

老棒子這一活動，和老棒子背靠背睡覺的魯十七也就醒了。他打個哈欠蹲起來往扒犁下看時，看到腳邊的灰毛大兔子，就抓在手裏。他用兔子敲打孫吉祥的屁股，於是蜷成一團還打鼾的孫吉祥也醒了，屁股動了動，翻個身坐了起來。魯十七才拎著灰毛大兔子下了驢拉扒犁，不理會亂糟糟圍過來問事的木把們，也不理會老棒子在嚎叫，瞄著一隻生著了火的大鐵鍋走過去。魯十七是餓了，想去烤兔子肉吃。

老棒子是這一大堆木把中的大把頭。這會兒，老棒子站在驢拉扒犁上喊：「這他媽的都幹什麼了？就他媽那麼急著去啃女人的臭屁股？褲襠裏的臭棒棰再翹他媽的也不差這一會兒。快點，把原材都歸攏整齊了。陳老五，你他媽的帶個頭。」

陳老五是個小把頭，是帶著十幾個木把在山場子活開套時來投奔老棒子的。陳老五從一堆正嘮嗑的木把裏站起來喊：「老棒子，你看看這天都幾時了？兄弟們這個時辰摸不著大洋有屁力氣幹活？你說，東家大櫃幾時來？東家大櫃前腳一到，我陳老五拍胸脯打包票，半個時辰就都歸攏好了。是不是兄弟們？」

陳老五的那一幫木把就喊對，就是這個理。

老棒子瞧著一大片丟得亂七八糟的原材，知道這是陳老五的那幫木把擔心過了時辰拿不到大洋，散了心整出的麻煩，就說：「陳老五，瞧你他媽那點德行，一塊大洋看得比你媽的奶子還大。你也不打聽打聽東家大櫃是誰？就他媽的壞規矩。有你這樣幹山場子活的嗎？今天雪遮陽，東家大櫃趕錯了時辰也正常。等下次開套看老子要你。孫吉祥你帶兄弟們歸攏了，歸攏一根原材扣陳老五大洋一塊，你們攤分。」

孫吉祥嘿嘿一笑喊：「行，好事呀。咱們兄弟接手了！」

陳老五見孫吉祥招呼另一幫木把要動手，就軟下來，說：「得，得，老棒子，我聽你的還不行嗎？我和你逗句嗑子歇口氣，沒說不幹哪。哭了一百零七回了還差這一回？你大把頭的氣量太小了吧？還當真了。兄弟們，歸攏好了給老棒子瞧瞧，人家可是把著大把大把大洋的大把頭。」

老棒子見陳老五帶著他那幫木把幹活了——把近幾天從山場伐下、又用驢拉扒犁拉到六道溝木場的原材歸攏一起垛成垛，這也是掐套的最後一點活了——老棒子的心裏也不太踏實了。東家大櫃這次真的來遲了，這是從前沒有過的事兒。木把們開套上山拚死拚活苦幹一百二三十天，盼的就是掐套這一天拿上大洋好走人過年貓冬去，哪怕晚半個時辰拿大洋也會不舒服。這一點身為大把頭的老棒子可以說比誰都理解。可是東家大櫃這回是怎麼了？人不見來，也不見那拉．吉順二櫃的人影。會不會是東家大櫃出什麼事了？

老棒子又抬頭看天，天空上灰白色退去一大片了，露出一大片淺藍色。雪也停了，起了北風，午時也已經過去了。老棒子往木刻楞那邊看，大柴瓣子垛了大垛也備好了，幾隻準備煮食物吃掐套飯的大鐵鍋也都架竈上燒上水了。這一切和往年一樣，都早早等待著了。

老棒子皺皺眉，就看到魯十七坐在一段原材上，用木棍串了扒去了皮的兔子，伸進大鐵鍋底下的爐竈裏烤兔子。青毛大狼狗坐在魯十七的身邊，半張著嘴，兩個眼珠直盯著魯十七伸進爐竈裏的兔子。老棒子想到魯十七和青毛大狼狗平時的怪異，臉上就露出笑紋了。看著道爾吉湊過去坐在了魯十七身邊，老棒子就知道魯十七的兔子差不多烤熟了，也感覺肚子有點餓了，就走過去拉過一塊柴瓣子當座墊，在魯十七身邊坐下了。

魯十七瞧瞧老棒子，撕開一隻兔子後腿給了老棒子，另一條兔子後腿給了道爾吉。青毛大狼狗眼看兩次都沒輪到牠，就急了，嘴巴前伸，衝魯十七「汪」就叫一聲，又吱叫一聲，又搖下尾巴。

魯十七說：「你這臭傢伙見了吃的就像見了叫春的母狼，馬上就追，一會兒都等不得。給你，撐死你得了。」

魯十七把兔子腦袋連帶脖子撕開給了青毛大狼狗。大狼狗又晃下尾巴，叼著兔子腦袋趴下就開吃。

魯十七分完了，才吃烤兔子的兩條前腿中的一條，說：「這東西挺香，要有口酒就著就更好了。」

道爾吉說：「就是，我早就饞酒了。棒子叔，東家大櫃和那拉．吉順二櫃這是怎麼了？怎麼還不來？我嗓子眼裏都著急上火了。」

老棒子歎口氣，扭頭瞄了瞄木場外的扒犁道，沒說話。老棒子吃東西不像道爾吉，老棒子小時候在南海大東溝高麗屯家裏挨過餓，差點餓死，後來吃東西就仔細，能把一根骨頭啃得乾乾淨淨的。

道爾吉說：「十七哥，你怎麼不著急？今年有了大洋我勸你也去找個女人靠靠。不然那根棒棰就只會撒尿了，就沒別的用處了。」

魯十七皺了皺眉頭，他的胃口一下子被道爾吉整沒了。魯十七歎口氣，把手裏的另一條兔子前腿丟給青毛大狼狗。道爾吉就知道又一次說多了，又一次不該和魯十七提靠女人了。可是道爾吉總是在說完了才想起不該和魯十七說靠女人的話題，就扭頭不好意思地看看魯十七嘿嘿笑笑。

老棒子抬頭瞪了道爾吉一眼，說：「靠女人靠女人，你小子的破嘴就離不開靠女人。老十七和你小子一樣嗎？咦？」

老棒子說著突然站起來，向北邊山裏的雪坡上看，又向前跑幾步，又掉頭喊：「老十七，你快看看跟在狗拉扒犁邊上走的是東家大櫃嗎？」

魯十七站起來看看說：「是他，圍著狐狸皮大氅的人就是依爾覺羅．和六。還有兩個隨從都背著漢陽造快槍。」

道爾吉說：「依爾覺羅．和六的扒犁上拖著獵物，他打到大牲口了。扒犁上好像沒酒啊。我操，今天的招套飯要是沒酒就他媽沒勁了。」

老棒子一路小跑，跑出六道溝木場迎過去。在一片灌木叢裏跑不利索摔倒了，再爬起來就黏了滿身滿臉的雪，惹得走近的依爾覺羅．和六哈哈笑。

這一大堆木把的東家大櫃叫依爾覺羅．和六，是個五十出頭的白臉漢子，據說祖輩中出過幾個當道台、府台、當總兵將軍的人物。當然，真的假的沒人說得清。依爾覺羅．和六是臨江藍旗屯的屯主，在臨江城裏擁有許多商號，和官家有交情，和山裏的綹子（土匪）也有交情。依爾覺羅．和六的勢力大，長白山裏樹木最豐富、地名叫乾飯盆的林場就只能是依爾覺羅．和六的。也只有依爾覺羅．和六這樣有勢力的人，才能在官家設在鴨綠江口的木稅局裏交上木排捐，才能拿到乾飯盆林場的排票。有了排票才能伐木，才能做木材買賣。所有幹這一行的勢力人物都知道乾飯盆出好材，原因是乾飯盆的自然環境優良，乾飯盆地勢如地名，是一大圈山山嶺嶺圍繞的盆地，氣候、土質等等的自然條件使那裏盛產紅松。這種木材是東北區域的重要木材，自然的，也比其他種類的木材更值銀子。現在乾飯盆在依爾覺羅．和六手裏十幾年了，每年給依爾覺羅．和六進大筆的大洋，其他勢力目前只有乾眼紅的份兒。

老棒子不是滿族旗人，也不是漢人，也不是高麗人。老棒子自己說他應該是高麗人，因為他爸爸是高麗人，但他媽媽是漢人，就叫他當漢人，他就成了身具幾個民族血統的人。老棒子見了滿族旗人的東家依爾覺羅．和六自然也要請安，那是滿族人喜好的禮節。然後老棒子陪著依爾覺羅．和六走進六道溝木場去看原材。依爾覺羅．和六的兩個隨從，趕著狗拉扒犁奔大鐵鍋去了。一堆木把也被狗拉扒犁上拉的老虎吸引了，就圍過去看。

依爾覺羅．和六邊走邊說：「老棒子，今年爺又賠掉了幾百塊大洋。扒犁跑坡真就治不了嗎？爺可不想年年都有人死。」

老棒子歎口氣，說：「驢扒犁拉原材下山，上大坡下小坡一般都沒事，可一旦下大雪坡，多小心也不成。扒犁道上來回走幾回雪就磨滑了，有時還有冰，下坡時收不住勁就壞事。咱這幫裏有經驗的老木把碰上扒犁跑坡也還能對付。黃老二黃老三兄弟倆是新木把，在扒犁下大雪坡時黃老三的挖杠沒收住扒犁尾，扒犁一滑甩屁股打了橫，驢扒犁上的原材散了架，原材滾了坡。扒犁頭的黃老二躲不及摔倒了，原材從身上滾過去，黃老二當時就死了。這是山神爺留人，也是咱木把的命，和六爺你就別往心裏去了。還是和六爺的福氣大有財運，今年咱們盡整好材了，有二百八十八件（按現代計算方法約合六百到六百五十立方米木材），正好兩張大排，比上季多整下山不少呢。」

依爾覺羅．和六說：「好！老棒子，爺不怕賠大洋。爺記上你的好處。本來爺還想今冬雪大，怎麼也得碰上幾次『羅圈掛』，幾次扒犁跑坡，死個三五七個木把。還行，就碰上他媽的一次扒犁跑坡，就死了一個木把，比上一季死了兩個殘了三個強。看來不但爺有福氣，你老棒子也長了本事。」

老棒子說：「哪呀！我長不了本事了。長本事的是老十七。這傢伙想了好多個招，改變了咱們以前的伐木法子，要命的『羅圈掛』就碰不上了。比如老十七伐木，叫三個人一組，先在原材上支一根長杆，讓一個木把按著長杆支牢了，另兩個木把再伐樹，伐口做好了，伐樹的兩個木把從樹下撤出來，按長杆的一個木把喊一聲：順山倒啊！一使勁壓長杆，樹就順山倒了。」

依爾覺羅．和六感興趣了，哈哈笑。

老棒子又說：「還有啊，和六爺，老十七帶木把伐樹，先選好要伐的樹，卻不先伐，而是分層次，分先後，把可能礙事的樹先伐倒，再伐選好的樹，比以前順溜多了。」

依爾覺羅．和六說：「老十七那小子，我一打眼就知道是個邪乎人。老棒子，你的本事都傳給老十七了吧？」

老棒子笑笑說：「是啊，和六爺吩咐了，我敢不傳嗎？這三年下來，老十七行了。山場子活沒得說。

住山裏久了，這傢伙打獵也行了，比上了這疙瘩的滿族獵戶。可是呢？老十七就是不沾水，水場子活老十七不沾邊。興許老十七是個旱鴨子，怕木把知道嘲笑才不幹水場子活。」

依爾覺羅．和六笑笑，用眼睛四下找魯十七。

老棒子說：「還有啊，和六爺，我和你說過了。老十七的媳婦不是沒影了老十七才進長白山當木把的嗎？我也不知道老十七的媳婦是怎麼沒影的，是幹什麼的，老十七不說。可老十七心裏的疙瘩總也解不開。現下這傢伙又他媽好賭了，瘋了似的，掙的大洋都砸大洋輸沒了。」

依爾覺羅．和六說：「是嗎？這事兒爺記得你說過。不就丟了個小媳婦嗎，老十七還放不下？我就不信了。你叫老十七過來我問問。」

老棒子哎了一聲，卻不動地方，眼珠往大鐵鍋那邊看。依爾覺羅．和六也就順老棒子的眼光看到魯十七了。披著老羊皮襖的魯十七戴的帽子與其他木把的帽子的質地不同，是大山貓皮的。這會兒大山貓皮帽子的帽耳朵是翻上去的，在腦袋上翅膀似的扇乎著，魯十七和幾個木把蹲在扒犁上吆喝著砸大洋賭錢呢。所謂砸大洋賭錢的玩法極簡單，就是先用石頭、剪子、布決定誰先下一塊大洋。你若要人頭，就把大洋人頭的那一面放地上，字的一面朝上。然後另一個人用一塊大洋砸下去，敲得地上的大洋翻個身，人頭朝上，也就贏了。如此反覆。

依爾覺羅．和六看魯十七喊得正歡，就笑了笑，說：「不嫖女人、不賭大洋的一個人，說變真就變了。」

老棒子說：「和六爺，老十七沒全變。老十七就賭砸大洋，他不嫖女人，也不進屯子找女人靠。一招套他就一個人帶一條狗在山上待著守林場。」

依爾覺羅．和六說：「老十七真是中了情毒了。他和咱們這疙瘩的人怎麼就是不一樣呢？邪乎得很。老十七沒影的媳婦你見過？長什麼樣？」

老棒子說：「我可沒福氣見，我不知道那女人長什麼樣兒。看十七迷得那樣，想來長得差不了。咱老十七長得好看啊，不長小鬍子往女人堆裏一站，你一打眼就看到老十七好看。他長得就像個好看的俏姑娘。」

依爾覺羅．和六也就笑了，說：「老十七長得那小樣兒真是好看。若爺喜歡那調調兒爺就娶了他。可惜爺不喜歡男人。老棒子，爺說個正經的事，你看老十七多久才能接了你的大把頭的斧把？才能挑起大樑？」

這話依爾覺羅．和六問得突然。老棒子雖然心裏知道有這一天，但現在確實沒準備好怎麼回答，心裏也慌張了，一下子衝上了咳嗽，就低頭咔咔咳幾聲，也就紅頭漲臉說不出話了。

幹木把的活，包括山場子活和水場子活，就算是個把頭，整不好到頭來也是窮人。因爲大多的木把都是沒家、沒女人的人。木把如果有了自己的家和女人，能和自己的女人過日子，這個木把就是最有福氣的木把。而且大多數木把不是本地人，多是從山東、河北、河南、山西闖關東過來的獨身漢子，都指望掙些大洋回關裏老家。也有朝鮮過來的人。這樣的人掙了大洋走到哪兒都是女人、鬍子（強盜）下手的人。大洋來得兇險來得快，去得更快更兇險。往往他們十幾年、幾十年在山裏熬過來了，儘管曾經有過許多的女人，但還是沒有錢，更談不上有錢回關裏老家養老了。一旦他們人老了沒東家雇用了，他們的悲劇就開始了。能留下後人的木把也沒用，那多是拉邊套的木把，留下的後人也不是他的，也不會管他。如果他們年輕時沒留出養老的大洋，他們最難的日子也就到了：回關裏老家沒錢走不了，留下又沒力氣幹活。這種種的難處也是老棒子的難處，也是老棒子突然咳嗽的原因。

依爾覺羅．和六等老棒子咳完了，等老棒子直起了腰，依爾覺羅．和六說：「老棒子，你幫爺辛苦了十三年了吧？」

老棒子說：「是啊！我十幾年前帶的那百十個木把兄弟裏，分開另起爐竈的不算，留下的跟我進乾飯岔給和六爺幹活的老兄弟死了十七個了。七年前那回，咱們兩串大木排放到馬面石哨口，我帶的那串木排撞了礁炸了排起了垛，垛高得像座石峰，我的六個老兄弟掉水裏人就沒了……」

依爾覺羅・和六說：「我知道，那六個木把是被起了垛的木排砸死了，掉水裏自然上不來。你是命大的，掉下水卻沒事。」

老棒子說：「是啊！我掉下水游上來，看見我腦袋頂上全是一根根連在一塊兒的原材，整個江面十幾丈蓋滿了原材。我的頭沒法出水面透氣，快憋死了。但我想了個招，把兩根原材分開了條縫，把嘴貼上去吸到了氣，才從一大片原材下面游出來了。和六爺，那一次我就算死了，是沾了爺的福氣才多活了幾年，才能把這點本事傳了老十七。和六爺，老十七在山場子管事行，可以挑大樑。和六爺放心吧。」

依爾覺羅・和六扭頭看看老棒子，完全懂得老棒子話裏的意思。依爾覺羅・和六笑笑說：「老棒子，你對爺的瞭解還差點。爺和你說這句話之前，就在藍旗屯裏給你起了房子了。你把你的老靠整來，那房子就你和老靠住。那房子是三間正房，你的老靠帶幾個崽子來也住得開。你那老靠要是就喜歡你的大洋不跟你來，爺再想法子給你整個老媽子靠上，爺打算養你老。」

老棒子愣了一愣，臉色發紅，激動了，說：「我信和六爺，請和六爺你也信我。我還能進山下江幹幾年，等我自己知道不行了再投奔和六爺養著。」

依爾覺羅・和六說：「行，先這麼著吧。那拉・吉順那小子怎麼還沒到？這傢伙再晚一會兒，就吃不上老虎肉了。」

剛剛老棒子的眼睛光盯著依爾覺羅・和六了，根本沒看狗拉扒犁上拉的是什麼獵物。反正老棒子知道，依爾覺羅・和六除了離不開女人，最喜歡的就是打獵。每年在大雪封山的時期，都帶上狩獵隊進山打圍。所以在老棒子看來，這次依爾覺羅・和六能獵隻老虎回來也屬平常。因為大雪封山了，不論多厲害的野獸都失去了自然的保護。在雪地裏行動，腳印是暴露的，也就容易捕獲。

老棒子說：「和六爺，你先去火邊待著烤火，去木刻楞裏喝口水歇口氣更好。我去叫這幫傢伙把吃食整乾淨些。」

依爾覺羅·和六點點頭，卻沒去他自己每年來都要住幾天的木刻楞裏歇著，而是獨個走著看一根一根垛在一起的紅松原材。在他看來，這一堆堆的原材，也就是一堆堆的大洋。

老棒子向做飯的那幾個木把走過去，吩咐小把頭曹叫驢子帶人再洗洗大鐵鍋。去鴨綠江裏砸個冰窟窿挑乾淨的江水，不能用雪燒水。又吩咐趙大勺子別把老虎肉、麅子肉做出腳丫子味，叫和六爺吃了噁心。又叫陳老五洗內臟洗乾淨，別落下腸子裏的屎。

陳老五卻說：「老虎肉裏有點屎怕什麼？老虎腸子裏的屎也是肉變的。我洗麅子的肚子再仔細些就是了。」

陳老五的話逗笑了依爾覺羅·和六的隨從烏日樂。烏日樂笑著直起腰歇了口氣，就和陳老五動手扒下了老虎的皮。兩個人用大板斧肢解了老虎，垛得一大塊一大塊的丟進大木盆裏，然後叫曹叫驢子拽過去把粗壯的老虎骨頭用短刀剔出來，再洗洗，就由趙大勺子連骨帶肉丟大鐵鍋裏煮，再丟一包粗鹽進去，就等著煮熟了開吃。

老棒子看了看老虎的皮，說：「這傢伙不小，有三百斤吧？怪可惜的，牠怎麼是隻母老虎，奶子還挺大。」

烏日樂嘿嘿樂了，說：「行啊老棒子，好眼力。看老虎的奶子就知道公母，你行，你邪乎。那你再猜，母老虎是獨個的還是一窩的？」

老棒子和烏日樂說話的時候，魯十七又一次輸光了身上的大洋也走過來，蹲下看看摸摸老虎的皮毛，也在聽老棒子怎麼猜。

老棒子說：「我猜這隻母老虎是獨一個，牠若是一窩，和六爺絕對不會傷害牠。和六爺什麼人啊，能傷害帶著小獸的母獸嗎？」

烏日樂嘿嘿笑說：「叫你猜中了一半。咱們發現的是一隻紅黃毛的大公虎。咱們追跑了大公虎，才看到大老虎壓住咬傷的這隻母老虎，還有一隻被大老虎咬死吃掉的小老虎，小老虎只剩下個腦袋和四肢被去在雪窩裏。爺說，準是大公虎闖進了這隻母老虎的地盤，咬死吃掉了一隻小老虎。按說帶小老虎的母老虎發現大公虎就會帶著小老虎避開，一般發生不了搏鬥，母老虎鬥不過公老虎，就算被吃了崽子也不敢和公老虎爭鬥。那爲什麼這次爭鬥了呢？老棒子你知道嗎？」

老棒子說：「山裏雪太大，老虎獵食也難。那隻大公虎一準是把這隻母老虎的另一隻崽子當成了獵物追蹤捕殺。這隻母老虎帶著的崽子絕不是一隻，應該是兩隻或三隻。母老虎和崽子逃不掉，才和大公虎拚命的吧？」

烏日樂說：「嘿！老棒子，你真他媽的牛皮。你猜對了。爺也這樣說。大公虎被咱們趕跑了，母老虎傷太重，被大公虎咬開了脖子，活不了了，就死了。爺說虎死留皮，就叫咱們把母老虎拖下山了。老棒子，下面的事你就猜不到了。爺精得像如來佛，想到了這母老虎可能還有沒死的虎崽子，爺就帶獵狗找，就真的在幾棵風倒樹的下面找到了一隻小老虎，還是公的小老虎。捉小老虎爺費了大氣力，但爺那高興勁媽的就別提了。嘿！爺神吧？」

聽到這裏的魯十七抬頭問：「烏日樂，你們捉的小老虎呢？有多大？和六爺想怎麼整？」

烏日樂說：「老十七你不知道，爺老早就沒東西玩了。現在好了，爺抓了小老虎就想養大小老虎當獵犬用。小老虎叫那拉．吉順那小子帶著先走了，送回藍旗屯了。這就是爺這次掐套來晚的原因。」

湊過來聽了半天的道爾吉插話說：「用老虎打獵，這挺新鮮。要是我說還不如用老虎當馬拉扒犁用呢，要不當馬騎著跑也行。就像說書人講的神仙那樣了。」

不知爲什麼，烏日樂見了道爾吉就煩。這兩個人曾經同在一張木排上跑過南海。南海是從長白縣鴨綠江畔開始至丹東的放排最終的目的地。這條鴨綠江至丹東大東溝江口的水路在民間叫南流水。而北流水是走松花江水路，是到船廠。那時，烏日樂在木排上是代表東家的二櫃，是隨排行動掌錢用錢的；道爾吉是木排上的尾棹，待在排尾，是負責將排擺尾的，以方便跟上頭前。也許烏日樂就是從那時看不上道爾吉的，反正誰和誰結了怨在別人看來是說不清楚的。

於是，烏日樂瞪著道爾吉就發火了，說：「你他媽的給我閉了臭嘴，滾一邊去。去幫那幾個傢伙把那幾隻麅子扒了剁了下鍋。像你這樣兒的人有幾十口子，一隻母老虎哪他媽的夠吃。快去！你他媽還想騎老虎，你當老虎是你靠的黑皮女人，誰都能騎？你他媽的。」

烏日樂是東家大櫃依爾覺羅．和六的隨從，道爾吉是被東家大櫃使用的木把，道爾吉不敢爭鋒，掉頭就走了。道爾吉邊剁麅子下鍋，邊想烏日樂，可是，怎麼也想不明白怎麼就得罪了烏日樂。

老棒子皺了皺眉頭，也不想和烏日樂說什麼了。就招呼眾木把把整東西乾淨些，喊了幾嗓子，老棒子就去陪依爾覺羅．和六了。

魯十七也不和烏日樂說話了，蹲在那兒看著丟在雪地上的母老虎皮，在想像母老虎活著會有多麼威風。

4

這個時候出了個亂子，這個亂子出得必然也突然。

魯十七的青毛大狼狗現在挺忙，也挺心急開吃。這條青毛大狼狗是條特厲害、特貪玩、特好色，又特不聽話、特貪吃的變態大狼狗。

青毛大狼狗這會兒圍著扒麅子皮的陳老五不住轉圈，盯著陳老五在麅子身上的每一個動作，半張著的嘴裏不斷滴下口水，青毛大狼狗太想吃麅子的內臟了。陳老五看在眼裏，這傢伙就使了壞，把麅子開了膛，把鼉子的內臟扒出來，留下了心肝肺，把一大串腸子對著青毛大狼狗晃晃，突然向另一邊甩出去，甩向了依爾覺羅．和六帶來的那三條獵狗。

依爾覺羅．和六的三條獵狗既然主人不凡，這三條獵狗就自然有著不同於普通狗的氣度。這會兒，這三條獵狗趴在狗拉扒犁一邊的雪地上，也不理會在雪窩裏趴著休息的七條扒犁狗。牠們東張西望地看著忙碌的眾木把在買呆（指沒事閒看）。這三條獵狗的生存條件好，和拉扒犁的七條扒犁狗一樣，都不吃鼉子的臭哄哄的腸子。青毛大狼狗卻愛吃動物的內臟，也包括腸子，也就誤會了這三條獵狗。

青毛大狼狗看著鼉子的那串腸子飛向三條獵狗，就瞄著那串腸子追過去，在腸子砸落進三條獵狗身邊的雪地上時青毛大狼狗也追到了，開始衝著三條獵狗汪汪叫。

青毛大狼狗這是警告三條獵狗不要搶牠愛吃的東西。那三條獵狗也就誤會了，認爲衝過來汪汪叫的青毛大狼狗是挑釁，三條獵狗也就發怒了。這三條獵狗幾乎一同跳起來，也幾乎一同汪汪叫著撲向青毛大狼狗。這四條狗掐架（打架）就難免了。

四條狗開戰了，不一會兒就咬得皮毛亂飛，濺起了團團雪粉，也引發了七條扒犁狗的圍觀助陣，一時間狗叫聲四起，自然驚動了依爾覺羅．和六和魯十七。當依爾覺羅．和六和魯十七趕過來的時候，道爾吉先趕過來了。道爾吉的目的很明顯，就是怕魯十七的青毛大狼狗吃虧，就舞根柴瓣子想分開咬成一團的四條狗，卻反而被一條獵狗一腦袋撞腿彎裏，被頂個跟斗。

道爾吉從雪地上爬起來，又想揮柴瓣子趕獵狗，卻和烏日樂的目光對上了。烏日樂冷笑的樣子使道爾吉的心裏突然跳了一跳，有些怕了，就提著柴瓣子站直了。道爾吉又一轉臉，看到依爾覺羅．和六和魯十七過來了。令道爾吉奇怪的是，依爾覺羅．和六和魯十七都不緊張，都像看熱鬧買呆似的過來看著狗掐架。

依爾覺羅．和六的三條獵狗自然是挺厲害的。這三條獵狗可以輕鬆地咬死狼，也可以聯手獵獲野豬。

此時，牠們像三個勇猛特警抓賊似的齊上，咬一條看上去像海盜似的大狼狗。

在這種場面下，旁觀的木把們任誰都想失敗的一方只能是魯十七的青毛大狼狗。有些木把趁機吆喝木把們下注開賭，有一賠一的，有一賠三的，也有一賠二的，但坐莊的木把自然都賭三條獵狗贏。

依爾覺羅．和六這時也來了興致，說：「老十七，我和你賭一把。你的雜毛破狼狗若贏了，爺去南海出一千塊大洋懸賞幫你找回你媳婦。爺的三條獵犬若贏了，你老十七就去不論什麼屯子，再去找個女人痛痛快快用棒棰靠靠，靠上個女人好好給爺歇一個春夏，靠女人的大洋花費都算爺的，下一季給爺多出好材。行嗎？」

魯十七說：「和六爺，我不和你賭鬥狗，賭鬥狗是欺負你。你那三條獵狗就算不是雜毛破狼狗，也贏不了我的青毛。別說三條這樣的破獵狗，再來一條這樣的破獵狗助陣也不行。」

依爾覺羅．和六哈哈大笑，他自然不信。這時依爾覺羅．和六的三條獵狗已經把青毛大狼狗圍在中間了，青毛大狼狗在轉圈拚力抵抗。在依爾覺羅．和六看來，只要他的三條獵狗用上對付狼的法子，把青毛大狼狗撞倒或壓倒，他的三條獵狗就會把青毛大狼狗撕碎了。所以依爾覺羅．和六才哈哈笑，並說：「爺想不到你老十七還有一種本事，就是吹牛。」然後依爾覺羅．和六繼續哈哈笑。

就在依爾覺羅．和六嘲諷的笑聲裏，魯十七勾起食指放嘴裏，打了個極響的口哨。青毛大狼狗聽了這聲鼓勵牠的口哨聲，立刻精神了，憑著身高體重，猛一個衝撞，就撞倒了一條獵狗，衝出了三條獵狗的包圍，揚頭跑出木場，跑上江灘，向鴨綠江潔白的雪道上飛跑而去，四條腿濺起團團雪粉。

依爾覺羅．和六笑聲停了，也打呼哨命令三條獵狗迅速去追。三條獵狗聽了主人的命令，一條條揚頭翹尾，瞄著青毛大狼狗飄動的青毛大尾巴飛奔追過去。四條狗蹚著雪前後都跑上了鴨綠江面上平整的雪絨絨的雪道，在雪道上展開追逐。下了注的木把們擁著依爾覺羅．和六和魯十七也往鴨綠江雪道上跑，爲的是追近了能看得清楚些。

相同品種的狗體質也是不同的。這和人種一樣，同膚色、同身高、同體重、同性別、同年紀的人的體質也是不同的。

就像依爾覺羅．和六的三條獵狗，牠們雖是一母所生的同一品種的青黑色狼狗，但能力大小也是不同的，就奔跑的速度而言，三條獵狗雖然都是全力去追、全力奔跑，速度也是不同的。

漸漸地，依爾覺羅．和六的三條獵狗之間拉開了距離，最前面的頭一條獵狗和青毛大狼狗之間的距離卻在縮短。這條獵狗看看要追上青毛大狼狗，就又發力又追近了些。

青毛大狼狗看不出速度的變化，青毛大狼狗邊跑邊把一雙尖立的耳朵向後轉，這是在聽追來獵狗的聲音，再通過聲音計算這條追近的獵狗跟進的距離，再趁機反擊。這是青毛大狼狗在山裏誘惑公狼捉母狼時用熟的招法。是時機了，青毛大狼狗就行動了。牠猛地收住前衝的四肢，停下，一雙前腿懸空舉起，一下子轉過身和追近的這頭一條獵狗腦袋對腦袋了，牠的一雙前腿也落下了，同時後腿用力蹬，又一次懸起前腿，撲上去突然抱住頭一條獵狗的脖子，就把頭一條獵狗摔倒了，幾乎同時尖吻下指，一口咬中，就咬開了頭一條獵狗的咽喉。這幾個動作青毛大狼狗完成得太快，好多追著看的木把都沒看清楚。

可是，當青毛大狼狗看到第二條追來的獵狗受驚似的收腿停住時，突然從被牠咬倒在地、身子發挺、四肢抖動的頭一條獵狗身上跳了一個高，吱吱叫著弓著腰、夾著尾巴掉頭往前跑，邊跑邊求饒似的吱吱叫，似乎受了傷。

這是青毛大狼狗在山裏捉小狐狸時，被母狐狸用這招騙過，才學會了母狐狸假裝受傷誘惑捕獵者追擊的這一招。第二條獵狗也就上當了，認為青毛大狼狗受傷了，就奮力一蹬後腿，加速衝了上來。

青毛大狼狗又用了獵殺頭一條獵狗的那一招。在第二條獵狗距離屁股還有三四個身位時，一雙前腿懸空舉起，飛快地一下轉過身，就和第二條獵狗腦袋對腦袋了，一雙前腿也就落下了，後腿用力蹬，再次懸起前腿，抱上第二條獵狗的脖子，也摔倒了牠。緊接著，第二條獵狗的咽喉也就被青毛大狼狗咬住了，被青毛大狼狗咬破撕開了。第二條獵狗就倒在雪地上發挺了，脖子下的雪也被血染紅了。

此時，第三條追來的獵狗也犯了第二條獵狗的疑問。眼見兩個兄弟倒下了，就受驚似的急忙收住四肢在雪中停住腳。而這一次，青毛大狼狗沒有假裝受傷引第三條獵狗追趕，而是盯著第三條獵狗就展開四肢猛撲過去。

第三條獵狗終於膽怯了，驚得四肢抖一下，吱叫一聲，掉過頭，夾著尾巴就逃。青毛大狼狗似乎下了趕盡殺絕的心，四肢盡力展開，發力地追趕，兩條狗一前一後踐踏起飛塵般的雪粉，像兩道向前滾動的青煙。

青毛大狼狗終於追近了，四肢收攏腹下，後腿猛蹬，揚起前腿發力一撲，牠的一雙前腳就撲在第三條獵狗的屁股上。第三條獵狗被青毛大狼狗撲中，甩開屁股摔倒了，在雪窩裏打了兩個滾，驚叫著往起跳時，側肩部位就又壓上了又一撲而下的青毛大狼狗的兩隻前腿。青毛大狼狗的尖吻下指，第三條獵狗的慘叫聲剛揚起就斷了音，就被青毛大狼狗一口咬上脖子，撕裂了咽喉。

第三條獵狗脖子中的血流出來，染紅了脖子下面的雪，牠抖動了幾下四肢，就挺屍了。

木把們看了一場驚心動魄的狗掐架，又看著青毛大狼狗意外得勝，從雪窩裏拖出第三條獵狗跑向魯十七。木把們不知道這是青毛大狼狗和魯十七待在山裏打獵追狼追兔子時幹熟的活計。

而這時，又發生了一個小插曲。

烏日樂見主人的三條獵狗都被青毛大狼狗咬死了，一下子來了脾氣，從另一個隨從的背上奪過漢陽造步槍，舉起槍瞄著跑過來的青毛大狼狗，罵罵咧咧就要摟火。突然烏日樂驚叫一聲，整個人飛離了雪地，橫著摔進了雪窩裏，腦袋上的狐狸皮帽子和漢陽造步槍都摔飛了。

好多木把見烏日樂摔得好看，就哈哈笑了，尤其道爾吉笑得格外開心。

烏日樂從雪窩裏爬起來，抹去臉上的雪，撿起帽子又抓起漢陽造步槍，卻想不出是誰突然撞了他一個跟斗，就握著槍瞪著魯十七咬牙。

突然摔烏日樂一個跟斗的正是魯十七。魯十七是山東內陸區域的人，那裏的人會功夫的很多。不巧的是，魯十七別的功夫不會，就從小和老管家學了幾招楊式太極拳，剛剛摔烏日樂用的就是其中的一招。

依爾覺羅．和六是看清楚魯十七摔烏日樂的人之一，依爾覺羅．和六也嚇了一跳，他想不到，一個長得瘦弱俊秀的漢人也像長了髒了吧嘰一身亂糟糟青毛的大狼狗一樣深不可測。

依爾覺羅．和六看見烏日樂的眼珠都紅了，就笑著說：「你這混小子，想叫爺落下個願賭不服輸的名聲嗎？混了。滾他媽一邊去。」

烏日樂說：「爺，我滾一邊去，我立馬滾他媽一邊去。」

烏日樂又狠狠瞪了魯十七一眼，眼睛裏的意思就是：老十七，臭木把，咱們可沒完，走著瞧。

魯十七沒說什麼，也沒看依爾覺羅．和六，只是過去拍拍青毛大狼狗的腦袋，叫青毛大狼狗丟下拖過來的死獵狗。青毛大狼狗張嘴放下死獵狗，衝魯十七搖搖尾巴，又掉頭衝著烏日樂汪汪叫幾聲。

老棒子是見識過魯十七和青毛大狼狗的邪勁的，對於鬥狗的結局也是先想到的。而且老棒子還悄悄下了五塊大洋賭青毛大狼狗贏，賠率是一賠三，也就贏了十五塊大洋。

老棒子想笑，但有依爾覺羅．和六在場，就不能真笑出來。儘管如此，他心裏挺高興，臉上還是帶出了高興的樣子，也就被依爾覺羅．和六看到了。

老棒子就想湊過去安慰依爾覺羅．和六幾句，又一時找不出安慰的話，總不能說舊的不去新的不來這樣的話吧？正在想怎麼辦說什麼好時，卻聽一個木把跑過來喊：「大把頭，那拉．吉順二櫃來了。」

那拉．吉順二櫃果然坐在馬拉扒犁上來了。

那拉．吉順是依爾覺羅．和六放在乾飯盆林場的東家二櫃，是乾飯盆林場掌錢糧的。此時，他帶著兩個人駕著一駕馬拉扒犁拐進了六道溝木場。

老棒子就對依爾覺羅・和六說：「和六爺，咱回去吧。掐套飯吃上，和六爺也該好好歇冬過年了。」

依爾覺羅・和六說：「是啊！爺又歇冬了。爺可不喜歡歇冬，他媽的節氣這樣又沒法子。」

依爾覺羅・和六和老棒子隨著其他木把一邊從鴨綠江雪道上往木場子裏走，一邊掉頭看魯十七。

依爾覺羅・和六是想問問魯十七，青毛大狼狗到底是條什麼狗？或者到底是不是條狗？但依爾覺羅・和六又放棄了沒過去問，原因是怕魯十七嘲笑，也怕成了木把們日後的笑話。依爾覺羅・和六是玩狗的行家，但在他看來，青毛大狼狗是條身分不明確的狗，既不是狼狗也不是狼，可能是條由母狼和公狗莫名其妙雜交出來的雜種，也可能是吃母狼的奶長大的狗崽子，這種狗應該叫狗狼……

5

這一堆人走進了六道溝木場的院裏。

老棒子看到陳老五像迎老丈人似的向那拉・吉順跑過去，和他嬉皮笑臉地套近乎。老棒子就皺皺眉，不該收留陳老五的感覺突然從心裏翻了上來。但老棒子又想，現在還來得及防範陳老五，陳老五就算串通了那拉・吉順，也搶不去開春的水場子活。那拉・吉順不過是替依爾覺羅・和六專管林場的二櫃。山場子活、水場子活怎麼幹還得他老棒子說了算。

那拉・吉順二櫃對陳老五悄悄說了幾句，陳老五點頭笑著答應著，得意洋洋地瞄了眼老棒子才退開。

那拉・吉順二櫃抬手召喚老棒子過去對賬。那拉・吉順二櫃的扒犁上不光有大洋還有酒，到了給木把們結工錢的時候了。

在木把們進入十月開套之前，工錢就是講好了的。開套時先付一半。開套時付的那一半工錢，大多數被木把們靠著貓冬過年又靠著過春夏的女人，或是收留木把的客棧結算去了。

每年掐套之後，從過了年到十月的這段時間，不做或幹不了春夏水場子活的木把們就得找地方收留，等下一季的十月開套進山。收留木把的人家開的所謂客棧其實大多是一面大炕。那種房子都是南北兩面大炕，主人一家子睡一面炕，客人木把們睡一面炕。有運氣好的人家地方大，一面炕能收留五六個木把，自然收入就多。木把們幾個月住下來的費用多是記賬的，結賬的時候就是木把們有東家雇傭的時候。

每當這時，東家招木把的二櫃帶人背著現大洋沿屯子喊：開套！開套！

木把們就出來，由招人的東家二櫃選，被選上了就甩現大洋。那時都是給現大洋雇人，比如講好這一季山場子活是四十塊大洋，當時先付一半。這一半的大洋除了付清靠的人家的費用後，一般都有剩餘，剩餘的大洋就用來置辦上工具，還有進山穿的抗風的衣服，再收拾收拾自己，乾乾淨淨地進山開套。

木把開套的那幾天，也是屯子裏的女人掙大洋的好日子。往往屯子裏的女人在腋窩裏夾個小布包就出來找木把。談好了價錢，就在道邊、牆根、樹下，背點人的地方，在腰下展開小布包墊上，褲子一脫雙腿一分就讓木把上來，一般一次五角錢就行。一個女人一天接個十個八個的木把整個七塊八塊的大洋很正常。因爲木把一旦開套進了山就是一百二三十天，根本見不到女人。而且那一帶屯子裏的女人本來就少，五十多歲的老女人、醜女人的生意一樣挺好。

另有一些有老靠的木把，在開套的時候，木把靠的女人就一把接了那一半的工錢，把木把送出門，吩咐木把招套了再回來。一般這樣的女人都有丈夫，在木把招套回來前，丈夫就離家了，把自家的女人讓給木把掙大洋。等木把開套進山了，丈夫再回來和自家的女人過日子。

那拉・吉順二櫃和老棒子很快對了賬。然後老棒子就把這一季的山場子活的另一半工錢結給了眾木把。可是，在六七十個木把裏面有一個沒結到工錢，就是魯十七。

老棒子發工錢的時候，從魯十七身邊掠過去，沒給魯十七工錢。魯十七想了一下，認爲他的工錢可能都提前砸大洋輸沒了，也許還欠了老棒子賬上的，就甩下手，不想工錢的事了，也就去坐一邊等著吃招套飯了。

那時大鐵鍋裏的老虎肉、麅子肉也煮熟了，一木盆一木盆端上來，一鐔一鐔的酒也被大鐵鍋燒的開水燙熱了。大冬天在東北最好喝熱酒，在野外尤其應該喝熱酒。喝冷酒也行，只是慢慢地手就不自主地發抖，嚴重的就拿不住東西了。人的手若廢了，人也就沒什麼用了。這就是喝冷酒落下的毛病。

吃掐套飯之前，老棒子整了個小祭祀儀式，把頭塊肉頭碗酒敬了山神爺，謝山神爺保佑平安出山。

老棒子的第二碗酒敬了依爾覺羅・和六。然後眾木把就圍著熱氣騰騰的大鐵鍋，頂著寒風，在山水一色的雪野裏開吃了。

這一說開吃，老東北的酒令、山東的酒令、河北的酒令、河南的酒令、山西的酒令，亂七八糟的也就從木把們的嘴裏吆喝著喊起來了。那場面一下子就熱鬧了。

魯十七正和孫吉祥、趙大勺子、崔虎子、盛小耳朵、穆歪脖子玩「棒子、老虎、雞」遊戲賭酒的時候，烏日樂過來在魯十七的肩頭上拍一下，並歪下臉示意魯十七跟他走，魯十七就被烏日樂帶到依爾覺羅・和六身邊坐下了。

依爾覺羅・和六和魯十七對乾了一碗酒，接了烏日樂遞過來的四根老虎的肋巴扇，肋巴扇上掛著好肉。依爾覺羅・和六順手給了魯十七，說：「老十七啊，你媳婦的事爺接過來了。爺過了年要在夏天去南海赴槽子會，去見的都是人物。爺叫他們幫忙找你媳婦。就是把南海整塊地面拎起來抖落抖落也要把你媳婦抖落出來。這次你跟爺一起去，山裏的事叫老棒子另找個人守一冬。」

魯十七聽了依爾覺羅・和六的安排一下子就從心裏翻上了鬧心。魯十七想了無數次了，他不太瞭解他的媳婦金葉子，也不太瞭解那奇怪的祖孫三代的一家子。媳婦沒了就是沒了，沒了怎麼找呢？

魯十七徹底沒胃口了，就甩手把四根老虎的肋巴扇丟給了趴在腳邊等骨頭吃的青毛大狼狗。

但魯十七對依爾覺羅・和六說：「我謝謝和六爺，我敬和六爺。」

本來魯十七的舉動看在依爾覺羅・和六的眼裏，不免皺起了眉頭，但魯十七這一敬酒，依爾覺羅・和六就笑了，說：「這不用謝，是爺看得起你。老十七，爺看你小子這副臭德行，爺想明白了，你小子是不是不想找到你媳婦了？你不離開這疙瘩你怎麼能找到你媳婦呢？」

魯十七說：「和六爺，你教訓的是，你說得對，我再敬和六爺。」

依爾覺羅．和六和魯十七碰了酒喝了，說：「是吧？爺想的不會錯。」

老棒子接話說：「那是、那是，要不和六爺怎麼是爺呢？和六爺的打算都是爲下面的人好，和六爺不會錯。」

老棒子瞧著魯十七吱一口吱一口光喝酒了，眼珠也越來越直，就知道魯十七快喝多了，就說：「和六爺，你還有長路要趕，這幫傢伙腰裏有了大洋心也就散了。咱大夥敬和六爺一碗就收了吧？」

依爾覺羅．和六說：「行！喝了就收了吧。」

老棒子引著眾木把敬了依爾覺羅．和六的酒。這頓掐套飯就算完事了。

依爾覺羅．和六他們駕著狗拉扒犁、馬拉扒犁出了六道溝木場，回藍旗屯玩小老虎去了。眾木把歸攏了東西也三三兩兩陸續開始離開了。

老棒子把六道溝木場的一切都整好了，才得閒過來和魯十七說事。老棒子說：「老十七啊，道爾吉吃了幾口肉，喝了幾口酒，抓上一大塊老虎肉，扛上行頭就跑了。那臭傢伙這麼急著幹什麼去了呢？他去望江屯黑皮女人的家打商量拉邊套去了。老十七，我也好好替他想了，若能真那樣也挺好，最不濟也算過上有女人有熱乎飯吃的日子了。你說是這個理吧？」

老棒子對魯十七說話時，魯十七的腦袋正犯暈，沒注意老棒子說什麼。他在一堆柴瓣子裏找趁手的棒子，想拎根棒子防身，連夜回乾飯盆林場的木刻楞去。這幾年魯十七在掐套後都住在乾飯盆林場的木刻楞裏守林場。

老棒子見魯十七不理睬，就又說：「你今夏真不隨和六爺下南海？每年夏天和六爺都去趟南海趕槽子會。你這次不去下一年再去興許就更晚了，沒準你這次去了真能找到你媳婦。你他媽的放一聲屁行不?」

魯十七把手裏的一根柞木棒子舞幾下，看著老棒子，愣了一會兒，才回想了一下老棒子剛剛說的話，對老棒子說：「不可能了，你不知道，我想了，金葉子早就死了。我心裏是知道她死了的。棒子叔，天快黑了，你走吧，找你的老靠舞棒棰去吧。我這就回山裏了。」

老棒子看看魯十七突然從心裏不爽了，想想來日魯十七會接他的斧把當大把頭，又覺得堵氣。但也覺得是個安慰，老棒子一直把魯十七看成了徒弟，徒弟接了師父的斧把，成了下一任的大把頭，當師父的應該高興。但老棒子現在是生魯十七這副半死不活樣子的氣。

老棒子就氣呼呼地從懷裏掏出一包大洋，丟過去，一下砸在魯十七的懷裏，說：「本來想給你小子存著好有個急用的。他媽的，我老棒子憑什麼給你這臭小子操心?你是我徒弟又不是我兒子。你他媽的拿去賭去吧，去砸大洋賭人頭都輸了吧。王八犢子，你這樣的臭小子，媳婦跑了活他媽該。該!活該!王八犢子。」

老棒子罵罵咧咧，帶著笑呵呵聽罵的穆歪脖子和盛小耳朵，扛著行頭也離開了六道溝木場，老少三個木把一路走了。

曹叫驢子帶的那幫木把裏還有幾個木把沒走，正捆行頭呢，看魯十七一手拎著柞木棒子，一手托著大洋口袋，在雪地上低著腦袋轉圈，似在想什麼事。這幾個木把打眼色商量一下，想贏了魯十七的大洋再走，一個木把就說：「十七哥，天還早哪，咱砸會兒大洋爽一把啊。」

魯十七抬頭看著那幾個木把，愣愣神，說：「我以後不砸大洋了。」老棒子說得留些大洋急用，他說的對，我以後不賭了。」

曹叫驢子硬邦邦地跟了一句：「十七哥，你不砸大洋了?連你的狗都不信，你再砸大洋你是什麼?是王八犢子嗎?」

魯十七說：「我再砸大洋輸死了也當不成王八犢子，但我當得成你曹叫驢子這幫木把的大把頭。」

曹叫驢子和那幾個木把就哈哈笑著扛起行頭走了。其餘六道溝木場裏的木把隨後也就都走了。木把們去找老靠，靠女人貓冬過年度春夏的生活也就開始了……

六道溝木場的木刻楞裏現在還有一個不可能走的木把，就是小把頭陳老五。這傢伙不知道怎麼說通了那拉．吉順二櫃，那拉．吉順就許陳老五留在六道溝木場，成了守在六道溝木場裏貓冬的木把了。

這個時間天已經黑了，陳老五在木刻楞裏打著鼾聲睡著了。六道溝木場也就在明亮的月光下，完全安靜了下來。這裏熱鬧的日子將在春季、在鴨綠江某一個夜晚悄然轟隆隆開江之後出現。

這也就是陳老五求著那拉．吉順二櫃准他守在六道溝木場裏貓冬的盼頭。陳老五想取代老棒子幹開春的水場子活。因為幹水場子活掙的大洋是幹山場子活的十幾倍……

第二章　小臉高麗美人

妖精摟著鐵七的脖子，另一隻手夾住鐵七的鼻子說，臭老七，你今天怎麼不逃了？告訴你，你想叫我做你媳婦幫你，就做老闆。先做山貨行的老闆，再做成東邊道這幾十個縣鎮的聯號。以後還做什麼，我去你的破窩告訴你。那時你才能正式娶到我，你才能配得上我。

《狼狗》

1

魯十七提著根柞木棒子，借著雪地反映的光亮，晃晃悠悠走在通往乾飯盆林場的扒犁道上。扒犁道上新落下的雪被驢拉扒犁下山時壓出碎片狀的兩道扒犁轍，風吹過就形成一層硬雪層。人在扒犁轍裏走，硬雪層又被踩碎了，就一步一掐再一滑。走這樣的雪道是最費腳力的。不一會兒，魯十七就走出了一身汗。

青毛大狼狗走這樣的雪道也費勁，牠剛剛吃得太飽了，隨著走動，牠的肚皮就不斷下墜著晃悠悠的。

青毛大狼狗就總想停下來在雪地裏趴著睡會兒再走。

魯十七說：「青毛你他媽的貪吃，這會兒肚皮難受了吧？這會兒要是來了狼，你肚子裏的破爛太多，幹架就礙事了，我也打晃了也幫不了你了，咱倆就給狼當肉包子餵狼吃了吧。」

青毛大狼狗走動的腳步變得小心了，並轉動下耳朵，再晃下尾巴，表示聽到了。

山風迎面吹著，魯十七站下，抬手把掛在嘴邊小鬍子上的凝霜抹去，雙腿更是顫巍巍打晃。青毛大狼狗歪著臉抬頭看了看魯十七，又低頭看看魯十七打晃的腿，汪叫一聲，就轉身走出扒犁道，蹚進扒犁道邊的雪地裏，在一棵大柞樹下面轉幾個圈，用鼻子嗅出個位置，簡單地刨了個雪窩坐下，又一下臥倒，做出準備睡覺的姿勢。青毛大狼狗用這個行動告訴魯十七，牠肯定不走了。

魯十七又把眉毛、眼睫毛上的凝霜抹去，酒勁經風就上來了，身體晃得更猛了。魯十七瞄著青毛大狼狗的位置，也走出扒犁道，蹚進雪地裏，覺得一尺多厚的雪真是軟。可是腦袋裏想著不能坐下，絕對不能坐下，這是野外，這是零下三十多度的冰天雪地。

魯十七明明這樣想著，他卻轉上半個圈就坐進雪地裏了，手裏的柞木棒子也滾一邊去了。魯十七坐在了雪地上上身晃了幾晃，又想著不能躺下，不能躺下，躺下睡著了就凍死了。可是，魯十七還是躺下了，再把四肢在雪地裏伸開展直，眼望夜空。立時，從沒有過的舒適感在全身散發開來，再盯一眼天空，天空上無星無月黑濛濛的深不可測，就嘟噥：「葉子，你死了吧？我不願意想你是走了，丟下我走了。我想你死了。死了好，我也快死了。死了就見到你了，可你不是死了是走了。我賭錢了葉子，知道嗎？就賭砸大洋。你死了走了我掙錢就沒用了。真他媽舒服，像睡在咱家你的肚皮上……」

這個故事寫到這裏，讓我們往後倒退一點，交代一下魯十七的情事，也就是魯十七怎麼闖了關東怎麼有了媳婦的事。這就算我創作這個故事時拐的第一個彎吧。那麼下面還要拐幾個彎？現在我自己也不知道。因為故事的發展還沒到拐第二個彎的時候。

2

魯十七是四年前從山東坐船通過黃海進入東北的。在南海上岸的那一刻，魯十七就是闖關東的一條漢子了。那一年魯十七不到二十三歲。

魯十七隨著人群離船晃悠悠上了岸，就找了塊石塊坐下清醒混混沌沌的腦袋，眼瞧著同船的人一幫幫融入人群中走了，魯十七腦袋清醒了些，也有點發蒙了。

魯十七闖關東沒有目的地，也沒有同伴。這和其他闖關東的人不同。而且魯十七看上去就不是闖關東的人，衣著，隨身物品都和那一船的闖關東的人不同。那些闖關東的人不是背個破包袱，就是扛卷埋裏埋汰（骯髒）的行頭，衣著也是隨隨便便和破破爛爛的，更說不上用料和質地了。而魯十七的手裏提著只牛皮製成的長方形的箱子，是安裝了箱式鎖的，身穿長衫，頭戴禮帽，腳上還是雙軟牛皮鞋。再加上他人年輕，長得俊秀猶如美女，頭髮烏黑，還抹了頭油，一看就知道是富家妙齡美少爺。

本來，在船上時，魯十七也是有機會認識別人的，也有機會加入別人的幫裏。但魯十七生性內向，不喜歡與人交流，魯十七的外表又使他和闖關東的人產生了距離，加上暈船暈得厲害——這就是魯十七不能幹水場子活的原因——魯十七在船艙裏趴著幾乎不敢動。這種種的原因使魯十七失去了結識其他人的機會。再者，如果不是幾個同鄉一起出來，是很難相信別人的。那個時候人與人之間外出幹什麼一靠同鄉，二靠熟人引薦。魯十七這兩點都沒有。

看看天邊下來夕陽了，魯十七想先找個客棧住下，慢慢打聽熟悉這裏，再找個事做。因爲魯十七身上帶的大洋比較多。在離家之前，魯十七的大哥魯一郎把父親死後分給魯十七的田產變成一點大洋叫魯十七帶上，並告訴魯十七這一離家就不能再回來了。大哥做的這個事和對魯十七說的話叫魯十七想起來心裏就發苦。

魯十七爲什麼叫魯十七，這裏有個拐彎的過程。魯十七出身並不普通，魯十七的祖上做過知府，曾經富甲一方。到了魯十七祖父這一代，因賭博使家道敗落了。魯十七的祖父死時，魯十七的父親才十七歲，家裏就剩一座搬空了的大宅院和一個管家、一個老奶媽。魯十七的父親魯老爺子卻是個人物，他在外創業二十年就中興了家業。不但在省城、縣城裏置下不少產業，鄉下老宅更是年年置地，家裏的長工就有三十幾個。他不但在鄉下有大量田產，還在附近縣鎮上置辦了許多用於出租的店鋪。但是，魯老爺子不管鄉下老宅家裏的產業，家裏的產業由老管家管著，他常年在外做各種生意。

那時，魯老爺子人年輕，長得也漂亮。在省城濟南府剛創業時，出門談生意愛騎自行車，車後跑著兩個穿馬褂的隨從。那時的自行車可以對比今天的高級轎車。像魯老爺子這樣的人物閒暇的生活內容就豐富，魯老爺子自然不能例外。魯老爺子有兩不碰，一是不賭、一是不吸大煙。魯老爺子認爲這兩樣玩意兒是男人的大敵，是死也不能碰的。至於女人呢？魯老爺子認爲女人是男人的正餐也是男人的小點心，是男人就是要去吃的，看上的女人花多少錢也要吃到嘴裏。那是體現男人能力的一大樂事。

魯老爺子還有一樣與眾不同的脾氣，就是從不娶媳婦。他和某某女人一旦生了孩子就叫人帶回鄉下老宅裏找奶媽養著。這種習慣的好處之一就是生的孩子比較多。魯老爺子這一生生了十七個兒子，十四個女兒。但他在給兒女們取名上從不動腦筋。生了第一個女兒，就叫魯一姐，並告訴老管家，以後生了兒女，是女兒依次就叫魯二姐、魯三姐直至魯十幾十幾姐。如果生了兒子，第一個兒子叫魯一郎，第二個兒子就叫魯二郎。這樣，老管家就記住了。魯老爺子生一個孩子送回來一個，老管家就算算是第幾個小姐或是第幾個少爺，就叫第幾姐第幾郎，到了第十七個兒子就叫了魯十七郎。

魯十七的全名就叫魯十七郎。本來這樣也挺好，三十一個兄弟姐妹全沒媽，全是老管家和老奶媽養大的。兄弟姐妹雖多，互相間年紀相差的並不大，有十幾個兄弟姐妹是三年內出生的。之所以有這樣的事，是魯老爺子在那三年裏褲襠裏的那根棒棰舞得歡，擁有的女人也多，受孕機率有所提高。反正女人生了孩子，魯老爺子就留下孩子打發走女人，他給女人的回報一般非常豐厚。這在魯老爺子想來沒什麼大不了的。

魯家老管家給魯十七郎過十七歲生日的那天，臨近午時的時候，魯老爺子突然從省城濟南府回了鄉下老宅。

老管家看到便衣簡從的老爺突然回來，猛然想起這一天也是魯老爺子六十歲的生日，魯老爺子回來是奔生日來了。

那麼就過吧。可是，魯老爺子突然看到幾十個兒女跪了一片，幾十個兒女旁邊還跪了幾十個孫子孫女外孫外孫女，後面還跪了一大片兒媳婦和姑爺子。魯老爺子自己嚇了一跳。魯老爺子闖家業在外三十多年，和不同的女人住在一起，這是三十多年來頭一次回鄉下老宅，也根本沒用腦袋想過他到底有多少個兒女？以前過生日多由當時相好的女人給操辦，就沒有機會見證今天六十大壽的震撼。

魯老爺子愣了半天，突然站起轉身進了後堂。魯老爺子根本分不清哪個兒子、哪個女兒是幾郎、幾姐。魯老爺子又回想自己一生經歷過的女人，心裏突然就痛了，感覺到他對不起這些兒女，這些兒女是怎麼長大怎麼成親又生下一代的，魯老爺子從沒問過從沒親自管過。他也更覺對不起那些給他生了孩子又被他用錢打發了的女人。這個感覺來得突然，也猛烈。

魯老爺子就病了，在病中回想一個一個的女人，想來想去最對不起的女人就是魯十七郎的母親。那是在省城濟南府，魯老爺子和魯十七郎的母親結了緣。魯十七郎的母親是個小業主的女兒，小家碧玉，令魯老爺子一見傾心。可是結局是一樣的，女人陪了魯老爺子六年，那時魯十七郎五歲。魯老爺子的情感雖然後來還是轉移了，但這一次也是他最長的一次情感投入。

魯老爺子就在病中命令大兒子魯一郎和大女兒魯一姐去濟南府找魯十七郎的母親，說他老了，就給你們找回個媽吧。魯一郎和魯一姐就去了濟南府，也找到了魯十七郎的母親。那女人早就重新嫁人了，丈夫是個首飾匠，生了一男一女兩個孩子，日子雖然過得清貧，但看得出來挺平靜也挺幸福。

魯一郎和魯一姐回來如實轉告了魯老爺子。魯老爺子又糊塗了，他不明白那女人爲什麼不來？這是多少女人夢想的事啊。魯老爺子一直到死也沒想明白那女人爲什麼不來，也沒想明白那女人守個首飾匠爲什麼會幸福？當然，魯老爺子到死也沒想他自己的這一生到底幸不幸福？也許魯老爺子沒工夫想這個問題……

魯十七郎的這些哥哥姐姐在同一個環境長大，各有特點。比如魯一郎貪婪，早早娶了媳婦生了魯家長孫，一點點算計財產。魯二郎是個玩女人的行家，雖好玩兒也懂做生意。在魯老爺子歸家病了以後，魯二郎帶著魯四郎、魯五郎、魯六郎、魯十五郎、魯十六郎在省城裏接了魯家的生意，那作風已經是魯老爺子第二了。魯三郎軟弱又不合群，喜好收集野史文章。魯七郎懂軍事、懂建橋架屋，還是個鐵器製造家。在魯十七郎當時看來，魯七郎沒有不會的。魯七郎最想幹的是當將軍帶兵，收集的槍械可以武裝一個加強排。魯七郎也是對魯十七郎最好的一個哥哥。魯十七郎所有會的，除了和老管家學的射箭術和幾招楊式太極拳，其他都是和魯七郎學的。魯七郎也是第一個帶著十幾個小長工背著槍械從魯家大宅出走的人，他是打天下去了。

魯七郎走時去向生病的魯老爺子辭行。魯老爺子盯著魯七郎看了半天叫不出這是幾郎，就閉了眼睛擺了擺手。魯七郎走了就再也沒回來。應該說魯家的兄弟姐妹彼此都還恩愛，任誰也想不出會鬧出同室操戈的事來。但這樣的事偏就發生了。

魯老爺子人老了也是個精明智慧的人，在死前已經把身後的事都安排好了。魯老爺子把兒女們分成兩幫，進城繼承商行的爲一幫，產業算兒子們的，紅利有女兒們的。留在老宅經營土地店鋪的魯一郎、魯三郎、魯十七郎等爲一幫，又分別分配了財產。

魯老爺子雖這樣安排好了，但還是出了問題。

魯三郎的母親帶著一個女兒，也就是魯三郎同母異父的妹妹找來了。魯三郎自然認了母親。這本來沒什麼，可是魯一郎不幹了，把魯三郎叫進家裏，不知用了什麼辦法，魯三郎離開時嚇得臉都白了。想來魯三郎迷戀野史文章，自然懂得兄弟相殘的厲害事，怕了，就帶著母親母女兩個遠走他鄉了。

魯一郎從這件事上嘗到了甜頭，扳著手指頭算了半天，得出結論，在眾弟弟中，最好算計的就是魯十七郎了。

魯十七郎是小弟弟，也是唯一一個跟隨父親母親一起生活了五年的兒子。魯老爺子正因爲記得魯十七郎，才把最好的田產留給了魯十七郎，並叫老管家隨魯十七郎搬去了另一座宅子。在魯老爺子想來，年過七十的老管家會像當年幫他那樣幫這個他記住的小兒子守住產業。可是在魯老爺子死後次年，老管家也死了。魯十七郎的田產那時就成了魯一郎眼睛裏的肥肉了。

魯一郎先傳出口風說十七郎想去闖關東，想打算賣地換大洋，證明就是十七郎年過二十二歲了卻不娶女人成家，這不就是想走嗎。在魯十七郎去質問大哥爲什麼這樣說時，魯一郎就叫第四房小老婆拿兩把尖刀過來，接了一把尖刀遞給魯十七郎，自己拿一把尖刀在腿上割了兩個口子，並說，十七郎，我告訴你，魯家的財產你是帶不走的。你放風說要去闖關東那是藉口，我知道你想變賣了那些田產去投奔你娘。那不行，給你一千塊大洋你留下田產走人，要不你今天就得賠償我這些血。

魯十七郎不知道魯一郎也是用這一招嚇跑魯三郎的。魯十七郎的脾氣與眾不同，沒人看得出魯十七郎真實的性格。但那時，魯十七郎老少爺當慣了，也不覺得田產有多麼重要，更認爲爲了區區田產和親哥哥火併不值得，他想保留這份親情，就笑笑同意了，帶著一千塊大洋去了濟南府。

魯十七郎在濟南府先找到了母親，母親一家對魯十七郎都很好。魯十七郎在母親家裏住了幾個月，他也想幫著繼父做點事。但是魯十七郎實在不想給繼父當徒弟學做女人用的首飾，而且只要魯十七郎往繼父的首飾攤一待，繼父的生意就好。因爲魯十七郎招女人喜歡，也招女人懷疑，懷疑魯十七郎不是男人。魯十七郎想了很久，決定闖關東去東北看看。離開母親家時，魯十七郎給母親留下了九百塊大洋，帶著一百多塊大洋上了去關東的船。這就是魯十七郎闖關東的起因……

魯十七郎坐船入黃海到南海上岸時的節氣挺好，是剛剛進入秋季。那時南海滿街晃蕩的多是木把老排。這些木把老排們上了岸，從東家二櫃手裏領了工錢，就成了窯子街窯姐和小戶暗門子女人爭奪的客人，當時有一句話說：老排上岸，把窯姐睡壞。

魯十七郎看看夕陽下來了，拎著牛皮箱子沿街轉悠，挺悠哉的樣子。看到不同於關內的東北海邊縣城裏的景象，覺得好奇也新奇，就慢慢蹓躂，看物品，用一口山東話問東問西。

魯十七郎慢慢轉著，不知不覺就走進大東溝入海口、也是鴨綠江江口的那條最繁華的街上了，這條街連接窯子街，魯十七郎就蹓躂進去了。突然，他被幾個撲過來的窯姐拉住了看，還被窯姐摸臉、摸褲襠。窯姐們還爭論這個人是男是女？嚇得魯十七郎驚叫幾聲，才想明白了，就急忙忙掙脫了，穿街而過，走進相對背靜的一條街上去了。

在那條街上，魯十七郎在一個山東人的饅頭攤上買了三個饅頭，邊咬饅頭邊走邊想得找個客棧住下，天快黑了。

魯十七郎走著走著，感覺路人少了，周圍也安靜了。放眼看房屋也變了，多是低矮的破房子，而且環境的氣味也豐富了，多是魚蝦的腥臭味和什麼東西的腐爛味。魯十七郎就站下了，想這種破地方不可能有客棧，還得回到熱鬧些的街上去。

魯十七郎轉身時才看到身後還跟著一個人，是個十二三歲的小男孩。小男孩抬頭往魯十七郎的手上看，眼珠骨碌碌地轉。

魯十七郎的手裏還抓著一個饅頭。魯十七郎把饅頭給了小男孩，就往回走。走了十幾步，魯十七郎回頭看小男孩舉著饅頭還跟在屁股後面。魯十七郎就問：「你爲何跟著我？饅頭你爲何不吃？」

魯十七郎這句話說得挺文氣。小男孩眨巴眼睛看著魯十七郎似乎沒聽懂。魯十七郎就掏出兩塊大洋給了小男孩，說：「回家吧，給你媽媽的。」

小男孩接過兩塊大洋在左手裏掂一下，另一隻手拿起一塊大洋拿到嘴邊吹一下，再飛快地放到耳朵上聽聲。這是鑒別大洋真假的一種方式，大洋是銀質的銀幣，用嘴吹一下能發出細緻的回音。

魯十七郎皺眉的時候，小男孩鑒別大洋是真的，一下子就笑了，似乎也聽懂魯十七郎說的話了，一把抓住魯十七郎的手說：「大哥哥，看你像是個少爺。少爺可不一般。跟我進家，我媽現在沒客人。你這兩塊大洋可以靠四次，沒準還能靠五次。你長得比我媽媽還好看，招人喜歡。」

魯十七郎理解錯了，也不明白靠是什麼意思，就問：「你家可以住嗎？原來你家開客棧。我正在找客棧，找乾淨的客棧住一下。」

小男孩卻說：「哪有媽媽不乾淨的，你見過不乾淨的媽媽嗎？」

魯十七郎又理解錯了，而且在腦海裏回想起了住在濟南府的媽媽。是的，媽媽是乾淨的，也是美麗的，乾淨又美麗的媽媽才能創造乾淨的家，就說：「對！每個人的媽媽都是乾淨的。」

小男孩聽了馬上咧嘴嘻嘻笑，邊走邊給魯十七郎講南海裏的故事。魯十七郎好奇心強，也就聽迷了。小男孩帶著魯十七郎走出了這片地方，走去的方向的空氣似乎越來越潮濕，走了足足半個多時辰。

魯十七郎終於感覺路走遠了，就停下腳問：「小弟弟，你的家到底在哪兒？再走就快天亮了。」

小男孩說：「你們北方來的漢人就愛吹牛。這時辰離天亮大老遠呢就說天快亮了？快走吧，這天馬上就下雨。我家就在那裏。」

魯十七郎順著小男孩手指的方向看，前面黑濛濛的似乎有個靠江岔的小屯子。是不遠了。他就說：

「終於到了，你沒有騙我。」

小男孩抬頭看魯十七郎，在黑濛濛夜色裏，小男孩眼珠挺亮，透出的光如果變成文字，就是這樣一句話：這傢伙是個傻了吧嘰的大傻魘子，不騙他就是對不起他。

天上真的下雨了，似乎一下子雨就下來了。

小男孩說：「快跑！」

小男孩就先向前跑了，魯十七郎跟著跑。小男孩推開一戶的院門跑進去喊：「媽，來客了，是個有大油水的小生幫子。」

魯十七郎聽不懂大油水的小生幫子是什麼含義，就在院門口站下了，打量這院子和一間破房子，覺得這是戶人家，不可能是客棧。魯十七郎正遲疑間，一個身材細高的女人從院門裏走出來，伸手就奪了魯十七郎手裏的牛皮箱，邊說：「麻溜（迅速）進來，沒見下雨了嗎？」

女人的聲音脆脆甜甜的，可是女人長什麼樣魯十七郎沒看清。女人提著魯十七郎的牛皮箱轉身進了門，魯十七郎也只好跟著進去。進了裏屋就著油燈才看清，屋裏真的挺乾淨，有南北兩張大炕，感覺上就挺溫暖。只是屋裏擺的東西用具都挺怪，多沒見過。他感覺出這不是漢族人的家。

魯十七郎在打量屋子，女人站在魯十七郎身側也在打量魯十七郎。女人似也奇怪這是個什麼客人？甚至想問魯十七郎褲襠裏長沒長男人的那根棒棰。因爲女人不相信男人有長魯十七郎這樣的。女人上了南炕坐下，上身往炕上一躺，兩條修長的腿抬起翹一下屁股就脫了褲子，對魯十七郎說：「來吧，長棒棰你就靠靠吧。你沒長那根棒棰靠不成我也得算錢。麻溜地靠靠吧。」

魯十七郎聽女人說話，掉頭看見女人白花花的大腿，就嚇了一哆嗦，腦袋也大了，暈船的感覺又回來了。但他也終於想明白這是什麼地方了，也知道女人是幹什麼的了。

女人瞄一眼魯十七郎已經頂起包的褲襠，說：「你真是個長棒棰的男人。太好了。看你像個大戶人家的少爺，沒少靠家裏好看的小丫頭吧？想嘗嘗野味找我就對了，快呀！我還得做飯，我兒子等著吃飯呢。」

魯十七郎往後退，說：「我不是……我是來投客棧的。我闖關東是想幹一番事業好教訓我大哥的。我走了。」

魯十七郎掉頭走出屋子進了堂屋，才想起他的牛皮箱子。他又掉頭回來，卻不能進裏屋，隔著門說：「大姐，我可以給你錢，你還我箱子。」

女人在屋裏說：「進來靠一下姐姐就還你箱子。你這樣好看的男人姐姐沒靠過，姐姐不要你的大洋。」

魯十七郎低頭想一想，就不想要箱子了，掉頭往門外走。

女人已經穿好褲子出來了，問：「這麼貴重的箱子你不要了？」

魯十七郎說：「箱子沒什麼，不値幾個錢，送你了。」

女人看著魯十七哧哧笑。

小男孩不知從哪個角落鑽出來，跑過去拉住魯十七郎的手說：「外面雨下大了，你走不了了。你不要我媽媽也好啊，要我吧。咱倆住北炕，你當客棧住啊。是不是，媽？他是頭一個給了大洋什麼也不圖的好少爺。」

女人說：「是呀！你就住下吧，你改了主意想靠姐姐了，姐姐也不給你靠了，放心吧。」

女人看魯十七郎在遲疑，又說：「麻溜進屋，我做飯餵我們的肚子。」

小男孩拉著推著魯十七郎進了裏屋。

在吃飯時，魯十七郎知道女人夫家姓蓋，是個漁夫。女人娘家姓金。女人的丈夫跟著一幫人在近海打魚碰上風浪翻了船淹死了。女人爲了養大兒子，一邊幫屯子裏的其他人家幹洗洗縫縫的零活，一邊趕老排靠岸的季節招老排掙大洋當了暗門子（暗娼）。那個小男孩也有名字，叫蓋小魚。

晚上，魯十七郎和蓋小魚睡在北炕上。蓋小魚遞給魯十七郎枕頭，魯十七郎看著奇怪就抱著看。這個枕頭是圓形的，像一節長一尺半的粗竹筒，平整的兩頭也是圓形的，每邊打斜十字縫著四塊手工繡的圖畫。圖畫上的圖案也不認識，想來是吉祥物之類的。這和漢族的扁枕頭是不同的。漢族的枕頭在面上繡圖畫，這圓形枕頭繡在兩邊。

蓋小魚說：「你像少爺還沒見過高麗枕頭？快睡了。明天我帶你去找活幹。你有活幹了才能長住我家裏。」

魯十七郎沒吱聲，就枕著高麗枕頭躺下了。這是魯十七郎頭一次枕高麗枕頭，也是頭一次睡東北人家的火炕。魯十七郎又是暈了十幾天船的人，這一睡上火炕，找回了平穩感，覺睡得就香。魯十七郎在半夜裏還是醒了，是被南炕的古怪聲音整醒的。屋裏是點著油燈的，金氏女人躺在南炕上正接一個老排的客，點著油燈接客可能是方便數大洋吧？

魯十七郎原是不想看的，可魯十七郎是個沒經歷過女人的老實少爺，又正當年，想不看卻又忍不住抬頭側身看了看，就又縮回了頭。但看幾眼也看明白了。

在南炕上，是一個黑糊糊壯闊的男人壓著白花花小巧細高的金氏女人，正整得起勁。男人氣喘得粗，金氏女人卻沒什麼聲音。不一會兒，男人翻身下來坐炕上摸了煙吸。東北的蛤蟆煙氣味辛辣，一會兒屋裏就飄滿了嗆人的煙味兒。魯十七郎被薰得透不過氣，就忍耐著不出聲。

黑糊糊的男人兩袋蛤蟆煙吸完，又有了力氣，趴金氏女人身上又舞開棒槌靠進那眼井裏，這次時間比較長。金氏女人也就叫了炕。

金氏女人的聲音聽得魯十七郎的棒槌一直翹得老高，魯十七郎自己又不會碰，就讓棒槌小炮樣的挺著。

黑糊糊的男人靠完了，穿上褲子站起要走。金氏女人坐起來要大洋，男人甩炕上一塊大洋。

金氏女人說：「陳老五，你媽的你識數嗎？我是按次數收錢的，你靠了三次，給一塊大洋騙鬼啊，給一塊半大洋。」

這是魯十七郎第一次聽到陳老五的名字。只是陳老五不知道北炕上的這個人是後來和他在同一個木刻楞睡覺的魯十七。

陳老五說：「我識數，我太識數了。我靠了三次這不假，但有一次你沒叫炕，這多他媽掃興。再說，我是回頭客，下次靠了排我還來靠你。」

陳老五啊了聲，往地上吐了口濃痰，扭頭往北炕上瞅瞅，說：「喂，一眼兄弟，醒了你就起來。棒槌翹了就靠靠，憋著不是個事。這女人就他媽一樣不太好，不脫上衣、不讓摸奶子還他媽不給親嘴。這樣也算値了，這女人比窯子裏的窯姐乾淨點。」

金氏女人張嘴就罵：「陳老五，你個狗媽養的，你放狗屁。什麼一眼兄弟，他是我老家的老表弟。」

陳老五嘿嘿笑，出門走了。

魯十七郎聽金氏女人起來出去關了門，在堂屋裏整水嘩嘩地洗了什麼。又聽金氏女人進了屋，就緊張了，因爲金氏女人上了北炕，在魯十七郎身邊躺下了。魯十七郎也嗅到金氏女人身上淡淡的甜甜的味了。金氏女人伸進來手，握住了魯十七郎翹得硬邦邦的棒槌。金氏女人的手指靈巧又細長，魯十七郎身子就抖了，想叫，又咬牙挺住了。金氏女人的手只動了十幾下，魯十七郎的子彈就射自己褲襠裏了。但魯十七郎不敢動，也不敢睜眼睛。

金氏女人在魯十七郎耳邊悄悄說：「睡吧！其實姐姐的身子不髒，人身上最髒的地方是人心。」

魯十七郎又抖了一下，覺得金氏女人說的對極了，因爲魯十七郎想到了大哥魯一郎。金氏女人從魯十七郎身邊離開了。那一瞬間，魯十七郎真想一把抱住金氏女人，可是魯十七郎沒有行動……

此後的十幾天，魯十七郎都住在金氏女人家裏，也早就看清金氏女人長的什麼樣了。金氏女人的身材、四肢、脖子、手指都纖細修長，如畫的五官是小的，臉也是小小的。小的五官組合在小小的臉上，又是完美的。金氏女人就是個長得比較「奇特」的小臉小美人。

魯十七郎和蓋小魚也熟悉了。魯十七郎每天都由蓋小魚押俘虜似的領著出去看能幹個什麼活兒。這可是，幾天下來蓋小魚沒精神帶魯十七郎出去了，蓋小魚泄氣了，魯十七郎的精神也打不起來了。這裏所有男人幹的活，魯十七郎什麼也幹不了。在故鄉老管家教魯十七郎的幾招楊式太極拳和百步穿楊的箭法在這裏用不上。教書先生教的之乎者也和一點滿族文字這裏的人也聽不懂。魯十七郎想在關東幹一番叫魯一郎害怕的事業，這裏沒有。

另外，有些老闆不雇魯十七郎的原因是害怕老闆娘見了魯十七郎忍不住會紅杏出牆，也有的老闆娘擔心老闆雇用魯十七郎是別有用心，想做斷袖之歡。

魯十七郎看上去真的發愁了，也失望了。也許還另有什麼心事，也許只是想回山東關裏家了。

這一天，魯十七郎待在金氏女人的院裏發呆，沒上街上去晃。而且，這幾天魯十七郎又發現了一件事，也在想這件事。金氏女人突然不接客了，有老戶頭的老排來也不接了。有的老排還說，媽的晦氣，撞這女人的紅了，這女人動春心養小白臉了，那小白臉像個靠女人吃飯的戲子，長得比這女人還好看。

魯十七郎不太明白老排們說的這些，卻也往心裏去，於是也慢慢知道了，在老排上岸的這一季，對於接老排客的暗門子女人意味著什麼了。那是這些女人在一年中唯一可以掙錢的一季，過了這一季，老排進山幹山場子活了，這些女人掙錢的路也就暫時斷了。也就是說，老排上岸的這一季對於金氏女人這樣的人家來說，是一年的口糧錢。如果放過了，這一年的活路也就難了。

魯十七郎在院裏發呆，待到快午時了，金氏女人才洗好了一堆衣服，端著一隻大木盆出來晾曬。金氏女人沒驚動魯十七郎，晾好了衣服也搬張木凳坐在魯十七郎身邊，說：「你怎麼沒出去找事做？小魚快回來了吧？」

這句問話普通，也不表示有什麼含意，魯十七郎卻沒辦法回答。魯十七郎抬頭看看金氏女人含笑的臉，很快低下頭去。

金氏女人笑了笑說：「你的皮鞋真好看。你脫下來我穿上試試。」

魯十七郎就脫了軟牛皮鞋，金氏女人也脫了腳上的布鞋把皮鞋穿上，站起來走幾步，彎著身子左右看看腳說：「不一樣的人就是不一樣。鞋不一樣，走的路也不一樣。你發了半天呆了，是想走了吧？」

魯十七郎說：「是啊！我什麼都不會做，也什麼都不想做。但我也知道，在這裏過活我可能活不了。」

金氏女人坐在凳上，抬腳脫下皮鞋。金氏女人的腳是赤裸的，白白的，腳的形狀好看，腳趾頭也修長。這不像魯十七郎在山東老家看過的女人的腳，也不同於比較熟的姐姐們的腳和媽媽的腳，那些女人的腳是小腳，是三寸金蓮。

魯十七郎突然說：「我能摸摸你的腳嗎？」

金氏女人愣了一愣，看看魯十七郎說：「行，你摸吧！」

可是，魯十七郎剛剛摸上金氏女人的腳，金氏女人突然傳了電似的縮回了腳，飛快地穿上鞋，又站起來，說：「我該做午飯了。」

魯十七郎看到金氏女人紅著臉頰快步進屋了。魯十七郎的臉也紅了，心也怦怦狂跳了幾下。

吃中飯了，蓋小魚急急忙忙跑回來，對魯十七郎說：「表舅舅你快吃，你這樣子的傻少爺可能有活幹了。吃完飯我帶你快去。」

吃飯時，一直低著頭默默吃飯、不敢看魯十七郎的金氏女人這時抬起臉對魯十七郎說：「你留下來住這裏再試試。好吧？」

魯十七郎說：「行！我再試試。我也不想灰溜溜地打道回關裏老家。我喜歡睡火炕，但我怕坐船，坐船太難過了。」

金氏女人看著魯十七笑笑，日光碰上魯十七郎的目光，臉頰又一次紅了，眼珠極爲靈動地往一邊閃，表情很是誘人。就連在一旁拚命往嘴裏扒飯的蓋小魚都奇怪了，不等嘴裏的飯咽下去就說：「媽，你今天的眼珠真好看。」

金氏女人沒接蓋小魚的話，低頭吃飯，並悄悄地歎了口氣……

3

到了晚上，蓋小魚自己回來了。像是在外面吃過了晚飯，他脫了衣服洗了腳，就爬北炕上躺下了。金氏女人看看蓋小魚，想問話又忍了。出門站院裏發了一會兒呆，沒看到魯十七郎回來，就回屋自己吃了晚飯，收拾了炕桌。然後她在南炕脫了衣服躺下，沒過一會兒又起來，穿上鞋下了地，出去端盆水回來坐炕沿上洗起了腳，洗著洗著停了手，看著自己的腳發了陣兒呆，才問：「小魚，表舅舅幹上活了?」

蓋小魚根本沒睡著，是吃得太多撐著了，聽了媽媽問話就坐起來，說：「是啊！這次和以前不一樣。以前那些招人的傢伙一看表舅舅是個穿長衫戴禮帽穿皮鞋的傻少爺，又長得像個俏窯姐似的，就擺手說去去去，一邊去，這不招人秧子。這次不一樣了，表舅舅可牛皮了。」

金氏女人也好奇了，也不出去倒洗腳水，把雙腳擦乾收回炕上，盤腿坐直了，一隻手托著腮，看著蓋小魚，聽蓋小魚說。

蓋小魚又說：「我白天轉到南街，看到吳記皮貨行招識字的夥計。我就告訴人家二櫃，表舅舅是關內來的老秀才的秀才兒子，臉長得好看，人又老實又乾淨。那個破二櫃不信，說我吹牛，可大櫃的媳婦大奶奶信了，要看人。我趕回來帶表舅舅才去了。吳記皮貨行大櫃大奶奶一眼看到表舅舅就說，就你了，一看就是能文能武的三國俏周郎，一年三十塊大洋，年底結算，今天就上工。媽，你說多順，表舅舅那樣的往那一站，比那好看的大奶奶都好看。大奶奶叫表舅舅坐身邊，和表舅舅說了一下午的話。到了晚飯前，大奶奶又叫表舅舅陪著吃飯，連我也不叫走。媽，我吃了十八個蟹黃大包子，還吃了一大堆亂七八糟的好吃的。媽，我可見識了，表舅舅真是富家少爺，那些好吃的，他瞧不上，根本不怎麼吃。媽，表舅舅沒在咱家吃破拌飯爛泡菜吃得多。我吃不動了，就回來了。表舅舅留皮貨行了，歇活了才能回來。媽，你又能找老排接客做生意了，要不過幾天老排都走了，咱家沒大洋用了你又發愁了。」

金氏女人突然發火了，喊：「小王八犢子，像條小狗似的什麼也不懂。接客，接你媽的客！」

蓋小魚愣一下，抬手抓頭皮嘿嘿笑。

蓋小魚躺下了，還是肚裏撐得慌睡不著，又怕被罵又不敢動。蓋小魚也聽到媽媽也睡不著，老翻身。

蓋小魚膽子大了，也翻身，就聽媽媽罵，小王八犢子，再翻身整出聲我用鞋底揍死你。

蓋小魚嘟噥說：「揍自己吧，也用鞋底。你翻身的聲更大。」

金氏女人一下坐起來喊：「你嘟噥什麼？大點聲。」

蓋小魚說：「幹嗎不熄燈？又沒老排來。」

金氏女人又喊：「熄不熄燈要你管？我他媽的不接客了，就不接客了。小王八犢子臭小狗，餓死你也不接客了。」

蓋小魚不吱聲了，也不敢再亂動。但是還是聽到媽媽老翻身整得炕席直響，而且油燈還是亮著。

到半夜的時候，蓋小魚的肚子不那麼撐了，也就睡著了。細細的喘息聲平穩地回盪時，蓋小魚又醒了，是被敲門聲驚醒的。他就想倒楣的老排來靠媽媽了，又聽聽媽媽沒動靜，想起媽媽不接客了就蹺起上身使勁喊：「滾你個棒棰的，媽媽不接客了。」

敲門聲停了停，又敲了一下，一個聲音傳進來：「小魚，是我，表舅舅。」

蓋小魚還沒反應過來，就看到南炕上的媽媽一個翻身從炕上跳起來，連鞋也不穿就跑出去開門。接著好半天沒聲音。蓋小魚打個哈欠，翻個身就又睡了。蓋小魚不知道，金氏女人開了門就一撲，雙手抱住魯十七郎的脖子，雙腿飛起，盤上了魯十七郎的腰。魯十七郎的身體抖了抖就抱住了這個溫暖的、散發出甜甜味道的女人，又一嘴親住迎上來的嘴巴，兩個人就瘋狂地親在了一起。

魯十七郎抱著金氏女人進了屋上了南炕，一點沒猶豫，就脫衣服褲子。金氏女人更快，首先幾下脫成了光屁股，又遲疑一下，就把從不讓老排看也不讓老排摸的一對奶子上的紅肚兜也脫下來了，也就真正裸體了。

魯十七郎不知道和金氏女人靠了幾次。後來金氏女人抱著魯十七郎悄悄哭了，嘟噥說：「我擔心你不回來了。」

魯十七郎想一想說：「我回來是擔心你以後不要我回來了。」

金氏女人就哧哧笑，魯十七郎也笑了。那時快天亮了，兩個人也睏了，緊緊相擁著睡著了……

魯十七郎怎麼突然回來了得交代一下。那個大奶奶、吳記皮貨行大櫃的正房大媳婦收留魯十七郎，是想把魯十七郎變成她的專用小白臉。

蓋小魚吃鼓了肚皮走了以後，大奶奶去換了身衣服，叫魯十七郎陪著坐馬車去聽了齣「二人轉」。魯十七郎是頭一次聽東北的「二人轉」，對這一切挺開心也挺新奇。陪著大奶奶聽完了「二人轉」，大奶奶帶著魯十七郎坐馬車回了家，直接帶著魯十七郎進了內室，打發走了使喚丫頭。

大奶奶邊脫衣服邊看著魯十七郎說：「你這小樣的要是去唱二人轉，你扮上女角，再騷點，女人和男人為看你會擠瘋了。」

說話這會兒，大奶奶已經脫得就剩下遮擋奶子和肚臍眼的紅肚兜了，紅肚兜上還繡著鴛鴦戲水的五彩圖。

大奶奶看著紅頭漲臉不知所措的魯十七郎說：「你去，去給我打洗腳水去。這就是你的活兒。我的腳從今以後就歸你洗了。我男人老早不上我的炕了，炕上的事你也接手吧。便宜你了吧？怎麼，你還不去？我不夠漂亮嗎？別忘了還有三十塊大洋。你這樣的關內假少爺跑關東來不就是幹這個的嗎？你小樣的蒙不了我。」

大奶奶說著蹺起了二郎腿，那井眼就夾住看不見了。蹺起的那隻腳尖衝著魯十七郎一點一點的。其實大奶奶長了一張鴨蛋臉，大眼睛高鼻梁，身材適中，三十多歲，真的挺好看，典型的東北美人。

魯十七郎這才明白大奶奶收留他的真實目的。魯十七郎氣得笑了，看著大奶奶對著他一點一點的腳尖，想像一下給這女人洗這雙臭腳，一下就翻上了噁心，又猛地一下子想起了金氏女人的腳，也猛地明白了他喜歡金氏女人。

魯十七郎鎮靜了一下，就背了雙手，輕聲咳了一聲，對著大奶奶點下頭，掉頭往屋外走去。

大奶奶跳起來喊：「你留下吧，馬上給你三十塊大洋。不是三十塊大洋，是一百塊大洋。更多也行！」

魯十七郎沒回頭，邊走邊說：「我不行，我幹不來這個。我準備回去娶的媳婦以前收大洋，現在不收大洋了。我也不能幹這種活掙大洋。」

回來的路上，魯十七郎下決心，進屋見了金氏女人就叫她當媳婦。魯十七郎做到了……

4

天已經大亮了。陽光透過窗紙照到炕上兩個人的兩面屁股上了，魯十七郎和金氏女人還抱一塊睡著沒醒。

蓋小魚先醒了，坐起來揉了揉眼睛，猛一眼看到光了屁股的魯十七郎抱著光了屁股的媽媽睡覺，沒覺得怎麼樣，只嘟噥出一句：「表舅舅箱子裏有一百多塊大洋，夠媽媽靠幾年的了。表舅舅也有可能變成我的新爸爸了。」

蓋小魚這句話泄密了。也就是說，魯十七郎的牛皮箱子早被蓋小魚打開看過了。蓋小魚怎樣整開的箱子上的鎖，就只有蓋小魚自己知道了。蓋小魚穿上衣服也不吃飯就出門走了。

也許是蓋小魚開門關門的聲音驚醒了金氏女人，金氏女人睜開眼悄悄看魯十七郎，臉上卻羞紅了。這種表現對金氏女人來說是不正常的，對這種不正常唯一合理的解釋就是，金氏女人真正愛上了魯十七郎。

金氏女人悄悄從魯十七郎懷裏往外鑽，快鑽出去了，又被魯十七郎抱回了懷裏。金氏女人說：「別淘氣，你餓了，我做飯吧。」

魯十七郎說：「小魚出去了，他不吃飯就沒人餓。」

金氏女人哧哧笑說：「你聽見他出去還裝睡。你不像你了。」

魯十七郎說：「是不像了。經過昨天真的不像我了。」

金氏女人聽魯十七郎這樣說就問：「那爲什麼？」

魯十七郎說：「我有媳婦是男爺們了。我昨晚和你成親了。」

魯十七郎感覺金氏女人的肩膀受驚似的抖一下，就睁眼看，看到金氏女人亮晶晶的目光也在看他。

金氏女人說：「我喜歡你這樣說，你蒙我我也喜歡聽。」

魯十七郎說：「你不信啊？你不能不信啊！昨晚我看到那個大奶奶的腳我才明白我喜歡你，才明白我什麼也不想幹的原因，是我不想看不到你。我離開那個大奶奶的家就想，我回來見到你就叫你給我當媳婦。我是少爺啊！我用值十萬大洋的田產從我大哥手裏換了一千塊大洋，我沒在乎。我是不想和我大哥火併傷了兄弟情，這不是我怕他，是我在意我們一大堆兄弟的親情。你聽懂了吧？」

金氏女人根本沒聽懂，金氏女人卻點了點頭。

魯十七郎又說：「我住你家裏，你從沒要錢，又不接客了，我就慢慢懂了。你心裏有我，我心裏有你，這是最重要的。多少大洋也換不來。」

金氏女人往魯十七郎懷裏靠靠，說：「你真的不嫌我靠過老排髒了身子？」

魯十七郎說：「一個人乾不乾淨髒不髒在於心，不在於其他。假如我幹別的活養不了你，那個大奶奶再找我，不用給三十塊大洋，給一塊大洋我也給她洗腳。這是為活口，幹那活不髒。」

金氏女人哇一聲就哭了，哭著說：「傻子！小傻子！我的寶貝小傻子！」

魯十七郎眼裏也含淚水了。

金氏女人吸了下鼻子，不哭了，用眼睛看著屋頂突然問：「你真用一千塊大洋賣了值十萬大洋的田產？」

魯十七郎點頭說：「是啊！要不我還來不了關東呢。」

金氏女人歎口氣，說：「真是寶貝傻子！十萬大洋，我做夢都做不出來。」

魯十七郎就講了自己家的一切事，聽得金氏女人總笑。

金氏女人說：「你爸爸活得好，和那麼多女人生了那麼多自己都認不準的孩子，真有女人緣。我敢說你爸爸的那些女人都不會恨他。至少你爸爸和每一個女人在一起都是真心的。十七郎，你長得像你爸爸還是像你媽媽？」

魯十七郎說：「我像我媽媽，我媽媽說我和她年輕時長得幾乎一樣，連手腳四肢也幾乎一樣。小時候，我媽媽是把我當女孩養的。」

金氏女人在魯十七嘴巴上親一下，哧哧笑了，說：「你長得像你媽媽這挺好啊，但你的命怎麼不像你爸爸呢？你是個受苦少爺的命。」

魯十七郎想一想，也歎口氣笑了。

金氏女人說：「十七郎，咱倆起來吧，成親也不能老躺炕上。起來幹活，我娶了新丈夫，要把家收拾乾淨些。」

魯十七郎聽這樣的話並不費腦子多想。這是讓魯十七郎可以快樂的性格特徵。魯十七郎說：「咱們去街上買東西花大洋，我好久沒花大洋了。」

魯十七郎起來，穿上衣服，把牛皮箱子裏的一百多塊大洋拿出來遞到金氏女人的手裏，說：「我的嫁妝，就這麼多了。我快快地學會掙錢，掙到十萬大洋我們回關裏的家，用大洋砸我大哥的臉，要回我們的田產。」

金氏女人哧哧要笑，卻忍住了，說：「行！十七郎想幹的事一準的可以辦到。這我信。」

金氏女人看魯十七郎拉著她要出門，就說：「等等，十七郎你穿成這屌樣和我上街不行。我鬧眼睛，人家認識我的人看我也鬧眼睛。聽話，十七郎，咱換衣服，換那死鬼以前的衣服。」

金氏女人翻櫃子找出了淹死的丈夫的衣服叫魯十七郎穿上。看魯十七郎開心地穿從沒穿過的破衣服，金氏女人一下子流淚了，心想，這個冤家真不在意我是個寡婦，也不在意我靠老排掙錢。會不會是我在做夢？就掐自己的大腿，掐痛了臉頰又紅了，看著魯十七郎的臉就扳過來使勁親一口……

金氏女人和魯十七郎走了幾條街，除了用幾塊大洋給魯十七郎買了些衣服鞋子之外，其他什麼東西也沒買，是金氏女人不捨得再花大洋。

兩個人拎著買的東西還在轉街，就轉上大東溝江口那條南海最熱鬧的街上了。金氏女人的表情從走進這條街就有些不自然。這條街臨近靠船、靠木排的碼頭，也是外來貨物人口集中的地方，這條街上的內容十分豐富，窯子賭場一條街，酒樓客棧一條街等等的大都集中在這裏。

這裏的窯子街也是老排們上岸最先光顧的地方。

對於曾經靠老排掙大洋的金氏女人來說，害怕在這條窯子街上碰上熟悉的老排這可以理解。但是現在已經是秋季了，大多數的老排們已經進山去開套了，這條窯子街上很少有老排了，窯姐們也有工夫靠在門口張開嘴打哈欠了。那麼金氏女人還害怕碰上什麼呢？為什麼害怕還進這條窯子街呢？

馬上就有了答案。金氏女人遲疑了一會兒，像下了決心似的，才引著魯十七郎走進了窯子街的裏面，走向了一家賭場。

魯十七郎邊走邊看，卻被賭場門口的一個人吸引了。這個人是個五十幾歲的老男人，樣子長得不惡，細看之下會看出老男人年輕時應該是個長得好看的男人。但現在這個老男人像個叫花子。這不奇怪，叫花子這街上挺多，奇怪的是這個老男人做的事。每一個騎馬、或者坐馬車來的賭客一到，老男人馬上過去四肢著地趴下，給客人當墊腳，客人踩著他下車下馬。也有不騎車又不坐馬車的賭客過來踩他身上擦擦鞋底。

金氏女人走近這個老男人，就站住了，臉上的表情是一副要哭、又恨極了的樣子。

魯十七郎見了奇怪，就問：「這老人家幹這個也是為掙大洋養家嗎？你怎麼了？你認識他？」

金氏女人說：「我可以給他三十塊大洋嗎？」

這句話太突然。但是魯十七郎衝口就說：「行！三十塊大洋可以讓他做個小生意，他就不用幹這個了。他年紀大，再幹下去就被踩死了。」

金氏女人的眼淚衝出來，吸了下鼻子拉著魯十七郎快步走了過去。魯十七郎一頭霧水，又不好問，跟著金氏女人默默地走，想想又回頭看那個老男人，卻看到蓋小魚舉著兩個包子蹦跳著跑到老男人跟前，餵老男人包子吃。一老一小兩個人邊咬包子還哈哈笑。

金氏女人也回頭看到了，拉著魯十七郎走得更快了。

到了家，金氏女人給魯十七郎試過買來的衣服挺合身，說：「我以為不合身要改呢，你真是衣服架子，我省事了。」

金氏女人收好衣服，就甩甩手去做午飯。兩個人吃過了飯，小炕桌上的碗筷也收了，都坐下了，金氏女人才問：「十七郎，你怎麼不問我那個老男人是誰呢？」

魯十七郎說：「我差不多猜出他是誰了。」

金氏女人咬咬唇，說：「我是故意帶你去見他的。我告訴過他，我決定真正嫁男人了，我就帶著我的男人去見他。他是我爸爸。」

魯十七郎並不吃驚，因為他差不多已經想到了。金氏女人又說：「你知道我姓金，也知道我不是這裏的老戶。你不知道我也不是漢人吧？」

魯十七郎點點頭示意她往下說。

金氏女人又說：「我們一家是朝鮮那邊的高麗人。我父親那一輩是從朝鮮躲戰亂過來的。我叫金葉子，其實我只比你大一個月……」

魯十七郎突然擺擺手，表示等等再講。魯十七郎站起去倒了碗白開水，本來還想找茶葉，又想起這個家不可能有茶葉，就只倒了開水，重又坐回來喝著水準備聽。

金葉子惱火了，瞪著魯十七郎甩下手，說：「你怎麼這樣？大少爺，十七郎大少爺你聽書哪？」

魯十七郎說：「你不懂，這樣聽理解的才深。你該講你爸爸，我老丈人怎麼成墊腳的了？」

金葉子忍不住哧哧就笑了，鼻涕也衝了出來。她抬手擦拭了鼻涕說：「你猜到那個賭場以前是我爸爸的嗎？」

這一層魯十七郎沒猜到，但也猜對了一半。他猜的是金葉子的爸爸是個賭徒，把自己輸給賭場當墊腳的了。

金葉子說：「我爸爸輸了賭場，他沒用我和我媽當賭注，沒輸了我和媽媽，卻輸了自己。他活一天就得墊一天腳。我們家就這樣毀了，賭上來的在賭上毀了。我媽媽受不了苦跳了海，我也跳了海。我被蓋小魚的爸爸救了，蓋小魚的爸爸是個老實人，我想給他當媳婦他卻躲出去住不敢看我，後來想要我了卻淹死了。知道了吧，蓋小魚不是我生的兒子，是我一定要養大的兒子。我從沒懷過孩子。現在好了，我的事你全知道了，你的事我也全知道了。但你知道我帶你見我爸爸的真正原因嗎？」

魯十七郎說：「想個法子救他，我正在想。」

金葉子又忍不住笑了，說：「不是去救他，他能待在賭場墊腳不知道會多快樂。而且我們也救不了他。我的真正目的是告訴你，就算去當小白臉靠老太婆賣你的寶貝棒棰，也不要去賭。知道了嗎，十七郎？」

魯十七郎想，金葉子真像他那不去賭只好女人的爸爸，就說：「我知道了，十七郎答應金葉子，十七郎不賭大洋。但我還想救你爸爸回來。他沒把你和媽媽當賭注賭上就不算壞……」

魯十七郎閉了嘴。魯十七郎看到金葉子的眉眼都氣得豎起來了，只好抬手把眼睛捂上，也閉嘴了。

金葉子被魯十七郎逗笑了，沒再提她爸爸這個話題，卻說：「咱們現在過正常人的日子了，讓我想想我們用一百零六塊大洋做什麼生意好呢？」

魯十七郎不這樣想，腦海裏總是出現老丈人當墊腳的樣子。魯十七郎心裏幾天下來都不舒服。

這幾天金葉子指揮魯十七郎和蓋小魚把家裏家外收拾得順眼了，南北大炕中間也用一張草簾子隔開了。蓋小魚挺喜歡這張草簾子，直說，要聽不到聲了更好，就吵不醒了。聽得金葉子臉頰掛紅，也聽得魯十七郎哈哈笑。

這幾天之後，穿上普通人衣服的魯十七郎，去街上轉著找活幹。轉到大東溝江口那條繁華街裏的窯子街的街口，被一個叫吉麻子的二櫃仔細看兩眼就看上了，帶去窯子街幹上活了。

這次魯十七郎沒推辭，很開心地就去上工了，給吉麻子當二櫃的一家窯子挑水。這家窯子是槽子會開的。

槽子會就是靠水上吃飯的各種人物組成的幫會，而木幫的木把們伐木運木也離不開水，也是聽命於槽子會的組織。槽子會裏的各方大櫃、各路木幫大把頭就是各掌一方山林或水域的人物，也是掌握木把們、老排們命運的人物。這種有勢力的幫會開的窯子能小了嗎？這家窯子自然是這條窯子街上最大的窯子。窯子大窯姐自然多，窯姐多客人就多，客人多用的水就多，魯十七郎挑的水也就多了。好在工錢是兩天一算的，也算比較豐厚，兩天給一塊現大洋。

這樣過了一個多月，魯十七郎的工錢漲了，每天給一塊現大洋了，而且一天一算工錢了。

魯十七郎漲工錢是自己努力的結果，也是出乎別人意料的結果。魯十七郎雖是少爺，看上去眉目如畫俊俏又秀氣，但從小跟著關裏家的管家練那幾招楊式太極拳，十幾年下來，有了功夫是自然的。一旦挑水挑順了勁，就不覺得累了。

魯十七郎爲了水能充足些，就展示了生平第一次的智慧能力，修改了挑水的扁擔，整了一根可以掛四個勾的扁擔，再掛上四隻大水桶。這一趟水挑下來，就等於兩個人在挑水了，水自然充足了，魯十七郎也就有了閒暇。但他不偷懶，就主動打掃院子幹雜活。

吉麻子雖是窯子裏靠窯姐吃飯的二櫃，但這人還不錯，看魯十七郎也順眼，也另有其他打算，於是就在魯十七郎一挑挑四桶水挑到第十天上，拍給魯十七郎一塊大洋，說：「你現在這個價了，厲害了。一個月三十來天三十來塊大洋，就能隔三差五找看上眼的姐妹們靠靠。」

魯十七郎想這也許是吉麻子雇用他來窯子裏挑水的真正目的，就笑笑道了謝。但魯十七郎從不去找窯姐靠靠。

金葉子一直不知道魯十七郎在窯子裏挑水，魯十七郎也沒說過，只告訴過金葉子他在用力氣每天跑老多的路，在磨著鞋底掙大洋。金葉子以爲魯十七郎在幹跑腳送貨的活，就把魯十七郎的鞋做得輕軟些，這樣跑路腳舒服些。

蓋小魚卻知道新爸爸在幹什麼。這小子就總去窯子找魯十七郎，幫忙挑水掃院子，久了，和窯姐們混熟了，會被窯姐使喚跑腿買東西，也能掙點小錢回家交給媽媽了。

這一切在金葉子看來是她一家子的好運。當魯十七郎一連一個多月每天交給金葉子一塊大洋時，金葉子初時並沒在意。但有一天金葉子正做著晚飯，突然想到，跑腳有時候一天能掙上一塊大洋，因爲跑腳的男人也有能力偶爾找窯姐暗娼靠靠，但每天都是一塊大洋是不可能的。那麼魯十七郎在幹什麼呢？

等到晚上，魯十七郎和蓋小魚一起回來，三個人吃了飯睡下了，金葉子就摸魯十七郎的棒棰。和以前一樣，金葉子一摸，那根棒棰就粗壯也翹了，兩人就靠。這次也這樣，摸了、翹了、靠了，金葉子卻睡不著了，又不好問，怕魯十七郎生氣，那樣傷了感情。又想明天跟著去看魯十七郎到底在幹什麼？又覺得那樣更不好。有這事憋在心裏，金葉子就睡不著覺，總翻身。

魯十七郎也就醒了，把金葉子摟懷裏，問：「你有心事？想老爺子了就去看看。你不如小魚，小魚掙了幾個錢，還用自己留的錢買了好吃的去看老爺子。」

金葉子說：「你別提我爸爸。我在想你幹什麼每天都掙一塊大洋？我要是去幫你是不是每天能掙一塊半大洋？」

魯十七郎哈一聲就笑了，說：「你不能去，你幹不了那活。」

金葉子一下子坐起來了，說：「你真的去用你的破棒棰陪老娘們掙老娘們的大洋了？你是恨我靠過老排掙錢嗎？」

魯十七郎嚇了一跳，說：「你想哪兒去了？你怎麼是這樣想呢？我不告訴你是怕你知道難受。我告訴你吧，我在窯子裏專門管挑水。窯子啊，一家最大的窯子，裏面全是花枝招展的窯姐和齜牙咧嘴的嫖客。那地方用水多你知道吧？我現在一趟用一根扁擔挑四隻桶就掙一塊大洋了。以前不行，一次挑不了四桶水，才兩天掙一塊大洋。」

金葉子鬆了口氣，說：「你嚇我一跳，十七郎你可是男人，靠棒棰掙大洋沒幾年你就被女人吸成空心的十七郎了。那時我又糟糕了，非得重新幹暗門子不可，咱們這一家子又完蛋了。唉！挑水也不是長久的辦法，人會累成癆病的。咱們的大洋有一百四十八塊了。十七郎咱幹別的吧，比如開個小雜貨鋪子？」

魯十七郎說：「你拿主意吧，挑水真的挺好。不過你記著，你要去窯子裏找我就說找老十七，我在窯子裏就叫老十七。不能叫十七郎，叫十七郎是喊少爺。我現在是金葉子的男人，不是少爺。記得以後叫我老十七，魯十七都行。」

金葉子歎口氣，說：「咱倆是什麼破命啊，我以前是賭場大櫃家的大小姐，叫葉子大小姐。」

魯十七郎說：「少爺小姐是咱們爸給的命，那靠不住。咱靠自己，咱倆就是不離不棄生死鴛鴦的命。」

金葉子不吱聲了，也放下心了，往魯十七懷裏鑽鑽，但她還是睡不著。金葉子此刻卻沒想如果魯十七郎在窯子裏待久了，喜好嫖窯姐了怎麼辦？或者他有一天忍不住想多掙大洋，接了富太太闊小姐的客怎麼辦？

次日，魯十七郎早起吃了早飯走了。在挑水時覺得肩膀上的衣服厚實了，壓感減輕了，就知道金葉子一大早起來用幾層軟布縫在衣服裏當墊肩。魯十七郎整天心裏都是熱乎乎的。

這樣的日子過了快一年，魯十七郎見到了第二次老東北的秋天了。山裏的老排們又一次在南海靠了岸靠了女人，又一次快走了，窯子裏的窯姐也快忙過季了，又快到了可以靠著門框打哈欠的時節了，魯十七郎挑的水也相對用的少了。

這一天，魯十七郎回家晚了點，原因是窯子裏兩幫木把為爭一個新到的窯姐打了架。架打得不怎麼凶，沒死人，只傷了十幾個人。魯十七郎幫忙救治耽誤了回家，天大黑了才趕到家，家裏的油燈亮著，屋裏卻沒人。蓋小魚也不在屋。飯卻在鍋裏熱著，看飯菜沒動過，金葉子和蓋小魚都還沒吃。

魯十七郎洗了手臉，躺炕上等母子倆回來。不一會兒，魯十七郎就睡著了，到了半夜餓醒了。睜開眼睛屋裏烏黑一片，油燈熄了。

魯十七郎打著火去點油燈時，發覺油燈裏沒油了燈才熄了。魯十七郎開始緊張了，這不是金葉子回來熄的燈。魯十七郎點燃油燈舉著，滿屋找，沒有金葉子，也沒有蓋小魚。院裏也沒有。

魯十七郎心裏突然翻上了一縮一縮的難受感，舉著油燈去街上找，直到天亮回了家，家裏還是他離開時的樣子。魯十七郎想了想，跑去賭場找老丈人。在賭場外墊腳的老男人也沒了，賭場還開著，進出的多是朝鮮人。魯十七郎站在賭場外面待了半天，也沒勇氣進去問問老丈人哪兒去了。

魯十七郎回了家，在家裏翻東西，東西都在。他換穿的衣服都整齊地放在櫃子裏。櫃子角落裏整齊地堆著三百四十四塊大洋。這是金葉子存著打算頂間臨街的鋪子的。魯十七郎看到這些都在，徹底地傻了……

幾天後，老排們都走得差不多了，金葉子和蓋小魚還沒回來，也沒有消息。那間賭場還在正常地開張，只是賭場外面沒有了那個墊腳的老男人。

魯十七郎又一次去了賭場，這一次他鼓足勇氣進去問夥計，可是他問不出老丈人的消息。

回家後，魯十七郎在家裏翻找東西時，猛然想起了自己的牛皮箱子。一找時，才發現牛皮箱子不見了，放箱子裏的那身闖關東時穿的長衫禮帽和皮鞋也不見了。魯十七郎此時才傷心地想到，金葉子走了，帶上蓋小魚和她的爸爸走了。單單留下了他，他不是這一家裏的人。

魯十七郎有時也想，金葉子可能死了。以前金葉子靠過的老排這季上了岸，準會來找金葉子。金葉子不接客可能被老排整走整死了，可能還搭上了蓋小魚的命。至於老丈人那墊腳的老男人，他幾時死了或走了是沒有人注意的。

魯十七郎在槽子會的窯子裏挑水挑了將近一年，認識幾個木幫的把頭之類的人物是自然的事。老棒子就是那家窯子裏的常客，也是槽子會裏有一定身分的木幫的一路大把頭。老棒子見魯十七郎做事麻利，一根扁擔挑四隻桶挑得別致，就主動找魯十七郎嘮嗑，也講一些木幫裏木把、老排在山裏的故事給魯十七郎聽。一來二去，兩個人自然有了交情。魯十七郎想離開這個傷心地，跟隨老棒子進山當木把是最好的選擇……

魯十七郎離開家時把家裏打掃得乾乾淨淨的，門也鎖好了，又請鄰居幫忙照看著才走的。魯十七郎想，也許他走了，金葉子就會回來了。也許他下次回來，金葉子會在家裏像以前一樣做好飯等他。

魯十七郎走時從家裏帶走了一頂冬天戴的帽子，那是進入秋天時金葉子買了塊皮子和粗布給魯十七郎做的，是大山貓皮的。進山後魯十七郎穿的老羊皮襖是老棒子給的。

魯十七郎進山當了一季木把，到了次年二月掐套後，曾在夏天隨老棒子的木排回家了一次，家裏和他走時一樣，沒有變化，不同的是屋頂漏雨了。魯十七郎修好了屋頂才又進了山。

當然，那已經是三年前的事了，魯十七郎改叫魯十七，如果從在窯子裏挑水那天算起到現在已經四年了……

那麼，魯十七當了木把以後，他的青毛大狼狗是怎麼得到的？他又是怎麼得到依爾覺羅·和六注意的呢？這個故事還得往回再次倒退點。這就算我拐的第二個彎吧。

5

老排們從南海大東溝江口沿鴨綠江往長白山裏走比較費勁。那是上水路，如果不走山路而用槽子走水路，那得兩三個人在江岸上套上繩索拉著槽子逆往水上走。這種行路法和拉縴的縴夫差不多。

魯十七跟隨老棒子他們一幫人頭一回進長白山去開套，走的就是南海大東溝江口鴨綠江水路。也許是老棒子故意要磨煉魯十七，總叫魯十七在岸上套上繩索拉縴。和魯十七配合的不是道爾吉就是趙大勺子或者是才十五六歲的盛小耳朵。有時崔虎子和孫吉祥或者穆歪脖子會替換下盛小耳朵或趙大勺子。

魯十七在這一路上，似乎也有意磨煉自己，一路上沒坐槽子光拉縴了。魯十七沒對別人說他怕水暈船，這也是魯十七選擇拉縴的原因之一。而在其他人看來，這個新加入的長了漂亮女人臉的傢伙是個邪乎的人，是個挺神秘、看上去挺厲害、看不透也挺怪的人。

老棒子雖和魯十七比較熟也比較投緣，但老棒子並不知道魯十七的底細，只知道魯十七的媳婦丟了，魯十七才想進山當木把。這不是魯十七故意隱瞞，而是魯十七性格如此，認爲沒必要說他就什麼也不說。這不像老棒子老於世故，逢人豪爽又小心的處世性格，也不像其他木把互不信任的小心提防，是魯十七生性如此，表現出來也就顯得坦蕩得多。

在走到馬面石哨口時，老棒子他們的槽子靠了岸。那時沒到可以靠岸歇夜的時辰，因爲每天走多少路，幾時走，幾時停，到哪歇腳都是有規律的。之所以要在馬面石哨口靠岸，是因爲老棒子要在這裏祭祀幾個兄弟。

後來魯十七聽木把道爾吉說過，三年前老棒子帶的那串十幾丈長的木排在馬面石哨口觸礁炸了排起了垛，老棒子木排上的幾個兄弟都被木排的撞擊力震落了水，淹在木排的原材下面游不出來，都淹死了，獨活了老棒子一個。老棒子是閻王爺也不敢收的排把頭。

後來，魯十七才知道木排起垛是怎麼回事。木排運送是靠江河水流的流速決定快慢的，當然也有人爲的作用。但在兇險的區域，人的作用力和大自然的力量比起來就微不足道了。而且木排有大有小，越大的木排越不好控制。那時老棒子的那串木排大到十二丈長，放眼遮蓋了一大面江面。當木排排頭撞上礁石後，後面的多節木排一節撞一節，力量也越來越大，節節的木排相擠相撞就上升，就會在水面上架起了垛，木排上的老排們自然不能倖免。怕木排起垛，歷來是老排們心裏的恐懼……

老棒子祭祀了死去的兄弟，看看夕陽也快下來了，也沒叫大夥繼續趕路。老排們也就知道老棒子的意思是就地歇夜，就在岸邊找個避風處開始生火做飯。

這個地方的右側十幾里處有一個屯子，叫小南屯。這是道爾吉湊到魯十七跟前悄悄告訴魯十七的，還說他在小南屯裏有個老靠。那女人是山東人，人特好，乾淨，做飯好吃，炕上的功夫也好，就是年紀大了，五十多歲了。

魯十七不愛聽有關靠女人的事，就不吱聲。

道爾吉又說：「老十七，想不想靠靠？想就跟我走。咱春夏當老排、落雪當木把，圖什麼？還不是圖整個女人靠靠享受一下？」

魯十七看著道爾吉，說：「你不到三十歲吧？」

道爾吉說：「我二十九歲了，怎麼了？」

魯十七說：「你說那女人五十多歲了，比你媽都大，你就好意思去靠？你還是人，你還能算是人嗎？」

道爾吉反而覺得奇怪了，看著魯十七像看個怪物。道爾吉抬手抓抓頭皮又伸手摸魯十七的腦門，想摸摸魯十七是不是發燒在說胡話。魯十七抬手擋了道爾吉的手，又推開道爾吉的手。

道爾吉卻說：「你是山東來的生幫子，你是剛進長白山的北方窮老趕。你小子不懂。這沿江屯子裏的女人少啊，就值大洋。她們家家都窮。咱們木把、老排可是那些女人掙錢養家的指望。那些女人也是咱們木把的指望。女人老又怎麼了？老女人也是女人啊。年輕好看的女人你燒了高香也不一定能碰上。就算碰上也不一定能靠上，甩大洋也不一定管用。曉得了？在這條江邊，只要是女人就是咱們木把爺們的指望，要能靠上的女人就是寶。怎麼的，去不去？咱兄弟倆一路十來天了，我看你行，可以當兄弟，咱倆投緣一起上去靠。你先也行，也是幫幫那老女人，人家靠這個養家。」

魯十七往地上吐了口口水，站起離開道爾吉去江邊洗手了。

道爾吉衝著魯十七的後背喊：「我操！我他媽不信你小子當木把還不找女人靠。你能憋一個月我他媽的叫你十七哥，我聽你的當你的小弟。媽了個巴子的，你他媽的不識抬舉。」

道爾吉罵罵咧咧地自己去了，天亮才回來。這個過程現在先不描繪，反正一個月之後，道爾吉在老棒子的提醒下，紅著臉叫魯十七作十七哥。

魯十七他們在鴨綠江邊歇夜的時候是秋天，雖是東北，秋季的天還是比較熱。

魯十七一路上拉縴，初時還穿著鐵銹紅色的短汗衫，才一天，鐵銹紅短汗衫的肩膀部位就磨破了。這件鐵銹紅短汗衫是金葉子給魯十七縫的。當時金葉子縫時還說，這塊紅布我存了好幾年了，想自己做肚兜沒捨得。給你做短汗衫穿了準好看，你就更像俊俏的大姑娘了。十七郎你記得，你欠我一頂大紅蓋頭。你們漢族的新娘子成親都有紅蓋頭，我也要有。

魯十七比較珍惜這件鐵銹紅短汗衫，看著磨破了挺心痛的，就收起來了。拉縴時，和其他木把一樣光了身子，只穿著兜襠的小褲衩。這十幾天又流汗，又曝曬，魯十七身上的皮膚脫了幾層皮之後，也變成棕色的了，臉腮下巴上也留出了男人的小鬍子，魯十七郎即將變成木把了。

魯十七在江邊坐著看看沿江的山色，也看映入江岸的夕陽，又覺得沒什麼好看的，就看在江裏摸魚的穆歪脖子。突然又想起鐵銹紅短汗衫破了要補，就爬上停靠在江邊的槽子，在自己的行頭裏找出鐵銹紅短汗衫，想洗乾淨縫上破損的地方。但是鐵銹紅短汗衫是洗過的，也是乾淨的，破損處也都縫上了。看針腳粗枝大葉的，想一想想到只能是老棒子給洗了縫的，這讓魯十七感受到了木把兄弟間的溫暖。

魯十七正感動的時候，穆歪脖子從江裏鑽出來，甩了甩頭上的水珠，喊：「十七哥，接著！」

穆歪脖子把一條一尺多長的江鯉魚甩了過來。魯十七順手從地上抓起一根木棍，迎接飛來的魚刺出，一下插進了飛過來的魚的肚子。看得穆歪脖子愣了愣，又看著魯十七笑笑，鑽江裏去了。

穆歪脖子和盛小耳朵一樣，也是個小半拉子。小半拉子就是十五六歲的半大小子。和魯十七一樣，穆歪脖子也是投奔老棒子頭一次進山當木把的人。這一路上，穆歪脖子的水裏功夫早被魯十七等人稱讚了。

魯十七把鐵銹紅短汗衫穿在身上，默默想了會兒金葉子。直到穆歪脖子再次甩上岸一條大白鰱魚時，才拎著兩條魚去給了做飯的趙大勺子。

趙大勺子的老家是河北三河縣的，和穆歪脖子是一個省的同鄉。趙大勺子看一眼兩條不小的魚說：「穆歪脖子好水性，磨煉出來準是個好排手，是幹頭棹的人物。是不是棒子叔？我看他準行。」

在一旁坐在大青石上吸煙鍋的老棒子，磕去了煙灰說：「我看可不一定，能幹好水場子活的木把少，穆歪脖子將來出息了當個二棹也許行，像頭棹這樣的排把頭還差點勁。頭棹不是一般人能幹的，但我看準了一點，這小子不管幹山場子活還是水場子活，都比你趙大勺子強。」

趙大勺子說：「棒子叔，你又小瞧我。等我出息了沒準成了英雄，到那時你打自己的大嘴巴吧。」

老棒子嘿嘿笑，看魯十七穿上了鐵銹紅短汗衫，說：「我沒你媳婦縫得好，你將就穿吧。咱們男爺們穿紅色布衫像穿紅肚兜的大姑娘。再說幹咱們這活的穿什麼衣服破的都快，這汗衫要是念想還是留著放起來的好。」

魯十七笑笑，沒說謝也沒說話。

趙大勺子看看魯十七，似乎不信魯十七能有媳婦，笑笑說：「老十七你真有媳婦？這真他媽怪了。你有媳婦還跑出來當木把？那你媳婦在家閒著能不找野漢子嗎，能不出故事嗎？你小子也真捨得。」

老棒子看魯十七的臉色驟然變白了，岔開話說：「趙大勺子你給我記著，會動嘴更要會動手。都他媽什麼時辰了，飯呢？一會兒啃你屁股啊。崔虎子，去叫穆歪脖子上來。留點力氣明早拉縴。」

坐在石塊上在縫條破褲衩的崔虎子答應一聲，放下破褲衩，晃著黑糊糊的光屁股跑去江邊。老棒子過去拿起崔虎子的破褲衩接著縫，突然說：「看看，這小子的褲衩子破的這個地方，真他媽破的高明。」

魯十七和趙大勺子、孫吉祥、盛小耳朵都看，都衝口笑了。崔虎子的褲衩破的不是褲襠，而是遮棒棰的那個位置破了個大洞，想來是棒棰在夜裏老翹，給頂破的。

五個人正笑著，就聽崔虎子喊：「快來呀老棒子叔，這小子抓了個大傢伙。快來幫忙拉呀！」

除趙大勺子外，其餘的人都跑過去，卻見崔虎子和穆歪脖子都不說話，都低頭看從江裏拉上來的東西發呆。

魯十七看了這個東西嚇一跳，說：「怎麼是個人？這人身上的肉呢？」

老棒子過去蹲下察看一番說：「這人死了三四天了，身上的肉快被江蟲吃沒了。是身上被捆上石塊丟江裏的。許是一個收了大洋回家的老排走到這疙瘩被鬍子害了。下手真他媽黑，連褲衩子都扒走了。」

穆歪脖子說：「棒子叔，我在江裏正抓一條大胖頭魚，被繩子絆了腳才拉上了這個人。我還以爲發洋財了呢！晦氣！」

崔虎子說：「我聽說馬面石哨口一帶是大鬍子劉三炮的地盤。棒子叔，這人要是劉三炮的綹子殺的，咱們還是連夜趕緊走吧。」

孫吉祥也說：「是啊！還是連夜走好。咱們這趟的工錢都在槽子裏，有三千一百塊大洋呢。」

老棒子說：「都是木幫兄弟，怎麼也不能叫他捆著石塊回老家吧。崔虎子、穆歪脖子，你兩個挖個坑，找塊布給蓋上臉把他埋了吧。」

老棒子自己動手把捆在這個人身上的繩子解了，站起來掉頭離開了。老棒子沒吩咐是否連夜離開，別人也沒再說這個話題。

吃飯的時候，魯十七沒吃穆歪脖子抓上來的那兩條魚。在魯十七看來，那是吃了人肉的魚。老棒子也沒吃那兩條魚，在老棒子看來，這條鴨綠江裏的魚都是淹死的木幫兄弟變的。

大夥的飯還沒吃完，卻發生了一件事，這頓吃了一半的飯吃不成了。一條大黑牛突然衝上了江灘，牛受傷了，肋部上有破口。大黑牛鼓著眼珠在江灘打了一個轉，大夥才看到大黑牛肚子邊上咬著一條青毛大狼狗。

崔虎子說：「是大青狼吧。」

孫吉祥說：「去你的，青狼沒這傢伙大。」

大黑牛無法側向揚蹄，就踢不到青毛大狼狗。用角頂看來也不太靈，要靈就不會被青毛大狼狗咬成這樣又逃到江灘上來了。青毛大狼狗也真是厲害，一旦咬上一口，就甩頭撕開塊皮。

在江灘的另一邊，一群人也叫喊著追來了。大黑牛的眼珠都紅了，打著轉頂不上青毛大狼狗，突然看到穿著鐵銹紅短汗衫的魯十七，就停下蹄，眼珠越發通紅，也不理會青毛大狼狗撲咬肚皮，鼻孔裏呼呼喘粗氣，突然低頭亮角揚蹄就向魯十七衝過來。

老棒子大喊：「這是瘋牛，快避開。」

可是大夥馬上發現大黑牛根本不理會別人，別人離大黑牛近，大黑牛也不理，就盯著魯十七衝過來。

魯十七嚇了一跳，掉頭就逃，被大黑牛頂著屁股追，魯十七奔跑的速度和身體的靈活也被激發出來。這一人一牛在江灘上開始賽跑，在別人看來，大黑牛的角就頂在魯十七的屁股上推著魯十七跑。

青毛大狼狗也看呆了，不咬了，跟著追著看。

老棒子急了，喊：「抄傢伙救人哪！」

幾個木把急忙各抄木棒追過去，幾個木把的後面還追著追來的那夥人。這場面就亂套了。

魯十七漸漸不怕了，也知道這樣逃下去不行，一旦被牛角真的頂上屁股頂倒就完了。魯十七想到了太極拳裏的一招，突然向左側一個錯步，大黑牛從身側一頭就頂過去卻頂空了。魯十七一個大弓步跨出，瞄著大黑牛外側的一條後腿，左手抄過去，右手抄回來，握住發力一甩，大黑牛一下失去了平衡，像面厚牆似的側向摔倒了，兩條後大腿也摔得敞開了，露出了後大腿之間那片柔軟的肚皮。

魯十七飛身而下，一屁股坐在大黑牛的脖頸上，抓住一隻彎曲的牛角死命地壓住大黑牛的腦袋。跟著看的青毛大狼狗，在大黑牛倒下、露出了那柔軟的肚皮時，牠以不可思議的速度撲過來，在大黑牛的那片肚皮上，一連兩三口下去。大黑牛兩條後腿急蹬幾蹬，哞叫一聲，一股大力就甩倒了魯十七，爬了起來。但是大黑牛站了一會兒，又慢慢坐倒了，看向魯十七的目光也漸漸呆滯了。大黑牛的肚腸流出肚皮了。

青毛大狼狗圍著大黑牛轉了幾轉，大黑牛堅持著還想站起來，但已經失了力氣無法站起來了。

青毛大狼狗在老棒子等人追到時，才汪汪叫幾聲，大家才確認這傢伙真是狗，是條比一般狗大得多的埋裏埋汰的大狼狗。

隨在老棒子他們後面追來的那幫人是前屯子的人。一個提扁擔的中年漢子，喘順了氣就過去看大黑牛。看到大黑牛肚皮破了，肚腸流出來了，快完蛋了，就跺一下腳，說：「操他媽的，完了！完了！完了完了完了。」

中年漢子又跺一下腳，吸口氣，掄起扁擔就打青毛大狼狗。青毛大狼狗蹦跳躲避，中年漢子打不著火氣不消就再打。

青毛大狼狗火了，嘴巴上的皮堆起了皮褶，嗚嗚叫幾聲，甩腦袋就咬住了扁擔，一甩頭就奪下扁擔丟在了地上，然後瞪著中年漢子汪汪叫著發脾氣。中年漢子失了扁擔就慌了，也就站直了。青毛大狼狗見中年漢子老實了，又衝中年漢子汪汪叫幾聲，似在罵中年漢子不分敵我。

另一個中年漢子說：「誰叫你他媽的撿這麼個狼也追牛也趕雞也咬豬也咬的狗畜生。牛死了，該！活該！活該！活棒棰該！活棒棰該！看你回家你媳婦非他媽扒了你的臭皮不可。」

老棒子聽糊塗了，問：「這牛不是瘋牛幹嗎追人呢？這條大狼狗多好多厲害，連瘋牛也不懼……」

中年漢子一下子找到出氣的人了，吼叫：「什麼瘋牛？你媽才是他媽的瘋牛！咱們追狗哪，狗在追牛。瘋牛！你媽的瘋牛！」

中年漢子又掉頭衝魯十七罵：「你媽的你不穿紅汗衫牛能追你嗎？牛就見不得紅的東西。操你媽，真他媽晦氣。」

另一個中年漢子說：「少和他們磨牙了，叫他們賠牛錢。連母驢也靠的死木把怎麼不死絕了，見你們就生氣。」

老棒子想一想，不想再爭執，就賠了牛錢。但這幫人過去又想把死牛抬走，孫吉祥不幹了，說：「得了便宜沒完了，嫁大姑娘搭上肚裏的孩子是不是？我操！這死牛就是扔了也不給你們，這幫王八犢子。」

中年男人才歎著氣邊看大黑牛邊往回走。另一個中年漢子走時用扁擔指著跟著走的青毛大狼狗說：「養不熟的畜生。你哪來的滾他媽哪去，再進屯子我他媽砸死你。」

青毛大狼狗聽懂了這個中年漢子說的話，停下了腳，不跟著走了。揚起腦袋吱叫一聲，屁股就坐下了，看向中年漢子的眼睛裏射出一股憂傷的光。這道光叫魯十七看到了，讓他想起了拋棄他的金葉子，眼睛裏也射出憂傷的光，看著青毛大狼狗心裏就痛了一痛。

穆歪脖子踢了踢死了的大黑牛說：「棒子叔，這大傢伙怎麼辦？埋了嗎？那得挖多大個坑？」

崔虎子在穆歪脖子腦袋上拍了一巴掌，說：「就知道埋，挖坑挖上癮了。這傢伙是牛，牛肉是輕易看不到的好東西，是吃的。」

趙大勺子說：「咱大夥有日子沒吃肉了，現下就吃這傢伙。是不是棒子叔？咱大夥一起動手。」

盛小耳朵突然笑了，說：「能吃上牛肉得謝十七哥。我可信了狗急了跳牆兔子急了咬人的說法了。咱十七哥可了不起，急了摔死牛。」

大夥看著魯十七都笑了。

老棒子說：「小王八犢子就會胡說八道。什麼摔死牛，老十七那是急了眼了，人急了想的急招。開整，開吃。咱們一頓吃不了帶著一路走一路吃，臭了再扔。」

在臨近半夜的時候，大夥才吃上牛肉，是用鐵鍋裝江水加粗鹽煮的。每人用手抓一大塊牛肉就啃，又有韌勁又有嚼頭的牛肉別提多香了。

青毛大狼狗沒離開，一直趴在不遠處用眼睛不時瞄一眼魯十七。這會兒見魯十七也吃上牛肉了，青毛大狼狗坐起來舉高腦袋看，可等了半天也等不到魯十七叫牠，青毛大狼狗急了，吱叫一聲，就跳起跑過去，坐在魯十七腳邊，歪著臉看看魯十七的臉，再看看魯十七手裏的牛肉。

魯十七發覺了，扭頭看青毛大狼狗，青毛大狼狗就歪著腦袋聳下耳朵，搖下尾巴。魯十七就把手裏的一大塊牛肉給了青毛大狼狗。

老棒子說：「這青毛傢伙真行，老十七你就收了牠。看青毛傢伙的樣子也是認你當主人了。」

那一晚，除了去小南屯靠女人的道爾吉，其他人加一條大狼狗都吃牛肉，吃得直不起腰了……

道爾吉一大早和一個老女人一起回來了。老女人跟道爾吉來是想掙其他人的大洋。

魯十七仔細看了看那個老女人。老女人真的有五十多歲了，長了一張皺巴巴的瓜子臉，一臉菜色，挺高挺瘦頭髮花白，身上的衣服補丁壓補丁，但看上去洗得乾乾淨淨的，走路也利利索索的。腋下夾著一個小布包。

道爾吉笑嘻嘻地還沒說話就嗅到牛肉味了，立馬順著味找到煮熟的涼牛肉，抓手裏就啃。

趙大勺子瞟了眼站在一邊看著幾個老排、又沒有多少信心上前打招呼的老女人，趙大勺子湊過去問道爾吉：「你的靠？」

道爾吉說：「廢什麼話？翹了就上，她夾小布包來的。」

趙大勺子笑笑就過去了，也就一袋煙不到的工夫，趙大勺子回來了。

孫吉祥對趙大勺子說：「你太厲害了，我的屁還沒放完你就交貨了。你看我的，你數次數吧。」

孫吉祥也去了，兩袋煙的工夫就回來了，說他靠了兩次，一塊大洋正好。接著是老棒子。

老棒子過去沒靠，去向老女人打聽了另一個女人，也給了老女人一塊大洋。老棒子回來時眼圈是紅紅的，像是哭過了。然後是崔虎子。之後是盛小耳朵。盛小耳朵還是個半大小子，比穆歪脖子大不到一歲，但這小子回來也說他爽極了。

盛小耳朵之後就剩下魯十七和穆歪脖子了。

穆歪脖子早就等著急了，見魯十七沒那意思，笑一聲，撒腿就往老女人那兒跑。魯十七以爲老棒子能阻止，畢竟穆歪脖子才十五六歲，可是老棒子垂著腦袋想事，沒看穆歪脖子也就沒管。

穆歪脖子靠的時間長點，笑嘻嘻回來了，說：「棒子叔，我身上沒大洋，我把大黑牛皮送她了。」

老棒子說：「拿得動就叫她拿走。小王八犢子你靠了你奶奶，還他媽的傻笑。小王八犢子。」

道爾吉嘿嘿就笑了，說：「你們瞧著吧，這小子從這一次就上道了。以後就知道怎麼花大洋過癮了。」

另幾個木把沒笑，都瞧著魯十七，盛小耳朵想到魯十七剛入夥，許是沒大洋才不去，說：「十七哥，大洋我出，你去吧，別憋著了。」

魯十七的腦海裏飄出的是金葉子的臉，魯十七心裏又痛了一下，歎口氣招呼青毛大狼狗向江邊走。

趙大勺子嘟噥一句：「王八犢子的棒槌不管用吧？要不這小子會丟下媳婦進山當木把？我他媽可不信。」

魯十七站住了，回身過來甩了趙大勺子一個挺響的大耳光。

趙大勺子摔倒了，卻喊：「棒棰沒毛病你去靠啊，動拳頭算什麼好漢子？你他媽的和老子掏棒棰比比啊。來啊，老子用棒棰叫你爽啊。」

老棒子喊：「自家兄弟這是幹什麼？雞道鴨道各好一道懂不懂？以後誰拿老十七的媳婦說事就他媽給我滾蛋。老十七再和兄弟動手也他媽給我滾蛋。」

老棒子又掉頭衝一邊嘻嘻笑、一邊用右手揉著襠部的道爾吉喊：「操你媽的王八犢子，就你他媽的雜種多事，叫她走吧！」

道爾吉沒吱聲，也沒看罵他的老棒子，依舊嘻嘻笑著把右手從襠部抬起，抓了下頭皮轉了一圈，找了塊破布片，包了三四十斤牛肉，又招呼穆歪脖子拖了大黑牛的皮給了老女人。道爾吉把牛肉給老女人背上，抱了抱老女人，在老女人嘴上親一口，對老女人擺擺手就回來了。八個漢子看著老女人背上背了牛肉包，像隻細腿小螞蟻拖面大樹葉似的拖著大黑牛皮一步步走遠了……

6

二十幾天後，老棒子帶著魯十七他們這幫木把到了六道溝木場，在木刻楞裏住下了。

那時離開套進山還有十幾天，等進入十月頭一場雪一落下就進山。青毛大狼狗這一路跟著魯十七在岸上走來，早和魯十七好得像一對人兄狗弟了。

這段時間，老棒子幹的事就是配合替依爾覺羅．和六管乾飯盆林場的二櫃那拉．吉順多招些木把。這是依爾覺羅．和六的意思，依爾覺羅．和六想加大伐木的效益。那拉．吉順二櫃和老棒子坐著馬車帶上現大洋，跑了幾個屯子，一路開套、開套喊下去，就把閒了一個春秋的木把招出來了，共要了七八十個木把帶回六道溝木場。

招齊了木把人數，開套的日子也到了，在進山開套之前還有祭祀的事，就是由大把頭老棒子領著小把頭們上供品祭祀山神，求山神爺保佑木把們進山平安。

也就在祭祀後的這一天，依爾覺羅．和六突然叫老棒子好好指點魯十七，並告訴老棒子，魯十七不必動手幹木把的山場子活，只要魯十七整懂山場的事學會安排事就行了。也告訴那拉．吉順二櫃留心指點魯十七做事。這就等於說魯十七的身分不是木把了，而是帶有監工把頭的意思了。

老棒子不明白依爾覺羅．和六爲什麼一眼在百十個木把裏獨獨看中了魯十七？這不是叫魯十七一點點接替他老棒子嗎？但老棒子也看好魯十七，認定魯十七是個重情義的漢子。

這個疑問在老棒子心裏並沒變成不解之結。但老棒子久漂江湖不能吃糊塗飯，也套問過魯十七。老棒子發現魯十七並不知道依爾覺羅．和六想栽培他，也從沒見過依爾覺羅．和六。

老棒子就認爲是魯十七運氣好，對上依爾覺羅．和六的眼了。不能怪老棒子這樣想，老棒子不知道依爾覺羅．和六是見過魯十七的。

魯十七幫工挑水的那家窯子是槽子會開的，依爾覺羅．和六是槽子會的當家大櫃之一，也是南流水區域幾個最大林場的大櫃之一。

依爾覺羅．和六每去南海必然住在槽子會專事接待的住處，就是魯十七挑水的那家窯子的後院。依爾覺羅．和六偶爾看到一根扁擔挑四桶水的魯十七起了好奇心，又向窯子的二櫃吉麻子瞭解了一下，就記住了魯十七。而且魯十七長得像穿男裝的俊俏女人，在男人中非常好記。依爾覺羅．和六這種身分的人物走出去留意人才是自然的事。

但這也不能是依爾覺羅．和六看好魯十七的因由。讓依爾覺羅．和六準備啓用魯十七的是另外一件事。

依爾覺羅．和六爲人怪，喜歡悄悄觀察人吃飯。這也是依爾覺羅．和六每次在木把開套時必須趕來的原因之一。

想想也是，一個人躲起來悄悄看百十個人吃飯也許挺過癮。有一次魯十七吃飯，依爾覺羅．和六正好看見了。

魯十七打了飯，打飯時晚了點，管事給的飯少了。魯十七沒在意，把飯分一半給了青毛大狼狗。青毛大狼狗吃完了不夠，盯著魯十七看，魯十七再分給了青毛大狼狗一半。就這個舉動，叫依爾覺羅．和六認爲，魯十七是個可以和人共利益的人，也是個可以讓給他人利益的人。也就是說魯十七是個可以吃虧、也不在意吃虧的人。

依爾覺羅．和六再觀察下去，在魯十七剃了小鬍子洗乾淨之後——木把們進山前都要收拾乾淨，這是不成文的規矩——依爾覺羅．和六就認出了魯十七是窯子裏挑四隻水桶的，長得比漂亮女人還漂亮的那個小男人。依爾覺羅．和六才決定栽培魯十七……

這也許是依爾覺羅．和六和魯十七之間的緣分，也許還是莫名其妙的緣分。當然，這段故事發生在魯十七不到二十五歲的時候。現在喝醉酒睡在雪地裏的魯十七已經快二十八歲了，已經是個經驗豐富又機智多變的木把中的木把了……

下面的故事，就順著主線的方向向下進行了。因為到目前該拐的兩個彎拐完了，一半的人物已經出來了。應該叫睡在雪地裏的魯十七起來了。

第三章　狗兄弟，虎兒子，人爸爸

兩隻狼再次對上臉，白鼻頭做勢假意迎戰，牠想誘敵深入，這招使白鼻頭一直居於頭狼的位置久戰不敗。在灰狼將要撞上牠前胸的一瞬間，牠後腿向側方一步蹬出，和灰狼錯身的當口，頭一低，再一揚起，一嘴下去就在灰狼的後腿外側撕下了一塊皮肉。

《狼王閃電》

1

魯十七醒了。不是凍醒的，是又熱又渴才醒了。睜開眼睛看到了一豆燈光，就感覺是睡在屋裏，心裏猛然狂跳，一個高跳起來喊：「葉子！葉子！」又猛然一下子清醒了，這是待在木刻楞裏，不是金葉子的家裏。

魯十七就站著發了陣兒呆，看著一個高大的黑糊糊的人在大爐子旁邊站起來看他。魯十七定定神認出了這個木把才說：「怎麼是你？我記得我和青毛睡在雪地裏，是你整我回來的？」

這個木把是陳老五。這會兒，陳老五正用奇怪的眼神看著魯十七。陳老五把手裏的一只用白樺林皮做的碗遞給魯十七，說：「我整你小子回來？我操！我才沒那閒工夫。喝醉酒躺雪地裏凍死的雜種多了去了，也不多你小子一個。我看見都不管，更別說沒看見了。聽你喊水沒給你尿喝就對得起你了。我問你，你剛剛喊了誰的名？」

魯十七不理陳老五，也不回答陳老五的問話，看了眼碗裏的水，水在白樺樹皮木色的映襯下泛黃，覺得真像是尿，就甩出去倒在地上，自己換了一隻木碗去盛了水喝了。

陳老五一直盯著魯十七，臉上陰晴不定。現在是後半夜，能住幾十人的木刻楞裏現在只站了兩個人，只點了一盞油燈，空間空曠自然黑暗。魯十七眼力再好，也看不清陳老五臉上的表情。何況魯十七根本就沒看陳老五的臉。

陳老五突然嘿嘿笑，說：「我聽到了，你喊葉子是吧？我靠過的女人老鼻子多了，多得記不清了。什麼銅葉子、銀葉子、鐵葉子、樹葉子、菜葉子。」說到菜葉子，陳老五的聲音拔高了，喊：「他媽的你喊的是金葉子。我靠了一堆破葉子，都是些認大洋的臭婊子，金葉子不是。是不是？」

魯十七還是沒吱聲，魯十七已經喝了三碗水了。

陳老五突然嗚一聲哭了，聲音像老牛哭似的，嚇了魯十七一大跳。

陳老五又坐下，抬手抹了把淚，又甩甩那隻手，說：「我就惦記一個葉子，是個高麗女人。她叫金葉子。可她說她嫁人了。我是拿著五百塊大洋在木排上想了二十多天才下決心去娶她當媳婦的。可他媽的金葉子呢？她說她嫁人了。以前一塊大洋靠她三次，她嫁人了我他媽拍給她一百塊大洋靠她一次她都不幹。他媽的，老子火了，老子拍下了五百塊大洋……」

陳老五嗓子眼裏的哭聲抽出一個顫音，停了停又說：「他媽的金葉子還是不幹。」

魯十七突然問：「你殺了她？」

陳老五聽了就跳了起來，一隻手背在了背後，喊：「操你媽！老十七，你瞧不起我！老子殺過人，老子殺男人。女人是殺的嗎？女人是靠的，女人連打都不能打一下。打女人的都不是男人……」

往魯十七身邊慢慢湊的陳老五突然停了腳，也不哭不罵了，說：「原來你惦記的葉子死了，被人殺了。那就不是我惦記的金葉子了。他媽的怎麼好呢？多可惜！兄弟我差點又一次犯了混。」

陳老五背在背後的那隻手收回身前甩一下，一把尖刀飛出去插在大桌子的桌板上了。魯十七才想到剛剛他差一點就被陳老五殺了。

陳老五不好意思了，兩隻手互相揉搓，看著魯十七說：「老十七，我熬了加老虎肉的苞米麵粥，老虎肉是我偷偷埋雪裏藏的。你不知道，醒了酒喝幾碗苞米麵粥對胃好。酒是好東西，喝多了老醉著就不好，我就從來不喝過量的酒。喝過量酒的木把、老排死的都快，大都是橫死。」

魯十七看陳老五邊說邊盛了粥，也覺著餓了。通過剛剛和陳老五的對話，魯十七多少瞭解陳老五的性子了，也就坐過來喝粥。

陳老五看魯十七喝了一碗粥，又馬上給盛了一碗粥，還問：「你的葉子姓什麼？」

魯十七說：「她叫金葉子。」

魯十七說著話把右手裏的粥碗握緊了，打算陳老五有異樣就先動手。就算被陳老五殺了也不能不認自己的媳婦是金葉子。

陳老五愣一愣，說：「咱倆真他媽是兄弟，惦記的女人都叫金葉子。我比你好點，我惦記的金葉子沒死，嫁人了，你惦記的金葉子死了。」

魯十七問：「那你知道金葉子嫁人了又去找過她？」

陳老五一拍大腿，說：「老趕了老十七，你問這話就他媽真是老趕了。你不懂咱木把爺們的心，也不懂咱木把爺們的仗義，咱木把不擋女人的路。女人不願意咱木把就不能用強。金葉子明明白白說她嫁人了，我拍五百塊大洋都不行。我再去找她糾纏還他媽是男爺們嗎？木把爺們不幹這樣的事。」

陳老五吸吸鼻子又說：「我想過老鼻子遍了，怪我自己光想多靠幾個女人。要是早點下心思沒準現在和金葉子生的雜種兒子都能給老子打酒了。他媽的咱們男爺們就是怪，惦記的女人都是沒可能再得到的女人。我那時離開金葉子家就想了，要讓我碰上她的男人我非整死她男人不可。」

魯十七一推粥碗哈哈笑了，說：「我信，但你碰上了。真的，我就是那個男人，你拿刀殺我啊！」

陳老五也哈哈笑，說：「和你說話真他媽過癮，咱倆一堆幹一季活了才對上脾氣。他媽的，是吧，兄弟？」

魯十七想想，點點頭。

陳老五說：「別看你整日不聲不響的，哥哥我知道你這小子也藏著殺人的心思。來！乾一碗！」

陳老五和魯十七碰了碗，都喝了一碗粥。

陳老五說：「好喝吧？」

魯十七說：「還行，沒我的金葉子熬的粥好喝。」

陳老五歎口氣說：「兄弟你行，哥哥我見識了數不清的女人，就沒一個給哥哥我熬粥的。你行，我服你了。」

魯十七抬手拍拍陳老五的肩膀，陳老五嘿嘿又笑了，說：「老十七，你說，剛剛那會兒你要是睡在雪地裏凍死了，咱哥倆不就錯過去了嗎？好玄啊他媽的。」

魯十七說：「剛剛你殺了我咱倆也錯過去了。」

陳老五說：「可不，真的好玄。殺了你我就殺過兩個人了。真的好玄。」

魯十七說：「謝你救了我。你還行，還會救人。」

陳老五馬上正色說：「你錯了老十七。我從來不救睡在雪地裏的人，那是這種人自己他媽的找死。我要救了這樣的人，就是擋了地獄裏的人口，來日我見了閻王爺非上刀山下油鍋不可。你真不是我救的，謝我就錯了。」

魯十七說：「那我是自己爬起來爬到你這裏來的？還是青毛拖我來的？不會吧？我怎麼記不起來了呢？」

陳老五說：「你小子命裏有貴人幫你，是大把頭老棒子。這老小子不是帶著盛小耳朵和穆歪脖子走了嗎？可他又帶著盛小耳朵和穆歪脖子回來打了個轉，在木刻楞裏沒找到你，問我你睡哪兒了？我說我看見那小子打著晃，狗也打著晃，拎根棒子順扒犁道走了，回乾飯盆林場了。老棒子跺一下腳，操了一聲，就帶盛小耳朵和穆歪脖子順扒犁道找你去了。你這小子被盛小耳朵背回來還他媽打呼呢。老棒子叫我好好守著你，我連覺也沒怎麼睡。」

魯十七笑笑，說：「原來是棒子叔他們救了我。」

陳老五打個哈欠，說：「得，天亮了。你住也行走也行，我得補覺，我要睡會兒了。你記得老十七，來日你當了山場子活的大把頭，依爾覺羅．和六林場裏的水場子活就算哥哥我的了。那拉．吉順二櫃也這意思。」

魯十七說：「你也給我記住了，我沒打算當大把頭，大把頭是棒子叔。你以後老老實實聽吆喝，別他媽乍刺。」

陳老五說：「那就走著瞧吧。誰叫老棒子眼看著老了不行了呢？誰叫你老十七是旱鴨子不敢上排整不了水場子活呢。」

陳老五往大爐子加了柴，脫了鞋，脫了衣服躺大通鋪上睡了。

魯十七戴上大山貓皮帽子，穿上老羊皮襖，把腰間的布帶子繫緊，在門口找了根柞木棒子提著，推開木刻楞的門走出去，立刻被外面乾冷乾冷的空氣包圍了，喘一口氣，鼻孔裏、嗓子眼裏就冷得發緊了。

這樣的天氣足有零下四十度。魯十七在木刻楞周圍找了一圈，沒找到青毛大狼狗。別人養的狗不用主人找，主人一行動狗就跟著來了。魯十七的青毛大狼狗不行，不一定跟著魯十七，有時想找也不知道牠在哪兒，有時不想找牠又自己鑽出來了，這就是青毛大狼狗古怪的性子。

魯十七就不找了，拎著柞木棒子再一次走上扒犁道，往乾飯盆林場走。邊走邊在腦子裏想事，想著想著突然想起他在金葉子家裏見過陳老五。那是他剛住進金葉子家的那個晚上，也偷看過陳老五靠金葉子，也是唯一一次看到金葉子接客的場面。這個印象雖然記憶深刻，但魯十七沒覺得心裏堵得慌，只在心裏說，原來那個陳老五就是這個陳老五。又想，葉子你死了吧，你死了不是離開我，你活著才是離開我。我就當你死了，我把你裝我心裏，走到哪兒都帶著你，你永遠走不了了。

2

邊走邊在腦子裏想事的魯十七走雪路不覺得累，而且昨晚下半夜又下了雪，雪遮蓋住了一切昨天的印跡，也突出了今天新的印跡。

在昨晚魯十七睡覺的那片雪地上就有新的印跡。魯十七記得，昨晚撐得肚皮難受的青毛大狼狗就是在這裏的那棵柞樹下刨個雪窩睡裏的。魯十七向這裏走來，是希望青毛大狼狗還睡在那個雪窩裏。這樣魯十七就找到青毛大狼狗了，還打算看到青毛大狼狗就上去踢牠一腳。

可是青毛大狼狗不在那個雪窩裏，青毛大狼狗的腳印有目的性地向一片落光了葉子的闊葉林裏去了。

魯十七蹲下仔細看了青毛大狼狗在雪地上留下的腳印，知道青毛大狼狗剛離開不久。

魯十七站起來看看方向，那片闊葉林不能直接通向乾飯盆林場，得在山裏繞一個大彎。但是魯十七還是順著青毛大狼狗的腳印找過去了。

這就是東北人冬天才進山打獵的好處，一是冬天動物的毛皮好，二是山裏一落雪，任何動物都無法遁形。

魯十七順著青毛大狼狗的腳印穿過闊葉林，青毛大狼狗的腳印又向左拐，下到了積雪深厚的山溝裏。山溝在夏天是條流動山水的水溝。現在是冬天，水凍住了，再積了雪就是雪溝了。雪溝的兩側長滿了草和灌木叢，有高出雪外的，都是瘦瘦的尖梢。魯十七想是不是下到雪溝裏跟去？正遲疑間，就看到青毛大狼狗腳印的旁邊又出現了另一道動物的腳印。魯十七在長白山裏待久了，又得了老棒子各方面的傳授，現在不但是個好木把，也是個不錯的獵人了。

魯十七就滑進雪溝，看著前後行進的兩種腳印有點糊塗，就找比較清晰的另一種動物的腳印看。魯十七想這是大山貓的腳印？不像，這腳印比大山貓的腳印壯闊。那麼是豹子的腳印？也不像，大小差不多，但這腳印比豹子的腳印寬圓。再看跨度又小，又不像老虎走出的跨度。

魯十七再想，除了這幾種動物，還有什麼動物的腳印是梅花狀的？猞猁？更不對，猞猁的腳印沒這麼大。

魯十七抬頭向前看。魯十七瞭解青毛大狼狗的膽子挺大，也像木把道爾吉那麼好色。牠曾經在發情不到母狗的春季，跑出去跟蹤一對即將發情找地方成親的狼夫婦，咬死了公狼，俘虜了母狼，並咬著母狼的耳朵帶回了魯十七住的木刻楞，日夜盯著母狼，母狼費盡心機也逃不了。就這樣過了三四天，母狼終因發情期暴發屈服了。那幾天，青毛大狼狗靠母狼靠得太努力，瘦了好幾斤。

發情期過後，青毛大狼狗就不理那隻母狼了。母狼招呼青毛大狼狗跟牠走，青毛大狼狗也不理，後來被母狼吵煩了就咬跑了母狼。

母狼生沒生出一窩狗崽子，魯十七不知道。一條獨立養育子女的母狼沒有公狼打食照顧，幾乎是不可能養活子女的，公狼是和母狼一同養育子女的。這就是公狼和公狗的不同。

假如那隻母狼生了一窩狗崽子，又沒有公狼幫忙養育，那些狗崽不是餓死，就是被別的猛獸偷去吃掉。如果不是這樣，母狼養活並養大了那些狗崽子，那些狗崽子就不是狼了，也不是狼狗，而就應該叫狗狼了。

但是，青毛大狼狗強姦母狼的事每到發情期就必幹，已經強姦了五六隻母狼了。這是改不了的，魯十七也知道，青毛大狼狗如果繼續努力幹下去，總有一天，在這座長白山裏，那種狗狼一定會在山裏出現。

可是，梅花狀的腳印又不是母狼的，也根本不是狼的腳印，倒像是隻小老虎的。魯十七又算算日子，現在還沒到青毛大狼狗追母狼屁股的時期，那麼青毛大狼狗在追什麼野獸呢？魯十七又一想，會不會是什麼野獸在追蹤青毛大狼狗呢？這樣一想，魯十七就著急了，提著柞木棒子加快速度往前追去，同時也後悔這次出來沒把他的弓箭帶在身上了。

魯十七順著雪溝裏的兩行腳印追出了雪溝。在一片低矮的灌木叢裏，魯十七看到了一片打鬥過的痕跡，青毛大狼狗在這裏和追蹤的野獸交手了。這裏的雪地上腳印雜亂，也重重疊疊的。

魯十七身上冒了汗，也更著急了，更擔心青毛大狼狗了，因爲灌木叢裏落下的毛都是青毛大狼狗身上的青毛，像被野獸的爪子撲抓下來落在雪地上的。而那兩行腳印鑽進前面針闊葉林地帶裏了。沿著兩行腳印再仔細看看，魯十七多少放下點心了，通過兩行腳印，也能看出是誰在逃誰在追。好像青毛大狼狗占了先機，在追那隻留有梅花腳印的野獸。

在這種針闊葉林地帶的雪地裏行走比較艱難，枝枝杈杈的樹枝又礙事。魯十七就勾起食指放進嘴裏打呼哨，呼哨聲在無人跡的山林裏傳出挺遠。魯十七等了一會兒，聽不到青毛大狼狗的回聲，也看不到青毛大狼狗跑回來的身影。魯十七就喊葉子，葉子。這是叫青毛大狼狗回家的命令。但還是沒有青毛大狼狗的回音。魯十七又順腳印追出了針闊葉林地帶，進入兩面生長了密集雜樹林的山坡，在進入又一片雜樹林時，突然聽到了青毛大狼狗的叫聲，叫聲就是從這片雜樹林帶的深處傳出來的。

魯十七順聲音蹚著雪找過去，就看見青毛大狼狗在一片風倒樹叢裏蹦蹦跳跳地對著一隻比牠小一些的野獸撲咬。青毛大狼狗聽到魯十七趕來的踩雪聲，汪汪叫著撲咬得更歡了。

魯十七一路小跑喘息著蹚著雪終於跑近了，才認出青毛大狼狗撲咬的是一隻小老虎。小老虎很兇猛也暴躁，但牠還是隻幼虎，不是青毛大狼狗的對手，被青毛大狼狗對著屁股咬得直轉圈，反擊的一雙前掌舞得雖然快捷，但對付不了青毛大狼狗。而且青毛大狼狗好像挺喜歡小老虎，並不真的撲咬，是像貓戲老鼠的那種撲咬。

看到魯十七到了跟前，小老虎更膽怯了。小老虎幾掌連擊逼退青毛大狼狗，就掉頭逃進風倒樹倒下壓在一起形成的空隙裏，掙扎著轉過身把屁股藏進空隙裏面，把腦袋探在外面對著青毛大狼狗咬。但小老虎探在外面的腦袋卻被青毛大狼狗一連拍中了好幾爪子。小老虎於是又往裏面努力縮縮，整個身體全縮進幾棵風倒樹的空隙裏了。

青毛大狼狗似也不敢貿貿然探腦袋進去咬住小老虎拖出來，就趴下盯著空隙裏的小老虎，還友好似的聳聳耳朵，搖搖尾巴。小老虎回敬的是突然拍出了一爪子，卻沒能拍中。青毛大狼狗就汪一聲，跳起用前腳還擊。

魯十七看青毛大狼狗全身都是汗氣掛上的凝霜，就知道青毛大狼狗追蹤小老虎下了大氣力，糾纏了好幾個回合。想想前一個戰場上掉的青毛，似乎青毛大狼狗初遇小老虎與之搏鬥時吃了小老虎一雙前掌的虧，才被抓掉了那麼多毛。

魯十七擔心附近有大老虎，察看了四周，就想到這隻是和母虎走散的小老虎，或者是因冬天食物缺乏被母虎拋棄的小老虎。然而，魯十七想起了一件事，在吃掐套飯時聽烏日樂說過，依爾覺羅．和六打獵整到了一隻被公虎咬死的母虎，也看到了一隻被公虎咬死吃掉的小老虎，還抓到一隻活的小老虎。如果那隻死去被眾木把吃掉的母虎帶著的不是兩隻崽子，而是三隻崽子，那麼這隻被青毛大狼狗堵在樹身下的小老虎會不會是剩餘的一隻呢？

魯十七一下子動了捉小老虎養大的念頭了。

魯十七觀察了一下，就走過去，用柞木棒子逗小老虎。小老虎甩著腦袋咆哮著咬棒子，一口咬住就不鬆口。

魯十七向外拉棒子，一點一點拉出了小老虎的身子，得了機會的青毛大狼狗一撲而下，一口咬住小老虎的後脖子。說也奇怪，青毛大狼狗沒下死口咬小老虎的後脖子，只是咬上按住了小老虎，不叫小老虎動。

小老虎鬆口鬆了柞木棒子，驚叫掙扎了一會兒，肚皮一起一落地早就餓得沒勁了，又被青毛大狼狗追蹤搏鬥了這麼久，這一被捉住就嚇得軟了腳，光驚叫不敢動了。

魯十七過去，解下束腰的布帶把小老虎的嘴綁上，再綁上四肢，摸一把小老虎的背毛，小老虎嚇得渾身的毛皮都在發抖。

魯十七把棒子插在腰帶上別著，抱起小老虎走了兩個時辰，才走出了雜樹林，拐上了通向乾飯盆林場的扒犁道，感覺小老虎心跳得平穩了，也不發抖了。看來牠不緊張了，反而往魯十七懷裏靠得緊了。

青毛大狼狗走一路盯一路，魯十七一旦走慢了站下歇口氣，青毛大狼狗總會及時探鼻子過來嗅嗅小老虎的鼻子，小老虎總是避開，要不避開就被青毛大狼狗濕漉漉的舌頭舔了臉。

魯十七說：「記住了青毛，現在你大一輩了。現在你是狗叔叔，牠是虎侄子。我是人爸爸。咱叫牠虎小弟吧。這傢伙長大了不吃人，咱就不收拾牠。」

青毛大狼狗似也聽懂了，跳了一下腳。

魯十七看守的木刻楞很大，是座可以住百十個木把的那種大的霸王圈。魯十七並不住在這個大的霸王圈裏。這個霸王圈是開套時專給木把們住的。魯十七住的木刻楞是自己建的，建在一片平坦地帶的柞樹林裏，距離木把們住的霸王圈有半里地。在木刻楞的旁邊是一片火山岩形成的地帶，還有口挺深的泉眼，也有條泉眼水流成的小溪流。長白山是活火山，山裏有許多溫泉，這個泉眼就是冬天也不會凍封，也會流出溫水。

魯十七抱著虎小弟走進柞樹林就到家了。青毛大狼狗跑在前邊去開門，前腳抬起支撐在木門板上，用嘴拉開從外面插上的木門閂，門就推開了。魯十七離開的時間不短，木刻楞裏的爐火早熄滅了。

魯十七把虎小弟放在板鋪上，關上門用松樹明子生爐子，沒注意青毛大狼狗在嗅虎小弟的鼻子時，用爪子把虎小弟嘴上的布帶子扒了下來。虎小弟突然鬆了綁，衝青毛大狼狗就咬一口，嚇退了青毛大狼狗，就咬綁前腳的布帶子。小老虎的牙還不太行，雖能咬破布帶子能撕破一點但咬不開。虎小弟急得吱吱叫。

青毛大狼狗趴在一邊看看，就往前湊湊。虎小弟看青毛大狼狗，青毛大狼狗就聳下耳朵表示友好。也許動物和動物較容易溝通，虎小弟能感覺到青毛大狼狗對牠表示的友好，警惕性有所放鬆，牠忍受青毛大狼狗靠過來，伸嘴幫牠咬開了前腳上的布帶子。虎小弟又一次獲得解放，對青毛大狼狗更是放鬆了警惕，也任由青毛大狼狗咬開了綁後腿的布帶子。全部的輕鬆也就獲得了，虎小弟慢慢爬起來，歪著腦袋看看青毛大狼狗，突然衝向木門。青毛大狼狗更快，早一躥而去堵在了門口。

虎小弟不敢交鋒，被青毛大狼狗追得在木刻楞裏逃竄。虎小弟的屁股、脖子、肩上、背部被青毛大狼狗咬了無數口，咬耳朵那口咬狠了，虎小弟的左耳朵被咬得豁開了口子，也出血了。

虎小弟終於膽戰心驚怕極了，也累極了，最終一頭鑽進魯十七兩腿之間趴下，喘著粗氣爬不起來了。

青毛大狼狗見虎小弟不起來逃跑了，也不再追咬了，過去嗅嗅虎小弟的鼻子，再舔舔虎小弟的臉表示安慰。虎小弟聳著耳朵，縮頭縮尾地接受了安慰。從這開始，直到虎小弟長成五百多斤的大公虎，虎小弟也不敢和青毛大狼狗交手。青毛大狼狗這一次就叫虎小弟怕了一輩子。

虎小弟不知道，青毛大狼狗對付牠的這種招數，就是對付被青毛大狼狗困住當幾天媳婦的母狼的老把戲。

木刻楞裏有熱乎氣了，魯十七也整好吃的了，卻發愁了。虎小弟的牙齒吃凍久了的生肉不太靈，也不吃煮熟的肉。餵虎小弟熟肉和肉湯是魯十七的想法，是想避免虎小弟長大了發了野性吃人。魯十七還想，養這個傢伙挺麻煩，但是魯十七還是把凍肉化軟了切成小塊餵虎小弟，虎小弟不吃就按住硬往嘴裏塞生肉。

虎小弟雖是餓久了，但拚命掙扎仍是不吃。魯十七塞肉塞久了，好多肉碎了掉地上，被青毛大狼狗撿了吃了。虎小弟眼睜睜看著青毛大狼狗吃肉也許受了啓發，也知道往肚裏咽了。魯十七一口氣往虎小弟嘴裏塞了七八斤切碎的生肉，看看虎小弟的肚皮鼓起來了，才整肉湯泡窩窩頭和青毛大狼狗吃了飯。那會兒，虎小弟已經鑽進魯十七的板鋪下面趴著悄悄睡著了。

這頓飯吃過天就完全黑了，木刻楞外面也刮起了夜風。風從森林裏奔跑出來，帶著嗚嗚的聲響，聽得人頭皮都發涼。

魯十七在爐子裏架足了柴，洗了手腳上了板鋪坐下。在枕頭下面翻出鐵銹紅的短汗衫看看，放在胸前，吹熄了油燈躺下，默默幻想了一會兒金葉子，才睡著了。

青毛大狼狗為了看守虎小弟，沒有像以往那樣趴在板鋪下邊的地鋪上睡覺，而是在門口趴著睡了。

老虎這種動物在夜間活動的頻率和白天差不多，也許還高過白天。在白天，如果老虎吃飽了就不愛動，會睡很長時間的覺。

這會兒，木刻楞裏漆黑一片，吃飽的虎小弟精神也回來了，睜著黃乎乎賊亮的眼睛從板鋪下面鑽出來，舉高腦袋往板鋪上看睡著的魯十七，眼光一閃一閃的。虎小弟看了一會兒，沒有過頭的行動，只是慢慢地在木刻楞裏走動，但虎小弟不會走向門口，因為牠想走向門口時會發現青毛大狼狗的耳朵會轉動一下。

這一宿，虎小弟不時站立著旋轉耳朵聽外面的風聲，不時地在木刻楞裏行走，而且是悄無聲息的。

虎小弟住進木刻楞的第二天，發生了一件事。虎小弟在木刻楞裏撒尿，被青毛大狼狗汪汪叫著趕出了門，盯著虎小弟在外面撒了尿，又汪汪叫著把虎小弟趕進了木刻楞。虎小弟想逃無路可走，只得鑽進板鋪下面不出來。魯十七也沒管。

整飯吃時，魯十七故意沒理睬虎小弟，和青毛大狼狗吃肉，肉還是煮熟的肉。但他也把一塊生肉放在一隻木盆裏放在地上。

虎小弟聽著吃食物的聲音，在板鋪下面待不住了。虎小弟一點一點爬出來，慢慢靠近木盆，卻遲遲疑疑不敢往木盆裏探嘴。東北虎雖是森林中食物鏈頂端的獸王，但也是生性多疑的猛獸，木盆裏放的生肉是食物，但虎小弟懷疑木盆會有問題，就不敢把嘴巴探進去。

魯十七還是不理睬，一塊肉一塊肉地撕開餵青毛大狼狗，看得虎小弟雙目直發呆。虎小弟似乎想起了昨晚這個人是用手餵牠肉的。虎小弟就慢慢向魯十七靠過去，幾步的距離，虎小弟用了差不多小半個時辰。但好在虎小弟終於靠近了魯十七，而且是主動的。

當虎小弟在魯十七身邊探近腦袋時，魯十七把一塊生肉托在手裏給虎小弟，虎小弟遲疑了好一會兒，魯十七的手都托酸了，虎小弟才歪下頭，飛快地叼上了這塊生肉。虎小弟過了這一關，再叼吃第二塊生肉時就快多了。

魯十七想，他可以把虎小弟養成獵虎了。這樣想著就不禁想起依爾覺羅·和六也在養的那隻虎，就笑了。幻想將來如果兩隻老虎見面了能發生什麼事，而且木把們知道他也養了老虎會怎樣傳說呢？

虎小弟吃飽了在木刻楞裏轉圈時，魯十七就用木頭把板鋪的空隙堵上了，又在板鋪下面的邊上，用木板鋪了一張大地鋪。這是給虎小弟整的鋪。

去了。

3

天邊的夕陽下來了。魯十七在外面看了一會兒夕陽，又掉頭回木刻楞裏拿了一柄鐵棰和一根鐵釬子出去了。

青毛大狼狗看一眼魯十七拎在手裏的東西，就知道魯十七出門去幹什麼了，青毛大狼狗也就不理會了，也不像以往那樣跟著出去，而是趴在門邊守著門。虎小弟卻有點著急，想跟魯十七出去，但虎小弟看一眼青毛大狼狗，就知趣地趴在魯十七剛剛整好的大地鋪上，舉起腦袋轉著耳朵聽魯十七在外面的動靜。

魯十七一直走到包圍溫泉的一塊塊火山岩裏，在一塊平整些的火山岩前停下，在火山岩上刻下了「１４４３」和「１４４４」、「１４４５」、「１４４６」這四串數字，就看著整面火山岩上的一排一排的數字發呆。

這是魯十七進山當木把以來在火山岩上刻下的天數，也是思念金葉子的天數。直到冷得打哆嗦了，魯十七才回了木刻楞。

那時，山裏完全黑暗了，又是一個無星無月的夜晚。夜風又嗚嗚地刮起，也有狼群嗥叫的聲音。因爲是冬天，食物缺乏，狼會聚在一起集體獵食。魯十七的木刻楞因有人的氣味，每個冬天狼群都會來打一轉。

狼群在木刻楞外面嗥叫，青毛大狼狗站在門前吸著鼻子盯著。虎小弟卻恐懼了，從大地鋪上爬起來，跳到板鋪上在魯十七身邊趴下了，身體還在微微發抖。

魯十七想，這小傢伙把我當成牠的虎媽媽了。就抬手放在虎小弟的背上。這是魯十七第一次主動摸虎小弟，虎小弟背上的毛皮抖了一下，往下縮了縮脖子，但沒有爬起來走開。

魯十七說：「你這膽子哪是老虎？青毛就厲害，總能把母狼捉回來當幾天媳婦。不過你長大了也許最厲害了。記得也捉個老虎媳婦帶回來給老子我看看。」

青毛大狼狗就回頭看一眼魯十七，再盯一眼虎小弟。耳朵轉換方向又盯著門，嘴裏吱吱叫兩聲。

魯十七從板鋪上下來，走過去從木刻楞的縫隙間往外看，看到十幾隻狼晃動綠幽幽的眼睛圍在木刻楞門前轉。但魯十七一點都不怕，因爲他每年都要面對這樣的事，而且木刻楞雖有縫隙，卻是整根整根的原木一根壓一根再用木楔子連續固定，別說是狼，就算是結束冬眠鑽出洞的大公熊也扒不開。

魯十七說：「得了，青毛，咱們睡覺吧。這幾隻狼不是去年那一群了。你總也捉不到的白母狼的狼群今年沒來。不過青毛，沒準你另外的狼媳婦和雜種兒子就在外面等著吃你的肉呢。」

魯十七轉身，腳被擋了一下，低頭才看見是虎小弟跟在身後。

熄了燈睡下，虎小弟似乎又想爬上魯十七睡的板鋪，但舉著腦袋看了魯十七一會兒，就在板鋪下邊大地鋪上趴下了。也許因爲外面有狼群，虎小弟這一夜幾乎一動也不動。青毛大狼狗趴在門口警惕地守了一宿。

天亮了，森林裏的風也弱了。狼群也離開了。

魯十七開了門，青毛大狼狗一頭衝出去，在木刻楞周圍嗅狼群留下的氣味，不時衝著東邊汪汪叫幾聲，再嗅嗅西邊，再衝西邊汪汪叫幾聲。虎小弟在門口探頭探腦猶豫了一會兒，終於沒敢走出門，趴在門口看著青毛大狼狗向北面的紅松樹林跑去了，才站起來高興地一個跳躍出了門。

魯十七看在眼裏沒去驚動牠，在悄悄盯著。虎小弟並不跑遠，而是選擇了木刻楞周圍的幾棵柞樹，在樹身上一點一點地撒尿，還用爪子抓樹皮劃道。

這是虎小弟在佔領地。魯十七放心了，知道青毛大狼狗去追蹤狼群的去向了，不出意外很快就會回來。

魯十七做好飯的時候，虎小弟首先一頭衝進了門，跑到魯十七腿邊趴下就掉頭盯著門外。青毛大狼狗隨即跑進來，還圍著虎小弟轉幾圈嗅氣味，虎小弟則是一副老老實實的樣子，看得魯十七哈哈笑。

接下來過了一個多月。這一個多月裏，青毛大狼狗把虎小弟趕出去拉了七次大便，並仔細嗅了虎小弟拉的大便。原因是虎小弟想在木刻楞裏拉大便，這是青毛大狼狗不能允許的。再有就是每天趕虎小弟出門撒尿，再趕虎小弟回來。這一個多月過去，虎小弟學會了在木刻楞裏怎麼生活了。這是魯十七和青毛大狼狗共同努力的結果。

這一陣子，魯十七像當初和青毛大狼狗住在山裏，馴青毛大狼狗時一樣，也叫虎小弟記住了兩句話的含義，一句是：十七郎。這句話是命令虎小弟出門。另一句是：葉子。這句話是命令虎小弟回家。初時虎小弟根本聽不懂也分不清這兩句話的含義，你喊你的，我幹我的，和我不相干。

但是青毛大狼狗是懂得的，也許動物馴服動物比人馴服動物更有效。青毛大狼狗在魯十七喊出十七郎時，就汪汪叫，咬著虎小弟往木刻楞門外趕。

虎小弟以爲這是趕牠走不要牠了，虎小弟就怕了。虎小弟圍著魯十七驚叫著打著轉逃避，就是不出去。

但在魯十七不斷地用十七郎叫喊、又在青毛大狼狗的攻擊引導下，虎小弟才跑出門去了，才知道喊十七郎是命令牠出門去玩兒。

而且這一個多月以來，虎小弟和青毛大狼狗也混熟了，慢慢地也會跟著青毛大狼狗在木刻楞周圍轉悠了，還和青毛大狼狗時不時地撲咬著玩了，有時還和青毛大狼狗一同舔食一個木盆裏的熟肉湯。虎小弟卻沒有青毛大狼狗舔食得快，因爲牠的舌頭不如青毛大狼狗的舌頭舔湯水靈便，又總在湯水裏找肉塊吃。青毛大狼狗卻能充分發揮舌頭的舔卷功夫，頭不動眼不抬，舌頭伸縮如風。虎小弟眼睜睜看著不是對手，有時急得直叫，但卻不敢揮掌給青毛大狼狗來一下。往往看一會兒，生一會兒氣，就又糾纏青毛大狼狗玩一塊兒了。到了魯十七招呼虎小弟回來的時候，再喊：葉子！虎小弟還是不懂。青毛大狼狗再教訓虎小弟知道葉子這兩個字的含義。

久而久之，到了後來，魯十七一喊十七郎，虎小弟就知道是出門玩了，就精神抖擻地隨著青毛大狼狗跑出去。聽到魯十七喊葉子，就會丟下青毛大狼狗先跑回來。每每這個時候，魯十七就會拍拍摸摸虎小弟，表示安慰。

魯十七養虎小弟的這段日子裏，冬天一晃就過去了。時節也過了三月進入四月了。

魯十七存的凍肉和用粗鹽醃一下再晾曬的臘肉全都吃完了。魯十七就想趕在山裏還有雪的時候打些獵物，養一隻老虎是需要有肉的，沒肉就談不上養老虎。

魯十七這幾年住在長白山裏，知道了怎麼在山裏生活，還向蒙古裔道爾吉印證過蒙古人使用弓箭的技術。而且魯十七對弓箭的熟悉程度遠遠超過了道爾吉。

魯十七自己用硬柞木和鹿筋製作了一張連道爾吉都拉不開的硬弓，又熔鐵製作了十七支鐵箭頭的箭。鐵箭頭是鴨嘴式闊刃的，還刻有放血的槽，如果一旦射不中動物的要害，動物也會被刃槽放光了血，也是死路一條。

魯十七人聰明，悟性高，在關裏老家那會兒他和七哥魯七郎投緣。魯七郎是個不幹正事的雜家，也就教了魯十七許多雜七雜八的學問。這些雜七雜八的學問平時沒用，但在需要時就有用了。魯十七觸類旁通，這也是他的七哥魯七郎指教有方。所以，魯十七可以在艱苦的環境下生存，做弓箭選擇的材質都是極好的。

魯十七準備好了打獵的種種工具，就把虎小弟關在木刻楞裏。虎小弟吃飽一頓三四天不吃食物也沒事。野生動物都有忍饑挨餓的本事，尤其東北虎，新陳代謝慢，最長可以二十幾天不吃食物。

魯十七就帶著青毛大狼狗打獵去了。這個時節，在陽光充足的陽坡，壓在草上的雪漸漸融化。雪薄了，草也就冒出來了。這些草，是食草類動物維持到春天的最後的食物。這也是能夠找到這些食草類動物的先天條件。

魯十七進了乾飯盆深處的陽坡地帶，沒用狗追箭射的方法打獵。魯十七來這裏還有一個目的，是看山勢，想在進入十月開套時爲用驢拉扒犁運原材的木把們找到一種方便又安全的運木方式。

魯十七就先找獸道下套子。所謂獸道就是各種動物走的道，每種動物走的道都不一樣。梅花鹿有梅花鹿走的道，麅子有麅子走的道。當然，野豬也有野豬走的道。想要下套，就要認出牠們走的道，再在牠們走的道上下套才能捕獲牠們。

魯十七轉了幾面坡，下了三十幾個套。這些套都是鐵線製造的，拉不斷，一旦套上獵物，會越掙扎越緊，輕易也帶不走，因爲這些套都連接在樹木上。當然，用套兔子的套套上野豬，套就會被野豬帶跑了。套什麼用什麼套，大小粗細是不同的。

魯十七下好了套，招呼青毛大狼狗往上季伐木區走。在那片山坡上轉到夕陽下來，就找地宿營了。這個季節狼群分散了，成對成對地準備成親發情下崽了。狼不能成群也就沒什麼危險，單獨的狼是避免與人碰面的。烤著火待一宿沒什麼事發生。魯十七又順著山坡看山勢，這樣轉了兩天往回轉，去察看下的套套了什麼。

青毛大狼狗這一次挺乖，一直不離魯十七的左右。隨魯十七找了幾個空套子，就汪叫一聲，向一個套子跑去。魯十七也跟過去，見到一個大套子套了一隻岩羊。岩羊脖子和一隻前腿被套上，套勒實了還在掙扎，但叫青毛大狼狗撲倒咬死了。

魯十七卻奇怪了，岩羊這種群居性動物平常專門在石頭砬子區域活動，爬坡走石頭砬子如走平地，連狼和老虎輕易都抓不住牠們。牠跑麅子道上幹什麼？魯十七背起了岩羊也就想通了這個困惑。還是季節的問題，這面陽坡雪少了，露出的草豐富了，吃草的岩羊能不來嗎？

魯十七背著岩羊快回到木刻楞的時候，青毛大狼狗停下瞄了一個方向，吸了吸鼻子，扭頭看一眼魯十七，就一溜煙跑沒影了。魯十七瞄著青毛大狼狗跑去的屁股，暗暗計算日子，就知道青毛大狼狗又去捉母狼過新郎官的日子去了。魯十七沒管，獨自往回走。

魯十七這一次離開了三個白天兩個晚上，現在是第三個晚上。他邊走邊想不知虎小弟在木刻楞裏造成什麼樣了。魯十七走近了木刻楞，發覺不對勁了。木刻楞沒事，靠近木刻楞的那間地蒼子卻被毀了。地蒼子裏是魯十七平時採集下來存的蘑菇、木耳、乾山菜、乾果等等山貨。

魯十七快步走過去，把岩羊放在地上，看了看地蒼子，知道這是熊幹的。看來有隻熊提前結束冬眠出洞了。看熊留下的腳印挺大，是隻大黑熊。這種熊一旦結束冬眠從樹洞、地洞裏鑽出來，就會滿山滿林找吃的。假如一隻熊冬眠前是五百斤，冬眠醒了出洞時，體重也就不足三百斤了，近一半的體重消耗在冬眠上了。這個時期的熊也是最不值錢又最是窮兇極惡的。

魯十七看著被毀壞的地蒼子，看著被吃得一乾二淨的一個春秋的存貨，只能歎口氣，也沒有辦法。

虎小弟聽到魯十七的聲音就撲撞門。魯十七還想這小傢伙也許被熊嚇壞了，也餓壞了，就開了門。虎小弟一下躥出來，兩隻前掌上抬就按上了魯十七的前胸，一顆圓溜溜的虎腦袋就晃在魯十七眼前了。

魯十七被虎小弟這一撲嚇了一跳，分開三天，才猛然發覺虎小弟長得比青毛大狼狗還高大粗壯了，就說：「我操！虎小弟，你的嘴巴太臭了。」

虎小弟放下前掌，吸著鼻子盯著岩羊轉圈，還伸舌頭舔岩羊屁股上的毛。這是東北虎開吃前的天性動作。

魯十七沒注意虎小弟的這個動作，去生火燒水了。但是虎小弟只是舔了舔岩羊屁股上的毛，就趴下等著了，也不去嗅嗅嚇得牠一個晚上不敢出聲的大黑熊留下的氣味。也許，虎小弟正在舒舒服服地變成家養的大肥貓。

魯十七收拾了岩羊煮了一些肉，又剁了些帶著骨頭的岩羊肉給虎小弟吃。魯十七又發現了一個問題：虎小弟吃完了岩羊肉和骨頭，卻趕在魯十七給青毛大狼狗的木盆裏倒羊湯泡窩窩頭時，跑過來伸舌頭像青毛大狼狗那樣舔湯吃，吃的樣子也像青毛大狼狗。自然的，虎小弟這些不同於虎的特徵，都是在模仿青毛大狼狗。

魯十七就說：「虎小弟，這樣下去可不行，你就更像狗了。狗還有一大本事是吃屎。青毛那傢伙雖然不吃屎，你也不能學牠。你可是吃生肉的老虎，是東北虎。十七郎！」

虎小弟愣一下，從木盆前離開，看一眼魯十七，跑出門去玩了。

魯十七把木刻楞收拾乾淨，又用了兩天時間去重新修整地蒼子。這兩天來，青毛大狼狗沒回來。

魯十七看著又一個夜晚降臨了，想想青毛大狼狗，真的開始擔心了，出了木刻楞一口氣喊了幾十聲葉子，打了幾十聲呼哨，青毛大狼狗也沒回來。本想出去找找，又知道是沒用的。這不是冬天有雪的時期，他找不出青毛大狼狗的腳印去了哪裏。

魯十七回來，吹熄了油燈上了板鋪睡覺還不禁想，青毛大狼狗可能碰上剋星被咬死完他媽蛋了。於是，魯十七很是傷心地看著虎小弟在木刻楞裏閃爍著眼光東嗅西轉，開始發呆睡不著覺了。

夜色在深入，到了下半夜，魯十七還是無法入睡，還在想著青毛大狼狗。青毛大狼狗回來了，跑動的聲音首先被虎小弟聽到了。虎小弟跑去門邊用爪子抓門，魯十七就跳起來點燃油燈去開了門。

青毛大狼狗遠遠地汪叫一聲，直接跑進門，直奔牠的木盆去了，把裏面的東西連吞帶咽吃個精光，才掉頭趴在魯十七的腳邊。

魯十七說：「下流狗，風流狗，你這臭東西還他媽的知道回來？」說著抬手照著青毛大狼狗的腦袋拍了一掌。

青毛大狼狗卻痛得吱叫一聲，就甩腦袋。魯十七奇怪舉過油燈看，衝口就笑了。青毛大狼狗的一隻耳朵齊根沒了。看傷口粗糙，是被什麼猛獸咬住硬生生咬掉的，一隻眼睛上面的皮上還有一道口子。再仔細看，魯十七就笑不出來了，青毛大狼狗的脖子上、屁股上、背上、肋部，加起來大大小小的傷口有十七條。

魯十七心痛了，說：「你這傢伙碰上什麼厲害的牲口了？咬這樣還能逃回來，青毛你是好樣的。」

魯十七就急急忙忙給青毛大狼狗的一處處傷口上雲南白藥，又給青毛大狼狗用岩羊湯泡窩窩頭吃，但也沒忘嘟噥：「你這臭傢伙有本事當嫖客，有本事當刺客，就該有本事不受傷。下次不許這樣了。」

青毛大狼狗似也知道這次吃了敗仗，把腦袋一直垂在兩條前腿之間，也不理會湊過來嗅牠的傷口、又用爪子挑釁牠的虎小弟。青毛大狼狗不想和虎小弟玩兒，虎小弟看看青毛大狼狗皺起嘴上的皮皺褶要衝牠發火，就退開，獨個到角落裏去玩了。

魯十七把這一切整完，天也就亮了。

在以後的幾天裏，青毛大狼狗趴在木刻楞裏除了吃就不動彈，牠在養傷。

魯十七時時想青毛大狼狗出去那幾天碰上什麼猛獸了？雖想不明白，但也知道青毛大狼狗身上的傷不是老虎咬的。如果是老虎根本不用咬成那樣，咬上一口就完了。也不是豹子，因爲那些傷口都是牙齒咬的，不是豹子的利爪抓的。那麼就是狼了。這就奇怪了，青毛大狼狗跟隨魯十七在山裏這幾年，一直是牠追狼咬狼了，從沒被狼咬過。

魯十七又一想，難不成青毛大狼狗這次碰上個烈女式的母狼，死也不從，把牠咬成這樣？如果是這樣，也就可以放心了，這臭傢伙吃了這次虧也許怕了，會改了去咬死公狼靠母狼屁股的性子了。

然而，完全不是魯十七想的那樣，魯十七看到青毛大狼狗這個對手的時候是一個明月在天、映得山林大地明亮亮的晚上。

這期間，魯十七又去了下著三十幾個套的那面山坡，這次收穫了一隻挺大挺瘦的麅子和兩隻挺大挺瘦的兔子。那個時候岩羊已經被虎小弟吃完了，魯十七和青毛大狼狗只能喝岩羊的骨頭湯啃窩窩頭了。

魯十七這次去收穫獵物沒轉山看山勢，也沒帶青毛大狼狗，是獨自去獨自頂著那輪明亮亮的月亮回來的。回來後，在做晚飯時，魯十七看著傷勢好起來的青毛大狼狗老去嗅虎小弟的屁股，老想抱上腰像靠母狼屁股那樣靠靠，整得虎小弟挺緊張，甩著屁股逃。最後，虎小弟想到了保護屁股的招，那就是臥下把屁股靠在木牆上，用一雙前掌和青毛大狼狗糾纏。虎小弟被魯十七養了兩個月了，吃得飽長得自然快，已經比青毛大狼狗大多了，按體重算差不多一百六七十斤了。青毛大狼狗再想掐脖子按倒就不行了。

魯十七看青毛大狼狗的這種表現，就知道青毛大狼狗上次沒當成母狼的新郎官。這一想，心裏就是一跳，想到這傢伙說不定這幾天還會跑出去找母狼靠。那種嗜好對狗來說是死也改不了的。

魯十七就想吃了晚飯把青毛大狼狗拴上，拴幾天過了勁就好了。

可是魯十七還是遲了一步。正和虎小弟玩兒的青毛大狼狗突然跳起來，跑到門前就用嘴抽開了木刻楞門上的木門閂，開了門跑了出去。

魯十七心裏一跳，喊：「葉子！」

青毛大狼狗遲疑著退回來，看著魯十七揚起頭吱吱！汪汪！這樣叫。這是這傢伙在向魯十七發脾氣。

魯十七又喊：「葉子！」

虎小弟趴著不動，青毛大狼狗吱吱叫著在門口轉圈，瞪向魯十七的眼珠都漸漸發紅了。魯十七歎口氣，青毛大狼狗本來就是條野性十足的狗，要不也不會發了脾氣把上一任收留人家的大黑牛追著死咬。

魯十七想了個招，就取了弓箭，關上木刻楞的門往外走，想射死母狼絕了青毛大狼狗的後路。青毛大狼狗卻汪一聲，揚頭翹尾向一片還存有殘雪的荒坡上跑。

魯十七追近的工夫，再看青毛大狼狗已經和荒坡上的一隻雪白的白母狼慢慢往一起湊了。在明亮亮的月光下，毛色雪白的白母狼真是漂亮，和青毛大狼狗在一起一比較，就像強悍的海盜和美麗的皇室公主。

悄悄潛過去的魯十七認出這條白母狼是連續兩年冬天在木刻楞外出現過的白母狼，也是青毛大狼狗兩次想靠都沒得手的白母狼，也就明白青毛大狼狗爲什麼會被咬成那樣了。魯十七卻不忍心射死這麼漂亮的一隻白母狼，而且心裏仍有疑惑，這隻高大漂亮的白母狼會是咬傷青毛大狼狗的狼嗎？

魯十七的這個疑惑很快就有結果了。青毛大狼狗雖然飛快地跑向站在荒坡上的漂亮白母狼，但在湊上前去時是小心的，步子放得很慢很輕，腦袋上唯一的那隻尖耳朵在轉動，似在聽什麼、觀察什麼。

但是，漂亮白母狼此時的氣味是青毛大狼狗無法拒絕的。青毛大狼狗明明知道牠的厲害對手此時就埋伏在一個黑黑的土窩裏準備突然襲擊牠，青毛大狼狗還是色瞇瞇地湊過去，靠近了漂亮白母狼，挺腦袋嗅一下漂亮白母狼的鼻子，再低頭轉過去嗅漂亮白母狼的屁股。漂亮白母狼就轉一下屁股，再翹起尾巴掃一下青毛大狼狗的鼻子，然後驕傲地再換個方向。

魯十七觀察白母狼的舉動不像以前青毛大狼狗對付的那些母狼那樣，就十分注意。

果然，就在青毛大狼狗揚起前腿抱上白母狼的腰，探出尖尖紅紅的棒棰頭，將要進入白母狼身體裏的當口，一隻黑亮毛皮豹子般大的大黑狼從土窩裏一撲而起，瞄著青毛大狼狗的屁股撲下來。

躲在暗處的魯十七早就盯上了，眼睛裏寒光一閃，手中的箭就射了出去。這一箭射中黑狼躍起的前胸，黑狼嗥叫了一聲，從青毛大狼狗的屁股後滑落下來，在地上又跳起，再前撲一下，才摔倒了。

漂亮白母狼猛地一甩屁股，卻沒能甩脫青毛大狼狗。白母狼雖然把青毛大狼狗從背上甩了下去，青毛大狼狗卻順勢轉了一個半圈，和白母狼依舊屁股貼著屁股連在一塊。但是白母狼拚命地拽著青毛大狼狗靠近大黑狼的屍體，又被青毛大狼狗發力拽回原地，如此較力反覆多次。

魯十七站起來，看青毛大狼狗和白母狼靠那事也挺興奮，但想到黑狼利用白母狼的發情期誘惑偷襲青毛大狼狗不成，賠了夫人又折兵時，就想到了三國時期的周郎利用孫尙香引誘劉備的這一招叫狼學會了，也同樣失敗了，就哈哈笑了。

此時，青毛大狼狗終於和白母狼分開了。

青毛大狼狗忙著勾下腦袋彎曲身體舔牠的那根正縮水的棒棰，沒注意白母狼向倒地的大黑狼撲過去，去嗅大黑狼的嘴巴，用嘴巴插進大黑狼身下往上舉，希望大黑狼站起來，但是白母狼終於明白大黑狼已經死了。

漂亮白母狼又一下撞開舔乾淨棒棰仍然跑過來糾纏、求再次靠靠的青毛大狼狗，向魯十七撲過去。

魯十七的第二支箭也就對準了漂亮白母狼，撲到中途的漂亮白母狼的四肢收推地面，停下了腳，盯著魯十七的箭頭，對魯十七揚頭發出淒慘的嗥叫，這叫聲使得魯十七的頭皮滾過絲絲涼氣。魯十七沒有射出這一箭。漂亮白母狼慢慢退後，又一個快速轉身，向荒坡深處跑去。

青毛大狼狗瞄一眼魯十七，就扭身抬腿想去追白母狼。魯十七一咬牙，第二箭出手射出，鴨嘴形狀的箭刃就削掉了青毛大狼狗腦袋上的另一隻耳朵。青毛大狼狗痛得吱叫一聲，跳了一個高，落地低頭抬前腳，邊吱吱叫邊扒拉冒血的耳朵根，還去嗅嗅掉在地上的那隻耳朵。

魯十七張口就罵：「操你媽的狗媽養的，下流東西。你這樣的臭東西像個偷香竊玉的老賊，配有好母狼喜歡嗎？你媽媽的大混蛋。」

魯十七過去看死了的大黑狼，歎口氣想，也許長白山最漂亮的大公狼死在他手裏了。想一想這都是爲了救好色的青毛大狼狗，就又冒火想狠狠揍一頓青毛大狼狗，掉頭找青毛大狼狗，青毛大狼狗已經不見了。

魯十七以爲青毛大狼狗到底還是追漂亮白母狼的屁股去了，又忍不住大罵：「真是狗到天邊也改不了吃臭狗屎，靠沒了耳朵還他媽去靠。下次我絕不管你，叫大公狼咬死你個王八犢子狗東西。」

魯十七抱起大黑狼的屍體回來，木刻楞的門卻是敞開的。虎小弟不可能在木刻楞的裏面開在外面拴的門，門怎麼敞開了呢？魯十七進了木刻楞，放下了大黑狼的屍體，就看到青毛大狼狗乖乖地趴在自己睡的地鋪上，怯怯的目光瞄著魯十七，直搖大尾巴。

魯十七就操了一聲，喊：「你這臭傢伙再犯棒棰上的臭毛病，再追母狼的屁股靠，我叫你變成狗太監。」

青毛大狼狗禿腦袋上的兩隻耳朵根很努力地動了動，表示知道了，大尾巴再搖搖，表示服了，聽話了，真服了。

魯十七連夜扒了黑狼皮，把黑狼皮用木條撐好，出去爬到木刻楞頂上，掛在木刻楞頂上晾曬。剛回了木刻楞，白母狼淒慘的嗥叫聲就傳來了。魯十七低頭看抬起禿腦袋聽聲音想站起來的青毛大狼狗，青毛大狼狗馬上把腦袋低下去埋在兩條前腿之間，不敢動了。這個好色的狗傢伙終於懂得懼怕魯十七了……

白母狼的嗥叫聲在天亮了才漸漸隱去。一宿沒睡的魯十七不禁想，我如果死了，葉子會像母狼這樣傷心嗎？不禁又想，葉子死了我會這樣傷心嗎？魯十七的胸口猛然刀割似的難受，想，葉子，你還是不死的好，離開我你如果快樂也好。

魯十七吸了下鼻子，憋了幾年的淚水終於流了下來，也等於解開了內心中一個糾纏了幾年的死結，不再自欺欺人地盼望金葉子是死的人了……

4

長白山的山林大地傳出滴答水聲的時候，宣告了這片大地又一次復活了。條條江河就像鴨綠江一樣，會悄然在某一個夜裏轟隆隆地開江開河。在東北，每一條江河開江開河時都在後半夜，這也許是個奇怪的現象。

幾天之後，鴨綠江上的冰排順江水流下去、消失在江水裏了。再過段日子，山川叢林江河兩岸就會披上綠色了，春天也真正到了。六道溝木場的原材在鴨綠江邊上被串成兩張十三丈長的木排，在大把頭老棒子的帶領下，即將順江而下了。

對於這個結果，最失望的就是陳老五。本來這季的水場子活，那拉．吉順二櫃是許給陳老五的。但在最後，依爾覺羅．和六信任的還是老棒子。

在木排下水的那一天，魯十七去了六道溝木場和老棒子碰了一面。老棒子幾次想對魯十七說什麼，但最終沒能說出口。魯十七性格內向，也沒能問出口。

倒是道爾吉告訴魯十七，上一季掐套晚了點，趕到黑皮女人家就遲了一步，黑皮女人炕上有個大鬍子木把了。這一季的水場子活連上山場子活，就能多掙些大洋，一掐套馬上就趕去，非拉上黑皮女人的邊套生幾個小崽子養著不可。道爾吉還告訴魯十七，等他真正拉上黑皮女人的邊套，就不幹木把了，也不幹老排了，要守著自己的黑皮女人過日子，等黑皮女人的丈夫慢慢病死了，黑皮女人就是他一個人的女人了。

魯十七不知道是該鼓勵道爾吉還是勸阻道爾吉，也不懂老東北拉邊套的婚姻，也就沒法進言。想告訴道爾吉他在木刻楞裏養了隻小老虎，想想又沒說，改說了叫道爾吉在木排上小心。

和盛小耳朵碰面時，魯十七叫盛小耳朵到了南海，去大東溝江口那條窯子街上去找到那家最大的賭場，去看看賭場門前有沒有個墊腳的朝鮮老男人。

盛小耳朵點頭說行，我去，放心吧十七哥，我記住了。

魯十七也和依爾覺羅．和六碰了一面。木排下水是木把的大日子，也是東家大櫃的大日子，是有說道的，也得祭祀江神。東家大櫃自然要在場。

依爾覺羅．和六告訴魯十七不要總待在山裏，在山裏待久了人會變傻的。要魯十七時常下山轉轉。還告訴魯十七，在藍旗屯裏有魯十七下山睡的大炕。也告訴魯十七，他吩咐了南海槽子會的人幫忙找他的媳婦。但辦這事又出了岔子，依爾覺羅．和六不知道魯十七的媳婦叫什麼，曾經住在哪兒？這次碰面就問魯十七的媳婦叫什麼。魯十七就說了假話，告訴依爾覺羅．和六，他的媳婦沒丟，也知道信息了，還在南海。只是媳婦跟別的男人在開心地過日子了，媳婦開心他也就開心了，也就算了。

依爾覺羅．和六像早就猜到似的揚起腦袋哈哈笑笑，告訴魯十七好好幹，新找的媳婦包他身上了。

魯十七也見到了牽在烏日樂手裏的那隻依爾覺羅・和六養的小老虎了。魯十七暗暗用養在木刻楞裏的虎小弟比較了一番，依爾覺羅・和六的小老虎比木刻楞裏的虎小弟大一些，也就是比虎小弟肥胖一些也強壯一些。這沒什麼，老虎肥胖些強壯些雖然顯得更威武好看，但魯十七總覺得不是那麼回事，覺得依爾覺羅・和六的小老虎缺了點什麼，木刻楞裏的虎小弟也缺了點什麼，可具體缺什麼又說不上來。

魯十七走在回乾飯盆林場的茅草路上，還在心裏想這個問題，也終於想通了這個問題，依爾覺羅・和六的小老虎像隻大貓，乖巧慵懶的大肥貓；木刻楞裏的虎小弟像條大狗，聽話、依賴性強的大個狗。

魯十七想著忍不住就衝口笑出聲了，突然的笑聲把跟在身邊的青毛大狼狗嚇了一跳，青毛大狼狗就抬腦袋盯著魯十七看。

魯十七拍拍青毛大狼狗的禿腦袋說：「青毛你還真行，把一隻老虎教成了你，卻又不像你那麼獨立。」

青毛大狼狗就搖一下尾巴，離開魯十七，向前跑去……

第四章　爺的禮物

在群豺眼中，這隻體重近五百斤的東北虎是龐然大物。若平時，小股豺群見到虎是要逃的，現在卻不同了。這隻東北虎傷得很重，牠的鼻子、兩腮、耳朵、前臂都是傷口，尤其臀部的那條傷口又長又大，現在還在流血。

《獵虎行動》

1

長白山的春天比較好過，滿眼的綠色，氣候涼爽又沒有蚊蟲。

魯十七就把做飯的爐子挪到木刻楞外面的棚子裏，做飯吃飯都在外面了，木刻楞裏住著也更舒服些了。魯十七又利用這個季節，帶著虎小弟和青毛大狼狗在山野間採集了大量的山菜晾乾儲存起來冬天吃。

長白山裏的各種動物也多了起來。憑魯十七的手段，捕獲獵物比較容易，能夠餵飽虎小弟也就不多殺生。

長白山的夏天就比較難過了，山裏的蚊蟲雖不似南方山裏的蚊蟲那麼多，但也不少，咬人也挺厲害。

對這一切只有習慣和忍耐。

長白山的秋天是美的，不只是金色的，也是紅色的、也是綠色的。但是長白山最美的季節不是秋季，而是冬季。冬季才是長白山的靈魂，不論什麼物種，靈魂美，才是最美的。長白山這個最美的時節開始於十月。等到頭一場雪落下之後，那時，木把們開套進山，也就到了魯十七幹山場子活的時候了……

隨著十月的臨近，魯十七養在木刻楞裏的虎小弟已經快兩歲了。虎小弟是隻雄性的小老虎，雖然不到兩歲，體重也接近三百斤重了。如果再過一年，虎小弟真正成年了，牠的體重將會超過四五百斤重。再以後，牠有可能長到七百斤重，這還不算東北虎中最大個頭的。

魯十七把爐子又搬進了木刻楞，木刻楞裏需要生火取暖了。魯十七也收拾了一下木把們準備進住的霸王圈，也忙裏偷閒採摘了許多秋季的蘑菇晾乾儲存。但是，魯十七卻在為一件事開始發愁，就是怎樣藏好虎小弟，魯十七不想被木把們看到虎小弟。這事比較難。魯十七想給虎小弟找個新的地方住，就在這天一大早起來，簡單地吃了飯，帶上青毛大狼狗和虎小弟進入了乾飯盆林場裏左側的山谷。

虎小弟不可能知道魯十七的打算，就像平時跟隨魯十七出去在山林裏轉著採蘑菇時一樣，認為這一次外出又是玩耍。外出時，虎小弟最高興幹的事就是和青毛大狼狗聯手追兔子。這次也是這樣，當魯十七在草叢裏坐下來，伸直了腿休息時，跟在魯十七身邊的虎小弟首先發現不遠處的草叢裏有一隻大個的灰毛兔子，虎小弟就矮下四肢，探伸脖子盯上目標悄悄靠近去捉。青毛大狼狗本來是坐在魯十七腳邊的，這時看一眼，似乎很滿意虎小弟這次的表現，牠就站起來，悄悄跑到一塊大青石上看著監督，那神態像師父監督徒弟。

魯十七看一眼，就又氣得要命。這哪是一隻老虎捕獵的樣子，完全是一條狗在捉兔子。魯十七也知道這不能怪虎小弟，虎小弟生存的本事應該從小由虎媽媽來教。青毛大狼狗不知不覺之間做了虎媽媽的事，把所有的狗的本事都教給了虎小弟。這件事本身，是多無私，又是多無畏，也是多辛苦。因此魯十七就不能責怪。

魯十七再瞄一眼在草叢中吃草的兔子，再看一眼越發緊張、四肢繃上勁想出擊的虎小弟，就撿起石塊投過去。兔子受驚了，跳一下，跑開幾步，又停下，勾著一雙前腿直立起來，看向發出聲響的地方。虎小弟呢，一下子放棄了捉兔子，四肢鬆了勁，跑去嗅了嗅石塊，就叼住，掉頭跑到魯十七身邊趴下，把石塊丟在魯十七腳邊，揚頭看看魯十七，又把腦袋往魯十七右腿上擱，像枕枕頭那樣枕上。虎小弟想睡了，這傢伙也真就閉上眼睛想睡了。這也是在木刻楞裏，魯十七坐著想事或幹活時虎小弟依靠他的動作。

魯十七看看接近三百斤重的虎小弟，牠身上新生的準備越冬的毛很漂亮，已經不似春夏時亂糟糟的毛了，就在虎小弟腦袋上拍了一巴掌，說：「十七郎！」

虎小弟知道這是叫牠出去玩兒、或是叫牠快點離開。虎小弟把圓大的腦袋抬起來，圓溜溜的耳朵像狗那樣聳一下，斑斕的尾巴也像狗尾巴似的晃晃，懶洋洋地爬起來，懶洋洋地走到草叢裏找可以玩的東西。魯十七也站起來，繼續向山谷裏走，想找個山洞安置虎小弟。

那個時候，已經快午時了。天上翻上了烏雲，看來快下雨了。魯十七帶著青毛大狼狗和虎小弟又走了一段路，來到山谷中一條河的南岸邊上，準備在河岸邊整東西吃。而雨也在這時下來了。這場秋雨下得挺大，雨點落在臉上也比較涼。這場秋雨如果下久一點，就有可能帶下雨夾雪，也就離下頭一場雪的時間更近了。

魯十七在一座大石岩下避雨。青毛大狼狗在河岸邊追一隻野鴨，野鴨受傷了，被青毛大狼狗趕到了河裏，一撲一撲地向河心裏游。虎小弟在一邊看一會兒，就撲下水去捉野鴨。虎小弟下水挺急，水花濺了青毛大狼狗一身，青毛大狼狗就抖抖背毛，突然揚頭向上流看，又偷偷扭頭看魯十七，嘴裏吱吱叫。

魯十七也就看了，看見一隻雪白毛皮的白狼，在上流的岸邊撕咬一隻麅子。魯十七心裏跳一跳，認出白狼是被他射死的黑狼的妻子白母狼。魯十七就招回了悄悄往前靠的青毛大狼狗。魯十七不想再爲難這隻失去丈夫的白母狼。

白母狼似乎發現了魯十七和青毛大狼狗，也發現了虎小弟。白母狼的動作變得奇怪了，發瘋般地撕咬已經死去的麅子，並在麅子的肚子裏掏出一樣東西，咬住了不放，一袋煙的工夫，白母狼咬住的東西漲大了，像個皮球被吹鼓了。白母狼咬著漲大的這個東西，往河邊跑。在白母狼的身後，一隻小黑狼和一隻小青狼從石縫裏鑽出來，緊跟著白母狼來到河邊。

青毛大狼狗又一次急得吱吱叫，又想追過去，但又被魯十七阻止了。從青毛大狼狗的一隻耳朵被魯十七用鴨嘴形箭削去之後，這隻一向特立獨行的大狼狗才變得聽魯十七的話了。

魯十七繼續看，白母狼已經咬著那個漲大的球體下了河，一黑一青兩隻小狼都張嘴咬上了那個球體。白母狼四肢刨動，咬著浮在水面上的球體向對岸游，兩隻小狼只要咬住那個球體，自然會被白母狼帶動游向對岸。

魯十七看著漸漸明白了。白母狼無法一下子帶兩隻小狼過河，而且危險就在身邊。白母狼才取了麅子身體裏裝尿的那個器官，吹大了讓小狼咬上，借助浮力一起帶過河。這隻白母狼真是聰明，難怪牠能在黑狼丈夫死後，獨立養活了兩隻小狼。

白母狼已經過了河，站在河對岸衝著魯十七揚頭嗥叫。魯十七聽白母狼的嗥叫聲就知道，總有一天白母狼會找他報仇。

青毛大狼狗聽了白母狼的叫聲跳起前腿汪汪叫。一個奇怪的現象出現了，白母狼身邊的小黑狼也揚起脖子發出狼的嗥叫。可是那條小青狼，突然前衝幾步，揚起腦袋，衝著青毛大狼狗發出咔咔的叫聲。

魯十七一下子就笑了，說：「青毛，你真的有兒子了，你兒子在對岸。你的努力沒有白費。」

青毛大狼狗往河邊跑幾步，看著白母狼叼起小青狼向樹林裏跑去。小青狼被白母狼叼在空中還在咔咔地叫。

青毛大狼狗突然揚起了脖子，脖子伸縮伸縮，狼的叫聲從咽喉裏衝了出來，聲音沈悶嘹亮，真正嚇了魯十七一大跳。

魯十七想，這個風流狗傢伙的血統一定有問題，沒準和小青狼一樣，也是隻公狗和母狼生的狗崽，也是生活在狼群中，被母狼養大的狗狼。魯十七再一細想這幾年青毛大狼狗幹的種種事，才發現青毛大狼狗有許多行事作風根本不像狗。比如牠從不吃屎，牠嗅屎，也吃苞米麵窩窩頭，但不吃屎。

魯十七頂著雨走過去看被白母狼丟棄的麅子。虎小弟也終於咬上了野鴨的一隻翅膀，捉了野鴨上了岸。牠叼著野鴨尾隨魯十七過去，看到開膛破肚的麅子，就丟下野鴨。野鴨沒死，摔在地上爬起來，嘎嘎叫著往草叢裏鑽，野鴨的叫聲響亮不沙啞，是隻母野鴨。野鴨又被青毛大狼狗撲過去咬死了。

魯十七在長白山裏住久了，每年都在這個季節看到野鴨、大雁等等的候鳥遷徙南飛，也看到過海東青尾隨南飛的大雁群獵食大雁。這是隻受傷掉隊的野鴨，這樣的野鴨不能遷徙是活不了的。

虎小弟蹲下去舔麅子身上的毛，這是老虎捕獲食物吃之前的第一個習慣性動作，也是用粗糙的舌頭舔開獵物的毛好方便下口吃肉。可是，虎小弟只舔了幾下毛，又不吃了，等著魯十七餵牠。而且在虎小弟看來，這食物是有毛的，這不是食物。

魯十七也在想這個問題，如果真把虎小弟留在這裏，這傢伙不會吃帶毛的食物，會不會餓死？一旦三四天來不了，這傢伙會不會跑回木刻楞？還有，虎小弟從個頭看是挺大了，嘴裏的四顆犬齒看上去鋒利堅固，但碰上一隻豹子、兩三隻狼，也可能反被獵食丟了小命。懷有這種種顧慮的魯十七想了想，想到了讓虎小弟活著最好的方式，就是叫虎小弟學會自己養活自己，當一隻真正傲嘯山林的老虎。就像自己爲了和金葉子過日子，去窯子裏挑水掙大洋一樣。

魯十七蹲下來，取出獵刀割下麅子屁股上的一塊肉，放在手心裏餵給了虎小弟。虎小弟叼進嘴裏品嘗到了新鮮的血腥味，神態也有所變化，就低下頭小心地吃了那塊肉，又過去舔麅子身上的肉。

魯十七看青毛大狼狗在河岸邊不停地走來走去，身上被雨淋得濕漉漉的，不時揚起頭看眼對岸，又扭頭看眼魯十七，似乎在盤算離去還是留下。虎小弟也跟著回來，趴下。魯十七招呼了一聲，青毛大狼狗靠過來，魯十七提起麅子和野鴨走回避雨的石岩下。虎小弟也跟著回來，趴下。魯十七圍著石岩找了些沒被雨淋濕的枯枝草棍，生了一堆火烤了野鴨和青毛大狼狗開吃。虎小弟眼睜睜看著卻不著急，很耐心地等著看著。但這不是魯十七希望的。

東北虎在吃食時是懂得尊卑的。母虎捕獲了食物會先吃掉自己的那份，再帶其餘的食物回來給小虎吃，強壯的小虎先吃，次強壯的小虎後吃，同樣強壯的小虎通過較量，可以達成協定一起吃。在等待的過程中儘管食物越來越少、也越差，弱小的老虎也是有耐心等待的。這也是弱小的小老虎餓死的原因。再有，在食物缺乏的時期，母虎會帶著強壯的小虎，拋棄弱小的小虎，任其死亡。以這種情況推算下來，依爾覺羅·和六捉到的那隻小虎，是母虎帶在身邊的，應該是最強壯的那隻小虎。被大公虎吃掉的那隻小老虎也是母虎帶在身邊的，可能是次強壯的小老虎。那麼，魯十七捉到的這隻小老虎就很可能是被母虎拋棄的小老虎，或者是即將被拋棄的最弱小的小老虎。爲什麼這樣分析呢？因爲這隻小老虎在木刻楞裏從不爭食，這是弱小虎的習慣。在小老虎看來，魯十七是母虎，是最強的，青毛大狼狗是次強的，牠是最弱的。

魯十七就歎口氣，才割了些麅子肉餵了虎小弟。魯十七說：「你這臭嘴傢伙，你怎麼不動口搶肉吃呢，撕開毛就吃啊，這一點你怎麼不像你的狗叔叔？」

這種強弱觀念是否在東北虎成年獨立生活後改變，還不清楚。

魯十七邊說邊割麅子肉餵虎小弟，虎小弟這一頓幾乎吃掉了半隻麅子……

這場秋雨果真把雨夾雪帶下來了，下來雨夾雪的時候天快黑了，氣溫也冷下來。魯十七就決定回去，不能把虎小弟留在這裏，也想好了在這季掐套之後，用一個春秋的時間，把虎小弟馴化成真正的老虎。那時虎小弟就成年可以獨立獵食獨立生活了……

2

頭場雪下來之後，開套進山的日子也就到了。百十個木把也集中到了六道溝木場。

魯十七終於想好怎樣安排虎小弟了，就是在木把們住進霸王圈之後，把虎小弟關在自己住的木刻楞裏，只在晚上放虎小弟出去蹓蹓。因爲木把們白天伐木會非常累，夜裏除了餵驢的木把，其他木把會睡得比較死，也不大容易看到虎小弟。畢竟魯十七的木刻楞和木把們的霸王圈有一定距離。

但還有一件事比較難辦，就是拉扒犁的驢子太多，可能虎小弟在晚上出去時會對驢子感興趣。但這一問題，魯十七也想好怎麼解決了。

早在初養虎小弟的時期，魯十七總在乾飯盆林場的伐木區域轉著看山勢，想解決運原材下山的難題，這個難題也可以說解決了。解決了這個難題，拉扒犁的驢子們就可以不用住到霸王圈外的木棚子裏了，也就遠離虎小弟了。

魯十七想好了這些，就在木把們集中的這一天，去了六道溝木場。魯十七瞭解依爾覺羅．和六對林場的事一向比較看重，不論開套還是掐套，他都會來六道溝木場待上幾天。

魯十七在六道溝木場找到老棒子，知道依爾覺羅．和六昨天就來了，就和老棒子一起去依爾覺羅．和六臨時住的木刻楞裏見了他。

依爾覺羅．和六正蹲地上給長成三百多斤重的小老虎理毛。見了魯十七和老棒子，他擺一下手裏的金柄梳子，說：「老棒子你有事一會兒說，老十七你來得正好，爺和你也說事。你什麼事你先說。」

魯十七拿出一卷岩羊皮給依爾覺羅．和六看，依爾覺羅．和六和老棒子一眼就認出岩羊皮上畫的圖是乾飯盆林場的地勢圖。

依爾覺羅．和六說：「老十七就是行，有心，畫得好。爺帶回去掛睡房的正牆上。爺看著這個圖想著這圖上天天生大洋才舒服。」

老棒子也說：「老十七有當大把頭的謀劃了。我的意思今年就准老十七試試，我再幫扶這一季。行嗎，和六爺？」

依爾覺羅・和六笑了，說：「你們師徒倆定吧。我要的是多多的大洋，小小的損失。最好不出人命。」

魯十七這時才說：「和六爺，我畫這個圖就是爲了省力省時，多出原材和少損失。和六爺你知道，咱們以往都是用人力畜力從山上用扒犁把原材拖到六道溝江口。往往損失就壞在這路……」

依爾覺羅・和六插話說：「是啊！人和驢拉扒犁走平道，小慢坡道都沒事，就怕下大坡，整不好翻了扒犁跑了坡，人和驢都會被大原材撞傷砸死。一季一季的人死了也不算什麼，可那損失多少大洋啊。這個爺比較心痛。」

魯十七見依爾覺羅・和六沒聽他說完就打斷了他的話，就看著依爾覺羅・和六笑笑，想聽依爾覺羅・和六說完了他再說。

老棒子瞭解魯十七，忙說：「和六爺，老十七可能有招了，咱們慢慢聽老十七把話說完了。」

依爾覺羅・和六說：「行，行，老十七你先說。你聽著啊，爺想和你說的事就是給你找了個媳婦。人家看上去還是個大姑娘。人是誰也定下來了，就是大奶奶房裏的烏雲其其格。老棒子見過那大丫頭，身條順長得也好看，就是年紀大了點，二十四歲了。大奶奶見了你的面才能叫你領人，等掐套了你跟爺進家去領。以後就不住在山裏了，隨爺住在藍旗屯裏。」

魯十七突然覺得依爾覺羅・和六和以前不一樣了，也許是養老虎把老虎養傻了，他自己也傻了。依爾覺羅・和六衝魯十七說話，不看魯十七看著老虎。

魯十七就說：「和六爺，你聽我說，我的意思就一句話，就是和六爺以後不用再爲損失人命而賠大洋了。」

魯十七的這句話管用了。依爾覺羅・和六一下把目光從老虎身上轉過來看魯十七，衝口問：「真的？老十七不是蒙爺吧？」

魯十七說：「真的，和六爺，我一個春秋滿山轉下來早想好了。我不是蒙和六爺。咱們試試就知。」

老棒子也說：「和六爺，老十七可是個想好了再幹事的人物。他的招靠譜，和六爺聽聽成不……」

依爾覺羅・和六一擺手裏的金柄梳子，打斷老棒子的話，喊：「吉順、吉順、吉順，媽的吉順快來，用跑的快來。」

那拉・吉順二櫃跑進來，問：「爺，吉順來了。什麼事，爺？」

依爾覺羅・和六說：「馬上給老十七拍三百塊大洋，老十七爲爺分憂了。」

那拉・吉順二櫃說：「是，爺。我馬上拍。」

那拉・吉順二櫃掉頭在木刻楞牆邊拖過一口箱子，從裏面取出紅紙卷的三卷大洋給魯十七，說：「老十七，一卷一百三卷整三百你點收了，再按個手印，就齊了。」

魯十七笑笑，說：「和六爺，我不是爲大洋。我要大洋沒用，和六爺收起來吧。我想這個招也不費事。」

依爾覺羅・和六說：「怎麼不費事？這年年用驢扒犁拉原材死傷多少人了？誰幫爺想招了，你有這個心勁就值他媽三百塊大洋。爺先不問你老十七的招管不管用，照你的法子幹他媽的。爺就信一點，你老十七的招再不管用也會比以前的老方法強些。抱上大洋去幹吧。」

魯十七說：「行，和六爺我幹。但我要大洋沒用，和六爺收回吧。」

魯十七拿起岩羊皮，掉頭出了木刻楞。

依爾覺羅・和六見魯十七走了，用金柄梳子敲敲腦門，又重重敲一下腦門，揚起腦袋哈哈笑，看著發呆的那拉・吉順二櫃和老棒子說：「有了，吉順、吉順，你大奶奶屋裏的烏雲其其格是老十七的媳婦了。老十七是大把頭了。這三百塊大洋你回去給烏雲其其格收著，叫烏雲其其格按手印。哈哈，老十七猴精，用這個招試試爺是不是真給他找了媳婦。爺是誰，爺說了就他媽算。」

依爾覺羅・和六擺擺手，老棒子和突然發了下呆、臉一下子變白了的那拉・吉順二櫃都出去了。

老棒子從木刻楞裏出來，看見魯十七已經把幾十個在這一季專事運原材拉驢扒犁的木把召集到了一起。這些木把裏有老頭也有半大小子，他們這一季幹的活就是用驢拉扒犁往山下運原材。這一季幹下來，他們一小幫一小幫的按每架扒犁算，每架扒犁能掙上八十塊大洋。如果傷了死了另算。

老棒子走過去，看魯十七已經把岩羊皮展開放在地上，在對曹叫驢子他們幾個小把頭講解他的想法。曹叫驢子他們幾個小把頭不能理解，都搖頭。還有幾個木把插嘴問東問西打岔亂說，但老棒子聽一會兒卻聽懂了。

老棒子說：「你幾個滿腦袋苞米碴子，聽不懂不會跟著幹嗎？老十七，你對這些笨貨光講不行，得領他們幹。山上的事我先幹著，山下的事你整吧。」

老棒子又對這幾十個木把說：「兄弟大夥都聽了。今兒個我告訴大夥，老十七是接我老棒子斧把的大把頭了。大夥都懂規矩，聽老十七吆喝吧。」

從此魯十七也就是乾飯盆林場的大把頭了。這一季的山場子活也就從這一天開始，正式開幹了……

魯十七帶領運原材的幾十個木把，在伐木區的山上順山勢開出一條深一尺半左右、寬兩尺半左右，底部爲半圓形的小溝滑道。小溝滑道的走勢因山勢而變化，一般爲三十度斜角向下延伸，這樣是爲了讓原材從山上滑下來時跑得更遠，更省人力。這樣的小溝滑道幾十個木把幹了一個月才幹完。魯十七看了一番，認爲還不行，地沒有凍夠硬度，溝的半圓不夠整齊，又帶木把修整。

在這段時間裏，老棒子帶木把們已經在林場裏伐了足夠一張十三丈長大排的原材了。也有木把擔心魯十七的招法不行，擔心原材運不出去掙不到大洋白幹，而提出不同的想法。但是魯十七頂住了壓力，並告訴木把們，如果耽誤了大夥掙大洋，由他通賠。

老棒子也擔心，因爲這山裏從有伐木的木把以來，從沒有木把像魯十七這樣幹過，沒有先例。老棒子就順著小溝滑道走了幾個來回，在心裏琢磨了幾天，認爲成功的機會還是很大的，就出頭支持了魯十七。

魯十七又在伐木區修了條緩坡道，就是用長木杆鋪兩條軌道，把原材用挖杠挖上軌道，木把們用挖杠就能滾動原材至小溝滑道入口處，再在入口處修一片平整的存木場，伐下的原材存放在那裏備用。

終於到了可以放原材下山的那一天了，這時時節進入十二月了。老棒子他們伐的原材足有兩張十三丈長的大排了，都是清一色的紅松。

魯十七親自動手把頭一根原材的一頭削成圓頭，用這根原材順通小溝滑道，也就是把小溝滑道底部的積雪磨壓成冰。然後把這根原材從小溝滑道入口處放出去，原材像雪扒犁似的順小溝滑道往山下滑，掛著聲響越滑越快，很快滑下了山。

老棒子說：「操！驢拉扒犁下山得小半天，這傢伙幾袋煙的工夫就跑下去了。老十七，你真是個好把頭。」

木把們都高興壞了。幹山場子活，說到底是伐木容易，運木出山太難了。

魯十七這時告訴大家，他說：「兄弟們你們聽好了，有多大勁都使出來，只要運出去的原材比上季多，我找和六爺加你們一成工錢。」

這個時候，木把們是相信魯十七的。因爲在以往幹山場子活時，魯十七也總能想出好的辦法解決難題。要不也不會有那麼多老木把叫他十七哥。

在大量的原材順小溝滑道往山下滑之前，魯十七又做了細緻的準備。魯十七在小溝滑道拐大彎的地方放一個拿挖杠的木把，一旦原材在拐彎處停了或別住了，就需要這個木把用挖杠整順了。他還在拐彎的地方立起一根木杆，掛上紅布條，紅布條拉上去，就是原材別住了，山上看見升起的紅布條，就停止放原材。紅布條降下了，就是順好了，山上再放原材。

山下小溝滑道出口處也立一高杆，也掛上紅布條。在一串串原材從小溝滑道裏衝出來後，紅布條升起，山上木把看到，就停止放原材。山下的木把把原材清離出口放一邊的空場子上。在空場子上，驢拉扒犁才上陣。山下的扒犁道基本上都是平坦的了，也能多拉快走。

這樣，運原材的木把和驢子們在小溝滑道的原材出口處建了木刻楞住下，不用上山住霸王圈了。也就自然遠離了虎小弟。

在小溝滑道真正起作用之後的一天下午，依爾覺羅．和六坐著七條狗拉的扒犁來了，自然還帶著新養的兩條獵狗和又肥胖了一圈的小老虎。依爾覺羅．和六從狗拉扒犁上走下來，和那拉．吉順二櫃走近了，看到一串串的原材從小溝滑道裏你追我趕衝下山。

依爾覺羅．和六歎口氣說：「花了三百塊大洋，爺掙了個大便宜。」

那拉．吉順二櫃說：「爺，老十七真是個寶啊。可是，爺，老十七怎麼不喜歡大洋也不喜歡女人呢？多久了也不找個女人靠靠。爺，老十七是不是棒槌不舉啊，要那樣可就害了烏雲其其格了。爺，日子久了不找女人，我就不行。」

依爾覺羅．和六說：「是啊，是啊。你小子是不行。老十七人邪性，太邪乎了。他的棒槌能不舉嗎？爺想這麼辦，你把烏雲其其格和老十七都整到爺的木刻楞裏，叫烏雲其其格試試老十七的棒槌翹不翹。烏雲其其格可是個好女人，炕上的本事也他媽邪乎，能叫爺的棒槌翹一宿。」

那拉．吉順二櫃嘿嘿笑。

依爾覺羅．和六歎口氣，說：「吉順，本來爺捨不得把烏雲其其格送給老十七。現在看，值大發了。

看著吧，老十七早晚是這一帶最有名的大把頭。但這小子是爺一手馴出來的快馬。」

那拉・吉順二櫃說：「爺，老十七好是好，腦袋瓜子賊他媽靈。可是老十七不幹水場子活，難免差點勁。」

依爾覺羅・和六說：「爺可不這麼想。水場子活玩的是命，找會玩命的木把幹就行了。爺不需要爺的快馬去玩命，爺需要爺的快馬給爺想招掙大洋。吉順，你小子懂了吧？在開春你就叫陳老五和老棒子各領兩排上。爺看這陣勢，明春非四張大排不可。下一季得五張大排。吉順，爺就是有眼力，爺就是看準了老十七。」

那拉・吉順二櫃說：「是、是。爺，咱上山嗎？」

依爾覺羅・和六說：「爺現在不去，老十七不喜歡爺誇他。爺這時上山不誇他都不行。兩下都不喜歡，爺幹嗎去。走了，爺進山轉一圈。吉順，你回去，把烏雲其其格整六道溝會會老十七，再給老十七裏裏外外整身新衣服、新靰鞡。就說大奶奶給的。你別他媽說順嘴了說成大奶奶賞的，老十七不喜歡聽賞字。記住了。」

那拉・吉順二櫃答應，看著依爾覺羅・和六招呼烏日樂駕狗拉扒犁過來，上了狗拉扒犁，向山裏去打獵了。

那拉・吉順二櫃想起烏雲其其格心裏痛了一痛，深深歎了口氣，低著腦袋邊往回走邊想怎樣和烏雲其其格做個套，叫她嫁不成魯十七。

3

魯十七忙了三個多月了。那麼虎小弟怎麼養呢？這三個多月裏，虎小弟過得比較無聊。魯十七每隔三五天才能回木刻楞一趟，而且總是晚上，這時虎小弟才能飽餐一頓，才能被放出去瘋跑一會兒、才能和青毛大狼狗玩兒一會兒。這樣也有一樣好處，就是沒有木把去木刻楞找魯十七。老棒子也不會去。伐木場的木把們都知道魯十七住在山下的木刻楞裏在管運原材的事，魯十七在木刻楞裏養了隻老虎的事沒人知道。

而且虎小弟每次飽餐一頓，三五天不再吃東西是正常的。猛獸的新陳代謝都慢，又能充分吸收食物，這一點可比人類強多了。

魯十七這一天晚上正準備回木刻楞餵虎小弟飯吃，卻被那拉・吉順二櫃叫人從山下木刻楞裏用馬拉扒犁拉到了六道溝木場。在依爾覺羅・和六每年來臨時住幾天的木刻楞裏，魯十七見到了烏雲其其格。

當時那拉・吉順二櫃說：「老十七，瞧瞧。這新衣服，這新靰鞡，還有新褲衩子，都在大口袋裏，全是新的。是大奶奶專門找人給你老十七做的。大奶奶還等你過兩天帶烏雲其其格回門呢。你可抖了，大奶奶官家大小姐出身，對人好可不大容易。瞧瞧，她是烏雲其其格，大奶奶貼身的大丫頭，是你媳婦了。」

魯十七看看圍著狐狸皮短氅，盤腿坐在板鋪上的一個年輕女人，才想起依爾覺羅・和六說送他個媳婦叫烏雲其其格的事。

魯十七愣了一下，又看一眼烏雲其其格。烏雲其其格也看著魯十七。但兩個人的第一眼的感覺是不一樣的。

魯十七感覺烏雲其其格不是大戶人家的小姐卻在裝大戶人家的小姐，是正經人家的女兒，卻在裝不是正經人家的女兒。

魯十七心裏翻上噁心了，他有個毛病，最看不上表裏不一的人，也看不上裝模作樣的人。

那麼烏雲其其格呢？看第一眼認爲魯十七年紀外貌都合適。看第二眼覺得魯十七不是個把頭，像個落難的唱戲的俊俏戲子。漂亮的男戲子骨頭騷，有女人緣，這不大合意。看第三眼覺得魯十七眉眼愁苦是個短命相，這倒無所謂，誰指望跟一個男人過一輩子呢。但看第四眼，覺得魯十七要是收拾收拾，漂漂亮亮帶回家，高傲的大奶奶就會看上悄悄留炕上了。這倒真不錯。看第五眼，又覺得魯十七是個心裏有女人的男人。而她烏雲其其格也是心裏有男人的女人，而且她心裏有的男人還不止一個。這也是不行的原因。

也就是說，魯十七和烏雲其其格誰也沒看上誰。怎麼辦呢？那拉．吉順二櫃還笑嘻嘻地在旁邊看。這個時候烏雲其其格表示出了經驗，說：「我有話問你，你可不能蒙我。」

烏雲其其格說到這兒就故意不說了，也不看魯十七，低下頭搖辮梢。

魯十七坐在凳子上沒聽到問話，也不問話，冷場了。

那拉．吉順二櫃在一旁支棱耳朵想聽，人家烏雲其其格不說他還挺急，但也終於明白應該幹什麼了，說：「老十七，爺吩咐了，給你牛肉吃，管夠，要多少有多少，牛肉補力氣。我去給你端來。」

魯十七說：「行，給我端五斤熟牛肉和四十斤生牛肉來。」

那拉．吉順二櫃愣一下，說：「五斤熟的四十斤生的？真的？行，爺吩咐要多少有多少。行，你需要補老鼻子力氣了，爺等著我回話呢。」

魯十七沒聽懂那拉．吉順二櫃爲什麼這樣說，烏雲其其格聽懂了，忍不住哧哧笑了。烏雲其其格瞄著那拉．吉順二櫃出去，還瞪了那拉．吉順二櫃一眼，烏雲其其格說：「你看不上我，是吧？」

魯十七反而愣了愣，說：「我不只是看不上你，其實你挺好。其實除了一個女人，我看不上別的女人。」

烏雲其其格說：「我也是。可我現在是你的了，咱倆怎麼辦呢？」

魯十七說：「我沒答應和六爺要你當媳婦。這是和六爺一廂情願，是不能算的，我去找和六爺說清楚。」

烏雲其其格說：「你不瞭解爺，我瞭解爺。爺說什麼就是什麼。你找爺說不要我也不行。你真想不要我，你就得想個讓爺信服的招，要不你就得跟我住藍旗屯裏，還得和我生幾個崽子。」

魯十七說：「那不行，我會告訴和六爺，我現在不能有第二個媳婦。」

烏雲其其格搖著辮梢說：「這個說法只有我信，爺不會信。你不是像狐狸一樣精嗎？那麼多年、那麼多木把想不出來的招，你走一圈就想出來了，就想不出不要我的招？快想，一會兒那拉．吉順就把牛肉送來了。」

魯十七說：「你也看不上我，你想一個招吧。挑挑我的毛病什麼的。」

烏雲其其格笑了，說：「我想也行，保證讓你要不成我。但你要告訴我一件事，你不許蒙我，要說真話。行嗎？」

魯十七說：「行，一言爲定。」

烏雲其其格又笑笑，不搖辮梢了，把搖辮梢的手伸過來，伸出尾指，說：「來，小子，打勾勾。」

魯十七也笑了，伸出右手尾指和烏雲其其格打了勾勾。

烏雲其其格說：「你爲什麼看不上我？是我的樣子發賤嗎？還是沒你以前的媳婦好看？打了勾勾要說實話啊。」

魯十七說：「你是不是賤、是不是好看，跟我沒關係。我現在沒辦法喜歡別的女人，我這樣可能也是賤，但沒辦法。」

烏雲其其格眨了下眼睛，看著魯十七愣了一會兒，說：「脫衣服。」

魯十七也愣了會兒，問：「你想幹什麼？」

烏雲其其格說：「你想叫爺信我的話，你就脫了衣服換上新衣服拍屁股就走。剩下的事就我辦了，我不蒙你，快點吧。」

烏雲其其格說完背過身去，表示不會看。魯十七沒多想，只要免了要這個女人當媳婦的麻煩，換次衣服走了就完了。魯十七就脫了衣服換上了新的衣服和新的老羊皮襖。正穿新的靰鞡鞋時，那拉．吉順二櫃抱著一木盆熱氣騰騰的熟牛肉、拎著一大口袋生牛肉推門就進來了，邊放下邊說：「我操！老十七，你行啊，靠完一棒棰啦？正好吃牛肉，熟的生的四十五六斤你可勁造吧。」

魯十七愣了一下，還是沒明白那拉．吉順二櫃話中的意思，抬頭看眼那拉．吉順二櫃。看到那拉．吉順二櫃的眼神不對，他正歪臉在看板鋪上的烏雲其其格。魯十七也回頭看烏雲其其格，又愣一下，烏雲其其格也在穿衣服，而且滿臉淚水。魯十七認爲這是烏雲其其格用的招，沒吱聲而且還想笑，把木盆裏的五斤熟牛肉往裝新衣服的粗布大口袋裏一倒，和裝四十斤生牛肉的大口袋綁一起，挽一下口袋口，拎起來，夾上舊的老羊皮襖就走出門了。

在木刻楞門外，魯十七聽到那拉．吉順二櫃的聲音問烏雲其其格：「怎麼了，哭什麼？我猜到了，你被老十七靠狠了。」

魯十七就站下聽。

烏雲其其格哭著說話的聲音：「他不是男人。」

那拉．吉順二櫃嘿嘿笑的聲音：「忍著點吧，男人憋久了靠上女人靠起來都狠。下次不狠你還不高興呢。」

烏雲其其格哭聲大起來：「他不是那個，他真的不能那個。我這輩子怎麼辦啊？他不是男人，他的破棒棰軟了巴嘰的不舉。」

那拉．吉順二櫃突然驚叫：「哎喲我的媽呀！我操！難怪這小子不愛大洋不找女人靠，那麼邪性。我懂了。這哪行？咱這疙瘩的女人幹什麼都行，就是不能守活寡。我他媽豁出去了。你別哭，白瞎四十多斤牛肉了。他媽的老十七棒棰不舉吃什麼補棰的牛肉。你等著，我告訴爺去……」

魯十七都聽到了，一下轉過身，想進去告訴這兩個人說他「舉」，他的棒棰硬起來一口氣能靠半個時辰。哪個男人能忍受軟了巴嘰和「不舉」呢？傳出去不成笑柄了，誰還瞧得起呢？但魯十七卻只停滯了一下，就拎了牛肉掉頭走了。

魯十七走在扒犁道上還想，烏雲其其格真是個聰明的女人，這樣一來，我魯十七不找女人靠靠也會被人理解和瞭解了。這女人的招法真他媽的高明……

4

魯十七夾著舊的老羊皮襖，拎著裝著牛肉的兩隻布口袋剛剛走出一袋煙的工夫，青毛大狼狗就追上來了，用鼻子頂著布口袋嗅一下，嗅出了布口袋裏熟牛肉的香味，也嗅出生牛肉的血腥氣。這青毛狗傢伙露出本性了，張了下嘴，口水就滴落下來了，高高興興舉起尾巴跑到了前面，希望早點回到木刻楞好開吃。

路途比較遠，魯十七順扒犁道拐個彎去了山下運原材的木刻楞，那時木把們都在木刻楞裏睡了。魯十七叫出了在木刻楞裏管燒大爐子的盛小耳朵，叫盛小耳朵把他的舊老羊皮襖送給新來的一個叫大老劉的老木把。吩咐完魯十七就告別盛小耳朵拐向山路，往自己住的木刻楞走去了。

魯十七大步快走回了木刻楞，天已經過了寅時（午夜後三到五點鐘）了，魯十七也累慘了。從開套以來，魯十七瘦了十多斤。魯十七餵了虎小弟二十多斤生牛肉，餵了青毛大狼狗三斤熟牛肉，自己吃了一斤半熟牛肉。又趕虎小弟出去方便一下，再叫回來。等關了木刻楞的門，就睏得不行了，連爐子也沒生，就倒板鋪上睡著了，連油燈也沒熄。

虎小弟和青毛大狼狗在木刻楞裏撲咬著玩兒，時不時整出聲響，魯十七也沒醒。木刻楞並不是多麼保暖的房子，雖然原木與原木之間的縫隙在進入冬天時多用草剁碎攪拌和泥塞縫，也擋不住東北冬天的寒風。如果沒有大火爐子日夜不停地燒，木刻楞裏是待不住人的。

這就好比你讓一頭牛冬天站在寒風裏吹一宿寒風牛沒事，但你把牛關在屋子裏叫牛趴下，正好屋子裏有一個縫隙往裏吹寒風，讓這點點小縫隙吹進的寒風吹一宿牛，牛就凍壞了，在天亮不可能再站起來。這就是東北的寒風，一針眼的寒風吹死牛，就是指這個。

現在，魯十七就面臨這種困境。如果魯十七不能及時醒來，那一針眼的寒風一直吹下去，他就沒可能起來了。

也許老棒子真是魯十七生命裏的貴人。前面說了，魯十七回來時已經過了寅時，也快到木把們起來的卯時（**清晨五到七點鐘**）了——木把們是在卯時和辰時（**清晨七到九點鐘**）之交的時辰上山開工。老棒子隨在眾木把的後面往伐木區走，鬼使神差一樣地往魯十七住的木刻楞這邊拐了一個彎。老棒子並沒指望魯十七能回來，他只想轉一下，看看。這一看就看到昏暗的燈光從木刻楞的小窗裏透出來。

老棒子嘟囔：「老十七怎麼在木刻楞裏？這會兒也該起身了。」

老棒子就走過來拍門，木刻楞裏有人時是在裏面插上門。青毛大狼狗聽了拍門聲，抬起腦袋看魯十七沒動靜，青毛大狼狗就起來了，在門口嗅一下，知道是老棒子，就用嘴拉開木門閂，老棒子就推開了門，寒風呼呼往木刻楞裏灌，木刻楞裏三種動物散發出的氣味飄出門去了。

老棒子走了進來，光看青毛大狼狗了，在虎小弟悄無聲息地人立起來，用前掌按上老棒子右邊的肩膀時，老棒子才向旁邊看一眼，和虎小弟兩道賊亮賊亮的目光一碰上，吸一鼻子虎小弟呼出來的氣味，老棒子的一對眼珠就成鬥雞眼了，也散光散出了一片亮亮的小星星，猛打一個哆嗦，帽子下的頭髮也驚得豎了起來。老棒子到底是老木把，在山裏一輩子了，見多識廣，就努力支撐了虎小弟按下的重量站住了沒動。老棒子知道這種情況如果亂動，老虎的嘴可能會咬下來。如果這隻老虎再大點，他的腦袋再小點，老虎一口能咬掉他半個腦袋。

老棒子就用眼睛看青毛大狼狗，青毛大狼狗認為虎小弟在和老棒子玩兒，牠沒興趣，已經趴回睡覺的地鋪上了。這也許是老棒子離閻王爺最近的一次。虎小弟嗅了嗅老棒子頭上的狼皮帽子，伸舌頭舔舔狼皮帽耳朵翻起的狼毛，又舔舔老棒子肩部老羊皮襖上的羊毛，才覺得沒意思了。於是收前腿落地，回大地鋪上趴下了。

虎小弟離開了，老棒子才透過一口氣，腦門上、背上早就大汗淋漓了，雙腿也早就發軟了。看魯十七合衣睡在板鋪上不醒，就喊：「老、老十七。」

老棒子爲什麼喊呢，因爲老棒子不敢掉頭走，怕虎小弟再撲過來。魯十七不動，也不醒。老棒子放大聲再喊。老棒子每喊一次，青毛大狼狗都抬頭看老棒子一眼。虎小弟卻不理會，像老棒子不存在。

老棒子終於看出這隻還沒成年的老虎是魯十七養的了。這就不那麼可怕了。老棒子鼓鼓勁，顫巍巍地向魯十七的板鋪走過去，腿軟也不能停，你遲疑了老虎就懷疑你有問題了又會盯著你了。老棒子懂這些，走近了板鋪，鼓足了勁一抬腳，上了板鋪，一屁股坐下來，才抬手擦滿臉的冷汗，平靜下心情，才去推魯十七。

青毛大狼狗在盯著老棒子的每一個動作。虎小弟卻打起了哈欠，把腦袋放地鋪上，側著身，四肢伸展一下，閉上眼睛想睡了。虎小弟和人和狗住久了，夜間活躍的習性也減弱了。

魯十七還是不醒，老棒子摸摸魯十七的腦門，不是熱，是涼。老棒子心說壞了，就掐人中把魯十七整醒了，拉魯十七起來，扶魯十七出門。出門後，老棒子還沒忘了把青毛大狼狗叫出來，這是爲了關門。否則青毛大狼狗想出去卻打不開在外面插的門，牠急了會嗥叫，引來木把開門見到虎小弟就不好辦了。

老棒子扶著昏昏沈沈的魯十七進了霸王圈，穆歪脖子是霸王圈裏專事燒大爐子的小木把。因爲天寒，霸王圈裏的爐火日夜不熄，就要有專人燒火。大火爐也不是做飯用的，做飯有專門的爐子。等到晚上木把們回來更要用大爐子。因爲木把們在老林裏伐木，一天蹚著雪幹下來，腳上的靰鞡、腿上的棉褲基本上都是濕的，往往棉褲凍成兩個冰桶，放地上能立住。這就需要穆歪脖子在木把們在兩排大通鋪上睡下時，圍著大火爐掛一圈棉褲，不時翻烤，棉褲呼呼升白氣，挺好看，也有重重的汗臭味道。大火爐四周再放一圈靰鞡鞋，在木把們起身前給換上乾的靰鞡草。這種靰鞡草是東北老三寶之一，專門當鞋墊用的。靰鞡鞋裏墊上靰鞡草，在雪地裏幹活站多久都凍不壞。此草性溫，墊鞋裏腳還不長腳氣，所以它是老東北三寶之一，是真正窮人的寶。大火爐兩頭燒火，絕不能停。這就是穆歪脖子幹的活。

穆歪脖子見了魯十七，就過來看一眼，問：「十七哥這是怎麼了？」

老棒子說：「別廢話，整濃濃的薑糖水，老十七中了寒氣了。」

生薑、紅糖、靰鞡草、幾種常用的外傷藥或者土方藥等等都是木刻楞裏必備的東西。穆歪脖子很快熬了一大碗薑糖水。老棒子給魯十七灌下去，扶魯十七在大通鋪上躺下。

魯十七肚子裏咕咕響了一氣，放出了臭屁，就好很多了。

老棒子說：「得，你睡吧。我去叫陳老五領頭幹這一天，今天我也歇了。」

魯十七還沒說話。

穆歪脖子卻說：「棒子叔，你待著陪十七哥，我去跑一趟。十七哥山下的事也得交代一聲是吧？那我去了？」

老棒子說：「你這臭小子是偷懶，你一跑非一天不可，這裏的事就我幹了。」

穆歪脖子嘻嘻笑說：「我都憋了一百一二十天了，我出去透口氣。這不還有趙大勺子嗎，他做飯也有閒時，也常出去溜腿。」

老棒子說：「行，那你去吧，要快去快回。去林子裏找陳老五，去山下你小子知道找誰嗎？」

穆歪脖子說：「我知道，我去山下找曹叫驢子。再叫曹叫驢子叫人去六道溝木場告訴那拉．吉順二櫃。十七哥這樣子要趴兩天窩了。」

穆歪脖子走時用一個窩窩頭誘惑青毛大狼狗跟他走，青毛大狼狗吃了窩窩頭又扭頭看了眼穆歪脖子，就趴下不理穆歪脖子了，趴著不動，連尾巴都不搖。

穆歪脖子說：「成了大把頭的狗了，牛皮烘烘了。」

穆歪脖子走了。魯十七很快睡著了。臨近午時的時候，魯十七被老棒子叫醒又喝了碗薑糖水，又就鹽黃豆吃了點窩窩頭白菜湯。這幾樣食物就是木把們在山上幹山場子活時吃的主要伙食。

老棒子去看了火，回大通鋪上坐下，說：「老十七，身上沒勁是吧？整好了你正經得趴兩天，整不好得出山進屯子找郎中瞧瞧了。你慢慢挺吧。老十七，不是我說你，你在這山裏日子也不短了，怎麼就不知道那種睡法會作病呢？」

魯十七笑笑，說：「我是累了，才顧不上燒爐子的。棒子叔，又是你救了我，你救我兩次了。」

老棒子說：「那是我命好。老天爺不叫我徒弟死在我前面，留著你小子給我收屍送終哪。」

魯十七聽老棒子這樣說，不知道說什麼了。

老棒子歎口氣，說：「你老十七也養了老虎了。響噹噹的大東家依爾覺羅．和六爺知道，興許就有別的想法了。」

魯十七說：「我沒打算叫別人知道，瞞過了這一季，等掐套了就不會有人知道了。到來年冬天，虎小弟成年了，我把牠送山裏，這事就了結了。」

老棒子說：「行啊，你心裏有數就行。今兒個這疙瘩沒別人，我告訴你，咱們當木把的得個好東家不易。但咱們不能受東家太重的恩惠。咱們木把有什麼？受東家恩惠那是要用命還的。咱們木把可就一條命。老十七你懂了？」

魯十七說：「懂了，沒東家不當木把，咱在這山裏也能活得挺好。我整那些事是不想年年看著咱們木把兄弟傷亡。沒別的意思。」

老棒子說：「你這想法我也懂，也都理解。唉，你心裏要有點數，咱們是東家使用的工具，東家有太多的工具，咱們得想明白咱們木把是東家手裏的什麼？咱們木把老了怎麼辦？」

魯十七笑笑，不吱聲了。

老棒子說：「我老早就看出來了，你不怕死，也總想死。這是爲了什麼？在窯子裏挑水那會兒你小子不還精精神神的嗎？得，不想說你就不說吧。現在想說也說不了了，多嘴婆趙大勺子回來了。」

趙大勺子就進了霸王圈。趙大勺子一早下山用驢扒犁拉苞米麵和鹹黃豆去了。趙大勺子看眼魯十七，咧嘴笑笑，才說：「十七哥趴窩了？嗯，好，該！活該！你十七哥是自找的。你那個幹法趴他媽窩還是輕的，再這樣幹下去就更活該了，你早晚把小命送給依爾覺羅・和六那老小子。這不是活該嗎？哎，棒子叔，我回來看見穆歪脖子了。這小子在山下拎根棒子打野雞，沒打到野雞，摔雪窩裏了，腦袋還頂石頭上了。腦門都頂出個烏青包，那小樣兒的，捂著烏青包痛得跳腳轉圈還哭鼻子了。笑死我了。」

老棒子想一想穆歪脖子哭鼻子的樣兒，也嘿嘿笑了。

趙大勺子卻不說話了，坐下來發了會兒呆，又不住地唉聲歎氣了。

老棒子問：「你這是怎麼了？這回那拉・吉順二櫃那雜種又嫌咱們大夥吃白菜窩窩頭吃多了？」

趙大勺子搖搖頭，說：「這次那棒棰二櫃沒嫌，他還說過兩天給送四隻肥羊殺了給大夥喝羊肉湯。咱們吶，都借十七哥的光了。羊是大奶奶指名給十七哥的，說十七哥辛苦了。他媽的，從我趙大勺子進這長白山起，十一二年了，除了開套、掐套，頭一回趕上東家大奶奶送羊吃。好運氣就他媽的來了。」

魯十七閉上眼睛，掉過頭不願意聽了。

老棒子說：「今年下原材多，吃東家四隻羊也應該，沒什麼借不借光的。你趙大勺子把飯做好了就行了。別老娘們嘴亂跑舌頭。」

趙大勺子看眼老棒子，說：「行，我再不亂跑舌頭了，我他媽改了我，我就不說大老劉死了的事了。」

魯十七嚇了一跳，大老劉是山下拉扒犁的一個新來的老木把，昨天還好好的怎麼就死了？魯十七就掉過頭看趙大勺子。

老棒子問：「你說什麼？大老劉死了？大老劉怎麼死的？」

趙大勺子白了老棒子一眼，說：「我不跑舌頭了，你不是不叫我亂跑舌頭嗎？我長記性，我聽話了。」

老棒子一下子冒火了，掉頭下了大通鋪，在大爐子邊上抄起根柴瓣子就要揍趙大勺子。趙大勺子瞄著老棒子抓起了柴瓣子才說：「我想起大老劉怎麼死的了，我想個開頭就開講了。」

老棒子說：「別說沒用的，快說。老十七整了那小溝滑道方便多了，拉扒犁運原材沒可能再跑坡撞死人。到底怎麼回事？」

趙大勺子說：「這事不關十七哥整的小溝滑道的事，有關聯我看關聯也不大。大老劉死驢身上了。」

老棒子說：「大老劉是翻了扒犁叫驢壓死了？大都是平道了還能翻了扒犁？還是驢驚了把大老劉撞溝裏，原材滾溝裏砸死了大老劉？」

趙大勺子突然笑了，說：「都不是，我看你都猜錯了。」

老棒子的臉都氣成了青色，滿臉刀刻般的皺紋都要張開口咬趙大勺子。

老棒子大喊：「好你個趙大勺子，我老棒子帶你這麼多年沒叫你幹別的，你長本事了活下來氣我。你他媽的放排二棹不行，中棹不行尾棹還不行，混個中棹還得再多用個人幫著你。他媽的叫你做飯掙大洋，你老小子做了五六年飯，年年腳丫子味。我老棒子過了這季就養老了，看他媽的誰還要你。你滾他媽的，別他媽講了。我下山去問問去。」

魯十七身上沒勁爬不起來，也就揍不了趙大勺子，也氣得幾次想叫青毛大狼狗咬趙大勺子，又幾次忍住了。

趙大勺子也終於意識到他有多膈應人、多招人煩了。但這傢伙咧開嘴嘿嘿就笑了，不賣關子了，說：「棒子叔、十七哥，事情是這樣的。棒子叔你知道大老劉七八年前不幹木把去拉邊套的事了吧？」

老棒子瞪著趙大勺子點點頭，說：「大老劉七八年前跟過我三四年。大老劉人老實不多言多語，是個好木把。想想大老劉去拉邊套也真有七八年了。」

魯十七卻一皺眉，想，大老劉死了和拉邊套有什麼關係？

趙大勺子又說：「大老劉拉了七八年邊套，累死累活養活了那女人的一大家子。爲了什麼呀？不就爲晚上能摟會兒那女人嗎？那女人的丈夫是個癱子，還有兩個兒子。大老劉去拉邊套那會兒，那兩個兒子一個九歲，一個六歲。這七八年下來，那女人沒給大老劉生孩子。那女人和丈夫生的兩個兒子也長大了。那女人多壞，和兩個兒子一合計，找了大老劉犯的一次錯，就因爲大老劉多吃了一個窩窩頭，就把大老劉一頓胖揍趕出家門了。連大老劉的老羊皮襖都扒去了……」

老棒子聽到這裏，眼淚一下子湧出來，急忙低下頭掩飾。

趙大勺子又說：「大老劉沒招了，今年才又來當了木把。這天多冷啊，大老劉穿的開花破棉褲、開花破棉襖是個以前的老兄弟送的。那破棉襖在這大冷天裏，站外面風一吹就凍透了頂不了事。」

魯十七說：「難道大老劉是凍死的？不會吧？我的老羊皮襖昨晚留給大老劉了，他怎麼會凍死？那又關驢什麼事？」

趙大勺子說：「大老劉死時沒穿老羊皮襖，大老劉的死就和驢有關。你們聽啊，大老劉沒驢沒扒犁，是和一個有驢有扒犁的老木把合夥用一頭驢一張扒犁拉原材。這一頭驢、一個老木把加上大老劉是一小幫的，掙一份工錢。大老劉只占一份工錢的三成。而活他得幹四成，驢幹四成，老木把幹兩成。這樣搭夥沒事啊，沒驢沒扒犁的木把們都搭伴掙工錢，都幹得挺好，大老劉這一小幫也幹得挺好。但昨晚出事了。有個壞傢伙昨夜出去撒尿，看見大老劉和驢在靠那個事，那個壞傢伙就告訴了小把頭曹叫驢子。大老劉是曹叫驢子那一夥的，曹叫驢子生氣，叫大老劉去沿小溝滑道順順道，看看小溝滑道有沒有被原材撞毀的地方。曹叫驢子還說，十七哥不在，準是自己順小溝滑道去了，就叫大老劉快去。大老劉沒招不能不聽，就去了。今早上，一個木把兄弟去小溝滑道拐彎那兒升紅布條，才看到大老劉雙手抱著腿蹲在小溝滑道邊避風，過去伸手一推，人就倒了，還那個姿勢，就知道大老劉是凍死了。」

魯十七想，不是盛小耳朵沒給大老劉老羊皮襖，是時間不對給不成。

趙大勺子又說：「棒子叔，你說大老劉幹什麼去和頭驢靠那個事？要不和驢靠那個事，大老劉他能死嗎？」

老棒子一聽又冒火了，喊：「你他媽的哪隻王八眼珠看見人和驢靠那個事了？那他媽的是人幹的嗎？你去靠個試試？驢一蹄子踢死你個王八犢子。再說這天多冷，你的棒槌去靠驢能翹嗎？大老劉五十多歲個老木把，幹這麼重的活，棒槌還管用嗎？這他媽的裏面準有埋汰事。」

趙大勺子說：「棒子叔你這一說我也這樣想了。這天一冷，就算不幹那麼重的活，出去掏棒槌撒泡尿，棒槌縮得像顆花生米，不拽一下都伸出不來，那樣能靠個屁驢。這裏真有事。棒子叔，你能猜到是什麼事嗎？」

老棒子說：「再過五六天就掐套了，這死了一個人，東家大櫃至少得賠三百塊大洋。大老劉的大洋誰能得到呢？」

魯十七說：「會嗎？他拉邊套的那個女人？」

趙大勺子一拍大腿說：「在這老東北拉邊套也是夫妻，外人是承認的。大老劉在這老東北算一算就那女人和他最近了。我的媽啊，那女人莫不是和曹叫驢子有一腿商量好了，才聯手害了大老劉？」

老棒子歎口氣，老棒子知道，就算曹叫驢子和那女人真有一腿，別人也是管不著的。大老劉凍死也就凍死了。東家大櫃賠的大洋有事主接著，就不會管別的事。

魯十七卻在想小把頭曹叫驢子，那個三十多歲壯壯實實的東北黑臉漢子，想不出曹叫驢子有害大老劉的可能。因爲叫大老劉去順小溝滑道的事是正常的，魯十七自己就時常去順小溝滑道，也時常吩咐某一個木把去。但魯十七心裏挺悲哀，這一季又死了一個木把……

第五章　大奶奶東珠兒

青上衛知道，眼前這條黃毛柴狗已經草雞了，再打擊牠一下，就會服輸了。青上衛就撲過去，甩頭在大愣腮上咬了一口，兩條前腿抱住大愣就摔倒了大愣。大愣趴在地上，收緊身體不敢起來，吱吱叫求饒了。青上衛齜出犬齒大聲咆哮，這是嚴厲警告，大愣就失禁了。可以說大愣只是同青上衛對了對目光，大愣就服輸了。

《狼狗》

1

老棒子從知道老木把大老劉死了之後，不知爲什麼，情緒有些反常，時而發呆，時而唉聲歎氣，看趙大勺子幹活不利索還張嘴罵，煩得魯十七都待不下去了，如果身上有勁能動，魯十七就走了。

魯十七真的走了，是烏日樂駕著依爾覺羅・和六的狗拉扒犁來了。烏日樂把狗拉扒犁停在霸王圈門外，七條扒犁狗看到青毛大狼狗迎出門就汪汪叫一氣。烏日樂喊一聲，七條扒犁狗不叫了。烏日樂陰沈著臉進了霸王圈，不理會打招呼的趙大勺子，只對老棒子點下腦袋，就說：「老十七，你厲害了，你小子是爺了。快爬起來跟我走吧，爺找了郎中給你看病。」

魯十七說：「我不去，我歇一天，明天我就沒事了。你回去告訴和六爺放心，我誤不了事。」

烏日樂說：「你媽的你以爲你真是爺了？你烏大爺會聽你的？麻溜地滾扒犁上，還有老鼻子遠的道呢。老棒子你倆整這傢伙出去。」

老棒子說：「老十七，這是和六爺的意思。你別爲難烏日樂大爺，烏日樂大爺是聽吆喝的下人。咱木把爲難烏日樂大爺就是失了身分。」

趙大勺子嘿嘿笑。烏日樂臉就紅了，瞪一眼老棒子掉頭出去。老棒子和趙大勺子扶著魯十七出去上了狗拉扒犁。狗拉扒犁上還鋪著狼皮坐墊，也有狼皮圍身。

老棒子幫魯十七圍好，說：「木刻楞裏的事你放心，我照應著，好好養病。回頭咱爺倆再說。」

烏日樂不耐煩，駕狗拉扒犁就走了。

魯十七不知道烏日樂爲什麼對他的態度越發壞了，想不通也就不去想原因了。

烏日樂鼓著一股怨氣，把狗拉扒犁趕得飛快，下大雪坡也不控制速度，扒犁衝下滑得太快，差一點撞上拉扒犁的狗。在上大雪坡時，又趕著七條狗沒命地跑，青毛大狼狗都有些跟不上了。等上了大雪坡，再跑上平坦些的扒犁道，烏日樂卻放慢了速度。

魯十七喊：「停下！」

烏日樂不聽，不吱聲，也不停下扒犁。

魯十七說：「你再不停，我叫青毛咬你屁股。」

烏日樂才停了扒犁，說：「天快黑了，有屎有尿快他媽去。」

魯十七沒吱聲，扶著一棵扒犁道邊的松樹，才撒了尿。在魯十七回過身時，看到烏日樂坐在扒犁上，雙手握著漢陽造步槍對著他，臉上陰森森的。

魯十七咧嘴笑一下，心想，他不知道我不怕死，我死了就不用想葉子了。就站著看著烏日樂不動了。

青毛大狼狗感覺到了不妙，悄悄往扒犁後面靠過去，又悄悄往烏日樂背後靠過去，就要撲擊了。魯十七及時地喊了一聲青毛，青毛大狼狗急得吱吱叫，不得不站住了。烏日樂回頭看，見青毛大狼狗目光陰森森盯著他，就站在他的背後。烏口樂掉轉槍口對準了青毛大狼狗，青毛大狼狗的嘴巴立刻堆出皮褶，嗚嗚叫要撲。

魯十七又喊了聲青毛。青毛聳一下禿腦袋上的兩隻耳根，搖一下尾巴，對著烏日樂汪叫一聲。

烏日樂說：「我一槍崩了你，你信不信？」

魯十七說：「那你還等什麼？這裏沒人，崩吧。先把槍栓推上去，那才是上子彈。你怎麼不推？用我教你嗎？」

烏日樂把嘴一咧，嗚的一聲突然哭了，把槍丟扒犁上，喊：「王八犢子，你敢對烏雲其其格不好，我就崩了你。上來，王八犢子。」

魯十七一下子明白了，原來烏雲其其格喜歡的人是烏日樂。魯十七上了扒犁忍不住哈哈笑起來，真是太開心了，終於又看見一個為女人哭的男人了。

烏日樂被魯十七笑得大怒，扭身撲下來按住魯十七揮拳就揍，魯十七身體沒勁無力抵擋，但還是不住口地哈哈笑。

青毛大狼狗撲過來，想幫忙又遲疑，因爲魯十七是在笑，也不還擊。青毛大狼狗分不清怎麼辦了，急得轉圈吱吱叫。

烏日樂不打了，也終於打得魯十七鼻青臉腫了。烏日樂說：「打一個病人沒勁，等你病好了，咱倆再打。」

魯十七哈哈笑說：「行！到時叫上烏雲其其格，看她向著誰。」

烏日樂一下子又火了，這次沒能再揮拳頭，說：「爺說一不二，我和烏雲其其格算是沒那一天了。我知道烏雲其其格會向著我。你小子是一堆娘們樣子的臭狗屎，你小子天天等著戴綠帽子吧。」

魯十七不笑了，說：「原來你還不知道我和烏雲其其格沒那事了，和六爺另外給我找了個更好的媳婦，真正的小家碧玉，你不知道？」

烏日樂愣了愣，問：「真的？」

魯十七說：「真的，一會兒你回去見了烏雲其其格，你就知道了。」

烏日樂想了想，問：「你和烏雲其其格怎麼不行了呢？你看不上烏雲其其格嗎？哪有比她更好的女人？你小子不識抬舉。烏雲其其格多好看，脾氣乾乾脆脆的，幹什麼活都麻利。」

魯十七說：「烏雲其其格心裏有別的男人，我才不要呢。」

烏日樂嘿嘿笑了，突然抬手在自己臉上狠狠砸了幾拳，說：「我打你的我還你了，咱倆兩清了。」

魯十七又哈哈笑了，心想，這是個可愛的傢伙。

狗拉扒犁跑下了山，來到山下木刻楞邊的雪路上，魯十七看到穆歪脖子和盛小耳朵往山上走，應該是盛小耳朵在送穆歪脖子。盛小耳朵看到坐在狗拉扒犁上的魯十七，愣一下，掉頭往木刻楞那邊跑。穆歪脖子也瞄一眼魯十七抬腳往山上跑。

魯十七想，盛小耳朵怎麼老躲著我，猛然想起一件事，就叫烏日樂停了狗拉扒犁，又叫青毛大狼狗去攔住盛小耳朵。青毛大狼狗追上去咬住盛小耳朵的老羊皮襖大襟往回拽。

盛小耳朵喊：「放開，放開。十七哥我不跑了。」

盛小耳朵走近了狗拉扒犁，看著魯十七，臉紅脖子粗的一副樣子。

魯十七問：「兄弟，你幫我辦的事怎麼樣了？南海大東溝江口那條窯子街賭場的事？走排時我吩咐你的。忘了？」

盛小耳朵說：「十七哥你還記得這事哪，我以爲你忘了，就沒告訴你。」

魯十七說：「你忘了去是嗎？行了，沒事了，快回去吧。在曹叫驢子手下幹活自己要加小心，知道嗎？」

盛小耳朵忙說：「十七哥，我知道，我懂。平時幹活我不出錯就沒事，曹叫驢子要欺負我，我就去找你治他。十七哥，你叫我辦的事我沒忘。我去窯子街的賭場了，我進去沒想賭錢想看看熱鬧，後來忍不住也賭錢了。我還輸了一百塊大洋，輸給向我叫號的賭場少爺了。那少爺比我小不幾歲，也就十六七歲，猴精猴精的。我當時還奇怪，他明明就是賭場少爺，可賭場裏的夥計卻不叫他少爺，叫他蓋小魚……」

魯十七聽到蓋小魚的名字，心裏跳一下，想趕快想點什麼事，現在又不能想，得控制住激動緊張的情緒聽盛小耳朵說完。「……我和那少爺賭上錢了，我帶的一百塊大洋賭光了。賭場的胖老闆豬臉厚嘴唇挺矮挺胖。他挺好的，又借了我一百塊大洋，叫我陪那少爺練手，贏了拿走輸了算他的。他在一邊看。可我就是忘了你叫我去賭場幹嗎了。我一直想不起來，我回來就盼著你忘了這事。」

魯十七說：「你小子，腦袋總少根弦。你差不多辦好我的事了，比我希望的還好。你記住了，賭場老闆是害你上賭癮，你別認爲他借你大洋是好事。你輸的大洋算我的，掐套給你補上。你要是在賭場門口看見一個給客人當墊腳的老男人就更好了，全辦了我希望的事了。」

盛小耳朵抓抓鼻子想了一下，說：「不對吧十七哥，不是個老男人在當墊腳的，是個四十多歲的人在當墊腳的，長得像頭大野豬。我還看到老闆娘了。老闆娘從裏間出來找那少爺，她不喜歡那少爺賭錢，也噁心那個賭場老闆，還罵賭場老闆了。她罵人的樣子可好看了，嗓音也老鼻子好聽了。她真是個高麗大美人。細高個，小鼻子小嘴巴，單眼皮不算大的好看眼睛，小臉盤細脖子，乾乾淨淨的，看起來也就二十六七歲，想不明白她怎麼生了個那麼大的少爺，我都看直眼了。」

魯十七也聽傻了，也直眼了，呼吸也緊了，透不過氣了，想，差不多這個美人就是金葉子了。如果是她，她終於回她自己的家了。那麼我呢？她是老闆娘了啊！魯十七唔一聲，一口氣就憋住了，臉就憋成青紫色的了。

盛小耳朵看著魯十七臉色不對勁，上去推一把，喊：「十七哥，你怎麼了？你快憋死了！」

魯十七把腦袋一下探出扒犁，哇哇吐了，一連幾口綠乎乎的胃水吐出去，才透出了氣。魯十七抹抹嘴擺擺手，說：「沒事，我是病了。你去告訴曹叫驢子，快掐套了，不能再死人了。叫曹叫驢子把大老劉的後事辦好了，加小心照應最後這幾天。」

盛小耳朵答應，掉頭跑去了。

烏日樂瞅一眼魯十七，說：「你挺住了，咱直接回咱藍旗屯。這是爺吩咐的。還老鼻子遠了，狗也跑不動了。」

烏日樂駕狗拉扒犁快跑，魯十七整個人像堆軟泥似的軟在了扒犁上。在路上，烏日樂餵了兩次扒犁狗，叫七條跑不動的扒犁狗歇了兩次，才在午夜時，趕著狗拉扒犁在月光的映照下滑進了一座挺大的屯子，來到一座大院落的門前。烏日樂叫開了院門，駕狗拉扒犁往院門裏進。青毛大狼狗揚頭看了看大院落，突然汪叫一聲，停腳在院門外坐下了，衝著魯十七吱吱叫。

魯十七擺手叫青毛大狼狗跟進來，青毛大狼狗站起來搖搖尾巴，還是急切地吱吱叫，牠看著魯十七坐狗拉扒犁進了院子，大門在關閉，魯十七在叫牠，在擺手。青毛大狼狗卻掉過了頭，晃一下尾巴，一溜煙順來路跑去了。隨著大門的關閉，青毛大狼狗的背影也被大門擋住了。

魯十七不明白青毛大狼狗爲什麼懼怕大院落，這是以前沒經歷過的，以前魯十七和青毛大狼狗也沒機會走進一座東北富貴之家的院落。也許青毛大狼狗和魯十七同樣有富家生活過的經歷，才留下了懼怕大院落的心病吧。

狗拉扒犁在這座三進的、東北式連套的大四合院的一排廂房門口停下了。烏日樂把魯十七扶進了一間屋子，扶魯十七躺在炕上，點上了油燈。

烏日樂說：「爺還在六道溝，大奶奶在這老宅裏當家。大奶奶一準睡了，這個時辰驚動了大奶奶，大奶奶就罵人，怎麼辦呢？」

魯十七說：「我沒事，我挺到天亮就好了。你別管我了，你快去歇著吧。你全身的汗氣都冰成白霜了。」

烏日樂站著想一想，覺得魯十七再等到天亮可能就完蛋了。烏日樂說：「你等著。」烏日樂就出去了。

魯十七感到炕是熱的，可是他的全身都是冷的。魯十七趴在炕上，正冷得打哆嗦，烏日樂帶個白鬍子矮個老頭進來。矮個老頭給魯十七把了脈，魯十七才知道矮個老頭是郎中，才知道烏日樂直接去接了郎中。

老郎中對烏日樂說：「這位大把頭受了寒氣，寒氣還挺重。虧他有內家功夫，要不就不好治了。」

烏日樂愣了愣，就笑了，說：「他有屁內家功夫。你的藥要是不管用，你自己去向爺交代。這大把頭可是爺的寶。」

老郎中說：「去去去，你小子懂個屁？隨我回去取藥。」

烏日樂說：「老十七，你現在是我的爺了。來日你要還我人情。」

魯十七點點頭，笑笑。烏日樂做事挺麻利，取回了藥就煎了給魯十七喝下去才去休息了。

魯十七睡到天亮，起來在屎盆裏拉了一泡烏黑的稀屎，身上就有熱乎氣了，也有些力氣了。就這樣在烏日樂的照顧下過了四天四夜，一天兩副藥吃下去，拉的屎基本正常了，魯十七差不多全好了。

烏日樂說：「我本來打算給你倒七天臭屎的，老郎中也說你七天準好。看來你真有內家功夫，我給你倒屎才倒了四天半，你便宜我了。」

魯十七笑笑說：「那容易，我再裝裝病，再多躺兩天半。這種火炕我在南海睡過一年，真是舒服。」

烏日樂說：「你小子想得美，晚了，自己侍候自己吧，我得去告訴爺了。這屋是你的屋了。還不差吧？美吧你，這屋老棒子都住不進來。我和那拉·吉順猜想爺想一點點升你當這院的大管家。」

魯十七一下子想起了自己家的老管家，忍不住一下子心酸了。如果老管家不死，魯一郎就不敢算計他的田產，他魯十七郎就沒這番經歷。

烏日樂說：「瞧你高興的，要哭的小樣。沒準你就是個老棒子的窮命呢，幹一輩子玩命的木把。現在高興早了點吧。」

魯十七說：「我自己的家比和六爺家大幾倍你信嗎？我有十六個哥哥、十四個姐姐你信嗎？管家！我魯十七郎這個破地方當管家就高興了？」

烏日樂想笑，又想信的樣子，說：「你家人真多，這比爺強，爺有三個媳婦，爺現在都沒後人。」

烏日樂突然又問：「你幾個媽？親媽、二媽、三四五六媽、姑媽、姨媽、舅媽加一起也生不了三十多個崽子。吹吧你。」

魯十七不想說自己的事了，說：「我蒙你呢。我是正月十七那天出生的，才叫了魯十七。你的名字挺好，烏日樂，一日一樂，天天樂。加上烏就更好了，烏是黑，就是晚上，晚上也樂。是一夜一樂，夜夜樂。逢黑就樂，你就應當叫烏鴉樂也叫烏雞樂……」

烏日樂初時聽著樂，聽下去就冒火了，還沒等發火，卻聽門外一個女人突然笑了，笑聲脆生生的。

魯十七停嘴了，往門外看。

烏日樂站直了，喊：「給大奶奶請安。」

門外沒動靜了，也沒人走進來。

烏日樂探頭看一眼，說：「剛剛是大奶奶。大奶奶可能去馬廊騎馬，可能去打獵。得，我走了。午飯小佟子不給你送你就去廚上自己去吃。小佟子那小子和那拉．吉順好，你小心點，那拉．吉順可不想你來日當大管家壓他一頭。」

烏日樂走了。魯十七穿著小短襖出門活動了活動，練了半個時辰楊式太極拳，覺得身上輕鬆些了，看見幾個丫頭下人遠遠看他指指點點的，就過去問燒開水洗澡在什麼地方。

一個三十左右的長著白淨刀條臉的下人說：「我來侍候你吧，你跟我來吧。你埋裏埋汰的真得好好洗洗了。」

魯十七跟著這個下人來到後面洗澡的房子裏，把身上洗乾淨了，借用了梳子、小刀、剪刀，整理了頭髮、鬍子，腳趾甲、手指甲，收拾好了，魯十七再次出來，幾個下人、丫頭都看傻了。

帶魯十七去洗澡的下人說：「十七哥，你這一收拾比烏雲其其格都好看，和咱大奶奶還挺像的。你有事就招呼一聲，烏日樂都交代了，我是小佟子。」

魯十七才知道小佟子原來就是刀條臉的這個瘦男人，他原認爲是和穆歪脖子差不多的小夥子。

魯十七說：「行，佟子哥，有事我喊你。」

這一聲哥叫得小佟子挺高興，小佟子笑著答應。

魯十七回屋想了想，決定離開。魯十七想先去六道溝木場謝謝依爾覺羅．和六，順便找那拉．吉順二櫃商量加木把們的工錢。魯十七算算日子，今天山場子活也就掐套了。那麼以後呢？魯十七想，以後不論當大把頭還是將來當管家，都不如當木把每年掙上一季大洋，剩下的日子在山裏自由自在的好。

2

魯十七穿上老羊皮襖，從依爾覺羅家大院轉著走出去，才發現依爾覺羅家大院有內容。院牆是用青磚修建的，又高又厚，還在東西南北修有四座箭樓，箭樓上有下人把守，箭樓下是住人的大屋。想來是為防山裏響馬（東北的鬍子）搶劫的。

魯十七是頭一次在藍旗屯裏走，藍旗屯看上去挺大，像個小點的鎮子，有一條十字街，街上的人家也開有賣酒賣雜貨的鋪子，但卻看不到幾個人。魯十七想進鋪子裏看一看，摸了身上沒帶大洋，又一想也沒有要買的東西，就向南出了藍旗屯。放眼就是群山，群山都被雪遮蓋了，盡展白茫茫的大地，看上去，這大地真是乾淨。

魯十七順著扒犁進山的扒犁道往山裏走。走過一片冰封的河灘時，魯十七停下了，想，六道溝木場在鴨綠江的邊上，如果順著這條鴨綠江的支流江岔走過去，也許能快一點趕到六道溝木場。

魯十七這樣想了一下，就順這條冰封的江岔走，江岔上的雪地裏沒有人的足跡，有馬的蹄印和小鳥的爪印。到了午時，魯十七走到了這條江岔拐大彎的三角形荒灘上。荒灘上地勢平坦，有一條長滿茂盛柳條灌木的江堤臥在那裏，長長的江堤向前拐彎延伸，江堤高出荒灘很多，也就擋住了雪，江堤下的荒灘上積雪較薄，雜草露出雪面的多，而且避風。在魯十七看來，這片荒灘是打鳥打野雞的地方。因為雪薄草多，草上的草籽就多，草籽是這種季節小鳥和野雞的主要食物。

魯十七正打量著荒灘，從荒灘雪地上的草叢裏突然飛起一群灰黑羽毛的大鳥。魯十七就站住了抬頭看。這群大鳥有七八隻，但飛得並不高，從魯十七頭頂飛過，向江堤上的柳條灌木叢裏飛。正看之間，突然聽到一聲槍聲，有一隻大鳥中槍摔落下來，落在魯十七前面不遠的雪地上。

魯十七想到這裏有人打獵，正想走開，卻聽到一個女人的聲音喊：「喂！小子，給我撿過來。」

魯十七看過去，看見柳條灌木叢的後面站起一個女人。魯十七愣了愣，就仔細看這個難得看到的女人，女人肩上披件紫貂皮短氅，裏面穿著青色暗花紋錦緞的束腰小棉襖，小棉襖的袖口和大襟是用紫貂皮鑲邊的，腿上是寬鬆的青色暗花紋錦緞的棉褲，棉褲的褲腳插在蒙古女人穿的那種繡花的牛皮靴子的靴筒裏。在女人的脖子上，圍了條火紅的狐狸皮圍脖，女人的臉白白的，身材高高的，提一支漢陽造步槍，站的姿勢雖然歪歪扭扭的，但也顯得英姿颯爽。

女人說：「發什麼愣啊？想看我你走近了才看得清，拿過來。」

魯十七彎腰撿起大鳥，看到大鳥的腦袋被子彈撞飛了成了無頭鳥，就想，這女人的槍法真不差，會不會是女響馬？魯十七急忙往四周看，沒看到其他人，就又想，自己什麼也沒有，不用懼怕一個拿槍的女人。

女人歪著腦袋看著魯十七慢慢走近，女人的目光也微微愣了愣，女人發覺魯十七的眉目如畫，而且和她長得挺像，如果魯十七穿上女人這身女裝，和她站一起，真挺像一對姐妹花。女人沒接魯十七遞過來的大鳥，看著魯十七的眼睛說：「你是我今天難得等到的客人。來吧，跟我過來，咱們先嘮嘮當我的客人的規矩。」

魯十七低頭瞄一眼女人手裏的槍，槍是頂上火的，女人的食指也是搭在扳機上的，這挺危險。就拎著大鳥跟著女人拐向江堤拐彎的深處，魯十七才看到有一匹紅馬站在避風的雪地上，低頭吃著一隻布袋子裏的草料。除了馬，周圍還是沒有其他人。

魯十七問：「就你一個人？」

女人說：「是啊！一個人出來才好啊，可以想幹什麼就幹什麼。你這小子不是這裏的人，是關內來的？是幹什麼的？」

魯十七說：「我是木把。」

女人愣一下，說：「你不是木把，沒有你這樣的木把。你的臉粗糙了些，但你蒙不了我，你是關內來東北唱戲的小戲子。你也不是男的，你的男伴呢？」

魯十七摸摸臉就笑了，說：「你說錯了，我告訴你吧，其實我真是個男人，我長著棒棰當不了女人。

其實我真是個木把。」

女人歪歪腦袋也笑了，女人臉上的表情是信了魯十七是男人，但不信魯十七是個木把。女人在紅馬前面停下。魯十七也停下，看到這裏有一堆準備點火的柴堆。柴堆邊鋪了一張狼皮大墊子，看上去躺上兩個人都有餘。

魯十七又悄悄看女人，女人的年紀在二十至三十之間，飽滿的額頭下是一雙細細的彎眉和一雙靈動生威的老虎似的吊梢眼睛，線條清晰又直溜溜高挺的鼻子和圓潤漂亮的下巴。這眼睛、鼻子和臉型也酷似魯十七自己。魯十七就想不出長這樣的一個女人是幹什麼的了。

女人說：「偷偷看我，賊眉鼠眼的。你不是個小戲子你自己都不信。小戲子台上台下都是賊頭賊腦的。看到了吧？這裏是我的老窩，我總在這裏打劫闖進來的男人。小子，你怕了吧？」

魯十七說：「我不怕你的槍，我身上除了男人的身體，其他什麼也沒有。你馬上就要失望了。」

女人瞇了下眼睛笑笑，說：「那麼故事你有吧？我打劫你的故事。我一共打劫了三個故事了。用了四年裏的四天，打劫了三個故事。幹什麼用打劫聽故事呢，當我的生日禮物。來，在這裏坐下來，講你的故事，最好是你和女戲子的故事。」

魯十七想不到這女人一個人在冰天雪地裏打劫男人的故事，也想不到這女人還是把他當成了戲子。魯十七不在意這些。魯十七一下子就想講他和金葉子遭遇的故事了，他和金葉子的故事憋在魯十七肚子裏四年多了，一直沒找到可以傾聽他講這個故事的人。

魯十七又看看奇怪的這個女人，她不是女響馬就是大戶人家的女兒，或許她就是個響馬頭子或是響馬頭子的壓寨夫人，整天被一群粗漢子圍著，有什麼心事沒辦法說，太寂寞，才有可能在生日這天出來打劫故事聽。

魯十七說：「好吧，我講我的故事給你聽，不過我真不是什麼小戲子，我不會唱東北的二人轉，也不會演東北的皮影戲，更不會唱什麼黃梅戲，什麼青衣、小生、花旦、大花臉。我的女人也不是小戲子。我和她的故事也許不好聽。」

女人的臉上已經顯出高興的樣子了，卻說：「等等，你架火烤這隻大鳥，這種大鳥叫飛龍，也叫榛雞，是咱這山裏的珍禽，早先是貢品，做的湯因讓皇帝吃美了，就下旨叫了飛龍湯。咱現下沒鍋做不成飛龍湯，你用烤的吧，我吃一對翅膀、一雙大腿就飽了，剩下的全是你的。咱倆坐著邊烤飛龍你邊講，我邊聽，然後你邊吃邊講，我邊吃邊聽。快點幹吧。」

魯十七在心裏更相信這女人是個女嚮馬頭子了，這女人說出的話雖然聲音清脆好聽，但全是不容不聽的軟命令。

火堆用一塊松樹明子做引子點燃了，燒起來了。女人盤腿坐在褥子般大的狼皮墊上。魯十七扒去了大鳥的皮。等他找獵刀準備削尖木棍插上大鳥時，才發現身上沒有刀。

女人說：「還說你是木把，木杷連短刀也沒有嗎？你想蒙我，我聽出來你就糟糕了，你的小命就丟這兒了。」

女人說著從靴筒裏拔出把金柄單刃的短刀丟給魯十七。魯十七不吱聲，默默地接了短刀削尖木棍，插上大鳥，開始烤。

女人說：「馬包裏有鹽，你烤一烤再撒些鹽才可以吃。我知道了，你是準備去當木把的小子。但我看你不用去當木把了，你幹你能幹的事吧。看你笨手笨腳腦子瓜子也不大靈光，人長得又像個好看的女人，你真幹不了木把。可你能幹什麼呢？跟我走給我當使喚丫頭？可又不行，你說了你是男人啊。」

魯十七聽女人在替他打算，也似在替他發愁，就有點冒火了，說：「是、是，我現在不去當木把，現在我去取鹽，我好好烤這隻飛龍。你吃飽考慮一下陪我去當個女戲子。咱倆反串，我當女的，你當男的。我勾引男人，你勾引女人，保證掙老鼻子大洋了。你看行嗎？」

女人看著魯十七去取了鹽，又回來蹲下來烤飛龍。在魯十七扭臉看她時，她瞪了魯十七一眼，右手拍了一下槍身說：「不但賊頭賊腦，還油腔滑調。你剛剛想得美。當土匪占山爲王我也不跟你去當小戲子。掙錢的不如搶錢的，搶錢的不如造錢的。小男人，你有老鼻子東西學了。」

魯十七說：「我想也是，好本事總得慢慢學。現在請你閉上嘴巴聽我的故事吧。我忍不住要講了。你是第一個聽我的故事的人，是我主動講給你聽的，不是你用槍強迫的。你強迫不來我的故事。你懂了吧？」

女人說：「那太好了，你主動講最好不過了，我可不願意強迫人做事了。現在我先閉嘴，等有聽不明白的地方再問你。你講吧，要從你的家庭、你的祖輩、你的出生開始講。然後你長大，然後你有女人，然後闖關東，然後被我打劫。這樣講長些，我喜歡聽長長詳細的故事。」

魯十七愣一下，看看女人，就發愁似的抬手抓帽子下的頭皮了。

女人卻說：「大山貓的皮一般只有小戶人家的女孩子做帽子圍脖戴戴，不過你戴也行吧，也挺好看的，你也像女人。你是個長得像我的小男人。我頭一次看到還有長你這樣的男人。」

魯十七已經習慣這句話了，也不在意這句話，把烤好的飛龍的兩隻大腿、兩隻翅膀撕下來給了女人。看女人吃上了，他就邊吃邊講了祖輩、家庭，從出生到闖關東，到有了叫金葉子的媳婦，到媳婦失蹤他進了長白山當木把發生的事。

女人聽傻了，手裏的槍早丟一邊的雪地上去了，嘴裏咬著飛龍的一隻啃光了肉的大腿骨，歪著腦袋，微微皺著細細的彎眉，目光深深地看著魯十七。

魯十七說：「我講完了，不好聽也沒辦法。你快丟了鳥骨頭吧，你舔了一個時辰了，下巴上都是口水了。」

女人的臉頰瞬間紅了，說：「原來你還是個少爺，富貴官宦人家的少爺，叫魯十七郎的老少爺。原來你愛的女人是個『暗門子』，是個賣的。現在你知道她在南海的賭場裏，你還會去找她嗎？」

魯十七說：「我想過了，我沒有辦法找她了。她是個老闆娘了。」

女人眨眨眼睛，又把鳥腿骨送嘴裏吸一下，又拿出來看看，說：「你還會再找其他的好看的女人嗎？你會嗎？」

魯十七說：「我也想過了，我如果碰上心不埋汰的女人，我想我會去喜歡的。但我也知道，這不可能了。」

女人說：「我明白了你說的心不埋汰的女人是什麼女人了。你認爲金葉子就是那種女人，她不要你了，她的心還不埋汰嗎？」

魯十七說：「我也想過了，離開我，她一定有她離開的因由，她的心也是不埋汰的。如果她現在過的好，我爲什麼不想她好呢。我心裏的結真的打開了。金葉子就是個心不埋汰的女人。我沒後悔要她當媳婦，她就是我心裏的好媳婦。」

女人點點頭，看著魯十七似在想事，又把鳥腿骨送嘴裏吸一下，又拿出來看看，再舔一下，下巴上也總整上口水。魯十七看著女人滿是口水的下巴，心裏雖然總是感到彆扭，但又忍不住總看，見女人又從嘴裏拿出鳥腿骨看一眼，又舔一下，就突然伸手從女人手裏奪去鳥腿骨丟在火堆裏，說：「多埋汰了還吃，也不怕風吹皺了下巴上的皮。」

女人愣一下，紅著臉頰看著魯十七笑笑，把下巴上的口水擦去，又笑笑，害羞似的說：「你去，去把馬包裏的狐狸皮被子拿過來。」

魯十七想，可能女人冷了，就站起去馬包裏拿出一張又輕又軟的狐狸皮大被子回來遞給女人。

女人接過來，把狐狸皮大被子蓋身上，斜眼瞄著魯十七說：「我不習慣用別人的被子，我在外面過夜，我都帶著用慣的行頭。你小子今天走桃花運了。怎麼？你還不脫了褲子過來？我給你當一次媳婦，就當一次，你使勁來靠我吧，靠幾次都行。你要不進來，我一槍就整丟你小子的小命。」

魯十七能不進去嗎？從前不能，現在能。以後能不能呢？魯十七郎的故事還沒到面臨再次桃花運的時候。

魯十七看著女人有些遲疑。見女子把靴子脫了，紅著臉躺下了，在狐狸皮被子裏蹺了雙腿在脫褲子，魯十七也就手忙腳亂脫了老羊皮襖和棉褲鑽進狐狸皮被子裏，女人身上散發出一股甜甜的體香，這味道是魯十七熟悉的味道，像金葉子身上的味道，魯十七就十萬分地投入……

魯十七要起來穿衣服時，女人拉了魯十七一把，說：「十七郎，你先等等，我們再躺會兒，你再抱會兒我，再親會兒我。我問你，你想知道我的名字嗎？」

魯十七抱緊女人，又親親女人的嘴巴。那會兒魯十七和女人身上的衣服都脫光光了，是在靠的過程中互相扒光了。魯十七看著女人的臉，在女人的下巴上又親一親，笑笑搖了搖頭。

女人笑了笑，說：「和我想的一樣。我給你講爲什麼我這四年的每一個今天出來打劫故事的故事給你聽。」

魯十七點點頭，望著女人。

女人說：「我祖輩比你的祖輩榮耀多了。不過你家是北方漢人也不錯了。我的祖輩都是帶兵的將軍，我家世襲一等忠勇伯。我也有個出身很好的男人，我在我男人面前說一不二，府裏的大小事我說了算。我可能不是正常的女人，我不喜歡和男人在炕上浪，和我男人在炕上的事就整不好。這樣久了，我的男人嫌沒意思，我也嫌麻煩，也嫌沒意思，我和我男人就很少在一起了。可我也需要男人幫我完成當真正女人的使命啊。我就想了一個招，每年過生日的今天就出來打劫一個男人。第一次出來打劫男人是四年前，也是今天、也是這裏。我打了一隻野雞，打死了一隻偷襲我的馬的花皮豹子，卻沒看到男人，等到天黑也沒等到一個人……」

魯十七想，她原來爲了和男人靠靠才這樣，她是真正的「靠」，她找男人靠不是爲了養家活口。

聽女人又說：「……頭一次是失敗的。第二次是三年前的今天，也在這裏。我打了隻紅毛野雞，也打劫了一個人，是個中年獵人，長了一臉的大鬍子，能吃肉、能喝酒，很男人氣。他給我講了他打獵的故事和家裏的故事，他的祖輩明明是關內發配來的流放犯，他卻說是押解犯人的押解官。這種男人不誠實，我不能給他做一次媳婦，他不配我，我和他配了就是豬八戒配嫦娥。我不喜歡他那樣的男人。他不走想對我用強，我用刀刺穿了他的手，用槍打斷了他的胳膊。我本想殺了他要了他的小命，但我想起他的故事裏說家裏有個寡婦媽媽，我才沒殺他……」

魯十七又想，可能是我想錯了，這世上根本沒有女人用她這種方式找男人求靠靠的。那個獵人真叫倒楣。

聽女人又說：「……第三次是去年的今天，還是這裏。我沒打到鳥，也沒打劫到男人，卻打劫了一個女人，是個從丈夫家逃出來的挺好看，眉目傳情的樣子就能勾引男人丟魂的小媳婦。她給我講了她遭丈夫禍害的故事。她丈夫叫她往家勾引木把，她丈夫再闖進去敲詐木把。我叫人給了她丈夫一百塊大洋買下了她，我收留了她帶在身邊當大丫頭，專門叫她陪我男人在炕上浪。爲什麼我這樣做呢？我是怕我男人在外面去找埋汰的女人傳上埋汰病……」

魯十七咧嘴笑了笑，想，這女人的男人挺幸運。

聽女人又說：「……第四次，就是這一次，我才終於打劫了你，我才給我看上的男人當了一次媳婦。你配我是絕配，咱倆長得像啊，配起來就像孫悟空配猴子精，也像唐和尚配女兒國王。我太高興了，四年四次沒白費勁。但我想，我和你再也不可能碰面了，我給你留個念想吧。」

魯十七說：「念想？是送我東西嗎？我不要，我知道我記住你了。」

女人說：「是送你東西，你必須要收下。我也告訴你，我也記住你了。我該起來了，也該走了，去找我男人去。」

女人在狐狸皮被子裏伸出手，拽過一隻蒙古女式靴子，從靴筒裏取出金柄單刃短刀的金製刀鞘，說：「你是漢人家的少爺，你認識滿族文字吧？」

魯十七說：「我學的滿族文字不算多，但還行，你要我幫什麼忙嗎？」

女人笑笑搖搖頭，把金製刀鞘遞給魯十七，說：「刀已經在你那裏了，你用完悄悄揣袖口裏了，剛剛想用刀對付我的是吧？還當我沒看見，挺機靈的嗎，我挺高興的。鞘也給你吧。想不到你已經是個不錯的小木把了，也許你也有短刀。但這把刀鋒利些也小巧些，從六歲開始，跟著我二十四年了。你放在懷裏讓它天天陪著你吧，你老了成白毛老頭了，看著它想想我也是一樂子。」

魯十七悄悄往袖口裏藏短刀時想過，這女人若行兇就用短刀自衛，但想不到被女人看到了，就紅了臉接了刀鞘，看女人在被子裏摸索著穿衣服，也急忙穿衣服。野外的天太冷，兩個人穿好衣服對面站著都凍得打哆嗦了。魯十七就伸手把女人摟進懷裏，幫她暖暖。女人閉上眼睛，臉頰羞得紅紅的，把腦袋靠在魯十七肩上，在魯十七懷裏靠一會兒，輕輕掙脫出來，說：「好了，夠了。十七郎，等你找到下一個心不埋汰的女人，你就在以後每年的今天來給我講下一個故事。當然，你找不到下一個那樣的女人，或者找到了不想來或者來不了都沒事。記下了？」

魯十七心裏挺酸，突然覺得對不起這個女人。因爲剛剛的一切，魯十七嗅著她的甜甜的體香，心裏想的卻是金葉子。

魯十七覺得愧疚，看著女人的臉問：「告訴我你的名字吧，記住了你，也得記住你的名字啊，行嗎？」

女人哧哧笑了，說：「小子，我一下就試出來了。你這樣的心情對待好看的女人可不行，你遭罪去吧。對女人不能像你這樣。來不及教你了，你是被我打劫的，我現在大發慈悲放了你，你麻溜地先走吧。」

魯十七歎口氣，走出挺遠回頭看女人。女人已經上了馬，馬已經小跑著走了。魯十七看著手裏的金柄短刀，想，也許以後見不到這個女人了。那麼我能不能再次見到金葉子呢？這個念頭從腦海裏一閃出來，魯十七心裏就是一跳，跳得痛了，想，我這樣了還能見金葉子嗎？

可是，魯十七很快心裏又痛了一痛，魯十七在金柄短刀的刀柄上看到了一串滿族文字，魯十七仔細認了一袋煙的工夫，才讀出了額爾德特．東珠兒這七個字。

魯十七想，原來這女人並不是不告訴我她的名字，她用這種方式告訴我她的名字，並叫我把刀放懷裏陪我。這女人的心眼真多，真是把單刃刀，割傷男人不割傷自己。魯十七苦笑一笑，如果這是這女人的想法，首先要證實這女人叫額爾德特．東珠兒才行。滿族、蒙古族裏有多少個叫額爾德特．東珠兒的女人呢？魯十七這樣想著，已經順著江岔走出挺遠了。

此時此刻，魯十七做夢都想不到，他馬上就能見到這個女人了，也就是馬上就能再一次見到額爾德特．東珠兒了……

3

月亮升起來了，掛在天空上像張雕花大燒餅。魯十七看到雕花大燒餅似的月亮，肚子裏也翻上饑餓了，就抓把雪放嘴裏嚼，緩解一下，再走。魯十七已經看到六道溝木場的木刻楞裏透出的燈光了。那小窗裏的燈光黃黃暗暗的不注意都看不到，還不如遙遠的夏夜裏，晃在原野上的螢火蟲那屁股照的光亮大。

魯十七在野外雪地裏走得太久了，他又大病初癒，又遭遇了一場拚盡體力的高潮桃花運，想說不累就是假的，呼出的氣息開始粗重起來，他的前胸，後背，肩膀以上的部位上儘是凍結的凝霜了。

魯十七走進了六道溝木場，遠遠地聽到汪一聲狗叫，青毛大狼狗在月光下如飛奔來，一下撲倒了魯十七，兩個在雪地上翻滾了一番。

魯十七坐起來，拍著青毛大狼狗的肚皮說：「你這傢伙又吃鼓了肚皮。掐套了，那幫臭傢伙都走了吧？咱們打一轉也走，回去看虎小弟去。」

魯十七走到依爾覺羅．和六臨時住的木刻楞門外，敲了敲木刻楞的門。

門從裏面拉開了，那拉．吉順二櫃頂著撲進門的寒風往外一眼看到魯十七，似乎沒認出是魯十七，扭身讓開燈光探頭再仔細看看，才叫一聲：「是老十七，我的媽呀！你小子不是病了趴窩了嗎？啊，你病好了？」

那拉．吉順二櫃又掉頭喊：「爺，大奶奶，老十七來了。快進老十七，爺正喝酒哪，你小子有口福，來得不算晚。」

魯十七進了木刻楞的門，先把帽子脫下來，再抹去眉毛、眼睫毛上的凝霜，才回答依爾覺羅．和六的問話：「是，和六爺，我全好了。」

魯十七就在一扭臉之間，一眼就看到坐在依爾覺羅．和六身邊，看著他滿臉驚訝之容的、打劫他的故事的女人了，只是女人的臉色不一樣了，不白了，而是被酒調成粉紅色了。魯十七一下子愣住了，胸口像被猛擊了一拳，一雙腳也突然發軟了。

依爾覺羅．和六酒喝得有點過量，沒注意魯十七的失態，指著對面的座位說：「老十七，你坐。爺今天高興。四張大排的原材堆場子裏了，才死了一個倒楣的棒棰木把。那傢伙的死是意外，不是你老十七的錯。爺看見你老鼻子高興了。今晚大奶奶來了，大奶奶想爺了，就跑來了。今天又是大奶奶的生日，爺真高興。來，東珠兒，他就是我老說的老十七，和你長得挺像吧，多好看。叫老十七敬你喝一個。」

魯十七坐下又站起，說：「見過大奶奶，給大奶奶請安了。」

魯十七心裏慌慌張張地不敢看東珠兒，垂下了腦袋心裏還想，和六爺果然叫她東珠兒。她就是她了，她的全名就應該叫額爾德特．東珠兒，大奶奶怎麼會是她呢？她怎麼會是和六爺的媳婦呢？

坐在額爾德特．東珠兒身邊的烏雲其其格，笑嘻嘻地站起來給魯十七和額爾德特．東珠兒倒了酒，笑瞇瞇地說：「姓魯的小大把頭，你沒見過咱家大奶奶這麼美的女人吧？小樣兒，你臉紅脖子粗了也沒用，傻了巴嘰的像隻急猴子在看嫦娥。你這小子白長個男人的身子，也真沒什麼正經的用處。」

那拉．吉順二櫃聽明白了這句話，故意大著嗓門咧嘴嘿嘿笑，也悄悄地給烏雲其其格打了個眼色。

額爾德特．東珠兒歪歪臉挑了眼魯十七，不知她此時是怎麼想的，扭臉突然問依爾覺羅．和六：「他就是你說的老十七，是你給烏雲其其格找的腦袋瓜子賊靈賊靈的大把頭？我還奇怪你這老傢伙怎麼捨得把烏雲其其格嫁給他，原來如此啊！老十七長得比烏雲其其格還俊俏，他這小樣的就算真是個男人難道你想玩斷袖？但我看他就不是男人。你想整什麼鬼？」

烏雲其其格先笑了。那拉．吉順二櫃也笑了。

依爾覺羅．和六哈笑一聲，歎口氣說：「是我錯了，我真的錯了。你想錯了，你真的想錯了。我把老十七和烏雲其其格往一起整就不是想和老十七靠那個事，我不喜歡男人啊，斷袖又不好玩。我是好心辦了壞事，也就泄了老十七的底了。我知道了那件事，我才知道老十七爲什麼不近女人了。東珠兒，老十七是真的男人，但又不是真的男人，他不能人道，對女人沒正用。沒聽懂？就是他的棒棰硬不了，老軟了巴嘰的，那哪行？再好看的女人，再大的井眼他那玩意兒也靠不進去。但這沒什麼老十七，你有腦袋瓜子靈靈的給爺用就行了。爺瞧得起你就沒人敢瞧不起你。是不是，老棒子？」

老棒子給魯十七遞過一條烤羊腿，才對依爾覺羅．和六點點頭，表示依爾覺羅．和六說的對。

額爾德特．東珠兒還裝作沒聽懂，也裝作沒想明白。額爾德特．東珠兒爲什麼這樣說又這樣做戲，別人是不知道的。但額爾德特．東珠兒此時還不知道烏雲其其格爲不嫁魯十七，騙依爾覺羅．和六關於魯十七棒棰不舉的事。額爾德特．東珠兒看看依爾覺羅．和六，又問：「怎麼的？烏雲其其格不嫁這大把頭了嗎？你真的不是看上他想收了玩斷袖嗎？你們在笑什麼？什麼棒槌硬不了進不了井眼的？是說這大把頭嗎？」

烏雲其其格用眼睛一邊瞄著魯十七，一邊趴在額爾德特・東珠兒耳朵邊上講魯十七棒槌不舉才不能娶她的事，烏雲其其格連額爾德特・東珠兒也騙了。

額爾德特・東珠兒聽明白了，歪了下臉看著魯十七，突然展顏笑了，像朵粉紅色的牡丹花洋洋得意地突然開放了，好像額爾德特・東珠兒在認爲是她美麗的臉和誘人的身體一下子治好了魯十七的不舉似的。但額爾德特・東珠兒又收回了笑容，在收回笑容的瞬間，莫名其妙地，狠狠地瞪了魯十七一眼，臉上表情變化之快之繁，嚇了魯十七一大跳。

魯十七慢慢回想，也就想到了。如果額爾德特・東珠兒對他講的那幾個打劫的故事是真的，那麼烏雲其其格就是額爾德特・東珠兒買下來送給依爾覺羅・和六使用的那個好看的小媳婦。魯十七又想想點其他的，比如額爾德特・東珠兒古怪的表情，又想想清楚在下午和他靠了的這位大奶奶額爾德特・東珠兒哪句話是真話？哪句話是假話？這樣想著，反而想不清楚了。魯十七就晃晃腦袋全都不去想了，低下腦袋，專心對付手裏的烤羊腿，也大口喝酒，好像其他人說的棒槌不舉，不是男人，不像男人，全和他沒關係。就連額爾德特・東珠兒清脆又有磁性的笑聲，魯十七都不去在意聽了，也不覺得這聲音可以吸引他了。

烏日樂從外面進來，告訴依爾覺羅・和六，大老劉的大洋給大老劉拉邊套的女人送去了，是曹叫驢子帶他找到那女人家的。

依爾覺羅・和六擺擺手，表示知道了。

額爾德特・東珠兒突然問：「烏鴉樂，烏雞樂。我問你，這大把頭是在府裏養了幾天病的那個小子嗎？」

烏日樂和魯十七都想起烏鴉樂、烏雞樂是兩個人在房裏開玩笑時說的，當時大奶奶額爾德特・東珠兒在門外聽到時笑了。魯十七想起當時的女人的脆脆的笑聲，就抬頭看了看額爾德特．東珠兒。額爾德特．東珠兒也正看他，眼珠雖亮晶晶的，但冒出的卻是股怨恨的光。魯十七就急忙避開了目光。

烏日樂說：「回大奶奶，就是這小子。要不是大奶奶吩咐我連夜去接了老郎中，這傢伙就死了，哪有本事叫我烏雞樂。」

大夥都笑了。

魯十七卻不笑，好像沒聽到烏日樂和額爾德特．東珠兒的對話。

烏雲其其格遞給烏日樂一大塊烤羊肉，說：「烏雞樂，爺賞你的。你去吧。哎，等等，我出去小解，你當獵狗保護我。」

烏日樂就接了烤羊肉和烏雲其其格在大夥的笑聲中出門去了。那拉．吉順二櫃瞄著烏雲其其格和烏日樂出去，站起來也想出去，但發覺依爾覺羅．和六在看他，就遲疑一下，又坐下了。

依爾覺羅．和六爺說：「你們還別說，我以前聽那拉．吉順這名字好，我就叫他管林場當二櫃，林場一直挺順當。烏雞樂這個名也不錯，烏雞是大補品，誰吃了不樂？烏日樂算什麼？日是和女人靠那個事的意思。這狗日的一到烏黑天就和女人日，他當然樂了。這怎麼行，以後咱們就叫他烏雞樂。」

大夥忍不住又笑，不過場面上也有些尷尬了。

依爾覺羅．和六歎口氣，說：「老十七，你真是可惜了，爺理解你媳婦悄悄走了的原因了。爺想這不怪你媳婦，就怪老天爺。這人就是沒有完整的人。你老十七靠女人不能舉，以前能不能舉爺不知道。爺呢？風光吧！爺十七歲娶第三房小媳婦，二十四歲娶第二房小媳婦，四十二歲爺才娶正房大奶奶，多好啊。你看大奶奶好看吧？爺老用棒棰靠，不行，爺不是完整人，爺的棒棰也有毛病，整不出崽子來。這老天就是不長眼，咱是人，破他媽棒棰有毛病就沒招。爺對不起三房、二房也就算了，爺對不起大奶奶，她想孩子都想瘋了，老天不給，咱沒招啊。」

依爾覺羅·和六歎口氣，腦袋垂下來，嗚嗚就哭了。

大夥都傻了。依爾覺羅·和六能說出這些話，也就是真喝多了。這件事要是傳出去，依爾覺羅·和六還能高興起來嗎？

魯十七知道了依爾覺羅·和六不能使女人受孕這件事，再聯繫到額爾德特·東珠兒每年出去打劫男人講故事的事，也就猜到額爾德特·東珠兒的目的了。就是憑天意送給她一個她看得上的、出身又好一點的男人，給那男人當一次媳婦，要那男人多靠她幾次幫她生個孩子。

魯十七想到這裏，又看一眼神色尷尬看著他發呆的額爾德特·東珠兒，想到以後額爾德特·東珠兒如果真有孩子了，這個孩子……

魯十七驚出了一頭冷汗，就抬手擦腦門上的冷汗……

酒往下喝就不是味了，依爾覺羅·和六徹底醉了。那拉·吉順二櫃似乎突然也有了心事，酒也喝不下去了。老棒子在這種場面上喝酒是從來不喝醉的。魯十七卻醉了，迷迷糊糊趴桌子上睡著了。

額爾德特·東珠兒把依爾覺羅·和六整板鋪上躺下，烏雲其其格笑嘻嘻地從外面回來。額爾德特·東珠兒看魯十七也醉了，就吩咐那拉·吉順二櫃在板鋪的另一邊給魯十七鋪了褥子，扶魯十七睡下。烏雲其其格卻抱了額爾德特·東珠兒和魯十七在雪地上用過的狐狸皮被子和狼皮褥子，悄悄瞄著額爾德特·東珠兒，悄悄咬著嘴唇笑著溜出了木刻楞。

那拉·吉順二櫃瞄了眼出門的烏雲其其格，就開始像有心事似的心不在焉了。站在那兒發了會兒呆，才想起向額爾德特·東珠兒請了安告了辭，和老棒子前後走出了木刻楞，一起去了陳老五住的木刻楞。陳老五坐在木刻楞的大通鋪上沒睡，因爲依爾覺羅·和六的老虎和烏日樂也睡在那座木刻楞裏。陳老五怕睡著了被老虎吃了，自然不敢睡，也不敢亂動。見了老棒子和那拉·吉順二櫃進來，才膽大了，才慢慢睡著了。

魯十七睡到大半夜被渴醒了，迷迷糊糊翻個身坐起來，睜開眼睛卻一時想不起這是哪兒了，這個空間還有極響的鼾聲，還有油燈亮在桌子上，一個女人坐在桌前手托著腮在發呆。魯十七想了想，嚇一跳，這個女人是額爾德特．東珠兒，打鼾的人是依爾覺羅．和六。

魯十七就想悄悄趕快溜走，就悄悄摸到靰鞡鞋穿腳上，悄悄夾上老羊皮襖，站起身剛想走，耳聽：「壞小子，你過來！」

魯十七遲疑了一下，轉過身走了過去。

額爾德特．東珠兒指指凳子，看魯十七坐下，盯著魯十七的眼睛，說：「你是個壞心眼的臭男人。」

魯十七嚇一跳，看著氣得下巴都翹起來的額爾德特．東珠兒，張張嘴，不知道怎麼回答了。

額爾德特．東珠兒說：「你是個心埋汰的臭男人。」

魯十七生氣了，站起轉身往木刻楞的門口走，耳朵就聽到額爾德特．東珠兒拉槍栓推子彈的聲音。魯十七想，這一下完蛋了，葉子若知道我被一個漂亮的大奶奶一槍打死了，會怎麼想我呢？

魯十七就馬上站住了，背對著額爾德特．東珠兒站直了腰。

額爾德特．東珠兒說：「你就是個壞心眼的臭男人，你就是個心埋汰的臭男人。你氣死我了，你氣得我睡不著覺想一槍要了你的小狗命。你故意不講你和烏雲其其格的這一段，你若對我講了這一段的故事，我就想到你是誰了，就不能給你當一次媳婦了。臭男人，你心眼就是壞。你的破棒槌不是不舉嗎？還能靠我那麼久？我怎麼對付你呢？」額爾德特．東珠兒氣得把槍又舉起來了。

魯十七的腦袋混沌了，也記不清當時講沒講和烏雲其其格的這件事了，只好說：「我從來沒說過我的棒槌不舉，我的棒槌舉不舉不關別人的事，別人怎麼說我都不在乎。但我不是壞心眼的男人。你知道我不是的。」

額爾德特．東珠兒看著魯十七的後腦勺，終於忍不住哧的一聲就笑了，把槍也放下了，馬上忍住了不再笑，說：「你就是個怕死的小子，聽到槍栓聲就嚇軟了腳的臭男人，你以後對我有什麼用呢？你說，你以前見過我嗎？打過我的主意嗎？」

魯十七說：「我沒見過你，我以前也不看女人，在山裏住著也不用看女人，也看不到女人。我給你講故事時我想過你是個風騷的女響馬，孤獨了就出來打劫男人，叫男人好好靠你。」

額爾德特・東珠兒拍了一下桌子，說：「我是風騷女響馬，你就站不到這裏了，你不可以這樣想我。哼，我知道了，原來你是怕見到好看的女人胡思亂想才躲在山裏。你這樣心就乾淨了嗎？你見到母狼的屁股就不胡思亂想了嗎？自己騙自己的小男人，心裏埋汰的臭男人。」

魯十七被額爾德特・東珠兒一下子說得愣住了，扭過臉看著她想說什麼，但張口結舌什麼也說不出來了。

額爾德特・東珠兒依舊瞪著魯十七，說：「你說實話，臭男人，你以前的女人給你生了孩子嗎？」

魯十七說：「我和金葉子沒生孩子，興許我和你男人和六爺是一樣的命。」

額爾德特・東珠兒被魯十七這句話堵住了，下面想問的話也就問不出口了，紅了臉頰瞪著魯十七，看著魯十七小心地抱了老羊皮襖，小心地拉開木刻楞的門，小心地出去，也看著魯十七在關門時扭臉看她。隨著木刻楞的門被關緊，額爾德特・東珠兒才歎口氣想，我若生了這臭男人的孩子，孩子長得像他長得像我都挺好，若長大了像這臭男人似的敗了財產，又愛上個要了命的窯姐就白養了。聽這小子話裏的意思，他猜到我打劫男人聽故事的目的了，將來若用我生的孩子要挾我，我怎麼辦呢？

額爾德特・東珠兒想到這雖是個遙遠的威脅，但也是個必須快一點解決的問題，就站起在木刻楞裏拎著槍轉圈。猛一下又想到現在不用想這個難題，還有一段日子呢，等確認有了身孕再想也來得及。這臭小子是一個木把，在山裏整丟一個木把的命像拍死一隻螞蚱。

額爾德特・東珠兒在桌邊坐下來又想，也許這就是天意，這裏的木把們很快都會知道這小子的棒棰不行，那玩意兒不舉。他若出點意外死了，就不會有人懷疑我生的兒子是他下的種了。

額爾德特・東珠兒似乎腦袋也想亂了，不禁還想，我怎麼就打了這臭小子的劫呢？這是老天爺安排的吧？我全都想錯了，這也許真是天意。還有老棒子和那拉・吉順，還有烏雲其其格。烏雲其其格有孩子了剛剛才告訴我，還說是和六這老傢伙的孩子，要等和六過幾天過五十五歲大壽再告訴和六。烏雲其其格在打什麼主意？和六知道她有了孩子不要了她的命嗎？烏雲其其格的孩子是烏日樂的還是那拉・吉順的？和六不能使女人有身子的事不能傳出去。現在老棒子、那拉・吉順、臭小子十七郎這三個人知道了。

我怎麼辦呢？額爾德特・東珠兒越想心裏越是煩躁，又站起來轉幾圈，又在桌邊坐下來。掉頭看眼打鼾的依爾覺羅・和六，不禁皺了皺眉，痛快地想，這沒用的老傢伙若一下睡死了，我也不會這麼煩了……

4

魯十七在木刻楞外面站了一會兒，感覺冷了才穿上老羊皮襖。想抬腿走的時候，青毛大狼狗從一堆原材的空隙裏鑽出來，抖抖身上的凝霜，跑了過來。

魯十七走到一垛原材前面，在原材上面抓幾把積雪放嘴裏嚼了解渴。又抬頭看看滿眼的月亮地，再過一個時辰天就亮了，就招呼青毛大狼狗向六道溝木場外面走。在走過一排扒犁時，青毛大狼狗突然汪叫一聲，一跳撲上一張扒犁，扒犁上一下子傳出一個女人的驚叫聲。

魯十七嚇一跳，跑過去阻止青毛大狼狗，就聽扒犁上傳來烏日樂的聲音：「老十七，帶臭狗快走，你倆快走。」

魯十七看到烏日樂探出的腦袋下面還有一顆腦袋，才認出和烏日樂躺在扒犁裏的是烏雲其其格。難怪剛剛在木刻楞裏沒看到烏雲其其格，而且這兩人現在用的被子看上去眼熟，是狐狸皮的大被子，是魯十七和額爾德特・東珠兒在雪地上用過的。

魯十七想到他自己終於靠了一個心埋汰的騷女人，肚子裏就一翻個，一下子湧上噁心了，胃裏的東西翻江倒海衝了上來，憋不住了，從鼻孔裏鑽出去兩股水，接著魯十七甩下腦袋彎下腰，咔的一聲，張嘴哇哇就吐了，一口一口吐得沒完沒了了，難受得腦袋直甩。

魯十七這樣哇哇地一折騰，把另一個沒睡踏實的傢伙從陳老五住的木刻楞裏驚醒了，這個傢伙是老棒子。老棒子不是怕被依爾覺羅．和六養成了大肥貓似的老虎，老棒子是怕另外一件事才睡不踏實，聽到魯十七在木刻楞外面的嘔吐聲，就穿了衣服從木刻楞裏出來。

烏日樂和烏雲其其格聽見木刻楞裏又出來人了，就馬上貓進狐狸皮大被子下面，也不敢出聲了。

魯十七也明白烏日樂和烏雲其其格的事不能被別人看到，於是邊嘔吐邊向一邊走。看到老棒子走過來，對老棒子擺擺手，努力忍了嘔吐，擦了滿手臉上的鼻涕汙物，甩雪地上，再蹲下，抓雪擦了手上的汙物，再甩甩，就站起來，向六道溝木場外面的扒犁道走去。

老棒子快步追上來，喊：「老十七等等，咱一路去……」

第六章　私生子

青上衛是東北狼狗，這種狼狗天生能分得清哪隻是自家的家禽哪隻是鄰家的家禽。青上衛雖然剛剛在這裏住了一夜，但青上衛在昨晚進院時已經把院裏的一切分清記熟了。這會兒，面對大紅公雞的攻擊，青上衛就躲開了。

《狼狗》

1

魯十七和老棒子走並排的時候，魯十七在扒犁道邊蹲下來，抓起雪擦臉，洗去臉上的汙物。

老棒子走過來彎腰給魯十七捶背。

魯十七說：「棒子叔，我沒事。」

魯十七站起來，掀起老羊皮襖，用老羊皮襖的大襟裏子擦乾了臉，才想到大山貓皮的帽子丟在依爾覺羅．和六的木刻楞裏了。帽子是金葉子做的，魯十七有點心痛，又不想馬上回去取，見到額爾德特．東珠兒可能會生出麻煩，也可能挨一槍丟了命。魯十七就歎口氣，緊了緊老羊皮襖，捂了捂凍疼的耳朵，和老棒子往乾飯盆林場的霸王圈走。

老棒子回頭看看六道溝木場，又轉過頭跟上魯十七，慢慢地說：「老十七，假如啊我說假如，假如有一天我一下子沒了，你就馬上去小南屯找一戶門前有棵老榆樹的人家，告訴那家的女人，就說我老棒子死了。叫那女人挖開老榆樹南面的根，那裏有十一個小罈子，罈子裏面是老棒子留給她的念想。老十七你記住了。」

魯十七聽老棒子這是在交代後事，感到不可思議。但又一想，老棒子山場子活、水場子活幹了幾十年，如今沒死就是奇蹟了，奇蹟能保持多久呢。就說：「行，我記住了。棒子叔，你現在就收山養老吧，我如能不死你前面，我給你送終。這件事你現在就能自己去辦。你去找你的女人靠腳，我出山也算有家能去了。」

魯十七這麼說以爲老棒子能開心些，哪知老棒子一下子把腰弓下去，一下子像是被抽去了底氣，走路的力氣也沒了，要摔倒了。魯十七一把扶住老棒子，也就感覺事情不對頭了。

老棒子站了一會兒，說：「沒事，我順過勁了。老十七，你記住我的話就行了。咱們走，咱還得商量別的事。」

魯十七點點頭，扶著老棒子沈默著走。

老棒子歎口氣說：「老十七，上一季掐套我去看那女人了。」

魯十七知道老棒子說的女人是指小南屯的一個女人，也想起小南屯就在馬面石哨口江岸那裏，就是青毛大狼狗追咬大黑牛的江灘往南十幾里的地方。道爾吉找的那個老靠，夾小布包的老女人也住在小南屯。

老棒子說：「她還是在靠木把吃飯，我還是不能進門。」

魯十七不能理解，他隨老棒子上山當木把四年了，想一想並不瞭解老棒子的經歷，就問：「那女人是你的老靠？」

老棒子搖搖頭，表情痛苦極了。

魯十七想，不是你老棒子的老靠爲什麼叫你進門，不是你老棒子的老靠你爲什麼要進她的門？

魯十七說：「棒子叔，你就說吧。我聽著，我記得你幾次要對我說什麼，就是這個女人的事吧？」

老棒子說：「是，老十七，我說的女人不是我的靠，她是我的女兒。」

魯十七就愣住了……

下面插上老棒子的故事，這個故事本身也許和整個的故事不是一體的，關聯也不大，但可以進一步瞭解關於木把們在那個年代的辛酸歷程。因為對於我個人來說，在那個年代闖關東的人流中，有我祖輩的足跡……

2

老棒子在父母死時才十四五歲，就離開南海大東溝高麗屯跟一幫木把進長白山當了小木把。老棒子在二十六七歲的時候，就在鴨綠江沿岸有名氣了，是個有名的頭棹了。那時的老棒子不幹山場子活，在鴨綠江上專幹水場子活。

那麼什麼是幹水場子活的頭棹呢？所謂頭棹，就是指木排上的舵把子，也就是排把頭。在木排上頭棹是絕對的把頭，連隨木排同行的東家二櫃都得聽頭棹的。有經驗的頭棹可以確保木排的安全。頭棹的職責是站在木排頭前看水勢來發號施令。而且看水勢是不簡單的，得有些看水的眼力，而且江水也是不一樣的，還分文水、武水、上水、下水：文水是指江面平靜的水；武水是指來勢洶湧的水；上水就是逆水起暗浪的水；而下水則是順水沖過來的浪。然後是二棹，二棹是排上的副手，是具體指點排工操作和協助頭棹的人物。在二棹下面是四個手拿「貓牙」的中棹，「貓牙」是中棹在木排上專用的工具，他們用「貓牙」校正木排流走的方向。中棹後面就是尾棹了，尾棹在排尾，負責將木排的尾部跟上前頭。當然，頭棹的工錢也是最高的。比如講好這一張排放到南海不出事故是三千塊大洋，那麼頭棹就是一千五百塊大洋，二棹、中棹、尾棹按作用比例分餘下的一千五百塊大洋。

好的頭棹來請的東家自然多。那時，到了水場子活開套，老棒子就能牛皮一下，往往有幾家東家二櫃抱著現大洋來請。老棒子那時掙大洋是挺多的。但這種玩命掙來的大洋來得快，去得也快，主要都花在女人身上了。

老棒子也一樣，木排在水上一飄幾十天，沿途一靠岸歇夜，沿途屯子裏的女人早早在江邊等著了，見老排們靠岸都往家拽。

老棒子在小南屯也就找了個靠。當時是個不到二十歲的姑娘，也只有老棒子這樣的頭棹，才牛皮哄哄上岸勇敢地拽住了那姑娘。

在當時，那姑娘好像是頭一次去江邊拽老排，也好像是頭一次見到放排的老排，正縮在其他女人的後面，猶豫不決是不是上去拽一個的當口，就被老棒子拽住了手。這個姑娘叫小翠，是隨父母剛剛從山東闖東北來的。大體上那些靠老排、靠木把的女人，家家都有難處。如果沒難處，什麼樣的女人喜歡幹這個？

老棒子在姑娘家住了四天，原因是前面有張木排在江上撞上礁石，木排起了垛，木排上的原材封死了江面，得找人玩命挑下垛，再修整木排才能再漂。當時老棒子是喜歡小翠的，也就一高興和小翠談起了婚嫁。小翠就認真了，和老棒子約定，等老棒子從南海回來，兩個人就成親。

老棒子走時，留給了小翠兩百塊大洋和一塊用銀子打製的豬臉牌牌。這面豬臉牌牌是老棒子在南海打著給自己玩兒的，豬臉牌牌上刻有老棒子的生辰八字，老棒子是屬豬的。

可是，老棒子赴不了和小翠的這個約了。另一個好看風騷的水上女人把老棒子從大東溝江口勾上了她的花篷船，把老棒子拴在南海的花篷船上了。老棒子一千多塊大洋扔在了水上女人身上，在水上女人的花篷船上住了兩年。兩年後，老棒子沒大洋了，水上女人給臉色看了，老棒子爲人又太要面子，忍不住了，罵一句愛大洋的臭女人，一跺腳就離船上岸走了，重新上排重新來。

次年，老棒子又一次放排靠岸小南屯。又一次上岸，老棒子記起了小翠，也在女人中找了一下小翠，拽老排的女人裏沒有了小翠。老棒子想也不算對不起小翠，他留下了兩百塊大洋，只是沒實現諾言而已。

後來，老棒子真的淡忘了小翠。轉眼過了十幾年，老棒子四十多歲了，早成了木幫的一路大把頭，又被這條南流水最大林場的東家大櫃依爾覺羅・和六看中，成了依爾覺羅・和六林場的長期大把頭，把依爾覺羅・和六林場的山場子活、水場子活一併接手了。也就在這一年，老棒子的木排又在小南屯靠岸歇夜，老棒子遭遇小翠的情節重複了。老棒子又一次上岸，甩開幾個女人，一把拽了一個躲在其他女人後面，猶豫不決的姑娘，是個十六七歲的小姑娘。

小姑娘抬頭仔細看看老棒子，嘟噥說終於過了最難過的第一關了。她拉著老棒子的手回了門口長棵老榆樹的家，一進門就馬上脫褲子躺炕上，閉緊了眼睛紅著臉不動了。老棒子知道小姑娘害羞，就小心地和小姑娘靠了頭一次，但老棒子挺奇怪，小姑娘是真正的頭一次。這種奇遇，老棒子這樣的人物輕易也碰不上，老棒子就歇排再住一天。

第二天白天，老棒子幫小姑娘在家幹活，老棒子挺喜歡這個小姑娘的。到了晚上，小姑娘和老棒子第二次靠起來就主動多了，老棒子也來勁了，把小姑娘靠得嗓子都喊啞了。天亮前，老棒子醒了，摸著小姑娘硬硬的青梨似的奶子，又壓上去慢慢地靠了好一會兒，不過看小姑娘太痛苦，老棒子這次沒用力，靠了一半就拿出來叫小姑娘用手幫他射出了麻煩。又躺了會兒，天大亮了，老棒子起來準備走，臨走前給了小姑娘三十塊大洋。小姑娘也不背著老棒子，就掀開櫃子往櫃子裏放大洋。老棒子無意中看一眼，看到了櫃子裏有個豬面牌牌，想起自己早年也有一面，就叫小姑娘拿出來看。

小姑娘拿出豬面牌牌給老棒子看，並告訴老棒子下次還來找她。老棒子答應著，雖然不識字，但自己的生辰八字是認識的，也就在豬面牌牌上看到了自己的生辰八字，也看到了另一串用刀子硬刻上去的，歪歪扭扭的生辰八字。老棒子問了才知道是小姑娘的生辰八字。老棒子想一下，驚得人都站不起來了，問小姑娘豬面牌牌哪來的？小姑娘告訴老棒子，她媽媽告訴她，這豬牌是她爸爸留下的。

老棒子使勁想想這真不可能，問小姑娘，你媽媽呢？小姑娘告訴老棒子，她媽媽一直等她爸爸，每次有木排靠岸都跑去找她爸爸。在小姑娘兩歲時，她媽媽又一次去找她爸爸，失足跌進了江裏。江岸邊上的水很淺，淹不死人，可她媽媽趴水裏一口氣沒喘上來，被水嗆死了。小姑娘是跟外公外婆長大的。

老棒子信了，小姑娘是小翠生的，老棒子悔得腸子都青了，如果不是惦記女兒，老棒子當時就把自己整死了。可是老棒子活著也沒意思，這個女兒他永遠也不敢認。這個女兒永遠也不知道她頭一個靠的老排就是她的爸爸。

每年掐套，老棒子就去給女兒送大洋，他不和這女兒靠靠這女兒就不要她的大洋，也不留他在家住下。在他女兒看來，她和所有的老排就是這種關係。你上炕來靠靠就付我大洋，你不上炕靠靠我就不能收你的大洋。老棒子的女兒是個心不埋汰的女人。老棒子就悄悄往女兒家門前的老榆樹下埋大洋……

3

老棒子的故事聽得魯十七背上直冒涼氣。魯十七又一想，他相信老棒子的故事在這裏不是唯一的。老棒子如果沒有看到豬面牌牌，也許老棒子還會每年去小南屯找這個女兒靠靠。

魯十七也想，這不是老棒子一個人的悲哀，是所有木把們的悲哀。如果每個木把在長白山裏都有家，都有媳婦，這種悲劇就不會發生了。

魯十七和老棒子沿著扒犁道繼續往乾飯盆木刻楞走。老棒子說出了他的故事，又經過長時間的沈默，心裏也平靜了下來，但仍是一副心事重重的樣子。

魯十七是想好了才做事的人，想得多說得少，不會開解人，而且心裏也有事，也是一副心事重重的樣子。

在順扒犁道上大雪坡時，魯十七問：「棒子叔，你爲什麼想到死呢？你好好活著總有一天會和女兒相認的。那時是打是殺你隨她去，不比現在好受嗎？」

老棒子愣了神，停下腳盯了魯十七有半袋煙的工夫，說：「你是說我去告訴我女兒，我是她爸，和她靠了三次的爸？」

魯十七說：「是啊，你女兒老靠木把就懂咱木把，她也許不認你，也許會殺了你，但她會知道你是她爸，就會收下你的大洋，不用再靠木把也能過好日子了。這不就是你想的心事嗎？」

老棒子說：「然後任她怎麼著都行，反正她是我女兒。我不知道她是我女兒才對她那樣。她叫我死我就死，就不難受了。老十七你這招還算行，咱男人做的惡咱男人自己去挺。行，那我還怕什麼？我女兒知道了就會用我留給她的大洋了。她那一家子，老外公、老外婆，她男人，那個給大戶家扛活養不了家口的他媽窮小子，她的一個女兒一個兒子，就是我的外孫女外孫子，就能過上好日子了。我埋的大洋足有四千三百塊，是我十年存下的。我知道我有了女兒就很少找女人靠靠了，用大洋少了，我的大洋就省下來留給女兒。夠了，老十七，好徒弟你這招行。我不怕了，咱就再說另一件事。」

老棒子喘口氣，擺手招呼魯十七繼續上雪坡。老棒子說：「老十七，昨晚咱和東家和六爺喝酒，你聽出什麼了嗎？」

魯十七不想說起昨晚的事，說：「那沒什麼，不過是突然多了個年輕漂亮又風騷的大奶奶。」

老棒子說：「是啊，這就是我擔心的。大奶奶掌握著和六爺，咱們隨和六爺久了的老人都知道，這十二三年來，真正當家的是大奶奶。大奶奶出身好，大奶奶的爸爸是大清朝放在這疙瘩的最後一任打牲烏拉，那是正三品的官。雖卸任了，也改朝換代了，但那些手下人還是有勢力的人物。和六爺能整到乾飯盆林場，那是大奶奶出面找了木稅局的官。這女人不簡單。和六爺昨晚喝多了，又講出了他棒棰有毛病的事。假如啊老十七，大奶奶有一天突然大起了肚皮，和六爺會怎麼想呢？他會擔心什麼呢？」

魯十七想額爾德特．東珠兒如果繼續打劫男人聽故事當一次媳婦，總有一天會中招，會被男人靠大了肚皮，就忍不住笑了，說：「我想，總有一天風騷的大奶奶會鼓起肚皮，依爾覺羅．和六就只能剩下高興了。」

魯十七說這話有點幸災樂禍的味道。老棒子似也理解，忍不住笑了。老棒子摸出煙鍋裝煙吸煙，等吸上了煙，兩個人也爬上了大雪坡。

老棒子說：「我昨晚也喝醉就好了，就聽不到和六爺的破事，也就不用擔心大奶奶了。老十七，假如大奶奶的肚皮鼓起來的事發生了，和六爺首先想到的就是我和那拉．吉順，然後才是你。」

魯十七說：「你是說依爾覺羅．和六會除掉咱們三個？」

老棒子說：「我昨晚反覆想了，咱們三個人裏可能活下來的就是你。」

老棒子吸了口煙，呼出的青色煙霧在臉前一飄就翻跟頭散去，看著魯十七又說：「老十七，你不是棒棰不舉。你媳婦丟了也不是你不舉的事。你只說過媳婦丟了不說原因，我也猜到了幾分，但就不是你的棒棰不舉的事。咱倆一個被窩睡過覺。老天爺，你那根棒棰天一亮就翹老高，比我的棒棰小不多少。我叫老棒子你以爲是指什麼？就是說我的棒棰大。我只是想不明白烏雲其其格爲什麼用這個招騙和六爺。可我昨晚看到大奶奶看你的眼神，我才明白了，大奶奶是又恨你又喜歡你。老十七你說實話，你和大奶奶靠上多久了？」

魯十七不能說沒和額爾德特．東珠兒靠過，也不能說靠上多久了，這不是事實，也不能說額爾德特．東珠兒打劫男人講故事當一次媳婦的事，就轉了話題說了和烏雲其其格遭遇的事，說當時想不到烏雲其其格會用這種法子騙和六爺，並說昨天是頭一次見到大奶奶，也是頭一次知道大奶奶叫額爾德特·東珠兒。

這不能說魯十七說了謊，魯十七只是沒說趴在額爾德特·東珠兒肚皮上靠靠，腦袋瞬間發暈就來勁了。

老棒子是不相信魯十七的，老棒子說：「這就完了？你和大奶奶沒靠過？不大對勁啊老十七，老十七你和我一樣要死了。和六爺酒醒了會想起昨晚的事。我昨晚看那拉·吉順也睡不著，老翻身，還老歎氣。那拉·吉順是和六爺親信的人，他跟隨和六爺久了，更知道什麼該聽什麼不該聽，也就更知道害怕了。」

魯十七說：「沒那麼邪乎吧？棒子叔，假如大奶奶的肚皮總是鼓不起來不就沒事了。再說你現在就收山養老，走的遠遠的，就不用怕。」

老棒子說：「話不能這樣說，我往哪走？我女兒在這疙瘩啊。你老十七也在這疙瘩啊。這種事情馬上就見分曉了。」

魯十七想想也是，如果他和額爾德特·東珠兒這一次靠出了結果，她在一二個月之後就可能知道肚皮開始鼓了。這不馬上就見分曉了嗎。魯十七只發了一下愁，又想那是一二個月之後的事，現在害怕太早了，就在扒犁道邊抓把雪送嘴裏咀嚼著解渴。

老棒子又說：「我昨天去找那拉·吉順結算大洋。我聽那拉·吉順悄悄告訴我說，烏雲其其格肚子裏有孩子了，是和六爺的。烏雲其其格還瞞著和六爺，說等和六爺過大壽時再告訴和六爺。那拉·吉順還說和六爺老來有後又過五十五歲大壽，那是雙喜臨門，打賞的大洋就老鼻子了。他叫我那天早早趕去。可是他媽的和六爺昨晚又說了那事，他不能使女人有孩子，烏雲其其格肚子裏的孩子哪來的？那拉·吉順昨晚愁得睡不著覺，你說烏雲其其格肚裏的孩子是他的還是別人的？有意思了吧，老十七？和大爺想要人命的話，頭一個也許就是那拉·吉順這破二櫃和烏雲其其格這好看的女人了。」

魯十七心想，那拉·吉順有可能和烏雲其其格有一腿，也真奇怪額爾德特·東珠兒不管烏雲其其格和依爾覺羅．和六上炕去靠，也不管烏雲其其格和烏日樂偷偷靠靠。額爾德特．東珠兒到底希望什麼呢？是希望烏雲其其格和別的男人靠靠有了孩子，別人自然會想烏雲其其格的孩子是依爾覺羅．和六的。那麼烏日樂和那拉．吉順誰是真正的種馬呢？

魯十七腦袋裏又一閃，昨天他和額爾德特．東珠兒靠完了時，額爾德特．東珠兒親他的臉在耳邊叫他小種馬，憋了好幾年寶貴種子的小種馬。魯十七就打了冷戰，終於有些理解老棒子的擔心了。人也就打不起精神了。

魯十七此時的心境和不知道金葉子消息時的心境是不同的。那時是不怕死，還希望死。現在他怕死。魯十七隱隱約約意識到他和金葉子可能有見面的那一天，在這種可能沒有實現之前，魯十七在心裏真的怕了額爾德特．東珠兒。

老棒子說：「老十七，我細想想還有一種可能。」

魯十七扭頭看老棒子，在聽老棒子怎麼說。

老棒子說：「假如啊，我說假如，老十七你想一下，大奶奶真有了孩子，烏雲其其格和她肚子裏的孩子也就完蛋了。」

魯十七想想這種事也是有可能發生的，就冷了似的打了哆嗦，但也奇怪，老棒子話裏話外爲什麼那麼肯定額爾德特．東珠兒肚子裏會有孩子了呢？魯十七又看看老棒子，也就想到了，是老棒子認定了他和大奶奶額爾德特．東珠兒靠上了，有了孩子也是自然的事。魯十七就感覺身上一下子沒勁了。

老棒子說：「老十七，咱到家了，你臉都凍青了，耳朵凍得沒知覺了吧？等緩過勁來你就痛吧。腳也發軟了，你早就渴了吧？我也渴了，咱先整水喝。昨天和六爺給我的大包茶葉在我懷裏都焐熱了。你說，和六爺沒那毛病生一堆大少爺、小格格多好。其實和六爺是個不壞的東家。可是呢，關係到依爾覺羅家後人出身的事，就不是壞不壞的事了。咱倆不管別人，咱倆都住山裏。我呢常往山下跑跑打聽，你呢在山裏待著也別閒著，再往深山裏再整個叫人找不到的木刻楞。把霸王圈裏的糧食、油鹽雜物都搬去。咱這叫兔子三窟，以防萬一。」

魯十七說：「霸王圈裏還有糧食嗎？你們沒吃光？」

老棒子笑笑，說：「老十七，我還有一招沒教你，現在教給你。咱木把在這山裏不怕春秋，就怕冬夏。爲什麼這麼說呢？夏天雨水大，山水就多，容易成災困住山裏人。但也沒大事，水往低處流大洪水總會過去的。那冬天呢？咱木把離不開冬天，也怕冬天。假如就咱乾飯盆林場遇上大雪，一天一夜之間，大雪封山、封林、封嶺，咱們山裏的人出不去，外面的人也進不來，咱在山裏沒吃沒喝能活幾天？哈哈，老十七，那霸王圈是我帶老兄弟們整的，那些老兄弟都沒了，就我一個人知道了。那是遇雪災救兄弟們命的後手，不能叫東家知道。那下面有個存有糧食、油鹽雜物的小山洞，冬暖夏涼還通風，存放東西多久都不壞。我呢也多個心眼，每年那拉．吉順運糧食上山，除了給你留出守林場的糧食，我總是多要，時不時還叫趙大勺子下山去要糧。趙大勺子幹別的不行，幹這事門精，臉皮厚，會拍馬屁，總能從那拉．吉順手裏摳出糧食。我呢就悄悄把新糧搬下去，把山洞裏的沈糧搬上來。這也是趙大勺子做的飯總有腳丫子味的原因。有些沈糧在山洞裏放久了就是腳丫子味，我故意冤枉趙大勺子，好激趙大勺子去找那拉．吉順換好糧。趙大勺子幹別的真不行，就總能幹好這件事。」

魯十七想起趙大勺子說話的樣子，忍不住就笑了，又想起一件事說：「我不該生病誤了掐套，要不就能給兄弟們多算點工錢了。」

老棒子說：「加了工錢了。我找那拉．吉順說了你許兄弟們加勁幹，原材超過上季就給長一成工錢的事。大奶奶也正好騎著馬來了，和六爺一高興就說，算是把老十七修小溝滑道的賞錢分給大夥，反正老十七不愛大洋，便宜你們了。兄弟們高興壞了。還有，你那老虎在下山時我去看了，那傢伙不餓，光睡覺了。我看那傢伙不像老虎，像條大懶狗。可像狗也比和六爺的老虎像貓強。那老虎還怕冷怕熱，冬夏得在屋裏待著，睡覺還蓋上被子，枕上枕頭，像他媽的一隻老爺爺貓。」

魯十七在腦海裏比較了一下兩隻老虎，又笑了，說：「我走時我木刻楞裏有二十多斤生牛肉，虎小弟餓了當然會吃。棒子叔，你先去霸王圈燒水，我去看看虎小弟，這傢伙不定拉木刻楞裏多少屎了。」

老棒子點點頭，和魯十七在霸王圈外的扒犁道邊分開。那時已經過了午時了。魯十七再看青毛大狼狗，那傢伙早一步向柞樹林裏溫泉邊的木刻楞跑去了。

4

魯十七走近木刻楞的時候，看到青毛大狼狗在木刻楞門外周圍到處嗅，木刻楞門外的雪地上到處是狼的腳印。虎小弟在木刻楞裏嗅到青毛大狼狗的氣息，就在木刻楞裏扒門。

魯十七看到一片片的狼腳印，知道狼群又一次光顧了，也許，還和虎小弟隔著木刻楞的門叫了陣，因爲木刻楞的門上也有狼留下的新爪痕。

本來，在木把們上山開套的時候，木把們會燃放鞭炮，一是祭祀山神，使山神保佑，二來也有震山的意思，是嚇跑猛獸。猛獸也懼怕鞭炮的聲音，再加上斧劈鋸拉的聲音整日不間斷，猛獸是不來的。木把們幹完這一季山場子活離去，山林安靜下來，猛獸光顧也是自然的。

但是青毛大狼狗有點奇怪，牠總是找尋一隻狼的腳印嗅，那隻狼的腳印挺漂亮，也不算大。在魯十七觀察看來，青毛大狼狗對待那隻狼的腳印就像他對待額爾德特·東珠兒的下巴。這樣比較就知道，留下漂亮腳印的狼是隻母狼，也像女人中的額爾德特·東珠兒是個漂亮美人一樣，是隻美麗的母狼。這種種的因素一聯繫，魯十七也就想到了，這一次光顧他這裏的狼群是白母狼所在的狼群。而在白母狼的腳印旁邊，總是出現兩隻小狼的腳印，這兩隻小狼的腳印，就可能是白母狼的那一黑一青兩隻崽子的腳印了。

魯十七邊開木刻楞的門邊說：「青毛，你偷來的媳婦帶你的私生兒子來找你了，你又可以靠靠漂亮白母狼的屁股了。」

魯十七這樣說著，一下子想起了額爾德特．東珠兒，假如有一天，額爾德特．東珠兒帶著和他生的私生兒子找上門來，他怎麼辦呢？這是件後怕又不能去後悔的事。魯十七在二十八年的生命裏從沒想過會偷一個別人的媳婦，而且和別人的媳婦靠得那麼投入，甚至有些盼望再碰上再好好靠幾次。

魯十七看看青毛大狼狗，突然覺得他並不比青毛大狼狗高尚多少，而且在對待異性方面他遠遠沒有青毛大狼狗誠實和勇敢。

魯十七就說：「青毛你比我強。你偷就偷搶就搶，又理直氣壯敢偷敢搶。我不行，從不敢搶，莫名其妙偷了又不敢說，也不敢認。」

魯十七說著開了木刻楞的門，虎小弟從敞開的門裏短促地咆哮一聲，撲出來，一下子撲倒了魯十七，兩隻前掌就抱住了魯十七，趴魯十七的身上了，毛茸茸的大腦袋在魯十七眼前得意地晃。

魯十七就說：「你這臭兒子，你知道你現在多大嗎？能壓死你老子我了，你太重了，又太臭了，起來。」

虎小虎向旁邊打個滾，前掌探出去勾魯十七的肩膀。魯十七躲開，從雪地上爬起來，往柞樹林裏走。虎小弟跳起來跟進柞樹林，魯十七把虎小弟在雪地上按倒，抓雪給虎小弟擦毛洗雪澡。這是從小整出的習慣，虎小弟不反抗，對著魯十七揮爪子玩兒。魯十七抓住一隻虎掌和自己的手掌比一比，再摸摸虎掌上堅硬的爪勾，想到虎小弟過了這個冬天就快三歲了，也就算是成年了。

魯十七就說：「虎小弟，在下面這段日子裏，你小子要勇敢些了。開春你就要獨立生活了。你老子我有了大大的麻煩，也許要離開這裏。我不離開就會和別人結仇，這是我不願意的。你可明白？」

虎小弟在雪地上打滾，虎小弟聽不懂魯十七的話。魯十七這樣的打算，這樣的話，在此時也只有說給虎小弟聽。

魯十七抓一把雪拍進虎小弟的嘴巴裏，看著虎小弟甩腦袋往外吐雪，說：「你再像條狗似的，就會被其他老虎吃掉了。咱們明天就行動。你不是我，我可以躲進人群，你是老虎你不行，你不強大起來就死定了。」

魯十七剛站起來，虎小弟就伸前掌勾魯十七的腿，牠不想叫魯十七走。虎小弟沒玩夠，還想玩。

魯十七拍拍虎小弟的脖子，說：「我得把家收拾乾淨了，我還不知道你這傢伙拉了多少屎。去找你狗叔叔玩兒去。」

虎小弟不走，晃著腦袋在魯十七面前左撲右撲地逗魯十七和牠玩兒，牠這一招是從青毛大狼狗那兒學來的。魯十七看了生氣，但是魯十七只要一抬腿，虎小弟就伸前掌勾腿。

魯十七就喊了：「十七郎！」

虎小弟愣一下，懂了這是命令，就掉頭往柞樹林子深處跑去了。

魯十七看著虎小弟威風凜凜的雄姿，心想，如果虎小弟碰上猛獸不動嘴打架，只要跑過去咆哮，猛獸就會嚇跑了。但若犯了傻，傻了巴嘰地闖進別的老虎的領地裏，和別的老虎碰了面打了架牠就完蛋了。

魯十七回木刻楞時找了下青毛大狼狗，青毛大狼狗沒影了。魯十七想青毛大狼狗也許去找白母狼去了。自從魯十七知道了金葉子的消息，又靠了別有用心的額爾德特．東珠兒之後，心境也變了，打算不再管青毛大狼狗追白母狼的事了。在魯十七現在想來，青毛大狼狗沒準就是一隻大公狼偷了一隻大母狗靠了生的狼狗崽子，或者是一條大公狗偷了一隻大母狼靠了生的狗狼崽子，青毛大狼狗才會那麼怪，才會那麼喜歡母狼。

這個想法魯十七在腦袋裏存了一段時間了，魯十七不記得青毛大狼狗喜歡過哪隻母狗，相反還咬死過好多條狗。

木刻楞裏不算亂，這也是老虎的性格決定的。老虎吃飽了就睡，起來蹓躂也是輕腳輕爪的。在木刻楞裏待久了，無法出門拉屎，屎就拉在一個角落裏，而且也不天天拉屎，老虎新陳代謝慢，吸收食物的養分徹底，拉屎自然就少。

魯十七在木刻楞裏找了個乾巴巴的窩窩頭吃了，就開始打掃了。在打掃木刻楞時，發現木刻楞裏有野雞的大羽毛，也沒往心裏去，還以爲是以前角落裏的野雞毛叫虎小弟整出來了。

魯十七沒在木刻楞裏引火燒爐子，木把們下山了，霸王圈裏就沒人住了。魯十七打算把虎小弟馴成真正的老虎就離開這裏。這個打算是和老棒子回來的路上想好的，剛剛又對虎小弟說了。所以魯十七想在這段時間住在霸王圈裏好好陪著老棒子，也打算如果老棒子同意跟他走，就一起走。如果當木把，長白山南流水不能待了還有松花江北流水可以去，更有大興安嶺黑龍江可以去，魯十七是可以找到飯吃的。

魯十七在木刻楞裏拿出那張黑狼皮，夾在腋下，出門喊：「葉子、葉子。」他往柞樹林裏張望，等了一會兒，虎小弟滾了一身雪跑回來了。魯十七又從地蒼子裏的大木桶裏掏出一隻沒扒皮的凍兔子給虎小弟吃。

虎小弟看見雪地上的凍兔子，伸舌頭舔舔兔子毛，就抬頭看著魯十七。虎小弟不知道怎麼吃帶毛皮的兔子。魯十七想到這不能怪虎小弟，當初養虎小弟時怕虎小弟長大吃人，就光餵肉塊了。現在虎小弟就不會吃帶毛的整隻動物的肉。

魯十七就從懷裏掏出金柄單刃短刀，蹲下來用刀割開兔子的皮，割出凍成淡紅色的兔子肉，再叫虎小弟吃。虎小弟低腦袋嗅，想吃又不吃的樣子，不張口咬。魯十七想，還得命令牠才行，就喊：「靠！靠！」喊拉扒犁的驢往後退就喊靠靠，魯十七用虎小弟身上了。

虎小弟還不吃，挺爲難的樣子。

魯十七用手拍兔子，喊：「靠！靠！臭傢伙你不學會吃帶毛的肉，你老子我就走不了了，你老子我要逃命去啊，還能養你一輩子不成。我比老棒子還老了，沒力氣整不到肉塊給你吃，你怎麼辦！靠！兒子！

靠！」

魯十七歎口氣站起來，向地蒼子走幾步，去壓好地蒼子。從上次他的地蒼子被一隻大黑熊扒開吃光了食物以後，魯十七把地蒼子修得更結實了。這也是狼群嗅到地蒼子裏有肉，卻沒扒開的原因。

魯十七整好了地蒼子一回頭，嚇一跳，虎小弟一隻前掌按著凍兔子，低頭正吃呢。

魯十七說：「對嘛，這就是靠。」

虎小弟不理會，吃得起勁了。

魯十七也想，也許猛獸和人一樣，也有聰明的一面。比如被某種動物養大的人，也會像動物那樣生活，這也許就是生存的潛能。也許虎小弟也知道長大了要獨立生活，才自然去適應的，也是在改變從前的習慣。

但是虎小弟到底怎麼想的，魯十七又怎麼能知道呢。就像狗一樣，以前不吃屎，和人類結緣了就吃屎了。因爲狗自己知道，人類的食物少了時，牠不吃人類的屎就無法活下去。虎小弟呢？聽魯十七說話久了，也許也能意識到魯十七想對牠表示的是什麼意願了吧？

魯十七看著虎小弟吃光了兔子，只是吃得不太乾淨，也把兔子皮撕得零零碎碎的，但這是進步。

魯十七說：「虎小弟走了，跟老子喝茶去。老子有四年沒茶喝了，以前老子有丫頭侍候著喝茶，幾十塊大洋一兩的茶。我現在如果還是少爺，就會把你養成大肥貓，比依爾覺羅．和六的老虎還像大肥貓。」

5

老棒子把霸王圈燒得熱乎了，也像魯十七那樣在霸王圈裏找了個凍乾的窩窩頭吃了墊了下底，又把茶沖上。躺在大通鋪上等了魯十七一會兒，眼皮沈了，老棒子睡著了。昨晚老棒子沒心思睡，現在把要說的話都說出來了，也想到怎樣應對來日的事了就放心了，現在睡得就挺香。

老棒子正睡著，魯十七從外面開了門帶著虎小弟進來。老棒子警醒慣了，年紀又老，有點聲就醒了，翻身坐起來。看到魯十七把黑狼皮丟在他腳邊，看到虎小弟正在霸王圈裏轉圈到處嗅就說：「這大傢伙是狗，是條不懂看家護院的大虎狗。」

魯十七就笑了。

老棒子的眼珠看著魯十七手裏的金柄短刀定神了。魯十七正用水清洗金柄單刃短刀上的兔子血跡。

老棒子說：「老十七，你這把小刀我看著眼熟，是金柄的吧？」

魯十七心裏跳一下，說：「是啊，是大奶奶昨晚送我的。算賞的吧。」

老棒子說：「我見過大奶奶用它割烤肉吃。」

魯十七說：「難怪這刀刃油乎乎的挺埋汰，刀鞘裏還有臭尿味。大奶奶吃東西是不是也挺埋汰？」

老棒子笑一笑，說：「我一共陪和六爺和大奶奶吃過三次烤肉。大奶奶吃東西像小破孩，吃得不多舔得多，習慣把骨頭啊、這把刀啊送嘴裏邊咬邊舔，總整一下巴油乎乎的口水。我當時也想過，大奶奶出身官家，她那個樣吃東西像是少調教給大人慣的。」

魯十七的腦海裏出現了額爾德特・東珠兒咬鳥腿骨咬出一下巴口水的樣子，就又想到額爾德特・東珠兒的下巴，他還用舌頭瘋狂舔了，心裏一下翻上了噁心，就強忍著往下壓噁心。

老棒子又說：「不過呢，大奶奶身條順，奶子肥，小腰細，屁股還翹，細眉大眼人又白。臉上最好看的就是下巴，絕品好看的下巴，口水掛上去亮亮的更是好看。」

魯十七就又想了一下額爾德特・東珠兒的下巴，噁心壓不住了，掉頭往門外跑，沒衝到門口就嗚嗚嘔了。可是這次沒嘔出東西來，那個乾巴巴的窩窩頭早消化了，魯十七胃裏的東西早沒了。魯十七也就乾嘔幾聲，在門口站住了。

老棒子這次沒動窩，說：「老十七，我終於懂了，你離了你媳婦你就沒女人可以靠靠了。也只有你媳婦你才不覺得噁心。大奶奶多好，靠一次三年不用洗澡，那根棒棰也是油亮亮香噴噴的。」

魯十七腰彎下去乾嘔，抬手連連擺手。

老棒子嘿嘿就笑了，卻發覺虎小弟的吊睛虎目正盯著他看。老棒子就不敢笑了，想，這隻老虎比和六爺的老虎小一號，卻野得多。

老棒子不知道虎小弟不會咬他，虎小弟到底不是狗，對主人和狗對主人不一樣。而且虎小弟記住了老棒子的樣子和氣味，因爲老棒子在魯十七離開養病那幾天，捅開木刻楞小木窗的窗紙，給虎小弟投過一隻半死的大野雞。

老棒子拿起黑狼皮看看說：「老十七，你這黑狼皮可真大，這黑狼沒準是狼王呢。射中的地方也行，沒毀了這張皮。老十七你在山裏有本事活一輩子了。」

魯十七正往肚子裏喝茶，虎小弟也湊過來看看大木桌上的另一碗茶，探鼻子過去嗅嗅，伸舌頭舔舔，被燙得猛一抬頭，掉頭就在魯十七腿邊躺下了。

老棒子說：「我待著沒事，把這黑狼皮熟好了，給你做頂帽子戴。我也能做一頂新帽子戴。」

魯十七說：「你想做什麼就做什麼，做褥子睡更好。我找塊兔子毛圍腦袋上就行。今冬也快過去了。」

魯十七和老棒子喝了會兒茶的工夫，外面的天就黑了。

老棒子說：「咱倆吃飯吧，這茶不是個好東西。咱倆肚裏沒油水，又一個白天沒怎麼吃東西，肚裏沒食，喝它再刮去了油不合算。」

老棒子起身把茶水倒了，又用苞米麵加白菜熬了粥，和魯十七吃了飯。睡下之前，魯十七出門喊了幾聲葉子，那是叫青毛大狼狗。然後關了霸王圈的門，和老棒子並頭躺在大通鋪上。

魯十七說：「我等等青毛再熄燈，你睏了就先睡。」

老棒子分開雙腿往襠裏看一眼，說：「剛瞇了一小覺，現下不睏了。咱倆嘮嘮嗑。咱們男爺們也真是奇怪，累死累活地幹，就為了這根棒棰能找個女人靠靠。找個好女人靠靠還值，像大老劉找的那個靠就不值，還拉那靠的邊套。那臭女人多毒，最後還用了大老劉的命錢。老十七，這樣想想你也值了。」

魯十七不明白老棒子說他值是指什麼，就光聽不吱聲。

老棒子說：「男人喜歡哪個女人，明眼人一看就看出來了。女人喜歡哪個男人呢？一下也能看出來。咱男人賤，總是喜歡一個又一個的女人，也能記住一個又一個的女人。女人不一樣，她要喜歡一個男人，她幹什麼都想著這個男人。像我女兒她媽，就喜歡我。我呢，跑南海碰上那個住花篷船的臭靠，就忘了我女兒的媽了。咱木把為什麼找不到願意跟咱做夫妻的女人呢？一是咱木把腳底下沒根，是獨個軲轆杆子跑腿子，多是外來人。二是咱木把容易丟了命。女人怕跟了咱木把生了孩子當寡婦。我女兒她媽不怕這些，你說多好。要不我多好，我有一個這樣對我的女人，怎麼死我都也值了。可是老十七，我怎麼想也想不起我女兒她媽長什麼樣子了，想痛了腦仁也想不起來了，也興許我當時光靠著高興了，雖約了婚嫁但壓根就沒記住。那女人怎麼就那麼短命呢？真的老十七，一個女人要是喜歡一個男人，那是用命喜歡的。老十七，我看出來了，大奶奶她就是喜歡你。老十七、老十七你先別噁心，先別他媽噁心，你他媽的你聽我說，我他媽的還有事提醒你……」

魯十七又一次乾嘔了幾聲，把衝到嗓子眼的苞米麵白菜粥又咽了下去，說：「青毛要死掉了，牠去找這隻黑狼皮的媳婦去了。我不管了，青毛是找死，我揍掉了牠的一隻耳朵才沒幾天。我熄燈睡覺了。」

魯十七就坐起來準備去吹油燈。

老棒子火了，喊：「老十七，你個王八犢子，你當我是師父你就得聽我說，要不我天亮就走人，現下我他媽就走人。」

魯十七就坐下了，說：「好吧，好吧，你說吧。你是師父，你說什麼都行，就是別說大奶奶。」

老棒子也坐起來，說：「你小子今晚聽好了，我他媽就說大奶奶。你不聽我就走人，當我沒你這個徒弟。」

魯十七歎口氣，說：「好吧，好吧，棒子叔你說，你就說大奶奶。大奶奶她怎麼喜歡我了？」

老棒子下了大通鋪去把燈心挑亮，又回大通鋪上坐下，說：「老十七，我昨晚可看得真真的。和六爺喝那德行了，烏雲其其格都心痛了，可是大奶奶不心痛。和六爺又胡說八道。大奶奶什麼人啊，要阻止，要岔開話頭能做不到嗎？但大奶奶她沒這麼幹，大奶奶她幹什麼呢？她光看你去了。她幾次想叫你別喝酒了，她都沒說出口。我都嚇著了，怕那拉・吉順那王八犢子看出來，就引那拉・吉順注意別的。我想大奶奶也看出我看出來了，她看我時臉都紅了。」

老棒子咳嗽了兩聲，說：「老十七，我爲什麼非說這些呢？是提醒你，我也看出來了，你也喜歡大奶奶，喜歡的不是個正味道，可能有誤會。你不喜歡大奶奶，你不會有這個吐的反應。我老棒子眼睛裏不揉沙子。你住在和六爺大院裏和大奶奶沒少靠，大奶奶這貼身的小刀才會給你。老十七，那不能去靠，那是東家奶奶。和六爺人真不壞，就算和六爺會爲自家後人的事害咱們，咱們躲了就算了。老十七……」

魯十七發火了，說：「是呀！是呀！我靠了大奶奶。那會兒誰知道她是大奶奶，我已經靠了又怎麼樣？我在噁心我自己，還不行嗎！」

老棒子拍了下大腿，說：「完了，老十七，完了。這以後怎麼辦呢老十七？那不是屯子裏靠咱木把的女人，那可是東家大奶奶呀。」

魯十七說：「我想好了，開春就走人。咱倆一塊走。你帶我先去小南屯靠幾天你女兒，咱們再幫她挖出那些大洋當靠錢。咱倆去黑龍江還幹木把去。」

老棒子眼睛一下亮了，看著魯十七說：「行，也行。我女兒挺好看的，你去靠她你不算吃虧。你再想個招幫我女兒挖出那些大洋，我女兒的心眼好使，又不貪財，她能分你一份。你別推辭，咱倆帶上走。咱不去黑龍江，黑龍江那破地方太遠，那疙瘩的人比咱這疙瘩的人還少。咱去北流水跑船廠。憑咱師徒倆的本事，憑我木幫大把頭的身價，到哪兒都是大把頭。可是，老十七，咱說準了開春就走人？」

魯十七說：「是，開春就走。這段日子我得把虎小弟安頓好了。」

老棒子說：「行，我也準備準備。咱倆再帶上穆歪脖子和盛小耳朵。那是倆沒心眼的小軲轆杆子，不帶上，在陳老五、曹叫驢子手下幹活沒準就丟了命。」

魯十七說：「行，咱去北流水還幹木把就不如拉一幫去。趙大勺子和道爾吉還有崔虎子，咱倆也帶上。」

老棒子心裏一下子敞亮了，說：「老十七，咱去了北流水，我可就當師父了，其他事就是你的了。」

魯十七說：「行，你本來就是師父。」

兩個人不約而同躺在大通鋪上幻想北流水松花江了，也幻想叫船廠的那座江邊的縣城了。兩個人也真的睡不著覺了。老棒子扭頭看看魯十七，猶豫了一下，話沒問出口又扭過頭去了。

魯十七說：「棒子叔，你想問什麼就問。」

老棒子說：「咱們木把不問來歷，那是犯忌。咱倆雖親近也是不問爲好。算了，我還是不問了。」

魯十七說：「我給你講個故事吧，你是第二個聽我講這個故事的人。」

魯十七就把講給額爾德特・東珠兒聽的故事講給了老棒子。老棒子聽完不理會魯十七是山東魯家十七少爺，也不問魯十七恨不恨大哥魯一郎，老棒子坐起來猛吸煙鍋，東北的蛤蟆頭煙勁大又辛辣，把睡著的虎小弟都薰醒了，張開大嘴甩鼻子打噴嚏，起來躲進霸王圈角落裏趴下了。老棒子才熄了煙鍋。

老棒子問魯十七：「老十七，當初在南海窯子的時候你找我帶你進山，你說過你媳婦丟了，找不到了，你才想離開傷心地。我也是這樣說給和六爺聽的。那時我沒在意，和六爺也沒在意。媳婦跑了的事多了去了，一個窯子裏挑水的小子的媳婦跑了不值得在意，和六爺的大奶奶跑了才有人在意。」

魯十七點點頭，表示理解。

老棒子說：「我當時看你難受、看你拚命磨煉，我才看重你，另外也是咱倆對脾氣。但我做夢也想不到你這個被貪財大哥搶了田產的大少爺，會喜歡一個幹暗門子的女人。」

魯十七不吱聲，瞪著眼睛聽。

老棒子說：「我可是木幫的一個大把頭，我所以不聽你的去黑龍江，要去北流水那是有原因的。我也是用這個方式告訴和六爺，老棒子走了是爲你和六爺保全義氣，是不會做壞你名聲的事的。老十七，今晚我給你講透吧。」

老棒子指指大鐵壺，魯十七給老棒子倒上水，自己也倒上水，又坐下聽。

老棒子喝了口水，說：「老十七，其實和六爺是槽子會的當家大櫃之一，咱木幫就是給槽子會幹活的木把幫會。木把兄弟也不全是木幫的，只有夠分量的把頭才是。和六爺叫你當大把頭，你在和六爺的林場裏可以當大把頭，離開和六爺的林場就不行了，只能投個把頭當木把。想當把頭，你得把頭舉薦加入木幫。這和我這樣的大把頭不一樣。你肯定知道，你給挑水的那家窯子就是槽子會。這麼說吧，南海大東溝江口那條窯子街就是槽子會的，街上的賭場也是，也有當家大櫃管著，下面也有像吉麻子那樣的二櫃。槽子會有多少當家大櫃我不知道，想來有十幾二十個吧，還有官家的人吃乾股。在那條街周圍找老排靠的女人也是槽子會下面的人組織的，是暗門子。那些人大多是朝鮮那邊過來的高麗人。」

魯十七還是不明白，問：「那又怎麼了？葉子是個心不埋汰的暗門子，是我媳婦了就不做了。陳老五去找她靠，甩五百塊大洋，葉子也不做了。」

老棒子衝口就笑了，笑急了，又咔咔咳嗽了。魯十七漲紅了臉不吱聲，又有些氣惱地看著老棒子。

老棒子說：「五百塊大洋？五角錢她們都叫你挺棒棰靠。她不幹？你再問問陳老五那五百塊大洋甩哪個靠的炕上了？她不幹，行，挺好，陳老五一出她的門就有別的女人接著。」

魯十七自然不信，罵一聲：「胡說八道。」把被子蓋腦袋上轉個身不想聽了。

老棒子說：「老十七，你是碰上放鷹的了。」

魯十七不懂什麼是放鷹的，忍不住掀了被子問。

老棒子說：「你說過，你穿長衫皮鞋戴禮帽提牛皮箱子上的南海的岸。你蹓躂轉街時又碰上個小男孩，進了小男孩的家就碰上了小男孩的媽。」

魯十七說：「對呀，小男孩不是葉子生的，是葉子前夫的。葉子為養活前夫的這個孩子才找老排靠。葉子的心不埋汰。」

老棒子真急了，一串咳嗽響出來，急忙端水碗喝水，又擺擺手說：「你聽我說完，你不要插話。你個王八犢子氣死我了。」

魯十七說：「你也氣死我了。好吧，反正我不信，愛講你就講吧。」

老棒子說：「也許人家一開始沒打算放你的鷹。你喜歡上了人家，人家也摸清了你的底，但人家不信，利用和你做夫妻的時間穩住你，同夥去關裏家摸你魯家的底。也為整清楚從你身上能敲出多少大洋。那個小男孩不也總去窯子裏陪你挑水嗎，那是一雙盯你的眼睛。陳老五的突然出現，打亂了這一切。人家不會想到你愛人家是死心塌地的，也沒有一個少爺愛一個暗門子會像你這樣，人家是不信的。人家的計劃就提前了。不是帶走了你的少爺裝束嗎，人家用那些東西，一環一環的招數使下去，能從你們魯家敲出多少大洋呢？沒五萬塊大洋也會有三萬塊大洋吧。」

魯十七不關心家裏的大洋會不會損失。魯十七還是不信，認為這樣的事不會發生在他和金葉子身上，他的葉子不會那樣做。這是用心去感覺的，不會是假的。於是說：「葉子要是為敲詐大洋，乾脆綁我的票不更有用嗎？」

老棒子說：「你不懂了，放鷹玩的就是玩騙術。綁票、打劫傷的是人命，放鷹的不幹。放鷹就是用美女玩的騙術。我敢說人家在你隨我進山當木把了，才開始去關裏家敲你家大洋的。你們魯家上哪兒找你去？一敲一個準。沒準你的金葉子也去了，並告訴你哥哥姐姐，她是你的媳婦，你和大哥的矛盾是你不對什麼什麼的。放鷹的女人長得都不像壞人，都像良家女人。你三十個哥哥姐姐頭一次見老兄弟媳婦，每人甩她一百塊大洋就是三千塊，每人給五百塊大洋給一千塊大洋、二千塊大洋呢？你的金葉子發財了，當了賭場老闆娘也算二櫃了。」

老棒子說著哈哈笑起來，說：「咱木把吃放鷹的老鼻子虧了，我慢慢給你講，真是五花八門什麼招都能碰上。有時咱木把被騙了還在心裏佩服人家放鷹的，還怪自己犯了賤，發了傻。放鷹那真是門高明的手藝，可就是被騙的過程都和你不太一樣。想不到暗門子也放鷹……嘿嘿，我服了你老十七了。」

魯十七不理會老棒子的嘲笑，默默想一想，如果金葉子真的爲敲大洋才離開他也沒什麼，反正金葉子和他在一起時是真心對他的，那是假裝不來的。這一想心裏舒服了些，又想，家裏的大洋多得沒數，要是金葉子真敲了魯一郎的大洋也是一樂子，或許也敲不成，就歎口氣說：「沒用的，我大哥貪得無厭，不會理這個事。金葉子也不會去對我哥哥姐姐說她是我媳婦。」

老棒子說：「是啊！是啊！金葉子不會那麼說，魯一郎興許不理睬。那魯二郎，魯一姐他們會不會理呢？」

魯十七心裏一下子七上八下了，不由爲金葉子擔心了，說：「我二哥魯二郎像我爸爸，花天酒地又精明過人。葉子他們可能不是我二哥的對手，葉子敲不到我家的大洋，她的同夥會不會爲難她？」

老棒子猛地咳嗽了一聲，兩串鼻涕噴出了鼻孔，射到大木桌上了，打一個挺，一下躺倒了，衝口罵道：「他媽的，我老棒子多嘴了，他媽的，我老棒子要是女人一準長好看了一準嫁給你，他媽的，你這小子傻得沒救了。」

老棒子突然翻個身又坐起來，看著魯十七說：「老十七，你不會是個情癡吧？興許你替你爸還你爸欠的情債才出生的。你別不信，興許就有這樣的事，老天爺才讓你愛上個捨不了的暗門子女人。興許你和金葉子的事就像說書人說的那樣還有下回分解。我一準的好好活著等著見見金葉子。要不咱倆開春先不走，你上排，跟我放排下南海，一是再掙一把和六爺的大洋，二是去賭場會個面，見見金葉子。行嗎，老十七？」

魯十七氣呼呼地說：「行！就這麼說定了……」

第七章　白母狼恩怨

九蘭想了好久的一個想法開始實施了，九蘭又用召喚青上衛的柳哨召喚青上衛。九蘭吹了一下，青上衛打一哆嗦，背毛立即炸開，揚頭瞅著九蘭，目光中透出恐懼和悲傷，張嘴發出求饒似的吱吱聲，後腿往下軟，失禁了，嘩嘩地撒了尿。青上衛的耳朵也貼了下來，精神立刻倒了。

《狼狗》

1

老棒子的心事都有辦法應對了，也就放下心了，這一覺睡得就挺舒服，睡醒了也挺舒服。那時天剛剛濛濛透亮，老棒子就起來了。不想驚動魯十七，也不想驚動聽到他的動靜轉了下耳朵的虎小弟。老棒子悄悄穿好了衣服下了大通鋪，悄悄地熬好了苞米麵粥，悄悄地開了霸王圈的門走出去方便。等老棒子帶著一肚子輕鬆回來，魯十七已經坐在大桌子前喝上粥了。桌上的另一個碗裏也已經盛上了苞米麵粥。

老棒子仔細看看魯十七，說：「老十七，你沒事吧？」

魯十七說：「我沒事。有你在挺好，我不用燒飯了。你做的飯比趙大勺子做的好吃，沒腳丫子味。」

老棒子笑笑也坐下喝粥。老棒子擔心他昨晚講的放鷹的故事得罪了魯十七。這會兒看魯十七沒事，心想，到底是少爺出身，心思和一般人就是不一樣，根本不在乎被放了鷹，卻在乎放他鷹的女人。那是個什麼樣的女人呢？難不成比大奶奶還好看？老棒子邊喝粥邊用眼珠在魯十七臉上仔細掃描。

魯十七抬眼和老棒子對上目光，看著老棒子又避開目光，說：「棒子叔，你再講個放鷹的故事給我聽。」

老棒子說：「放鷹的故事老鼻子多了，現下沒工夫給你講了。我要下山去藍旗屯一趟，找個皮匠把你的狼皮熟了，給你做了帽子再回來，沒帽子你的耳朵就凍掉了。我回來還走，去哪兒你就別問了。但有一樣，老十七，你聽好了，我琢磨了咱們興許不用走了，幹咱們木把的講究幹熟不幹生。但也不一定，你聽我的。我回來找你咱們才走，我開春前要不回來，你就去再找個地方整個窩，用老虎用狗的幫你把糧食背過去。你記好了，我放糧食的地方，就在你昨晚睡的那塊鋪板下面。你掀了那幾塊鋪板就看到山洞的入口了。」

魯十七看著老棒子，突然覺得老棒子在春天之前不會回來，也不會來給他送什麼狼皮帽子，老棒子把他不回來的事都交代了。

魯十七就說：「行，我等著你。我馬上就再整個讓你看著高興的窩。」

老棒子嘿嘿笑笑，就低頭猛喝粥。

吃過了飯，老棒子把黑狼皮打在破行頭裏，用根棒子挑了，就走了。

魯十七出去看老棒子晃悠悠走沒影了，想了想，決定一邊找地方再整一座木刻楞，一邊馴虎小弟。但魯十七也想，這是為老棒子幹的活，給老棒子整的養老的窩，如果到了開春自己想走，還是會走的……

2

魯十七用了一個上午蒸了一大口袋窩窩頭，把霸王圈裏的爐火熄了，關好了門，又用塊兔子皮整兩個眼繫上麻繩，綁腦袋上當帽子。取了鋸子和開山斧掛腰上，背上弓箭，扛上那口袋窩窩頭，又拎上燒水的大鐵壺，招呼虎小弟出來，就向乾飯盆林場深處的山谷走去。

今冬的雪不算大，山裏積雪不深。森林裏因有茂盛的枝葉遮擋，積雪就更少了。乾飯盆的林場範圍廣大，如果用魯十七他們這種伐木的速度幹下去，三五百年也伐不完，何況伐了樹的土地上還會重新長出樹來。

在夕陽下來的時候，山谷的上空及雪地上，出現了五顏六色的光圈。在上次碰到白母娘和兩隻狼崽子過河的那條河邊，跑在前面的虎小弟突然站住了，扭頭看看魯十七，又抬頭往河面上看。

河水早就凍封了，河面上儘是積雪，積雪上有許多動物走過的腳印。有幾隻狼前後有序地走上河面，踩著河面上的積雪向對岸走。

魯十七遠遠地看去，在雪地反射的幻彩中，認出這群狼裏走在最前面的就是高大的白母狼。白母狼的一青一黑兩隻崽子已經長成半大的小狼了，跟在白母狼的後面。在兩隻小狼的後面，跟著三隻成年狼和兩隻小狼。在三隻成年狼的後面，隱隱藏藏地跟著賊頭賊腦的青毛大狼狗。

這個結果是魯十七想得到的。魯十七咧嘴笑了笑，突然心裏有了個感覺，白母狼挺像額爾德特．東珠兒的。如果白母狼真的是額爾德特．東珠兒，那麼青毛大狼狗是誰呢？魯十七心裏就跳了一跳，雙腿也瞬間軟了一軟。

魯十七想在腦海中趕開這個想像的時候，就來不及了，原因是思維不得不轉移了。虎小弟突然出擊了。

虎小弟看到青毛大狼狗隱隱藏藏追蹤狼群的樣子，認爲青毛大狼狗在追蹤捕獵或是在玩兒。虎小弟就加入了，這傢伙不聲不響瞄著那群狼，在雪地上跑出個弧形，向狼群兜了過去。

魯十七也就緊張了，甩掉身上的零碎，取了弓箭跟著虎小弟出擊。在前面的虎小弟，把身體盡力展開，並使身體矮下去，盡力縮小目標，在雪地上奔跑，兜向那群狼。虎小弟出擊的這個樣子，一半是天性，一半是和青毛大狼狗玩捉兔子時用的招法，虎小弟在習慣性地配合青毛大狼狗，因爲牠認定青毛大狼狗是在追蹤圍獵。

東北虎雖然體態龐大，但由於貓科動物特有的身體條件，東北虎的掌爪是可以在掌趾中伸縮自如的。在跑動和走路時，掌爪縮進掌趾裏，掌下又生有厚厚的肉墊，所以行路無聲，便於突然襲擊。而東北虎攻擊獵物最擅長的就是悄悄隱藏自己，悄悄靠近，然後突然發起雷霆般的攻擊。

東北虎不同於獅子，也不同於豹子，但和豹子的撲食方式相近。在貓科動物中，也只有獵豹的掌爪是不能伸縮的，那是方便抓地皮奔跑。

東北虎的眼睛不同於其他猛獸。東北虎是靠眼睛盯住獵物，而不是靠氣味。東北虎的眼睛可以準確地計算出和獵物之間的距離，以方便牠靠近獵物時作好各種準備動作，如在什麼距離上奔跑加速，在什麼距離上迅速出擊等等。而且在這一過程中，東北虎是絕對不會發出任何聲音的，也只有在被獵物發現奔逃時，東北虎才邊追趕，邊發出短促的威懾的咆哮聲。個別體形小的東北虎是可以上躍爬樹的。否則東北虎叫什麼貓科動物。如果被虎追趕的人單純地認爲所有的東北虎都不會上樹而逃到樹上，那就是悲劇了。習慣性地認爲東北虎不會上樹，那是沒見過東北虎上樹——東北虎通常也不用上樹，也沒有猛獸可以把東北虎追到樹上去。

東北虎若吃飽了，趴下睡了，身邊走過任何動物牠都不會理睬。成年東北虎與成年東北虎之間幾乎不會發生生死搏鬥，因爲牠們都有各自的領地，也只有領地之爭才是東北虎的生死大戰。

東北虎是天生的孤獨的王者，但也懂得協作。兩隻東北虎一起協作的情況一般出現在東北虎的蜜月期間，就是公母兩隻東北虎利用各自對獵物的觀察來互相配合捕獲食物。

虎小弟兜向狼群的行動就是懂得協作的天性表現，牠在單方面配合青毛大狼狗，而且沒有被狼群發現。因爲風向是從北向南的，狼群向北走，嗅不到虎小弟的氣味，反而是將氣味傳遞給虎小弟，這也是青毛大狼狗可以追蹤又不被狼群發現的原因。

但是，青毛大狼狗卻發現了虎小弟，也發現了貓著腰快速跟在虎小弟身後的魯十七。這也是風向的原因，是虎小弟和魯十七從側方追到青毛大狼狗前面去了。青毛大狼狗不再隱隱藏藏的了，快速向前跑去。

在虎小弟兜過去和狼群並行，又突然選擇了狼群中身形最大的白母狼爲攻擊目標，並向白母狼撲出時，青毛大狼狗突然揚頭汪汪叫，白母狼聽了青毛大狼狗的叫聲，掉頭看時就發現了虎小弟。但白母狼也遲了，虎小弟已經撲到了，探出兩隻前掌已經把白母狼抱住壓倒了。其他的狼驚群了，但瞬間平靜下來，三隻成年狼首先嗥叫著向虎小弟兩側和頭部撲了過去。

虎小弟的兩隻前掌雖然抱住了白母狼，但面對白母狼反擊攻擊咽喉的犬齒，虎小弟一下子不知道怎麼辦了。也許虎小弟這時才知道，狼畢竟不是兔子。虎小弟被動地用犬齒抵擋白母狼犬齒的攻擊，顯得不得要領，也無處下口，幾次想放開白母狼逃開，又有些捨不得。

這兩種表現，一種反映了人類養大的虎面對攻擊時表現出的無能，一種反映了老虎天性中的不放棄。

然而，面對另外三隻嗥叫著撲上來的成年狼時，虎小弟膽怯了，想放棄了。這時魯十七的弓箭也射出了，一隻成年狼的肋部中箭，撲倒了。另一隻成年狼的頭骨中箭，由於距離遠，也因爲狼有銅頭鐵背之稱，頭骨堅硬，這一箭只射破了那隻成年狼的頭皮，箭被頭骨反彈回來落在雪地上。這隻狼是隻老公狼，掉頭逃開了。

另一隻成年狼是隻母狼，牠嗥叫一聲，招呼四隻小狼快逃。此時青毛大狼狗也就趕到了，可是青毛大狼狗不捉小狼，也不咬成年母狼，而是直奔虎小弟的屁股撲去。這是虎小弟最怕的一招，從虎小弟小時候起，青毛大狼狗總對虎小弟的屁股感興趣，總企圖騎上去靠靠，虎小弟也就總是逃跑。

青毛大狼狗這次又用了這一招，自然是爲了救助白母狼。

魯十七也冒火了，大喊：「青毛！」

青毛大狼狗猛一下站住了，掉頭看著魯十七急得甩腦袋吱吱叫。

魯十七又喊：「十七郎！」

這是叫虎小弟去玩兒。虎小弟面對白母狼拚命的反擊早已膽怯，馬上鬆開抱住的白母狼，跳起來跑到一邊，又抬前掌低下腦袋揉臉腮。虎小弟的臉腮上有了一個口子，這是白母狼咬傷的，一側的虎鬚也掉了幾根。

白母狼從雪面上跳起來，並矮下四肢，繃住勁，一雙殘忍又略含驚慌的眼睛盯著魯十七對準牠的箭，白母狼背上的鬣毛沿脖子至尾巴早已直立。白母狼嗥叫著慢慢往後退，看到魯十七將弓漸漸拉滿，白母狼的血液裏記得對弓箭的恐懼，也記得丈夫黑狼就是死在這個人這張弓之下的。白母狼揚頭發出嗥叫，背上的鬣毛瞬間軟下去，尾巴也收入腹下，兩條後腿也矮下去，白母狼似乎屈服了。

青毛大狼狗盯著魯十七吱吱叫，眼睛都紅了。那一青一黑兩隻小狼，本來已經逃開，這會兒突然跑回來，跑到白母狼身邊打轉，又衝魯十七嗥叫。

魯十七歎口氣，說：「你走吧！別再去我的木刻楞找死了。」

魯十七放下弓箭，轉身去看虎小弟的傷，突然感覺不對，白母狼已經撲到背後了。魯十七的頭髮都豎起來了，心想，完了。但身邊的青毛大狼狗瞬間出擊，又聽白母狼一聲嗥叫。

魯十七回頭看去，青毛大狼狗已經把白母狼撞翻了，白母狼四肢收縮蹬開撲下來的青毛大狼狗，跳起來，嗥叫一聲，叫兩隻小狼快逃。白母狼盯著魯十七，再一次炸起背上的鬣毛，慢慢往後退。

青毛大狼狗不再攻擊了，掉頭看看魯十七，又掉頭看看白母狼，衝白母狼汪汪叫。那是叫白母狼快逃。

兩隻小狼已經逃遠了，已經和那隻成年母狼、兩隻小狼靠近了。另一隻成年老公狼是那隻頭骨受傷的老公狼，牠沒有逃遠，把腦袋低下，嘴巴前探，四肢繃勁，盯著魯十七是一副隨時準備出擊的樣子。

白母狼退著退著，極漂亮的一個快速轉身，一股白煙似的在雪地上逃遠了。

魯十七看看青毛大狼狗，說：「你他媽的，救你的情婦母狼也救你的人兄弟，你算是情義兩全了。還行，我沒白和你相依爲命這麼多年。」

青毛大狼狗看看魯十七搖下尾巴，又看看逃遠的狼群，卻掉頭衝虎小弟發怒似的汪叫了一聲。這是在責怪虎小弟攻擊母狼。

虎小弟把龐大的腦袋轉向一邊，臥下了，卻不看青毛大狼狗，似乎也在責怪青毛大狼狗幫助敵人。好在這兩個傢伙矜持到晚上，就又在一塊玩兒了。

天黑之前，魯十七已經來到了心中的目的地，就是這條河南岸的一片白樺樹林裏。這裏是森林深處，冬天獵人都不會來，周圍環境也不錯，也有水源。

魯十七在白樺樹林的避風處選了個地方，砍了些樹枝，用樹皮、雜草圍了間地蒼子。然後在地蒼子裏生了堆火，用木棍吊起大鐵壺燒水，用樹棍穿了窩窩頭放火上烤熱了吃。到了晚上，縮在火堆旁靠著張羊皮口袋睡了一夜。

通過虎小弟和狼群的搏鬥，魯十七懂了狼這種猛獸記仇的性格，知道如果有機會，白母狼還會來找他報仇。

魯十七也知道怎樣馴化虎小弟了，也知道虎小弟缺乏什麼技能了，就是撲倒獵物，瞬息間咬上獵物咽喉或脖子咬死或憋死獵物的能力。儘管虎小弟追蹤、攻擊獵物不那麼像老虎，而像青毛大狼狗，但在魯十七現在看來，這也是不錯的。如果在虎小弟獨立後，爲佔有這片領地和其他老虎發生搏鬥，身具狗特點的虎小弟沒準更有優勢。

那麼魯十七怎麼馴化虎小弟的不足呢？魯十七已經想到了，就是不再餵虎小弟食物，在這段時間叫虎小弟自己養活自己。這是叫虎小弟在獵食獵物的過程中去學習怎樣咬出那關鍵的一口。

這一夜，青毛大狼狗沒再去追蹤白母狼。青毛大狼狗的鼻子告訴牠，白母狼的狼群沒逃走，就在左側的白樺樹林裏，而且時刻等機會準備攻擊牠的人兄弟。青毛大狼狗懂得什麼時候這個人兄弟需要保護。

虎小弟在野外的第一晚是興奮的，閃著一雙亮閃閃的虎目，對什麼動物都好奇，見什麼動物追什麼動物。在天亮時終於睏了，終於趴在地蒼子裏睡覺了。

這樣的日子過了二十幾天，魯十七伐倒了一百五十棵白樺樹，白樺樹木刻楞已經建造一半了。這種白樺樹的表皮如白紙，容易一片一片地蛻落，蛻下的表皮生火極易燃燒，可作引火之用，樺樹汁也可以飲用。整層的白樺樹皮分段整齊地剝下來通過水煮等方式再分割成小片，用來縫製成碗、桶、小包、箱子等家庭用具。現在，在東北少數民族居住區就有用白樺樹皮製造的工藝品出售。還有就是這種白樺樹木質輕，整根兩丈左右長的原木，一個人就可以搬動使用。這也是魯十七可以一個人建造木刻楞的原因。

在這二十幾天的頭幾天裏，餓急眼的虎小弟常常圍著魯十七轉著、看著、盼著，做出各種討好的動作向魯十七要吃的。魯十七看虎小弟餓得差不多了，就從雪堆裏扒出那隻死狼，喊：「十七郎，靠！」

等虎小弟明白這是叫牠吃完整的死狼，虎小弟又辦到了之後，魯十七又把虎小弟吃剩的死狼肉埋雪堆裏。又過了幾天，虎小弟又一次餓急眼了，就自己扒出上次吃剩的死狼吃了。再過幾天，又餓急了，在雪堆裏找不到可以吃的了，就用吊睛虎目盯了一會兒幹活不理牠的魯十七，虎小弟慢慢明白這個人爸爸不會有食物給牠吃了，就慢慢轉出白樺樹林走了。

魯十七看在眼裏，覺得不放心，取了弓箭跟過去，目睹了虎小弟生平第一次爲自己獵食的過程。

首先，虎小弟慢慢在林子裏走，看樹，嗅樹，往樹上撒尿，也在樹上留下掌爪印記。這很好，這是虎小弟作爲虎的一種記憶，牠在標出自己的領地。虎小弟越走越遠，而且速度也加快了。

在夕陽快出現的時候，虎小弟轉到魯十七住的乾飯盆林場的木刻楞前面，在木刻楞的木門上撒了尿。這也挺好，這是住過的家，虎小弟認識家。然後虎小弟往南去，追蹤一群刨開積雪吃灌木皮的瘦麅子。

虎小弟用了小半個時辰才悄悄靠近了這群瘦麅子，卻無法正確判斷襲擊哪一隻麅子。這還不如用玩遊戲的心態去攻擊白母狼。結果虎小弟飛奔衝出去，濺起飛塵般的雪，也撞斷了些灌木的枯枝，一口氣咆哮著連追了兩隻瘦麅子，兩隻瘦麅子都跑掉了。

虎小弟站住喘著粗氣看了逃遠的麅子良久，也許認爲麅子不好捉，信心也受到了一定的打擊，虎小弟就放棄了，再向東走去。一直跟著的魯十七心痛了，想獵了麅子餵虎小弟，但又忍住了。

虎小弟繼續向東走，在夕陽下來的時候，虎小弟追蹤上了一隻大野豬。野豬是老虎的主要食物之一，虎在骨子裏就知道野豬是食物。

那就獵食野豬吧，可是虎小弟錯了，虎小弟不瞭解這頭大野豬是公豬。野豬是群居的動物，一旦哪隻公野豬離了群，落了單成了孤豬，這樣的野豬就具備了「美國西部牛仔」的脾氣，挺著長嘴兩側彎刀似的獠牙，在森林裏橫衝直撞，連虎、豹、熊、狼等等猛獸都不怕，碰上了會盯著發陣兒呆，然後衝上去鬥架。

虎小弟盯上的正是這樣一頭大公野豬，而且和虎小弟差不多大，體重三百多斤。虎小弟突然從大公野豬的背後發動攻擊撲過去的時候，大公野豬的嘴巴是插在雪裏的，在啃埋在雪裏的小雪松的葉子。大公野豬的屁股被虎小弟抱住了，可是虎小弟沒有摔倒大公野豬，下咬的犬齒和兩隻前掌只在大公野豬的背上劃開了皮。

大公野豬吃痛、吃驚之下，抬起腦袋，揚蹄往前一躥，就掙脫了，衝出幾步遠。虎小弟正想追，大公野豬卻不逃了。

大公野豬帶動三百多斤重的軀體極爲靈活地一轉，就轉過身來，鼓著紅通通的眼睛盯上了虎小弟。不可否認，在動物中，豬的眼睛是最漂亮的，而且都是雙眼皮的。東北有個習慣，給懷孕的女人吃豬眼睛，孩子生下來眼睛會像豬眼睛那麼大那麼漂亮。

大公野豬自然知道牠被東北虎攻擊了，大公野豬卻不逃，「美國西部牛仔」的脾氣發作了，嘴巴開始像人冷了牙齒打冷戰似的咔咔動，嘴巴裏的白沫從嘴丫子冒出來。大公野豬就攻擊了，勇往直前用大嘴巴向虎小弟猛撞過去。

虎小弟揚起前掌撲上來去抱大公野豬的腦袋，大公野豬力氣太大，把虎小弟一衝撞倒了，大公野豬像有規律似的運用四條腿，一二退一步，又低腦袋瞄著虎小弟抬腿前衝，一二撞過去。虎小弟剛跳起躲避又被大公野豬一嘴頂個跟頭，就驚慌了，一跳躍起來發出短促的咆哮，撲上反擊，和大公野豬勉強又拚了三個回合。終於，虎小弟徹底膽怯了，咆哮著掉頭，揚起四掌，一溜煙開始逃，大公野豬沒撞夠，嗥叫著，在虎小弟後面四蹄騰飛玩了命地追。

魯十七跑過去看，一虎一豬都在林子裏跑沒影了。魯十七順雪地上的痕跡追了一會兒，看看方向，多少放點心了，虎小弟記路，虎小弟向魯十七正在建造的白樺樹木刻楞的方向逃去了。

魯十七就急急忙忙往回跑，在路上，魯十七想了個訓練虎小弟的招，射傷了一隻大兔子捉住帶了回去。

3

魯十七回到白樺樹木刻楞時已經月上中天了。這一帶地勢空曠，樹木的葉子入冬就落光了。在雪地、明月的映照下，可以看出挺遠，也可以看得清東西。虎小弟果然已經回來了，趴在地蒼子的入口處發呆，看到魯十七回來，沒高興地撲過去，而是把腦袋扭向了另一邊。

魯十七悄悄放下受傷的兔子，喊：「十七郎。」

虎小弟聽這是叫牠餓著肚子出去玩兒，就爬起來想往白樺樹林子裏走，就看到了在跳動的那隻受傷的兔子，一下精神抖擻了，撲過去撲住了既受傷又被魯十七扭斷了一隻後腳的兔子，並很快吃下了肚皮。虎小弟吃一隻兔子是不夠的，但也強過沒有。

魯十七看看虎小弟並沒被野豬咬傷，又想到青毛大狼狗沒跟自己去，現在不見回來，就喊：「葉子、葉子。」

只過了一會兒，青毛大狼狗就從白樺樹林裏鑽出來跑回來了，看向魯十七的目光有點虛，賊頭賊腦的樣子。這不太正常，是幹了壞事回來的表示。

魯十七想一想，也就猜到白母狼就躲在附近的某處，也許這二十幾天來白母狼一直守在這裏。因爲青毛大狼狗的神態洩了底。

白母狼躲在這裏想幹什麼呢？魯十七隱約想到了，他和白母狼下一次搏鬥快開始了，也許這一次和白母狼的搏鬥指望不上青毛大狼狗，因爲這傢伙已經被白母狼的風情俘虜了。

魯十七次日沒修木刻楞。魯十七回了霸王圈，是取繩子和食物。在霸王圈裏的大木桌子上，魯十七看到了大山貓皮的帽子，那是他丟在六道溝木場依爾覺羅・和六的木刻楞裏的，現在回來了，就知道是老棒子拿回來的。又看到爐火是熄滅的，就知道老棒子又走了。

魯十七拿起大山貓皮帽子戴腦袋上，又在大桌子上看到老棒子用木炭畫的一幅畫，畫上畫個男人躺在炕上，一個女人坐在一邊哭，一個男人往山下趕路。

魯十七知道老棒子不識字，畫這幅畫是有事告訴他。魯十七理解的是，老棒子想去靠一個女人，他若不去靠靠，那個女人想老棒子了會哭，所以老棒子等不了他了，就急忙下山了。

魯十七用破布頭邊擦掉這幅畫邊咧嘴笑。但是魯十七完全猜錯了老棒子這幅畫的真正意思。老棒子畫這幅畫是告訴魯十七，依爾覺羅．和六死了，大奶奶在哭，並叫魯十七馬上趕下山奔喪。

魯十七不理解也想錯了，自然不會下山去給依爾覺羅．和六奔喪，就燒火又蒸了一大口袋窩窩頭，背了繩子和鑽木眼的工具回了白樺樹木刻楞。

那時又是月上中天。虎小弟在地倉子的門口外趴著等魯十七。青毛大狼狗不在，看虎小弟的表情，就知道牠也是一天又半夜沒見到青毛大狼狗了。但是跑過來迎接魯十七的虎小弟的肚子是鼓鼓的。

魯十七過去拍拍虎小弟的肚皮，就問：「虎兒子，你吃了什麼？」

虎小弟打個滾把四肢張開，對著魯十七露出肚皮，搖頭晃腦很是得意。魯十七又去周圍尋找，發現虎小弟吃了一頭小野豬。小野豬的腦袋連著碎皮四肢和尾巴丟在沒整好的木刻楞裏，看來這是虎小弟帶回來的。看小野豬的腦袋和四肢，這頭小野豬大約有七八十斤重。

魯十七說：「行，虎兒子。你吃飽了還沒忘了給你老子我帶回個小豬頭。你行，是好兒子。」

小野豬頭和殘破的四肢、尾巴也是肉。魯十七用火烤著去了野豬毛，剛剛吃了幾口，青毛大狼狗賊頭賊腦地嗅著肉香味從白樺樹林裏跑過來，就和魯十七分享了小野豬頭尾的骨頭和肉。

次日，魯十七仍舊沒修木刻楞。魯十七用繩子結了個大網，看青毛大狼狗又悄悄跑沒影了，就背上弓箭，帶了繩網進了白樺樹林。在白樺樹林裏平日伐木的地方，他把弓箭掛樹上，把繩網埋在雪裏，又用繩子繫上一根原木，再用一根繩子把原木拉起來，把這根繩子固定在樹上。然後，魯十七在埋了繩網的雪地上走幾圈，就在這裏開始伐木幹活。

到了下來夕陽的時候，魯十七停了手，在埋藏繩網的雪地上站了一會兒，就放下了開山斧，走到掛弓箭的樹後去撒尿。

在離魯十七不遠的地方，有一片低矮的灌木叢，灌木叢裏的一個雪窩裏，悄悄探出了白母狼的腦袋。白母狼身上的毛色和雪一樣，趴著不動走近了也不易發覺。而且狼是動物中最具耐力的猛獸，也是最不可能被馴服的猛獸。白母狼在雪窩裏一動不動地埋伏了一個下午，終於等到了魯十七放下手裏工具的機會。白母狼就向魯十七悄悄靠過去。

在白母狼走上埋藏繩網的雪地上時，魯十七割斷了固定在樹上的繩子，原木倒下去，帶起繩網，繩網把白母狼兜上了半空。

白母狼上當了，四肢從繩網的網眼中探出來，身體被繩網兜緊了，牠無法動彈，只在繩網中掙扎，嗥叫、撕咬繩子。

白母狼的叫聲把虎小弟引了過來。

魯十七從樹上取下弓箭，瞄向白母狼拉弓，這個動作嚇得白母狼一連串地嗥叫，嘩嘩撒了尿。

青毛大狼狗和另一隻成年母狼聞聲也跑了過來。魯十七一下子明白了，是另一隻成年母狼在勾引青毛大狼狗，使青毛大狼狗放鬆警惕中了美狼計，忘了保護牠的人兄弟。而現在的季節也馬上就是狼的發情期了。青毛大狼狗在這個時期出錯，在魯十七看來是可以原諒的。

青毛大狼狗跑過來，停下，抬頭看看在繩網中掙扎的白母狼，再扭頭看看魯十七，青毛大狼狗看向魯十七的目光突然表現出了極度的恐懼，像是終於發現了這個人兄弟的厲害似的，也就嚇軟了腿，坐下了，看著魯十七吱吱地叫。

另一隻成年母狼不敢靠近，遠遠地對著白母狼嗥叫。但卻不見那隻老公狼和四隻小狼出現。

魯十七把弓再向滿拉開，弓如滿月，對白母狼說：「你丈夫死了，你再找一個吧。你爲什麼一而再地來送死呢？」

白母狼盯著魯十七手裏的弓箭，背上的毛皮從頭背到尾巴滾過了恐懼的波紋，嗥叫變成了哀嗥，像一個死了丈夫的寡婦在淒涼夜哭。

魯十七在心中一歎，想，如果葉子這樣想我，這樣對我，我還有何求。

魯十七高喊：「十七郎！」

虎小弟聽了這聲命令先掉頭跑走了。青毛大狼狗在遲疑，看魯十七在看牠，青毛大狼狗膽虛似的掉頭跑了，但只跑了十幾步，就悄悄藏到一棵白樺樹的樹後，探出腦袋悄悄看。

魯十七的右手鬆開，箭飛射出去，繩網落下來，散開。白母狼從繩網裏鑽出來，看向魯十七的眼睛又閃閃發亮，凶光畢現。

魯十七把弓箭丟在雪地上，說：「我佩服你，我還你丈夫的命。」

魯十七轉過身去，腦海中想像著白母狼的犬齒切開他後脖子的痛苦，又在心裏後悔了。如果這樣死了，就再也沒可能見到金葉子了。魯十七的四肢也就繃了勁，準備在白母狼撲上來時反擊。

白母狼瞄著魯十七的背，目光聚出殘忍的光，背上的鬣毛又終於聳起，四肢也已繃了勁，嘴巴上的皮漸漸堆起皮褶，鋒利的四顆犬齒漸漸探出，似乎就要撲向魯十七的後脖子。但白母狼的目光又透出了恐懼的意味，四肢又漸漸放鬆，背上的鬣毛也平復下去。白母狼終於沒能撲上去，咬出那復仇的一口。也許白母狼在此時此刻真正的怕了魯十七。

白母狼一個漂亮轉身跑出好遠，才回身對著魯十七發出清脆的嗥叫。這種嗥叫已經不同於痛苦的慘嗥了。

魯十七歎口氣，想，如果白母狼真的撲上來咬那一口，我會不會真的反擊呢？又想，如果葉子像白母狼，我就不反擊。

而這時，魯十七也看到了躲在白樺樹後悄悄探頭看的青毛大狼狗，就說：「臭青毛，你等著吧。你這臭傢伙。白母狼的兩隻崽子長大了一定會要了你的狗命。你欺負的母狼太多了。沒準你就會死在那只會咔咔叫的小青狼手裏。牠是你兒子，牠也會咬死你。你哪像個父親。老棒子的命運和你一樣。你等著吧，狗東西。」

青毛大狼狗把禿腦袋上的兩隻耳根聳一下，從樹後出來，掉頭跑遠了。等魯十七回了地蒼子整飯時，看到青毛大狼狗就趴在地蒼子的入口處，一副乖巧看門狗的樣子。

魯十七說：「你就裝吧，臭青毛。你好好裝，母狼屁股裏的騷味一飄出來，你他媽的一下就沒魂了。」

魯十七罵完愣一愣，腦海裏瞬間飄出了額爾德特·東珠兒掛上口水的下巴，立時，魯十七下身的棒槌就活了，翹起來了。魯十七低頭看一眼把棉褲頂起個包的棒槌，又說：「青毛，其實我和你一樣。我一嗅到額爾德特·東珠兒身上的甜味也沒魂了。大奶奶東珠兒要生了我的兒子，我兒子長大了會怎麼對我呢？青毛，額爾德特·東珠兒和金葉子比起來，額爾德特·東珠兒更像暗門子裏的那種女人，金葉子不像。青毛，我知道你聽懂了，那就再告訴你，老棒子說我被金葉子放了鷹，我一點也不信。媳婦不會放丈夫的鷹，這是我的心告訴我的。青毛，你他媽的把腦袋轉過來看著我聽我說……」

青毛大狼狗卻晃下尾巴，跳起來，瞄著一個方向，一溜煙在月光下的白樺樹林裏跑沒影了。

魯十七以為青毛大狼狗又追白母狼去了，生氣地踢了一腳樹根，又想到會不會是虎小弟出了狀況，青毛才急忙跑去幫忙？魯十七待不住了，取了弓箭追去了。這樣，魯十七就看到了意想不到的事……

4

白樺樹林的外側，是一片生長著柞樹、橡樹、雪松、冷杉等樹木的平坦地帶。魯十七追著青毛大狼狗趕到平坦地帶的時候，看到青毛大狼狗趴在雪窩裏，聽到魯十七的聲音轉過頭看一眼，輕輕晃下尾巴。而且虎小弟也在靠前一點的雪窩裏趴著在看。魯十七小心靠過去，看到正有一群狼在圍獵那頭追跑了虎小弟的大公野豬。從場面上看，這群狼和大公野豬已經拚過幾個回合了。大公野豬沒怎麼受傷，卻挑傷了一隻狼。這時又有一群狼來了，是兩大三小五隻狼。另外在另一邊，白母狼的狼群也來了。白母狼的狼群和兩大三少五隻狼一樣，來了就趴進雪裏，在注視著。

正在對付大公野豬的這群狼是大大小小九隻狼。這會兒，不知出於什麼原因，這群狼退下去了，只是仍然包圍著大公野豬。

爲首的那隻灰毛頭狼在雪地上站起，魯十七就吃一驚，這隻灰毛頭狼的個頭挺大，雖沒有青毛大狼狗高大，但比青毛大狼狗還要強壯，和死在魯十七箭下的那隻大黑狼差不多同樣大小。就想，青狼大狼狗再搶母狼靠屁股時碰上這隻頭狼，也許就逃不回來了。

灰毛頭狼突然揚頭對著天空嗥叫。其他的狼也一起跳起來，揚起毛茸茸的腦袋對著天空嗥叫。

魯十七被狼群的舉動嚇了一跳，也抬頭看天，暗藍色深不可測的夜空上掛上了一輪明亮亮龐大的月亮。魯十七才想到，今天不是正月十五，正月十五早過去了，今天是三月十六，一個月中月亮最圓最亮的時刻。

魯十七也知道，野狼在月圓時嗥月是正常的。但在這裏看狼群捕獵野豬似乎不智，如果被狼群發現就麻煩了。

魯十七就想招呼虎小弟悄悄離開。但是魯十七不能喊叫虎小弟回家的葉子命令，怕被狼群聽到。可是，看虎小弟虎視眈眈的樣子，魯十七又改了主意。這種場面對於虎小弟來說，是一次難得的學習機會。而且虎小弟具備青毛大狼狗的本事，否則虎小弟也不會跟蹤狼群來到這裏而不被狼群發現。

那麼就讓魯十七和虎小弟和青毛大狼狗趴在雪窩裏悄悄看吧。

在狼群嗥月的時候，大公野豬雖然驚慌，但卻不懼。大公野豬突然向左側雪松林那邊衝。通向雪松林那邊的雪地上零零落落有許多腳印，也許大公野豬向那邊衝了幾次，都被趕了回來。那種雪松是野豬冬天吃的一種食物。

大公野豬快速奔逃打斷了狼群嗥月的興致。如果狼群的這種行爲可以算是興致的話，那就是被大公野豬打斷了，但這也許是狼群進行的一種拜月祭祀。

那隻灰毛頭狼從另一邊圍向大公野豬，另有三隻狼守在大公野豬逃跑的雪道上，也就面對了大公野豬的橫衝直撞。一隻挺大挺健壯的灰毛公狼直奔大公野豬當頭就咬。這隻狼是個愣頭青，沒捕獵經驗，以牠六七十斤的體重去迎頭撲咬一頭三百多斤重的大公野豬，這一招就用錯了。牠被大公野豬甩頭一嘴巴抽中了腦袋，愣頭青公狼就被抽了一串跟斗。等愣頭青公狼再跳起來就原地打轉了，牠暈頭了，而且臉的一側到耳根，被大公野豬嘴側的獠牙劃了條口子。

大公野豬衝過了愣頭青公狼的阻擋，面對了另外兩隻狼的攻擊。這兩隻狼是壯年狼，個頭不算大，比愣頭青公狼小一號，應該是母狼，但撲咬的技能卻比愣頭青公狼高明得多，大公野豬對這兩隻壯年母狼也比較懼怕。兩隻壯年母狼撲咬大公野豬的脖子、肚皮、屁股，和大公野豬糾纏，時不時就能使大公野豬受點傷。大公野豬甩頭拍掃、直撞，兩隻壯年狼都能躲開，而且其中一隻壯年母狼還能抱住大公野豬的屁股撲咬。

但從狼群攻擊的效果來看，雖然上場圍獵大公野豬的都是成年狼，但牠們對付大公野豬的捕獵辦法不靈光。兩隻壯年母狼加上重新上陣的愣頭青公狼，仍不能拿下大公野豬。

魯十七就奇怪了，灰毛頭狼老是圍著搏鬥的雙方打轉，爲什麼不上去撲咬？灰毛頭狼是狼群中最強壯的大公狼。牠這一群九隻狼中有能力捕獵的狼有五隻。一隻受傷了，好像被大公野豬用獠牙挑破了肚皮，趴在雪地裏不動，也許已經死了。另三隻成年狼正在努力搏鬥。灰毛頭狼如果再不出擊，大公野豬就有可能衝出包圍逃進雪松林，雪松林裏阻礙多，大公野豬就有了逃跑的時機和條件。

雪坡上的另外兩群狼也在行動，牠們兩群狼突然合作了。可能是牠們看到灰毛頭狼的狼數多，如果去爭食會吃虧，雙方的頭狼才達成了合作的協定。那兩幫狼悄悄圍向雪松林的另一邊的區域，但並不上前助陣，好像是等這群狼捕殺了大公野豬然後上去爭食，也好像在盼望大公野豬逃到牠們那一邊，牠們好動嘴圍捕。

灰毛頭狼這一群狼中的兩隻壯年母狼，也好像明白那兩群狼的用心，不但努力阻擋大公野豬逃向雪松林，也阻擋大公野豬逃向那群狼的那一邊。這兩隻壯年母狼還想獨立完成捕食。但那是不可能的。這頭大公野豬力大無窮，落了滿身傷痕，反而越拚越勇，也鐵了心往雪松林裏衝。

如果大公野豬突然掉一下頭，向大雪坡另一邊的柞樹林突圍，動作再快捷一點，也許就可以甩開狼群了。當然這是魯十七的想法，不是大公野豬的想法。然而令魯十七吃驚的事也發生了。

大公野豬猛一頭頂開一隻壯年母狼，就衝破了三隻成年狼的包圍，灰毛頭狼也終於兜頭撲了過來。但那隻灰毛頭狼也像愣頭青公狼，甚至還不如愣頭青公狼。灰毛頭狼白白長了副大塊頭，根本不懂狼應有的狩獵技術，這也許就是牠光圍著大公野豬轉圈不上去撲咬的原因。灰毛頭狼在圍獵的行動中根本插不上嘴。也許這群狼的頭狼之所以是牠，是兩隻壯年母狼的選擇，灰毛頭狼的樣子看上去非常嚇狼。這隻灰毛頭狼只對大公野豬撲咬幾下，就被大公野豬頂了一個跟頭，嚇得跳起來掉頭逃開，掉頭逃的動作又不夠快，被大公野豬在屁股上甩中了一嘴巴，揍得牠在雪地上連打了兩個滾，也阻擋了兩隻壯年母狼的發揮。大公野豬得了這個機會，突然一個轉身，就像魯十七想的那樣，一路飛奔向柞樹林裏衝去了，而且是跑下坡雪道，把雪蹚得四下飛濺。

不論是灰毛頭狼的狼群，還是白母狼的狼群，牠們的反應全都慢了一拍。但三幫狼一下聚在了一起，在向大公野豬追去時，卻發生了一個插曲。虎小弟突然從雪窩裏跑了出來，這傢伙跑出來就是一聲虎嘯。就連魯十七都嚇了一跳，再看虎小弟，已經蹚著雪尾隨大公野豬快速追過去了。

狼群自然發現了魯十七和青毛大狼狗，狼群不去追擊大公野豬和虎小弟，牠們靜了一會兒，就互相協作了，就圍向了魯十七和青毛大狼狗。

魯十七握著弓箭向一棵高大的橡樹下退，大喊：「十七郎！」

魯十七這是叫青毛大狼狗快逃。青毛大狼狗雖厲害也鬥不過狼群，青毛大狼狗揚頭翹尾衝著狼群汪汪叫，原地打一轉卻不走，看著魯十七在遲疑。

灰毛頭狼已經當先衝了過來，青毛大狼狗也下了決心準備迎上去迎戰。可是又一個插曲發生了，白母狼突然衝上去，一口咬住灰毛頭狼的脖子，往回拽，不叫灰毛頭狼出擊。

在狼群中，公狼是不會同母狼咬架的。灰毛頭狼甩開白母狼，對著白母狼嗥叫，似乎在咒罵白母狼，也是叫白母狼滾開。白母狼也嗥叫，似乎在說服灰毛頭狼不要攻擊這個握著弓箭的人。

白母狼這樣一鬧，白母狼群體裏的兩隻成年狼、四隻小狼也就站在白母狼的一邊，另外一幫的兩隻成年狼和三隻小狼和白母狼達成協作協定在先，也站在了白母狼這一邊。灰毛頭狼群體裏的三隻成年狼和四隻小狼自然站在灰毛頭狼的一邊。

看來兩群狼要發生內戰了。但是灰毛頭狼是大公狼，灰毛頭狼是不能去撕咬一隻母狼的。灰毛頭狼不能撲咬母狼，但那隻灰毛頭狼的妻子能。灰毛頭狼的妻子是兩隻壯年母狼中的一隻，已經算是隻老母狼了，比灰毛頭狼年紀大，這一對狼夫婦走在一起，就像人群中的中年老阿姨配年輕小夥子。

這隻壯年母狼似乎知道年輕漂亮的白母狼對牠的婚姻是個威脅。壯年母狼悄悄從灰毛頭狼的身邊躥出去，直奔白母狼的脖子就下口。白母狼本來就高大，也靈活，見機也快，在壯年母狼撲出來時，白母狼就迎著壯年母狼撲了過去，兩隻母狼撞在一起，白母狼身大力大就撞翻了壯年母狼，接著撲下去，就壓住了壯年母狼，瞬間張開尖吻就下口，咬中了壯年母狼的咽喉，甩著腦袋用四顆犬齒切開了壯年母狼的咽喉。壯年母狼四肢蹬了蹬，脖子裏的血流出來，脖子後挺，挺直了四肢就死了。

白母狼走到灰毛頭狼的面前，轉過身，甩起尾巴從灰毛頭狼的鼻子上掃過去，白母狼那引誘青毛大狼狗跟著瘋跑的氣味整得灰毛頭狼暈了頭。白母狼又靠過去貼下耳朵輕輕咬了咬灰毛頭狼的脖子，掉頭向雪松林的方向跑去，白母狼的狼群跟著去了。

灰毛頭狼揚頭晃晃腦袋，似乎想清醒一下發蒙的腦袋，走過去嗅嗅壯年母狼的鼻子，發覺壯年母狼已經死了，掉頭瞄瞄白母狼的屁股，不再猶豫，追了過去，牠的狼群也跟著去了。

不一會兒，這一群三幫近二十隻狼的狼群，一隻跟著一隻，很快追隨白母狼在雪松林邊緣消失了。

白母狼的行動看得魯十七摸不著頭腦又有些發蒙，覺得青毛大狼狗在拽他的褲角叫他快走。魯十七才低頭問：「青毛，白母狼爲什麼會救我一命？是因爲你偷過牠，是牠的親親老靠，牠爲救你順便也救了我？」

青毛大狼狗不能回答，已經向白樺樹林快步跑去了。魯十七遲疑了一下，進入大雪坡去拖那兩隻死狼。

其實並不是白母狼救了魯十七，也不是白母狼放過了魯十七，而是大公野豬救了魯十七。魯十七捉住白母狼的時候，白母狼用嗥叫聲向其他狼群求救。可是灰毛頭狼的狼群往這裏趕時和大公野豬遭遇了，絆住了腳。另外那兩隻大狼三隻小狼往這裏趕時，魯十七已經放了白母狼，這一切在白母狼發出了那聲清亮的嗥叫聲時也就結束了。

再一次被放掉的白母狼也就真的懼怕了魯十七，這是白母狼阻止灰毛頭狼的真正原因。白母狼不想叫別的狼死在這個人的手裏。也許在牠的思想中，這個可以指揮老虎和獵狗的人是不能碰的。而且這個人放了牠兩次，也說明這個人不會威脅牠的狼群。

魯十七現在所在的這一帶，也就是白母狼的狼群活動的區域。在後來，魯十七和白母狼的狼群還會碰面，就算魯十七手裏沒有弓箭、沒有木棒，什麼也沒有，白母狼的狼群也不再攻擊魯十七，也不躲避魯十七，只是自動保持一段可以接受的距離……

魯十七拖著兩隻死狼邊往回走邊擔心虎小弟，其實他也知道這種擔心是沒用的，虎小弟必須要獨立去面對生存的事。但是魯十七還是不由自主的擔心。

魯十七拖著兩隻狼回到了地蒼子。青毛大狼狗趴在地蒼子入口處不動，看見魯十七連尾巴也不搖。

魯十七說：「青毛，你這傢伙越來越懶了，害我拖了兩隻狼屍回來。你的老靠白母狼有新歡了你就沒魂了是吧？青毛我看了，灰毛頭狼不行，個頭大身體壯也沒用，是個沒搏鬥經驗的笨蛋。你能很輕鬆地幹掉牠，再搶了白母狼靠靠再生一窩狗狼崽子。白母狼真漂亮，你應該去搶。否則我告訴你青毛，以後灰毛頭狼有了搏鬥經驗，你再去靠白母狼，你就死定了。知道嗎青毛，在對手還不是對手時幹掉對手，才是上策。我大哥就是這樣對付我的。」

魯十七看青毛大狼狗仍是那個樣子，又說：「你是怕了吧？這樣也好，怕了就平安了，怕了就知道遇兇險拐彎走了。我也怕了。要不就不會想到離開這座長白山了，長白山裏多好。唉！你看虎小弟能捉到那頭大野豬嗎？」

魯十七知道這是白問，就在地蒼子外面架起了火堆，連夜收拾了兩隻狼，烤吃了堅韌難吃的狼肉，也餵飽了青毛大狼狗。看看過了午夜，虎小弟還沒回來，魯十七就把扒了皮的狼屍埋雪堆裏，進地蒼子裏睡了。

轉眼又過去了十幾天，時令進入了四月。魯十七在白樺樹木刻楞的頂部，壓上了兩層一捆一捆長長的茅草，這些草壓在木刻楞的頂上，是保暖順雨水用的。再用樹藤綁牢固定好，這座白樺樹木刻楞也就建好了，就和青毛大狼狗搬進去住了。

在住進白樺樹木刻楞的幾天裏，魯十七從霸王圈裏搬運過來了三趟糧食和生活用具。路太遠又難走，也就累壞了，這天早上就醒得晚了些，在鼓勁起來想趕在山裏的雪消失之前多運幾趟糧油過來時，虎小弟跑回來了，在白樺樹木刻楞門口嗅嗅轉轉，就扒出埋在雪堆裏的狼屍，趴下就吃。

魯十七聽到動靜，開了白樺樹木刻楞的門，蹲在一旁仔細看，虎小弟沒受傷，只是看上去像是累壞了，也餓壞了，吃飽了也沒精神，也就想不出虎小弟追蹤大公野豬的過程。如果虎小弟和大公野豬拚上了

第二個回合、第三個回合，那麼到底誰能贏呢？魯十七從虎小弟一口氣吃了整整一隻狼屍，就跑進白樺樹木刻楞裏趴在新的大地鋪上不動來看，假如虎小弟和大公野豬進行了第二個回合、第三個回合，那麼虎小弟一定又一次失敗了，又一次被大公野豬追擊逃之夭夭了。也許虎小弟是長白山裏唯一一隻被一頭野豬咬跑的東北虎。

魯十七就走過去拍拍虎小弟的肚皮安慰說：「你這傢伙，看來你逃跑的本事是練出來了。這和你狗叔叔不太一樣。行，只有下一次再吃你帶回來的野豬頭了。老子我為你鼓勁，再去捉大野豬拚下一個回合。」

虎小弟晃晃大腦袋，打個滾敞開四肢亮出肚皮。魯十七知道，動物如果對另一隻動物做亮出肚皮的動作，那是絕對的信任，也是絕對的臣服……

第八章　一山二虎

青狼突然前腿急蹬，旋起，頭上揚。灰狼一嘴就咬空了，就等於把後脖根送到了青狼嘴下，青狼就一口咬下，又一甩頭，青狼的嘴長又尖，這一口就撕開了灰狼的半個脖子。灰狼往前一衝，兩條前腿插進了雪裏，青狼又一撲，第二口還是咬在灰狼受傷的老地方，青狼不是咬住撕扯，而是又一甩頭，青狼鋒利的犬齒就割斷了灰狼的動脈，灰狼脖子中的血就流了出去，就倒在雪地上蹬蹬腿死了。

《青狼》

1

白樺樹木刻楞前面那條跑過白母狼的河開河了。河開了，也就告訴山裏的人類和山裏的動物們，春天悄悄來了。

那條河開河時，四五尺厚的冰層碎裂開來，發出的轟隆聲是很大的，但魯十七沒能聽到。魯十七那晚住在霸王圈裏，準備第二天早上往白樺樹木刻楞搬鹽。在山裏，鹽才是重要的。

這一陣子魯十七總是這樣，早上從霸王圈出發，夕陽時趕到白樺樹木刻楞，然後不歇夜，連夜在午夜過後趕到霸王圈，在霸王圈裏睡一會兒，到了天亮起來開始搬運。搬運時，魯十七在青毛大狼狗的背上綁兩隻口袋，叫青毛大狼狗往白樺樹木刻楞裏背食物。本來在虎小弟回來後，也叫虎小弟這樣幹的，虎小弟身大力大背的糧食也就更多，可是這樣試了一次，虎小弟這傢伙就搖頭晃腦地不肯了，不光不走，還嗚嗚咆哮著發脾氣。魯十七也就沒再強迫虎小弟。這是自然的，誰見過老虎背著糧食口袋滿山跑呢。另外，魯十七發現老棒子藏糧食的小山洞可以通到山下的一條河邊。當然，這個山洞的事以後再說。

魯十七這一次又在霸王圈裏看到了老棒子用木炭畫在大桌子上的畫，這次老棒子畫興大發，把畫畫滿了大桌子。桌子中間的那幅畫最大，在畫上畫了一條江岸，江邊有一堆人在串四張大木排。一個老頭神氣活現地在江邊指揮，老頭的右手指著江。這幅畫好懂，是老棒子告訴魯十七，他準備串好四張木排，放排去南海。

魯十七看著這幅畫，就覺得真正上了老棒子的當。老棒子真改主意不打算跟他在春天走了。難怪說好了春天走還叫魯十七整木刻楞。

在大桌子的左上角還有一幅畫，畫了一座房子。房子裏坐個女人，女人眉清目秀，女人面前的桌子上擺著一大堆表示大洋的圓圈，門外一個老頭探頭探腦想進去。這幅圖魯十七看不懂，不如中間那幅圖一看就明白。

魯十七想老棒子是叫我去靠靠他女兒，幫他女兒挖出老榆樹下埋的大洋？好像不對，這畫上沒畫上魯十七去靠他女兒，也沒畫上埋大洋的老榆樹。魯十七又想，是老棒子自己去靠一個女人，這女人還挺貪財，喜歡大洋。

在大桌子的右邊還有一幅畫，畫上一個女人，挺著大肚子走在一座大院子裏，還有一隻老虎，老虎在吃一個男人。

這張圖嚇得魯十七滿腦門汗，住在大院子的女人是大奶奶額爾德特．東珠兒。老棒子畫了她大了肚子，也就是老棒子已經知道額爾德特．東珠兒肚子裏真的有孩子了，開始殺人了？老虎在吃一個男人，是虎小弟吃魯十七？還是依爾覺羅．和六的老虎吃了依爾覺羅．和六？

魯十七擦拭腦門的汗，再看桌子右下角的那幅畫，畫上畫一個男人背個口袋往山裏一座木刻楞裏搬東西，這個男人和木刻楞之間有條虛線連接，表示這個男人進了木刻楞裏睡覺。

魯十七嘟噥：「老棒子還叫我在山裏待著等他。」

在魯十七嘟嘟噥噥生氣的時候，又去看左邊那幅沒看懂的畫，總覺得老棒子想辦什麼事，應該和魯十七有關。但是魯十七想不出老棒子畫這幅找喜歡大洋的女人的畫，想表達什麼。

魯十七就不看了，他根本想不到老棒子是用這幅畫告訴他，這次去南海會去看看金葉子。魯十七就把大桌子上的畫擦了，也在大桌子上畫了一幅畫，是一個老頭進山找一個男人的路線圖。魯十七想，老棒子叫我在山上等，那麼就等好了，留下這個圖叫老棒子自己找來。

魯十七帶了鹽往霸王圈外走時，不禁想到，老棒子畫圖的本事真不錯，和西廂記、桃花扇裏的那些人物亭台的插圖差不多。

魯十七這次背的鹽重，有兩百斤，用一隻大木桶裝著，背在背上也不好背，就走走停停。青毛大狼狗這一段時期揹運糧食也累極了，總是看到魯十七停下歇歇，牠也停下歇歇。

魯十七說：「青毛，咱背完這一次就不幹了。這些東西都是給老棒子背的。我想那老傢伙打算在這裏隱居當守山老狗子，他不打算跟咱們走了。咱們也不帶他走了，等他回來咱倆就走。」

青毛大狼狗扭臉看看魯十七，又把臉轉一邊去。

魯十七說：「青毛，你不愛聽，我也要說，虎小弟野了，就快變回真正的大老虎了，牠老不回來。以後又咱倆過日子了。你就不能找條好母狗回來跟咱倆做伴？再生一窩真正的狗崽子養大，你就抖了。你可以帶著你的狗子狗孫趕跑這裏的狼群當狗狼的王了。那可是新品種，你就是一隻大狗狼，你不是大狼狗，你小子別不認。青毛，我看了，去年來偷東西吃的那隻大黑熊今年又來了，又扒開了咱的地蒼子。我存的山貨又被這隻大黑熊吃了。你說，這隻大黑熊會跟著咱們去新家嗎？」

青毛大狼狗甩甩腦袋，向身後看看，牠想告訴魯十七，兩次偷吃東西的大黑熊悄悄跟著來了，就在身後不遠處的大樹後面。但青毛大狼狗太累了，背上還背著兩隻糧食口袋，就沒心情管大黑熊了。

魯十七說：「走吧，再堅持一會兒，月上松枝頭的時候咱倆就到家了。」

魯十七和青毛大狼狗回到白樺樹木刻楞時，木刻楞的門是敞開的。魯十七知道這是虎小弟回來才敞開的。

虎小弟說不上什麼時候就會回來一趟。如果魯十七在白樺樹木刻楞裏，魯十七會在裏面閂門。虎小弟會舉起一雙虎掌撲門上拍門，魯十七會開門放虎小弟進來。如果魯十七不在木刻楞裏，木刻楞是從外面閂門的。虎小弟回來會像青毛大狼狗那樣咬上木門閂向一邊拉開木門閂，木門閂上連接繩子，就懸在繩子上晃，虎小弟撲開門再進去。魯十七一旦離開，就會在木刻楞裏的桌子上放上大塊生肉。因爲虎小弟並不能每次出去都能獵到食物。但是，虎小弟每次回來，雖會在白樺樹木刻楞裏睡上一天覺，但走時是不會關門的，爲了不叫別的動物偷偷進木刻楞裏偷食物，魯十七裝糧食的架子做得高明，是個大大的木籠子，占了白樺樹木刻楞一半的空間，木籠子裏面可以進人也可以住人。木籠子的門是用鐵鏈綁牢的，連青毛大狼狗也整不開。那些糧食、雜物就放在木籠子裏邊的一隻隻大木桶裏。

魯十七說：「青毛，虎小弟不會關門就怪你，你也不會關門。」

青毛大狼狗已經累趴下了，也顯得煩躁——那隻大黑熊一路跟蹤過來了。魯十七把背上的大木桶放下來，點亮了油燈，把大木桶放進木籠子裏，再把青毛大狼狗背上的兩隻糧食口袋解下來，也放進木籠子裏。拍拍伸舌頭喘粗氣的青毛大狼狗，才站直起腰鬆鬆發疼的背。

那個時候白樺樹木刻楞外面的天全黑了。魯十七找了幾個窩窩頭和青毛大狼狗吃了，再喝上一大碗涼水，就爬上板鋪，伸直四肢說：「青毛，門關好了，你也睡吧。咱們沒活幹了。老棒子存的糧食太多，咱搬回來的也太多了。那些就放霸王圈裏吧，在這山裏沒糧食也餓不死人，咱有鹽就行，咱倆還能存山貨吃呢。」

青毛大狼狗沒趴在自己的地鋪上，而是趴在門口，警惕地嗅著門外的動靜。

魯十七說著話就睡著了。開春了，什麼物種都會發情。魯十七的棒槌也發情了，這會兒悄悄翹起，把魯十七的褲襠頂起個大包。魯十七開始做春夢了，沒夢到生命中第一個女人金葉子，卻夢到了意外中得到的第二個女人額爾德特．東珠兒。額爾德特．東珠兒的下巴上滿是亮亮的口水，魯十七在用舌頭舔那好看的下巴，感覺到他的棒槌進入額爾德特．東珠兒的井眼裏了，打顫了，要射子彈了，耳朵還聽到了聲音，聲音大了起來。卻是狗叫，是青毛大狼狗在汪汪叫，還有虎的咆哮，是虎小弟回來了？還有一種聲音在腦袋頂上咆哮。接著，魯十七身子一空，人就從板鋪上摔了下來，也感覺到了掃地吹來的冷風，人也就醒了，睜開眼睛就坐起來了。

魯十七在朦朧黑暗中看到青毛大狼狗站在身前，揚頭衝著白樺樹木刻楞的頂部汪汪叫。

魯十七抬眼看過去，就看到木刻楞的頂上被扒開個大洞，一顆黑糊糊毛茸茸的大腦袋遮擋了大洞上空的月亮，大腦袋晃動著，閃動黃乎乎的眼睛正往下探，一串串口水往下落，這是那隻跟蹤來的大黑熊。

魯十七才想到他是被青毛大狼狗從板鋪上拽下來的。他一下跳起，撲到牆上去抓了弓箭，但來不及拉弓搭箭了。大黑熊前半個身子已經從木刻楞頂部的大洞裏探進來了。青毛大狼狗也終於膽怯了，尾巴夾在屁股溝裏，四肢抖著往下軟，不再汪汪叫，而是吱吱叫了，這個聲音用在這裏，就是膽戰心驚的叫聲。

魯十七的大腦瞬間想了一下，青毛這傢伙就算是狗狼也還是狗，也不是狼狗，更不是狼，是狼面對絕境早撲上去拚命了。

魯十七一下拉開木刻楞的門，喊：「十七郎！」

青毛大狼狗早等這個聲音了，一晃身就在門外了。青毛大狼狗出了門又一掉頭，膽氣又壯了，尾巴不夾在屁股溝裏了，翹起來了，背上的鬣毛也立起來，回衝到門口，衝著砰一聲從木刻楞大洞口撲下來砸在板鋪上的大黑熊汪汪叫。

魯十七也逃出了白樺樹木刻楞，止搭箭的工夫，青毛大狼狗又掉頭急切地吱叫一聲，夾了尾巴退過來。虎小弟龐大的身形突然出現了，從魯十七的身後咆哮著跑過去，跑進了白樺樹木刻楞，馬上從木刻楞裏傳出了撕咬撲撞的聲音，這個聲音只傳出了不足半袋煙的工夫，一個龐大的身影閃電般逃出了木刻楞，逃過魯十七身邊時，又打個轉停下了，衝著木刻楞裏發出沈悶的虎嘯。

魯十七知道，虎小弟面對強大的掠食者又一次失敗了，又被一隻大黑熊打敗了，就拉弓待發。大黑熊咆哮著從白樺樹木刻楞的門口慢慢出來了，盯著門外奇怪的三種動物的組合，似乎大黑熊也愣了愣神，也似乎糊塗了。大黑熊垂下腦袋，弓起脊背，盯盯魯十七，又盯盯虎小弟，似乎大黑熊還分不清誰對牠更具威脅。但大黑熊卻不理會汪汪叫的青毛大狼狗。

魯十七見大黑熊雖瘦，但也足有四百多斤重。這還是現在剛剛冬眠醒了的體重。如果是冬眠之前，這隻大黑熊將有七百斤重。大黑熊不直立攻擊魯十七，也不揚頭甩腦袋，用掌爪攻擊盯著牠慢慢靠近蓄勢待發的虎小弟，卻慢慢往後退。這是熊的聰明之處，熊不打無把握之仗，何況熊本來就怕人，不怕人也就不會攻擊人了。正因爲怕、又不瞭解才攻擊是猛獸的天性。

這次大黑熊一路跟蹤魯十七是認爲跟著這個人能找到吃的，也真的找到吃的了，魯十七的白樺樹木刻楞裏有太多的糧食，這是吃雜食的熊無法阻擋的誘惑。但現在不行，大黑熊在心理上真正懼怕的是老虎，怕老虎又不敢主動攻擊老虎。牠雖打敗了這隻老虎，但那是在狹小的空間裏，如果是大的空間，如果換成另一隻老虎，就算這隻大黑熊現在七百斤重牠也危險了。所以大黑熊要走了。而且牠這次如果成功走了，過不久牠還會回來。就像在魯十七乾飯盆木刻楞時一樣，這隻大黑熊去年冬眠醒了在那裏的地蒼子裏找到冬眠後的第一頓食物，今年牠冬眠醒了，牠又去了，又得到了魯十七沒來得及搬走的食物。這是大黑熊的性格決定的，所以牠這次如果走脫了，餓了牠還會來。如果離開後找到新的食物源，牠不會回來了。但牠也只是一時忘了而已，慢慢轉著，牠還會想起來，還會找回來。

那麼不叫大黑熊走脫不就行了？那得有本事留下大黑熊才行。

魯十七看著大黑熊慢慢往後退，再往側方向慢慢退，但無法射出箭，能射傷熊就不如不射熊，傷熊會拚命，也厲害無比，就想放大黑熊走了就算了，反正現在沒把握獵獲大黑熊。再一個原因是現在這隻大黑熊沒價值，皮毛是冬眠了一冬的皮毛，這種皮上的熊毛沒養分快脫落了，扒下來一抓掉一把毛，一塊大洋也不值。那麼熊掌呢？熊在冬眠時是靠舔掌解渴的，一冬天舔下來，熊掌早已經又薄又爛，也不值錢。那就剩下熊膽了，但也不行，此時的熊膽膽汁少，品質差也沒價值。

魯十七就放下弓箭喊：「你這蠢傢伙下次不能來了。我虎兒子下次會要了你的臭命。你快走吧。」大黑熊終於一轉身，扭著大屁股，向白樺樹林外面跑去。可是插曲又來了，虎小弟無聲無息地又一次撲上去了。

魯十七看著虎小弟飛撲過去，騰空躍起，一個虎撲就撲倒了大黑熊，心裏一陣興奮。但是，在虎小弟張開大嘴咬向大黑熊後脖子時，大黑熊一個翻身甩開了虎小弟，一巴掌拍下來，虎小弟嘯叫一聲，向旁邊踉蹌了一步，接著就加速逃開了。大黑熊咆哮著加快速度，逃入黑暗的白樺樹林深處去了。

虎小弟向黑暗中看了一會兒，跑過來，靠在魯十七身邊。魯十七在虎小弟的屁股上、肩膀上找到兩處有多條破口的口子，這都是被大黑熊的熊掌給抓破的。魯十七想了一下，虎小弟屁股上的那處傷上有三道傷口，那是在白樺樹木刻楞裏拚不過大黑熊掉頭逃跑時，被熊掌抓上屁股抓傷的。肩膀上的那處傷上三道傷口，是剛剛撲倒了大黑熊，大黑熊反擊甩掌被抓傷的。

魯十七就說：「虎小弟，你要是跟你媽媽一起長大，你現在就吃上大黑熊的肉了。跟你老子我長大，你還得吃些苦頭。好在你現在像隻老虎了。」

虎小弟就看著魯十七晃晃腦袋，好像並不在意疼痛。

青毛大狼狗過來給虎小弟舔傷口，動物的舌頭可以消炎，而且現在不是蚊蟲肆虐的季節，受傷的傷口被舔乾也就沒事了。

此後的十幾天，虎小弟沒離開白樺樹木刻楞，虎小弟在用睡覺養傷。虎小弟在養傷期間也不愁吃的，因爲有大肥魚可以吃。

白樺樹木刻楞前面這條河沒有名字，也許有名字魯十七不知道，魯十七就叫了這條河小南流水河。這條小南流水河雖有個小字，但也挺寬，寬的河床也有十二三丈，深度也有丈餘。

開河後的幾天裏，浩浩蕩蕩的冰排順水流動消失在水中之後，在水下憋了一冬天的魚上來透氣了，魯十七就抓魚了。魯十七抓魚不用網，也不下水，魯十七不但暈船也怕水。魯十七抓魚用弓箭，就是把窩窩頭掰成雞蛋大的塊，遠遠地投水裏。河裏的小魚上來吞不下雞蛋大的窩窩頭塊。一旦有魚吞下去，那條魚就是二尺以上的大魚，魯十七就一箭射出去，射中大魚，中箭的大魚有時帶著箭能跑一會兒，但只一會兒就會肚皮朝天浮出水面了。

這時青毛大狼狗就衝下水，叼了大魚上來。這魚就是虎小弟養傷時期的食物。魯十七這樣射了一天魚之後，發現青毛大狼狗不愛下水了，還老甩腦袋打噴嚏，像受了涼。

魯十七才知道這個時節的水太冷了。於是給青毛大狼狗做了薑糖水，青毛大狼狗不愛喝，就用雙腿夾住青毛大狼狗的身子，用屁股壓住了，一手抱了狗腦袋硬給掰開嘴灌下去。

這以後魯十七抓魚用了新招，就是在箭後拴根細麻繩，射中了魚用麻繩拽上來。這種方式魯十七幹了幾次之後，青毛大狼狗也會幹了，在魯十七射中魚之後，青毛大狼狗就用嘴咬了細麻繩往岸上拽魚，而且上癮了，有時一到天亮就主動咬著魯十七趕緊起來捉魚。

這樣幹了十七八天以後，白樺樹木刻楞周圍的木牆上就掛滿了全是二尺以上的大魚。還有更大的黑魚棒子、江鯉魚、胖頭魚之類好肉的魚被魯十七用粗鹽醃木桶裏成了鹹魚……

這天下來夕陽的時候，虎小弟在大地鋪上睡醒了，慢慢站起來，掉頭看了看坐在木凳上醃製鹹魚的魯十七，又看了看趴在地鋪上臥著發呆的青毛大狼狗，就慢慢出了白樺樹木刻楞走了。

魯十七的心裏突然生出個感覺，虎小弟這次出去，也許就不會回來了。就放下手裏的一條魚，追出門去看，看到虎小弟沿著小南流水河岸向雪松樹林那邊走去了。直到虎小弟走進草叢沒影了，魯十七才掉頭進了白樺樹木刻楞，看一眼依舊趴著發呆的青毛大狼狗，說：「青毛，虎小弟還會回來吧？你這傢伙好像對虎小弟不似以前那麼好了。你病了還是怕了？」

青毛大狼狗卻揚起腦袋晃晃，張開嘴對著魯十七打了個大哈欠，又把腦袋垂下去，放在一雙前腿之間，似乎並不關心虎小弟的去留問題，似乎也煩魯十七老對牠嘟嘟囔囔胡說八道。

魯十七說：「青毛，虎小弟長大了，走是自然的。咱倆不擔心牠了吧？真的，能走了多好，咱倆就不能走，還得等老棒子。」

也許魯十七這次想對了，虎小弟這一次出門走了十多天也沒回來……

2

魯十七看著門前的小南流水河的兩岸都綠了，也看著綠色裏開滿各種野花了，對青毛大狼狗說：「青毛，老棒子的木排這會兒漂在鴨綠江上了。」

魯十七就在一場初夏的雨後，帶著青毛大狼狗又去了霸王圈，想看看老棒子來沒來過，是不是又留下了什麼奇怪的畫。霸王圈裏沒有人來過，積滿了灰塵。魯十七轉了轉，從爐竈下找了根木炭，把大木桌子擦乾淨，在木桌上重新畫了叫老棒子回來找到白樺樹木刻楞的路線圖，畫完就出去了，去了柞樹林裏他自己的木刻楞。在木刻楞裏，魯十七看到桌上被人放了東西，是一個布包。魯十七猜不到誰會來這裏，打開布包，裏面是四套夏天和秋天穿的衣服。

魯十七笑了一下，說：「青毛，老棒子還行，像個老女人了，給我送了衣服。也是，你都脫毛了，天也熱了，我的破衣服早就穿不住了，以前的單衣服也早就磨爛了。知道嗎青毛？金葉子做的衣服我現在不能穿。咱倆走時我再穿。」

魯十七邊和青毛大狼狗說話，邊翻看這四套衣服，也就感覺不對勁了。這不可能是老棒子買了送來的，這衣服是某個女人親手做的，而且還用香料薰過。

魯十七仔細嗅嗅，就衝口操了一聲，說：「額爾德特．東珠兒的衣服上就這個味。青毛，額爾德特．東珠兒現在大了肚子，肚子裏面不確定是哪個男人的孩子。額爾德特．東珠兒還來這裏給我送衣服，她想幹什麼呢？」

青毛大狼狗不能回答，也不理會，能回這個老木刻楞牠太高興了，在木刻楞裏找出幾根野雞毛玩得很開心。

魯十七看著手工做的衣服，腦海裏想了一下額爾德特．東珠兒的下巴，心裏不能自主地滾過了一絲溫暖，似乎被這一絲的溫情感動了。魯十七歎口氣，走出去，在溫泉流出的溫泉水溝裏泡了一個時辰的澡，洗去了幾個月的污垢，穿上額爾德特．東珠兒送來的衣服，又用金柄單刃刀修理了頭髮、鬍子，再低下臉照水面看看自己，心想，我的臉還是他媽的不像男人的臉，還是挺像額爾德特．東珠兒……

3

山裏的日子過得重複，也過得快。轉眼時節到了初秋了。山裏的楓葉快紅了，白樺樹的葉子也快落了。

魯十七的心又活了，他算了算日子，老棒子應該回來了，也許過幾天老棒子就該找來了……

過了幾天，老棒子沒找來，虎小弟卻回來了。虎小弟是在一個晴朗的早上回來的。牠並沒像以前那樣把一雙前掌撐門上推響門，而是晃晃悠悠走到白樺樹木刻楞的門口一下軟了腳就趴下了。

青毛大狼狗先發現了，咬上木門閂開了門跑過去，在虎小弟身上嗅嗅，就圍著虎小弟汪汪叫。

魯十七就出來了，看到虎小弟的樣子變了，看不出長沒長大些，但瘦弱極了。而且脖子上、背上、屁股上老多傷，有舊傷，更多的是新傷。一隻左耳朵也沒了半隻。趴在門邊精神不振，像是又吃了一連串大大的敗仗。

魯十七拍拍虎小弟的肚子，虎小弟不像以往那樣滾翻亮出肚皮，而是把腦袋掉一邊，不看魯十七。虎小弟的肚皮明顯是空的，像餓了十七八天的樣子。魯十七知道虎小弟是餓得不行了才跑回來的。就把窩窩頭丟河裏，用弓箭射了兩條秋天的大肥魚給虎小弟吃了。虎小弟精神點了，跑到白樺樹木刻楞裏趴在大地鋪上睡覺去了。

魯十七就帶了弓箭，帶上青毛大狼狗沿河而上去打獵。虎小弟需要吃幾頓好肉才能恢復體能，吃魚還是不行。

魯十七也奇怪，現在的時節正是吃草的動物多的時候，猛獸都能吃得胖胖的，好有足夠的脂肪度過冬天。

那麼虎小弟是怎麼回事呢？此時虎小弟看起來是挺大了，也像隻成年虎了，但還沒有真正成年，野外生存的能力還是不行，不具備成年虎的能力，抓不住大型的食草類獵物。所以這段日子以來，虎小弟幾乎從沒吃飽過。另外一個使虎小弟受傷的原因，在幾天之後，才會有答案。

魯十七在河岸的灌木叢裏潛伏到了晚上，才等到一群大大小小八九隻梅花鹿來喝水。這個狩獵點是魯十七在夏天時選好的，爲的就是幫虎小弟獵食食物。魯十七在準備射箭時找了一下剛剛還趴在一邊的青毛大狼狗。青毛大狼狗這會兒又沒影了，什麼時候沒影的，魯十七沒注意。

魯十七想，這傢伙沒影了就是沒影了，我不等牠了，就瞄著一隻大公鹿射了一箭，射中了大公鹿的前胸。大公鹿跳了一下，站住沒跑。這是因爲大公鹿沒看到獵人，大公鹿在找獵人，找到獵人，獵人追出來，大公鹿才會跑。

魯十七知道鹿的這種習慣，搭上第二支箭等著，鹿的血流得差不多了，鹿就會自己慢慢臥下，再倒下。

那隻梅花鹿就這樣慢慢臥下，臥倒了，也就流盡血死了。因爲魯十七的箭頭與眾不同，是鴨嘴形的箭頭，刃寬又鋒利，刃上有放血的血槽，弓的彈力又硬，勁力大，殺傷力也大。

魯十七看梅花鹿臥倒不動了，就走出灌木叢，其他的梅花鹿才知道這裏有獵人。梅花鹿群慢慢向上游跑。在魯十七把二百多斤重的梅花鹿扛肩上時，魯十七看到梅花鹿群又跑過來了。是被幾隻狼趕過來的。

魯十七的眼皮也就跳了一跳，魯十七看到了白母狼，又在腦海裏想了一下額爾德特．東珠兒，爲什麼會這樣想實在有些莫名其妙。白母狼還是那麼漂亮，遠遠地停下，看著魯十七，用叫聲命令一青一黑兩隻大公狼向牠那邊靠過去。

魯十七認識一青一黑兩隻公狼，牠們是已經長大了的一黑一青兩隻小狼。也許這兩隻狼的體形還能更大一些，但現在已經不比青毛大狼狗小多少了。

魯十七再次找青毛大狼狗，也想到牠一定在某處草稞裏悄悄盯著白母狼，就喊：「葉子，葉子。」

青毛大狼狗就在距離白母狼不遠處的草叢裏鑽出來，向魯十七跑過來。那隻大青公狼瞄著青毛大狼狗起步就追過去。但被白母狼用叫聲及時叫住了，白母狼撲過去狠狠地咬了大青公狼一口，大青公狼縮縮脖子就臥下了。母子三隻狼都盯著魯十七和青毛大狼狗，魯十七不動，三隻狼也不動。

魯十七又不能不動，就扛著梅花鹿慢慢走，吩咐青毛大狼狗小心了，並悄悄瞄著母子三隻狼。三隻狼還是趴著看著不動。魯十七也就知道了，在這片山裏，他可以和白母狼的群體和平共處了。

魯十七扛著梅花鹿剛回到白樺樹木刻楞，虎小弟嗅到了血的氣味，從木刻楞裏跑出來，跳一個高，就從魯十七的肩上咬住梅花鹿舉起來，跑一邊放下，先撕開梅花鹿屁股上的皮，就開吃了。

青毛大狼狗不滿意，圍著虎小弟轉兩轉，衝虎小弟汪汪叫幾聲。虎小弟轉了轉耳朵並不理會，埋頭一個勁地撕肉吃，直到吃鼓了肚皮，才離開梅花鹿的殘屍，走到趴著的青毛大狼狗的身邊，用一隻前掌把青毛大狼狗一下子掃了一個滾翻，接著臥下去，和青毛大狼狗腦袋對腦袋撲咬玩在一起了。

這一個晚上，虎小弟守著梅花鹿的殘屍沒睡進白樺樹木刻楞。魯十七想，這傢伙終於知道食物的重要了。

十幾天之後，虎小弟吃了兩隻梅花鹿，身上的新傷也好了，體態才看出變大了。虎小弟現在看上去有五百斤了。虎小弟就在又一個夕陽下來的時候，瞄一眼魯十七又一次悄悄走了，沿著小南流水河，走進夕陽裏了。

魯十七回想虎小弟身上的新傷口，想了半天得出個結論，虎小弟在和另一隻老虎鬥架。這就是說有另一隻老虎進入了這裏。這裏是虎小弟天性觀念裏的領地和家，和闖入的老虎打架是自然又激烈的事。但看虎小弟的樣子，牠可能是第一次面對面和另一隻由虎媽媽養大的老虎，或是一隻成年大老虎搏鬥。但虎小弟又一次被打敗了。

魯十七一想到這些，就不能去霸王圈看看有沒有老棒子新畫的畫了。他擔心虎小弟再次被打敗受傷跑回來沒人管不行，就待在白樺樹木刻楞裏不走，也不叫青毛大狼狗到處跑。因爲這一帶如果真的又來了一隻老虎，並真的打敗了虎小弟，這隻老虎就不會走了，也會追蹤虎小弟，直到確認虎小弟離開了這片領地爲止。那麼，這隻老虎找到白樺樹木刻楞也是遲早的事。魯十七就把木刻楞的頂部重又修整加固，雖然在被大黑熊扒開後又修過，仍覺不能放心。

魯十七擔心的事情還沒有出現，卻出現了另一件事。

這天，魯十七算了下日子，想爲虎小弟儲備上食物，因爲虎小弟走了六七天了，這也是虎小弟可能餓的第一個天數。

魯十七就在河上游的樹林裏獵了一隻麅子，等他扛著麅子還沒走進白樺樹林，卻看到白樺樹林裏冒出一股青煙，青煙嫋嫋地飄在夕陽下。魯十七的心狂跳了一下，站下了，心想，老棒子終於找來了，在白樺樹木刻楞裏做飯呢。我終於可以和這老傢伙說幾句人說的話了。

魯十七就加快腳步，又衝青毛大狼狗說：「快，青毛，老棒子來了。你先去咬他屁股一口，別咬破了，也別咬那個屁眼。那老傢伙拉了大便不用草紙也不洗屁眼，那老傢伙和其他木把兄弟一樣拉了大便都用草棍、用樹葉、用土塊擦屁眼。那不行，那幫傢伙的褲衩上全是黃乎乎的屎。」

青毛大狼狗卻揚起頭，吸了吸鼻子，突然加快速度跑進了白樺樹林，直奔白樺樹木刻楞去了。

不一會兒，青毛大狼狗淒厲的汪汪叫聲傳出來了，從木刻楞裏飛快躥出來。在青毛大狼狗的後面追出兩個手握短槍的人，砰砰向青毛大狼狗射擊，還有一個人拎著繩子出了木刻楞喊什麼。魯十七聽不懂這個人喊的話。

魯十七就甩掉肩上的麅子，把弓箭抓手裏，向白樺樹木刻楞摸過去。青毛大狼狗圍著幾棵白樺樹轉圈逃避，躲過了那兩個人的槍擊，卻不逃遠。青毛大狼狗護家，自然回頭汪汪叫著反抗。

兩個握短槍的人中的一個人舉槍又射，潛過去的魯十七見青毛大狼狗被槍射擊，眼珠都紅了，弓箭就射出去了，離得近，弓的勁力足，這一箭射中舉槍那人的側面脖子。那人射向青毛大狼狗的那一槍也就射空了。那人被箭力帶動向前打一個踉蹌，就兩手撲地上跪下了。血從箭刃血槽中射出來，這傢伙可能才想到被襲擊了。但這傢伙吃力地嘶啞地叫一聲，又晃一下，才一頭頂地上向一邊歪倒了。

另一個握短槍的人的後脖子好像被青毛大狼狗咬傷了，這傢伙一手捂著後脖子一手舉槍追著青毛大狼狗射擊。這時見同伴撲倒了，跑過來看到同伴脖子上中了箭，就扭頭向白樺樹木刻楞裏喊了一句魯十七聽不懂的話。魯十七的第二支箭射中了這個人轉向白樺樹木刻楞的腦門，這個人的腦門沒有狼的腦門硬，當然被這支箭鑽了個洞，只見他甩了下手，身體轉一下，軟了腳，摔倒不能活了。

那個拿繩子的人，聽了喊叫掉頭就往木刻楞裏跑。青毛大狼狗突然從白樺樹後面撲出來，瞬間追到那個人的身後，就把四肢收攏腹下，又發力展開，躍起，一撲跳到那個人的背上，隨著那個人向前撲倒的趨勢，歪著腦袋斜下去一口咬住那個人的後脖子，拚命甩腦袋撕咬。那個人慘叫著重重撲倒了，他的後脖子被青毛大狼狗的四顆犬齒切開了，血射出去。那個人的身體抽筋般抽動，也不能活了。

青毛大狼狗知道白樺樹木刻楞裏還有危險的人，就一頭撲進木刻楞。木刻楞裏傳出一個男人的叫喊和一個女人的叫喊聲，男人叫喊的聲音是什麼意思魯十七聽不懂，女人的喊聲是喊救命。

魯十七也就快步衝進白樺樹木刻楞裏，看到青毛大狼狗已經把一個男人咬死在地鋪上了，也把一個用手護住脖子的女人按倒了。魯十七就喊住了青毛大狼狗。青毛大狼狗跳開，仍然死死地盯著驚叫的女人。

魯十七看這個女人，魯十七心裏跳了一下，女人的衣服太破爛，幾乎遮不上身體。女人臉上、身上露肉的地方都有傷痕，也顯得埋裏埋汰的。女人大約三十左右歲，眉目清秀挺好看。

魯十七問：「你們什麼人?還有幾個人?」

女人不驚叫了，卻不說話，坐在地鋪上捂著臉嗚嗚哭。

魯十七怕還有別的男人，叫青毛大狼狗盯著女人，握著弓箭又出去找了一圈，看沒有人了，就把外面的三具屍體拖到白樺林深處的一個小水坑裏。又回來，看女人已經不哭了，坐在地鋪上和青毛大狼狗在對眼。魯十七又把木刻楞裏的那具屍體拖出去也丟進小水坑裏，再回來找了鐵鏟挖土埋上了小水坑。

魯十七再次回來，在白樺樹木刻楞的外面找到那兩把短槍。魯十七的七哥魯七郎收藏槍支，這種短槍也有收藏。魯十七認出這兩把短槍是產於日本國的，叫什麼槍魯十七忘記了，就把兩把短槍別在褲帶上了。

魯十七進了白樺樹木刻楞叫開青毛大狼狗，叫女人起來坐在板鋪上。魯十七又看到木刻楞的一個角落裏放著五個背包。魯十七回想了一下，在木刻楞裏被青毛大狼狗咬死的那個人受傷了，在前胸到腹部纏著白布帶子，而且血跡是透出白布帶子的。在青毛大狼狗撲咬這個人時，白布帶子脫落了，魯十七看過一眼傷口，那傷口是虎或熊的掌爪抓出來的。

魯十七想知道他們是什麼人，就過去翻那五個背包。魯十七雖是少爺也沒見過這種被分成許多個口袋的包。三個大包裹有食物、藥品等雜物。食物挺怪，裝在鐵罐子裏。魯十七知道這是產於外國的罐頭。兩個小點的包裏有許多石片，每片石片上都寫了魯十七不認識的勾巴巴的文字。

魯十七看著這些文字就抓腦袋了。在另一個小一點包裏，魯十七又找到一張手繪在厚厚紙上的地圖和一個皮製外皮的本子，翻著那上面的文字，就更抓腦袋了。在那上面除了一些認識的漢字的偏旁部首，其他符號似的文字魯十七一個也不認識。魯十七就問坐在板鋪上，不再緊張也不再害怕的女人：「你認識這些字嗎？」

女人探頭看一眼，說：「我不認識這些日本字，也不認識咱們中國字。我不識字，連名字都不會寫。」

魯十七愣了愣，問：「這些是日本字？」

女人說：「是啊，我想是啊。有槍的那兩個人是日本人啊。死在這木刻楞裏的和拿繩子的是二鬼子（**指為日本侵略者做事的高麗人**）啊。我是咱這面的高麗人啊。我差不多能聽懂兩個二鬼子說的話。其實他們還有一個日本人，是他們的頭子，那個日本人叫老虎吃了。死在這木刻楞裏的那個二鬼子叫老虎一掌抓傷了。那個二鬼子最壞最壞。」

魯十七說：「原來他們都不是咱們中國人，那他們來長白山裏幹什麼？我還認爲他們是山裏的響馬呢。」

女人看看魯十七，說：「你說的響馬就是山裏的鬍子吧？響馬哪有他們壞。這位大兄弟，你是條漢子，你比我男人強。我男人是個傻麅子，叫死在這木刻楞裏的朝鮮牲口一下就殺了，像殺隻兔子。大兄弟你救了我。」

女人抬手捂上臉，嗚嗚又哭。

魯十七看女人邊哭邊看桌上的幾個窩窩頭，想到可能女人餓了，就出去拖回了麅子，扒了麅子皮，剁了一隻麅子後腿進了白樺樹木刻楞。這時女人不哭了，洗了手臉整順了頭髮，並且用開水把碗、筷子也洗了，還把板鋪上的死人血跡擦去了。女人看魯十七進來，就伸手接了麅子腿，用大鐵刀削下肉，剁成塊放鐵鍋裏煮。在開鍋肉爛時，再熱上那幾個窩窩頭，就坐在桌邊等吃了。

青毛大狼狗和魯十七一直在悄悄看女人，尤其魯十七想知道女人是怎麼遭遇這幾個日本人的，也想知道這幾個日本人進長白山裏來幹什麼？就爲一堆石頭片？這是魯十七不能理解的。但魯十七也知道，現在問也問不出什麼。

魯十七就說：「咱們吃飯吧。青毛都餓了。」

女人說：「我也餓了，我一直都餓。七八天了總算吃上頓人吃的飯了。」

女人又要哭，但扁了幾次嘴，又忍住了……

4

白樺樹林四周的夕陽沈下去了，夜色包圍下來了。白樺樹木刻楞裏也點亮了油燈。

魯十七坐在女人的對面，青毛大狼狗趴在地鋪上，眼睛盯著木刻楞的門。女人面對著桌上的油燈，坐在桌子的一邊。女人低著腦袋，沈默著，悄悄用雙手拉著衣襟，努力遮上了左肩，又露了右臂，再遮上了右臂，又露了左肩。

魯十七看到女人的動作才想起這樣不行，就起身找了一件單短褂遞給女人說：「穿上吧，這裏蚊子太多了。」

女人接了短褂穿身上，神色不那麼尷尬了，垂著腦袋說：「我男人姓車，你叫我車嫂吧，我叫你大兄弟。行嗎？」

魯十七說：「行，車嫂，你叫我老十七吧，木把兄弟都叫我老十七。」

車嫂抬起頭說：「行，老十七，你是個木把？那你怎麼住在這疙瘩，我還認爲你和我男人一樣是個獵戶呢。」

魯十七笑笑，看車嫂低下臉，又一抽一抽地哭了。

車嫂說：「我男人傻，在山裏下套捉鹿整鹿茸和鹿鞭，就碰上這五個人了。那傻麅子傻了巴嘰地犯了傻勁，也不問清楚這五個人是幹什麼的，看有兩個說高麗話的人，就當成朋友了，帶回家叫我整肉整酒給他們吃。到了晚上，我男人叫他們住在外面的地蒼子裏。那個死這木刻楞裏的二鬼子就叫我男人獨個去住地蒼子，又指著我說這女人需要安慰安慰他們這幾個好朋友。一個日本牲口就撲過來抱我。我男人也是個脾氣人，就跳起來動手了，打倒了兩個日本牲口，卻被那個二鬼子從背後下手一刀給捅死了。」

車嫂停了話，垂著腦袋，雙肩一聳一聳地又哭了，又忍了忍，說：「老十七，那一晚啊，我身上剛剛流產了四個月的孩子啊。我說了，我求他們啊。他們五個還一個一個上來糟踏我。好不容易天亮了。三個日本人又一個個糟踏我，在走時對我彎腰說什麼，好像是說殺了你的丈夫安慰了你抱歉什麼的。我認爲他們就走了唄，那兩個二鬼子走了卻又回來了。我還沒爬起來呢，就被他們抓走了。這七天白天被他們拽著在山裏轉，晚上被他們糟踏。想死也死不了，他們吃剩的東西都塞我嘴裏。老十七，慢慢我就不想死了，我想找時機報仇。我真的找到時機了……」

魯十七聽直眼了，也恨得咬牙，就盯著車嫂光聽不說話。

車嫂說：「老十七，我是個獵戶的媳婦，我懂狼有狼道，虎走虎道的狩獵行道。這五個人在山裏瞎跑，盡找儘是石頭的地方，找一個地方就能待一天，敲敲打打地在石頭裏找什麼。對了，那兩個二鬼子閒嘮嗑說那叫採樣，找礦。他們這是第七次來這山裏找那座礦了，再找不到還得回去休整一下再來。兩個人還說下次得想個招不跟日本人來了，在山裏太遭罪。」

車嫂停了話想想，又說：「我想了，他們那五個人就是在咱這山裏找礦，找一個大的金屬礦。兩個二鬼子說的話我差不離都能聽懂，三個日本人說的話就聽不懂了。可是呢？老十七，那三個日本人好像找到了那座大礦。那地方是一個樹少的大山坡，大山坡靠近一條彎彎曲曲的大山溝。破開山坡的草皮就是發綠的石頭層。那天那三個日本人高興地亂蹦亂跳，把手裏的小鐵錘、小刀子都甩飛了，抱一起嗷嗷狼似的叫，還放走了三隻灰毛鴿子。」

魯十七隱隱約約聽明白了。三個日本人帶著兩個朝鮮人來長白山裏找礦，並在連續幾次之後找到了他們要找的礦。但那是什麼礦呢？對日本人有什麼用呢？是金礦？銀礦？煤礦？鐵礦？銅礦？錫礦？這東西日本的島上會沒有？

車嫂見魯十七低著頭想事，就說：「老十七，我真的想到報仇的招了。你聽著啊。在那三個日本人狼似的嗥叫完之後，他們放飛了三隻灰毛鴿子，卻不離開，那領頭的日本人告訴那兩個二鬼子，還需要探出一條方便修路的路線。那路線就是你看的這張圖，是領頭的那個日本人，對著一張大張的圖，邊找路邊畫的。那張大張的圖被一陣山風吹跑了，要不老十七你現在就看見那大張的圖了。那大張的圖的上面就是咱們這座長白山，山山溝溝水水全在那大張的圖上。那日本領頭的叫我看圖告訴我哪是鴨綠江，哪是天池、哪是松花江、哪是圖們江、哪是我住的小南嶺。死這木刻楞裏的那個二鬼子把領頭日本人的話說給我聽，我當時就奇怪，咱這長白山是怎麼跑日本人那大張圖上的？」

魯十七聽到這裏，眼皮跳了跳，看著車嫂聽車嫂又說：「然後就鑽山過林子走啊，找路線畫圖啊。到了昨天早上，我告訴那個死這木刻楞裏的二鬼子，說林子裏有溫泉，我想洗澡。他就告訴了帶頭的日本人，帶頭的日本人高興了叫我帶路。我就帶著他們進了虎道。虎道是老虎愛待的地方，那裏林子密也陰涼，老虎打食睡覺都找那樣的地方。但我也想不到一下子真的遇上了老虎，還是兩隻。兩隻老虎爭山頭要打架呀，那兩隻老虎抱一起就在打架。一隻小一號，少了隻耳朵，牠不行。另一隻是大老虎。可是小一號的老虎像是占山虎，大一號的老虎是搶山虎。小一號的老虎就兇猛，但小一號的老虎還是被大一號的老虎咬跑了。那個日本人的頭，就用槍打大一號的老虎，一槍沒有打死，打大一號的老虎肋上了。老十七，我一見太高興了……」

魯十七看車嫂臉上露出了笑容，車嫂的眼睛雖是單眼皮，但笑起來也真挺好看，也就不好意思盯著看了，就低下了頭。又一下想到小一號的老虎少隻耳朵，那不是虎小弟嗎？就緊張了，問：「那日本人打傷的真是那大一號的老虎？不是打了小一號的老虎？」

車嫂說：「是呀，小一號的老虎撲了幾次打不過大一號的老虎就逃跑，那傢伙逃得可快了。大一號的老虎在小一號的老虎逃跑後才中了槍，大一號的老虎就躲了，牠不是逃了，牠就是躲了。老十七，我高興的是他們打了老虎，他們就糟了。老十七，你可能不知道，如果你打老虎，你又沒能打死老虎，老虎就會找你報仇。老虎不吃不喝也會悄悄跟著你，你一個不小心，老虎就吃了你。」

魯十七說：「真的？」

車嫂說：「真的，這就是我找老虎幫我報仇的原因。昨晚上，老虎終於出現了。那個死這木刻楞裏的二鬼子陪著領頭去撒尿，他先發現了老虎，他躲避時被老虎衝過來掃了一掌。那個領頭的日本人也發現了，叫一聲就逃，他爬樹挺快的，幾下就爬樹上了。大老虎頭一個目標就是他，他被老虎盯上了。老虎一個高跳到樹上的一個大樹杈上，又一躥，用大嘴咬上那領頭的後脖子，跳下樹來，舉著就走了。另外三個哪見過這個？都嚇得嗥叫著爬細細的樹梢上去了。我那時就能逃走了，可我不想逃走，我要看著他們一個一個都被老虎吃了才能解恨。」

車嫂停了停，臉上不甘心的表情出現了，又說：「想想也是可惜，我早點用這招，老虎興許把五個人都吃了，老十七你和大狼狗就不用殺這四個人了。他們是牲口，就應該叫野牲口吃了，咱人殺了牲口是埋汰了手。後來，那四個人叫我帶路一路逃，我就帶他們從那片紅松樹林鑽出來，進了這片白樺樹林裏。另一個二鬼子看到了你住的木刻楞，就逃你家來了。一個日本人叫我生火做飯，他在木刻楞裏到處翻。另外三個倒在板鋪上歇氣。你這條大狼狗就悄悄溜進來，牠悄沒聲地上來就一躥咬上了亂翻東西的日本人的後脖子。我嚇得一叫，另一個日本人手裏總握著短槍，跳起來就打大狼狗，大狼狗就逃出去了。你這條大狼狗真好，咬人不聲不響靠近了突然一張嘴就下口，像古怪的狼似的，逃跑也飛快，還知道跑出幾個拐彎避槍子，像狐狸似的。後來的事老十七你都知道了。」

車嫂沈默了，也不哭了，垂下了頭又說：「老十七，我謝謝你和大狼狗，我的仇一下子全報完了。」

魯十七突然想起一件事，問：「車嫂，你說老虎會找打傷牠的人報仇，那隻老虎會不會跟著這幾個到這裏來？」

車嫂愣一愣，說：「是呢，老虎這會兒就跟著來了吧？老虎一吃人就能上癮，牠就總會想招抓人吃了。可壞了老十七，我光爲報仇把這一層給忘了。」

魯十七說：「那麼也好，我就殺死這隻大老虎，省得牠到處捉吃人。」

車嫂說：「你？你那弓箭哪行？我男人是用火銃的……」

車嫂馬上閉了嘴，小心地抬眼看看魯十七，又說：「老十七，我不是那個意思。我是說……」

魯十七說：「我知道，你男人打獵準是個能手，要不你也不會懂這麼多。你在這木刻楞裏待著，老虎來了也進不來。我還有一個地方可以待。但是車嫂，我不怎麼會說話，比如吧，我要是死了，我就希望我媳婦能活下去，活得好好的。我想車大哥也會像我怎麼想。」

車嫂的嘴扁了扁，又流下了眼淚，說：「放心吧，老十七，我不死。我仇也報了，罪也遭了，我還怕活嗎？我不死。你有地兒住？你沒有地兒住吧？我知道你是好人，我躺地鋪上就行。」

魯十七說：「我有地兒住，放心吧車嫂。好好睡一覺。天亮了，這一切都過去了，咱們人是不怕活著的。」

魯十七說著取了弓箭，開了門出去。青毛大狼狗遲疑了一下，才跟在身後走出門，那神態卻是一副緊緊張張的樣子。

魯十七看著青毛大狼狗想了想，如果大老虎真的跟蹤這四個日本牲口來這裏了，青毛大狼狗跟著可能有危險。而且大老虎要像那隻大黑熊似的爬上木刻楞，也會嚇壞車嫂，想了想就說：「葉子，葉子。」這是叫青毛大狼狗進木刻楞。

車嫂卻愣一下，看著魯十七，下意識地問：「老十七，你是叫我嗎？你怎麼知道我叫葉子？」

魯十七愣了愣，也就笑了，說：「你怎麼也叫葉子？我媳婦叫金葉子，她是朝鮮人。我叫狗喊葉子，是叫狗回家。」

青毛大狼狗卻看著魯十七在遲疑，青毛大狼狗的鼻子告訴牠，有一隻大老虎從大片紅松林裏過來了。虎小弟也沿河岸回來了。青毛大狼狗在魯十七又一聲葉子的命令下進了木刻楞。

魯十七叫車嫂閂了門，就背了弓箭，拿了鐵鐽向白樺樹林裏跑去。

如果這個時候那隻追蹤的大老虎出現襲擊，十個魯十七也沒命了。如果這個時候魯十七和那隻大老虎碰了頭，那麼魯十七也沒命了。

那麼魯十七爲什麼出來呢？是魯十七想到了對付大老虎的招，就是利用四具死屍。魯十七很快挖出一具日本人的屍體，把這具屍體綁在一棵樹上，叫他坐在樹下，再拖出一具屍體，叫這具屍體躺在地上，並在一邊生了堆小火。

魯十七背靠著一棵粗壯的白樺樹，準備好了弓箭，兩手握了，等那隻大老虎送上門。這是只有傻瓜才肯做的事，但偏偏魯十七肯做。

在魯十七想來，他雖有危險，但問題不大。因爲那隻大老虎此時的追蹤目標不是魯十七，而是兩個日本人和兩個二鬼子。如果那隻大老虎真的跟蹤來了，也會首先攻擊坐在樹下的或躺在地上的日本人的死屍。而且魯十七把兩具的死屍放在距離小火堆稍遠的地方。這也是魯十七不能帶上青毛大狼狗的另一個原因。因爲有狗出現在這裏，大老虎如果來了會發現有問題而不敢靠近。

火堆漸漸弱下去了，魯十七又往火堆上加了柴。這時的魯十七不知道虎小弟沿著小南流水河岸過來了，已經走進了白樺樹林，也已經聞到了他的氣味，也聞到了另一隻大老虎的氣味，快跑過來了。也不知道被打傷的那隻大老虎悄悄地盯了那兩具屍體看了好一會兒了。

如果大老虎此時盯上的不是叫牠受傷的那幾個人，而是準備獵食可以吃的人，大老虎可能在魯十七往火堆上加了柴轉身時就會撲上來。這也說明魯十七還沒能真正瞭解東北虎。魯十七雖養東北虎，卻不瞭解生長在長白山裏的東北虎。在猛獸裏，東北虎是最兇猛的獸王，也是孤獨的獨行掠食者中的王者，但東北虎也是最多疑的猛獸。

大老虎悄悄看火堆邊的使牠生出恐懼感的這三個人，三個人待的樣子正常，但也奇怪。大老虎發現有兩個人像是誘惑牠的誘餌，而另一個是有準備的人。大老虎就靜悄悄待著不動，魯十七沒發現牠，更加猜不透大老虎現在盯上的目標產生變化了，是準備獵殺老虎的他了。

大老虎在算計獵獲魯十七的可能。至於那個躺在地上和靠著樹的兩具屍體，那是白送的食物。正因爲是白送，才深深地引起了大老虎的懷疑，大老虎改變目標盯上魯十七就是自然的了。

大老虎就悄悄向魯十七背後的那棵白樺樹後面轉。大老虎潛行向前是不容易被發現的，而且因爲腳墊的作用，就算踩在林間積了厚厚落葉的地上，發出的聲音也是不容易被獵物聽到的。

另外，在猛獸裏，生活在東北大森林裏的東北虎又是偷襲之王，除了狹路相逢，東北虎獵食都是從偷襲開始，往往成功捕獲獵物的可能性才會大。這也許不同於叢林區域、丘陵區域生活的其他亞種的老虎。

（東北虎是世界上最大的虎，同時東北虎也是其他八個虎種的共同祖先。也就是說，中國華南虎、孟加拉虎、印度虎、爪哇虎等八個虎種的共同祖先就是東北虎。東北虎也就是西伯利亞虎。但長白山是東北虎的發祥地，也是東北虎的故鄉。）

大老虎向魯十七潛行得很順利，而且已經到了牠準備助跑、拐彎、過樹、猛撲、撲咬的距離之內了。大老虎就要行動了。

魯十七卻突然甩頭打了個極響的噴嚏，將一隻不要命鑽進鼻孔裏的飛蟲噴了出去。高度集中精神的大老虎被突然的一聲噴嚏嚇了一跳，也一下收住了勢，魯十七這一扭頭，也就和大老虎在黑暗中賊亮又冷森森的目光對上了。

魯十七心裏猛然緊了一下，暗喊一聲，葉子！魯十七抬手在瞬間把弓拉滿射出了箭，這一箭射出，魯十七幾乎同時就往身後的白樺樹上靠。而雙方的距離太近了，大老虎看到了嗖一聲飛來的箭，牠歪了下腦袋，也眨下眼睛，牠的左側眼睛就被這支箭上的鴨嘴形箭刃劃過去割破了，牠的這隻左眼睛也就瞎掉熄滅了。

大老虎急促地咆哮一聲，瞬間就撲了過來。魯十七雖然已經靠上了白樺樹，又圍著白樺樹飛快轉了半個圈，大老虎撲來揮出的那一掌掃過，魯十七剛剛轉開的白樺樹的樹身上就飛落下一大塊樹皮。

魯十七來不及再次搭箭了，也來不及往白樺樹上躥了，好像在此時此刻彼此呼吸相聞的距離和境地之下，幹什麼都來不及了。

大老虎和魯十七之間就隔著一棵一人可以輕鬆合抱那麼粗的白樺樹，魯十七也瞬間想到這一次真他媽完蛋了。但是大老虎卻突然停止獵食魯十七了，大老虎注重的目標突然改變了，閃爍著腦袋上的那隻獨目看向身側，咆哮著轉過身，齜出鋒利的四顆犬齒，盯著在白樺樹林裏悄然奔跑過來、又悄然停下的虎小弟。三道黃乎乎亮亮的目光在互相凝視。

虎小弟似乎奇怪這隻打敗牠兩次的闖入虎怎麼成了獨眼？虎小弟同樣齜出四顆犬齒，咆哮著慢慢往大老虎身前靠，準備給對方撲出一記狠的。

魯十七也就趁機悄悄快速離開了那棵白樺樹，瞄著大老虎準備再用箭獵殺牠。大老虎也慢慢斜向舉步離開了那棵白樺樹，凝視著虎小弟慢慢靠過去。兩隻老虎斜著走圈，像對著走太極步似的，一邊發出短促的咆哮，一邊在靠近又靠近，在靠到一撲而至的距離時，也就幾乎同時咆哮著突然都撲向了對方，像兩根會爆裂咆哮的大樹樁飛奔撞擊在一起，都用兩隻前掌猛烈拍擊對方的腦袋、脖子，又瞬間抱在一起，支起馬架子探出犬齒奔襲對方咽喉，又都能用犬齒咔咔擋開對方攻擊的犬齒，然後分開，再次撲擊起跳掌擊齒咬攻擊對方，又會抱在一起支起馬架子用犬齒奔襲對方的咽喉。

兩隻老虎打架整出的聲音挺大，也挺恐怖，卻不怎麼好看，就算都矮下身體，都抱住對頭的腦袋打滾撲咬拍擊，也像兩隻大號的貓在搏鬥，不如鬥狗好看。

兩隻老虎撲咬幾個回合之後，虎小弟到底體輕力弱，突然被大老虎的兩隻前掌摔了一個踉蹌，本來平衡的馬架子的一邊傾斜了，大老虎獲勝的時機也就到了。虎小弟兩隻前掌落地支撐住踉蹌的身體，矮下兩條後腿準備向側面撲出去躲避，但虎小弟的後脖子已經完全暴露在了大老虎的犬齒之下。大老虎的犬齒奔襲指向了虎小弟的後脖子，虎小弟的後脖子就快被大老虎的犬齒咬上了。如果被大老虎咬上這一口，虎小弟的半個脖子會被大老虎的四顆犬齒切開，肯定活不了了。

虎小弟明明咬不過兩次咬跑牠的這隻大老虎，爲什麼會和大老虎死纏爛打拚死而戰呢？原因很簡單，因爲這隻大老虎攻擊威脅了魯十七，虎小弟才會嗅著大老虎和魯十七的氣味及時趕過來救助魯十七。

魯十七的第二箭也就在虎小弟打踉蹌之前趕巧出手了，真的是趕巧了。而且還是從樹上射下來的。本來魯十七的這一箭是從上而下射向大老虎側胸部位的，但兩隻老虎的馬架子突然傾斜了，目標位置變了，這一箭也偏離了，射中了大老虎左邊後大胯上部屁股的邊緣上了。但好在在關鍵時刻射中了。

大老虎中了這一箭，身體猛然抖了一下，腦袋上抬了一抬，咬向虎小弟後脖子的那一口就咬不下去了，虎小弟也就向側向瞬間衝開一步躲開了。

東北虎是絕對聰明的猛獸，東北虎的聰明和勇猛又絕對是一致的。東北虎和東北虎之間一般不打死纏爛打的仗。一隻東北虎吃了敗仗逃了就逃了，另一隻東北虎追幾步或不追都正常。除非在拚鬥時有一方出現了弱勢，就像剛剛虎小弟那種，另一方才趁勢撲咬對方並致對方於死地。否則，兩隻東北虎碰面或在不可避免之下爭食時，都會比劃幾下，很快就知道彼此誰強誰弱了，也就結束搏鬥了。而當兩隻老虎勢均力敵時，兩隻老虎還有可能達成協定，獵獲食物的那隻東北虎從獵物的屁股吃起，爭食的東北虎從獵物的腦袋吃起，吃到獵物的中間，兩隻東北虎腦袋對腦袋了都還不飽時怎麼辦呢？牠們會一邊咆哮一邊搶吃，而不會再打架。

這隻受傷的大老虎吃了大虧，就想暫時躲避。在虎小弟躲避退後準備再次攻擊時，這隻大老虎已經咆哮著，掉頭逃出了白樺樹林，只是這隻大老虎成了獨眼，在以後的日子裏，想跑直線就費勁了。

虎小弟揚起腦袋盯著受傷的大老虎跑沒影了，並不去追趕。魯十七從樹上滑下來，也不去追趕，因爲他知道，即使追下去也不一定能追上，還有可能被大老虎打個反擊吃掉。

魯十七看到虎小弟的肚皮起起落落，大口呼呼喘粗氣，知道這一架虎小弟打得累極了，可能也餓極了。魯十七就擔心起了兩具日本人的屍體，而且這時也來不及去重新把屍體埋上。如果兩具屍體被虎小弟發現撲上去開吃，魯十七也許沒把握阻止得了。因為此時的虎小弟對於食物的關心和野生虎差不多，虎口奪食，魯十七不一定能辦到。

魯十七就在虎小弟的腦袋拍一掌，大喊：「葉子！」

虎小弟好久沒聽到魯十七喊葉子了。這次猛然聽到，看著魯十七愣一下，才想起這是叫牠快回家，就高興地甩一下腦袋，跳一下，掉頭朝白樺樹木刻楞跑去。

魯十七馬上又想到青毛大狼狗會給虎小弟開木刻楞的門，虎小弟一頭跑進去肯定會嚇壞另一個叫葉子的女人，就加快速度往白樺樹木刻楞跑去。

魯十七快步跑到白樺樹木刻楞門外的時候，青毛大狼狗已經給撲拍門的虎小弟開了門。

另一個葉子，那位躺在板鋪上根本沒敢睡覺也不敢熄滅油燈的車嫂，聽了拍門的震動就抬頭看，看著青毛大狼狗開門的舉動正自奇怪呢，就一眼看到一隻老虎進了門，不禁嚇得失聲驚叫。

車嫂的聲音太過淒厲，嚇得虎小弟打了一個哆嗦，就揚起腦袋愣愣地看著從板鋪上跳起、一頭衝向板鋪角落的車嫂。虎小弟是頭一次見到女人，這女人身上有好幾種奇怪的味道。虎小弟盯著車嫂，慢慢往板鋪邊靠，想跳上去嗅清楚那是什麼味道。

此時，魯十七也跑進白樺樹木刻楞了，在虎小弟的背上拍了一巴掌，說：「你這臭傢伙，別嚇壞了老子我的客人。」

虎小弟就揚高腦袋，盯著車嫂，收縮鼻孔仔細嗅嗅車嫂的氣味，似乎覺得不怎麼喜歡，就掉頭不理會了。

魯十七對車嫂說：「你別怕，這小傢伙叫虎小弟，我養的虎兒子。這臭傢伙在外面有了吃的就不回來，打了敗仗受了傷餓了肚皮，肯定會跑回來。」

魯十七說著給虎小弟驗傷，虎小弟這次和大老虎拚得兇猛，但沒受傷。魯十七就叫虎小弟去吃那隻扒了皮的鼈子。

車嫂從板鋪角落裏往鋪裏面挪挪屁股，說：「我見過牠，牠就是和那隻大老虎打架的那小一號的老虎，牠少了半隻耳朵。」

魯十七說：「對，那就是牠，你剛剛說時我就知道是牠了，才想著幹掉另一隻大老虎。剛剛虎小弟爲救我又和那隻大老虎硬拚了幾個回合，我倆聯手才打敗那隻大老虎。那隻大老虎瞎了隻眼，帶著我的一支箭逃跑了。我的箭刃上有放血的血槽。我明早帶青毛去找找看大老虎死在哪兒了。」

車嫂說：「我聽我男人說過，老虎、熊、豹子這些大的野牲口最怕受傷。牠們一旦受傷，遇上不好的節氣，傷口就會發炎開爛。身上有了傷口的氣味，一靠近獵物，獵物就發現了，就逃跑了。牠們捉不到獵物，就會慢慢病死或是餓死了。像那隻大老虎，受了那麼多傷，現在是秋季，傷口整不好也會發炎，過個二十幾天，你不用去找那隻大老虎，那隻大老虎也就病死了。牠再也吃不了人了，也吃不了你養的這隻老虎了。你就放心吧。」

魯十七不知道有這樣的事，如果是這樣，如果虎小弟受了傷得不到他的救助，也許虎小弟早就死了。但又一想也明白車嫂的意思了，是車嫂怕把她和虎小弟留在木刻楞裏，虎小弟對她心存不軌傷害她。

魯十七就說：「沒事，明天我不在，你待在這裏不用怕。這傢伙吃飽了說不定一會兒就悄悄跑沒影了。」

魯十七說完又想，看來這個也叫葉子的女人明天還不會走，也許她也沒地方去了。這要無限期待下去可就有些麻煩了。

這個時候夜已經很深了，再過一個時辰天就要亮了。魯十七想出去在外面待到天亮，車嫂說什麼也不肯。魯十七若再堅持就顯得不是男人了。在老東北，剛認識的兩家人睡一個炕上的多得是，不是埋汰人也不會做埋汰事。

於是魯十七就在板鋪的另一邊合衣睡了。青毛大狼狗在自己的地鋪上睡了。虎小弟吃飽了麅子的肉，也精神了。牠在木刻楞裏瞪著燈籠似的眼睛悄悄轉圈，好像想重新熟悉這座白樺樹木刻楞，今晚牠也不打算走了。

車嫂，這個也叫葉子的高麗女人，聽著魯十七睡著了，也聽著青毛大狼狗睡著了，也悄悄瞄著在木刻楞裏無聲無息移動的虎小弟，她卻努力堅持不敢睡覺，也想著不能睡，這有可能吃人的老虎。但車嫂遭遇大難，連日驚恐不安，早已心疲力竭。現在一下子報了仇，心勁也就鬆了，也就盡顯疲憊了。雖有老虎在旁，雖想堅持，也終於沈沈地睡過去了。而且還偷偷打了呼，卻不知道虎小弟在她睡著後，悄悄跳上了板鋪，悄悄低頭舔了舔她的頭髮。

如果這時車嫂睜開眼睛看到近在眼前的虎小弟的大嘴巴，車嫂會怎麼樣呢？虎小弟又會進一步怎麼樣呢？好在車嫂突然發出了一聲大起來的鼾聲，虎小弟受驚似的舉起了腦袋，定睛看了看，才縮回身子，跳下了板鋪，臥在大地鋪上，張開大嘴舉向天打了個大大的哈欠。

虎小弟哈欠打完，垂下腦袋，像人那樣側身躺著，像人伸懶腰那樣盡力伸伸兩隻前掌，才晃下腦袋躺好睡了。

那時，白樺樹木刻楞在晨曦中露出輪廓了，外面的天已經透亮了……

第九章 百里追踪

五隻大尾巴紅豺中的那隻大尾巴老紅豺是老母豺，牠離九蘭最近，也是跟在九蘭身後想突然下口的。這時母紅豺離九蘭還是最近，而且牠年老了，也像老年人一樣有見識，母紅豺發覺九蘭手裏的不是槍。於是母紅豺退幾步就不退了，叫了一聲。那兩隻大紅豺是公豺，這兩隻大公紅豺就向九蘭身後繞。那兩隻小紅豺也向九蘭的左右兩邊圍上來……

《狼狗》

1

車嫂睡醒了，睜開眼睛打了個哈欠，看著木刻楞的屋頂定了下神，才想起什麼似的，飛快地扭臉向板鋪的另一邊看看，另一邊的板鋪上已經空了，連被子都疊起來了。

車嫂從板鋪上坐起來，扭頭往地鋪上看，青毛大狼狗和虎小弟也不在木刻楞裏了。車嫂想老十七可能帶著一條狗、一隻虎，去追蹤受傷大老虎去了。

車嫂坐在板鋪上發了一陣兒呆，想想死在日本牲口和朝鮮牲口手裏的男人，又想想自己的命運，就黯然神傷了。心酸上來悄悄哭了一會兒，就收了淚，下了板鋪，也不吃飯，在白樺樹木刻楞裏，從地上的地鋪到板鋪再到四周都收拾乾淨了。又把魯十七的被子、褥子拆了，把被子面、褥子面、髒衣服一划拉，放一隻打水用的大木桶裏，又找了魯十七平時洗衣服用的一根木棒棰放大木桶裏，雙手抱了，搬到小南流水河邊泡在水裏。然後她脫了鞋放一邊，挽起褲腿下到河裏，蹲在一塊露出水面的大青石邊開始洗衣服。

車嫂用木棒棰砸著青石板上的衣服，衣服裏的水一股股地四下射。車嫂發覺這些衣服、被子面、褥子面都挺乾淨。心想，興許老十七的叫金葉子的女人老來給老十七收拾，要不一個男人沒可能這麼乾淨。

車嫂低頭看著映在河水裏的臉，車嫂的臉挺漂亮的。車嫂卻在幻想另一個叫金葉子的臉。老十七的金葉子長什麼樣？這樣想得想出了神，一條褲子順水漂浮著，向下游漂去了。等車嫂發覺，那條褲子已經漂出挺遠了。

車嫂站起來，向四下看看，又想，這裏是深山老林，十年八年也不一定能來個人，就算老十七回來看到也不怕。那是恩人，不用說看，要我的身子我也給。只怕老十七不肯要。

車嫂就脫了衣服，光了屁股，往河水裏走幾步，往河水裏一趴，雙臂掄圓，一路高麗把式（高麗人善長的游泳姿勢，像現在的自由泳）就追上那條褲子，抓在左手裏，又一路高麗把式游回來，把褲子甩進大木桶裏，又一路高麗把式游去了河心。這段河的水不算深，車嫂在水裏站直了能露出眼睛。這不行，洗身子水太深，就站水裏揚起頭往回走走，直到露出了上半身，才開始洗身子。

高麗人愛乾淨，喜歡水。據說高麗人家的小孩出生時用冷水洗頭一次澡，所以高麗人才抗凍。他們高麗女人在冬天的河裏砸開冰窟窿洗衣服手也凍不壞。

車嫂洗高興了，在河裏一會兒一路高麗把式在水面上游，一會兒白白的屁股在水面上蹺出來，接著雙腿、雙腳蹺出水面，她人就像美人魚似的鑽向水底了，潛游一會兒，再游向水面。可是，車嫂感覺不對勁了。河裏游來了東西，已經游到後背了。車嫂在水裏游個轉身，一眼看過去，就嚇得驚叫一聲，用力蹬腳往後仰游。

原來是虎小弟挺著大腦袋瞄著車嫂游過來了，見車嫂游泳逃跑，虎小弟就追。車嫂游不過虎小弟，看著虎小弟從身邊游過去，又轉身游過來，並不是要傷害她，車嫂想，原來老虎在和我玩兒。

車嫂說：「你叫虎小弟，我叫車葉子，是車軲轆菜的葉子。車軲轆菜是好藥材，叫車前子。我是好女人，你不能吃我。」

虎小弟的一雙吊睛虎目卻緊緊盯著車葉子濕漉漉的臉，越靠越近了，似乎想咬一口，也想舔舔車葉子的臉。車葉子往後游著退，聲音都顫了，說：「你、你的人爸爸呢？我、我喊你人爸爸來揍你了。你是隻壞老虎，你嚇我，我要喊了。」

也許虎小弟覺得車葉子不好玩兒，就在車葉子身邊游過去，去追一條衝上水面又游跑了的大黑魚了。車葉子急忙忙游上岸，把濕衣服胡亂穿身上，把鞋蹬腳上，瞄著河裏的虎小弟快速收了那些衣服、褥子、被子，抱了大木桶往白樺樹木刻楞裏跑。跑到白樺樹木刻楞門口回頭再看看，見虎小弟在河對岸上了岸，抖抖身上的水珠，順河岸往下游走。

車葉子的目光追過去，看到在虎小弟前面挺遠的河岸邊上有個活動的黑東西，正從河水裏往河岸上爬。車葉子往前跑幾步，才看清了，也認出來，黑東西是隻大黑熊。

車葉子又看到虎小弟在河岸上停下來，揚起腦袋看大黑熊，看了一會兒，虎小弟向河岸邊的灌木叢裏去了。

車葉子是獵戶家的女兒，又是獵戶的媳婦，懂些猛獸的習慣。車葉子知道虎小弟是想從灌木叢悄悄潛過去突然襲擊大黑熊，就替虎小弟擔心了。因爲虎小弟距離車葉子近，大黑熊距離車葉子遠。但車葉子看上去，距離遠的大黑熊比距離近的虎小弟還要大一號。

車葉子當然不知道，這隻大黑熊就是和虎小弟拚過一架的那隻打算偷糧食吃的大黑熊。現在大黑熊經過七八個月的獵食，體重已經超過了七百斤重。在進入冬眠前的獵食中，大黑熊慢慢記起了白樺樹木刻楞裏有牠還沒吃到的食物，就又轉回來了。如果大黑熊不是被河裏的魚吸引了，可能在今早上牠就過來扒白樺樹木刻楞了。牠要那樣幹了，車葉子就不能活著洗衣服游泳了。因爲魯十七走時沒叫醒車葉子在木刻楞裏面閂門。

車葉子看著虎小弟潛進灌木叢向大黑熊潛過去了，就著急了，四下看找不到魯十七，也看不到青毛大狼狗。

車葉子還不知道虎小弟在魯十七清晨起來，開了門時就跑出門悄悄走了。在魯十七看來，虎小弟這一走又得七八十幾天才有可能回來，才輕輕關了白樺樹木刻楞的門，才帶上青毛大狼狗走的。想不到虎小弟只在外面打了個轉就回來了，並看到車葉子在河水裏洗澡，虎小弟動了游泳的興趣，才下水的。虎小弟也不可能知道魯十七帶上青毛大狼狗到底幹什麼去了。

車葉子往河邊跑，還手舞足蹈對著大黑熊喊叫，想驚走大黑熊，虎小弟就不會去冒險襲擊大黑熊了。車葉子擔心虎小弟襲擊大黑熊不成，一不小心被大黑熊的大巴掌拍死。

車葉子喊了幾聲，自己就笑了，大黑熊根本沒反應。車葉子又想，自己爲什麼關心虎小弟呢？這一想車葉子的臉頰一下又紅又燙了。車葉子又想，那是不可能的，自己是個被日本牲口糟踏過的寡婦了。老十七他也有個葉子。那是不可能的。這樣的想法在這個時候也不應該有。

車葉子雙手捂上臉頰，遠遠地看。虎小弟果然從河邊灌木叢裏潛到了距離大黑熊十丈左右遠的背後，正待飛奔而去，發出雷霆般的撲咬時，大黑熊突然轉過了身，一眼就看到了距離十丈遠的虎小弟。虎小弟就收了欲撲衝的勢，還企圖在灌木叢裏矮身隱藏，但大黑熊已經咆哮了，虎小弟知道牠失去了突然攻擊的機會，也就從灌木叢裏鑽出來了。

大凡熊虎大戰，失敗的一方都是熊。因爲東北黑熊長到七百斤重的比較少，就算長到了七百斤以上，氣力大過了老虎，但由於熊的習慣和習性等等的原因熊也不是老虎的對手。爲什麼呢？因爲老虎總是偷襲對手，老虎一旦從背後、從側面襲擊得手，老虎一口就能咬開熊的脖子而重創熊。

如果老虎和熊正面交手，就算熊比老虎小一些，老虎也不容易得手，同時也有可能選擇放棄交手。沒把握獵熊，老虎也不幹，如果整不好受了傷發了炎症，老虎也就慢慢完蛋了。況且面對如此大的一隻大黑熊，別說虎小弟了，就算同樣體重七百斤重的老虎輕易地也不幹。因爲虎靠偷襲撲咬，偷襲撲咬之後才是掌擊追撲，占盡主動。

熊雖然獵食獵物也懂偷襲，但熊靠巴掌、靠屁股。熊在和大型猛獸搏鬥時靠巴掌，習慣打防守反擊。如果是人或中小型的猛獸，熊就用咬的了，撲上去一口咬上，甩幾下，就把獵物咬死或摔暈了，或者一划拉抓過來，用屁股坐死。大個頭熊的巴掌拍掃的力量不但能抓開樹皮，也能拍碎牛的胯骨。熊的這種力量和老虎的前掌拍擊之力差不多。假如老虎一撲之下不能把熊撲倒、不能咬上熊的咽喉或脖子重創熊，熊的兩隻巴掌拍掃下去，也能重創老虎。再有就是猛獸間是存在妥協的，不是領地之爭，不是爭食就不會發生生死之戰。但這一切的前提也在於彼此的力量是否平衡，弱小的一方是沒有妥協的可能和條件的，只有見機放棄或趁機逃避。

現在虎小弟和大黑熊之間就是這樣，虎小弟是隻剛剛進入成年期的虎，還不具備使一隻成年大公熊真正懼怕的強勢，又偷襲不成，就由強勢變爲等勢。大黑熊因爲太大，本來就是強勢，但因爲是面對牠習慣性懼怕的老虎，習慣打防守反擊的大黑熊也會由強勢變爲等勢或者弱勢。而且在熊和虎的對峙中，熊總會因心理壓力太大而失誤，送給老虎主動攻擊獲勝的機會，也會因爲對峙過久失去耐心主動攻擊老虎而失誤進而失敗。因爲決定權不屬於熊，而屬於虎，這不僅僅是猛獸性格的安排，也是物種不同的安排。因爲東北虎畢竟是森林中的王者。

虎小弟齜出四顆犬齒，弓背探腦，緩緩靠近，圍著大黑熊轉圈，在找瞬間出擊的機會。大黑熊把腦袋垂向地面，不給虎小弟撲進來咬咽喉的機會，甩著腦袋齜出犬齒咆哮，口水不斷從嘴角伸縮彈跳著落下來。大黑熊盯著虎小弟也慢慢挪動，繃住勁，準備打反擊。這是決定生死的戰鬥，但決定權在虎小弟的那邊。如果大黑熊表示出了弱勢，失去了耐心而出錯，虎小弟就會是勝利者，虎熊之戰通常都是這樣。這次的不同在於大黑熊是一隻有能力和任何老虎搏鬥的熊。

車葉子遠遠看，緊張地咬痛了放到嘴裏的手指。

大黑熊和虎小弟在對峙之下，心理壓力隨著時間的推移而慢慢增大，表示出了過於緊張的態度，因爲虎小弟也已不是和大黑熊頭一次交手時那樣了。在山林之中，就成年虎和成年熊而言，總是虎在找熊的麻煩，從沒有成年熊主動找成年虎的麻煩。這也是虎小弟瞄著大黑熊準備襲擊的原因，因爲熊在老虎的眼睛裏是塊肉。

大黑熊終於忍不住越來越大的壓力出擊了。大黑熊的左掌掃擊一下地面，右掌掃擊一下地面，地上被牠的巴掌掃到的石塊、土塊、雜草亂飛。大黑熊咆哮著向虎小弟慢慢靠近，靠近，如果大黑熊再一躥一撲，一甩腦袋，身子起立，大黑熊的巴掌就會向虎小弟拍下來。只要拍中這一巴掌，虎小弟身上中巴掌的地方就會皮開肉爛。而虎小弟反擊的機會也在大黑熊的一雙前掌離開地面的那一瞬間，這是正面攻擊熊的機會，如果在大黑熊前掌離地，身子起立時，起雙掌矮身撲進熊的懷裏，就會撲翻大黑熊，幾乎同時用犬齒切割大黑熊的咽喉，虎小弟就是勝利者。

但是虎小弟面對難得的這次時機時卻向一邊跳開，側著身體側轉腦袋看大黑熊，也不咆哮了，表示牠要走了。也許虎小弟沒有把握正面對付大黑熊，大黑熊的體重超過牠二百多斤，沒把握就撤也不錯。但也許虎小弟還有後招。

這就把難受送給大黑熊了。全神貫注，準備全力一擊的大黑熊突然失去了發力之處，就像一張拉滿的硬弓沒了目標，也像一隻快被氣撐爆的皮球突然被放了氣。

大黑熊懊惱地認爲老虎不打了，要走了。老虎不打就不打了，熊是沒有辦法的。大黑熊的一雙掌就鬆了勁，落下來按實了地。虎小弟放棄上一次機會，就爲等這個機會，虎小弟瞬間就發出了雷霆一撲，撲上去，一雙前掌撲在大黑熊的側肩上就撲得大黑熊甩屁股側身倒下。老虎的一撲一咬的力量和速度，是沒有動物可以比擬的。這種力量的比較，在老虎之後才能排上獅子。

然而，大黑熊畢竟龐大，也力大無比，反擊也快，在虎小弟一雙前掌撲上側肩時，牠甩出了一巴掌，雖沒有直接拍中虎小弟，卻也使虎小弟打個踉蹌，下口歪了，沒咬上大黑熊側面脖子，卻在大黑熊的肩部撕裂開個大口子。

大黑熊吃了虧，怒火一下子衝上腦門，咆哮著反擊。大黑熊向前飛快地躥一下，甩開虎小弟，在快速轉身的同時，另一隻巴掌向後拍出來。虎小弟腦袋和四肢矮下去，大黑熊向後拍的一巴掌拍空了，更是怒不可遏了，大黑熊也已轉過身面對虎小弟了。大黑熊血紅的眼睛盯著虎小弟，腦袋低垂，甩著腦袋探出嘴巴用嘴巴撲咬上來。虎小弟揮動兩隻前掌撲打幾下，四肢後退，再向一側跳去，和大黑熊脫開距離，側頭看看大黑熊，虎小弟就走了。這次是真的走了。

大黑熊這一次吃了大虧，在後面追咬幾步，見虎小弟快跑隱入灌木叢了，大黑熊不追了，怒火沒處發洩，咆哮著舞動兩隻巴掌乒乓地揮舞，把地上的石塊、雜草打得四下亂飛……

車葉子一下子不緊張了，懂得點猛獸習性的車葉子知道，如果下一次虎小弟面對大黑熊，大黑熊就會變成虎小弟的一塊肉了。

這是熊的宿命，因爲不論長了多少斤肉的熊，牠終究還是熊。不論體重多麼輕的東北虎，牠終究是虎。是虎就是王者，孤獨、霸氣、聰明、多疑、兇猛等等特質，東北虎無不具備。

車葉子最終看著大黑熊向森林裏爬去了。車葉子還想了一下，這隻大黑熊能長這麼大個頭多不容易，牠以後最好不要再碰上老虎，不要再和老虎打架。但車葉子也知道，受傷的這隻大黑熊，現在在牠前闖的路上，不論碰上什麼動物，都是牠衝上去揍的動物，當然更包括害牠受傷的老虎。

因爲大黑熊受傷了，牠那要命的熊脾氣也就暴發了，在傷好或死去之前，牠寧可不吃不喝也是要找猛獸打架的……

2

車葉子把洗的衣服、被子、褥子，晾在兩棵白樺樹之間的繩子上。又進了白樺樹木刻楞舉著兩個窩窩頭出來，邊晃著腦袋咬窩窩頭吃，邊對著太陽轉圈。車葉子是在晾乾身上穿的濕衣服。

過了午時，車葉子身上的濕衣服曬乾了，就在白樺樹木刻楞門外的木凳上坐下，等著夕陽落下來，也等著魯十七回來。看著夕陽落下來了，車葉子又吃了兩個窩窩頭，又坐在門外等。看著月亮升上樹稍了，車葉子才去收了晾曬的衣服、被子、褥子放白樺樹木刻楞裏，再出來坐門口等。看著星星亮在夜空上了，天完全黑了。車葉子打個哈欠，站起來進了白樺樹木刻楞，關了門，沒點燈，爬板鋪上睡了。

天亮了，車葉子睡醒了，起來出去方便了，回來自己做了苞米麵粥喝，又在木刻楞裏找出魯十七的老羊皮襖、棉衣、棉褲拿出去晾外邊。回來找了針線盤腿坐在板鋪上，縫被日本牲口撕破的衣服和褲子。縫好了捧著衣服看看發了陣兒呆，歎口氣，又縫被子。縫好了被子看看挺滿意，還想了一下，另一個葉子看到我這個葉子給老十七縫的被子會怎麼想呢？這樣想著才縫褥子。縫好了褥子，又出去用木棒敲打晾的老羊皮襖和棉衣棉褲，拽起棉褲的一條褲腿，扒襠部嗅嗅氣味。這是車葉子在家時的老習慣。車葉子的臉頰悄然紅了，就聽到一個破鑼嗓子的男人突然發出的笑聲了。

車葉子嚇一跳，回身看去，看見一個埋裏埋汰的老頭，肩上挑根棒子，棒子上懸個破爛的行頭卷，正看著她咧開大嘴笑。

車葉子順手抄起一根三尺多長粗壯的柴瓣子，在手裏握緊了，大聲問：「你是誰？從哪兒來？你找誰？」

老頭說：「我從六道溝來，我是老十七的師父。我叫老棒子。」

老棒子不停嘴，繼續說：「這真是養老下葬的好地方。老十七這小子真有眼力。人家深宅大院金屋藏美嬌嬌，這他媽老十七深山木屋藏老娘們。喂！你拎根柴瓣子壯下膽子還行？那玩意兒揍人沒用，敲不死我這樣的。我又不是外人還能吃了你？你有三十五六七八歲了吧？看上去不太像。你面上年輕像三十一二歲，使勁親一口還能親出水來。我不行，我他媽今年才剛剛五十三歲，面上太他媽老氣，看上去就像八十三歲了。你個老娘們知道我爲什麼叫老棒子嗎？」

車葉子聽老棒子說了半天了才問一句，就紅了臉問：「那你個老傢伙爲什麼叫老棒子？」

老棒子嘿嘿一笑說：「老棒子這三個字可有說道，我告訴你啊老娘們，這一是說我是木把裏的木把，把頭裏的把頭，是個大把頭。這二是說我褲襠裏的棒棰厲害，沒有幹不趴下的女人，騷透了的老窯姐也幹不過我。不過嗎，老十七的那根棒棰也挺厲害，只是這小子光留著撒尿了，不正用。」

車葉子聽了生氣了，紅頰更紅了，說：「你吹牛又瞎說，你這樣的只能做著夢去找女人。再說老十七有媳婦，你怎麼知道老十七不正用他的棒棰？」

老棒子嘿嘿一笑，說：「我才不吹牛呢，但沒錯，正因爲老十七有媳婦，還是小小臉的好看的媳婦，老十七才不正用他那根棒棰。老十七的故事太拐彎，拐老鼻子大個彎了。不能跟你說，你又沒見過老十七的媳婦，老十七也不可能靠過你。」

老棒子說著往白樺樹木刻楞裏走，嘴裏還不停地喊：「老十七，老十七，想我了吧？我也想你了，就按那畫的路線找來了。你小子畫得不對頭，我多拐了好幾個彎，多爬了幾道嶺才轉到白樺樹林裏……」

說著老棒子就走進白樺樹木刻楞了，木刻楞裏沒有魯十七。老棒子卻不理會，把木棒上挑的破行頭卷往板鋪上一甩，砰的一聲，行頭卷砸板鋪上，還飄起了灰塵。老棒子再把棒子立在門邊，就瞄著桌上木盆裏的窩窩頭走過去，兩手齊下，一手抓起一個窩窩頭，先咬一口左手裏的窩窩頭，再咬一口右手裏的窩窩頭。又一掉頭看到車葉子拎著柴瓣子在木刻楞門口歪頭看他。

老棒子說：「這是老十七蒸的窩窩頭，麵和得太硬，得晃著腦袋使勁咬才能咬下一塊來，吃嘴裏像嚼石頭，使點勁丟出去就能打死隻狼。」

車葉子一下子就笑了，丟下了手裏的柴瓣子，信了老棒子是魯十七的師父。魯十七蒸的窩窩頭就像老棒子說的那樣。

車葉子看老棒子一口氣晃著腦袋咬碎吃了四個窩窩頭，又喝了兩大碗苞米麵粥，在板鋪上坐下，吸起煙鍋了，才往白樺樹木刻楞裏抱晾的東西。又出去看看夕陽下來了，天快黑了，魯十七還沒回來，車葉子就發愁了。

老棒子出來了，問：「老十七去哪兒了？」

車葉子說：「不知道，走兩天了。」

老棒子說：「把你一個好看的老娘們丟木刻楞裏兩天，他真捨得？這小子真叫人懷疑他的棒槌有毛病。真是白瞎了。今晚老十七要是不回來，我老棒子就靠你，我老棒子比小夥子會疼女人。」

車葉子的眉眼立起來了，說：「你敢，我割了你的臭棒槌餵狼，叫你以後再也欺負不了女人。」

老棒子嘿嘿笑笑就進木刻楞裏了。

車葉子真的發愁了。在門外坐到天完全黑了，魯十七也沒回來，又不敢睡在外面，就進了白樺樹木刻楞，看見老棒子已經在昨晚青毛大狼狗躺的地鋪上鋪了破行頭躺下了。

車葉子不由想，越這樣這老傢伙心裏越有鬼，就悄悄摸了大鐵菜刀放在枕頭底下，才躺下。可是還睡不著，也聽不到老棒子打鼾，想抬頭看看老棒子睡沒睡著，卻聽老棒子說：「熄了油燈吧，點燈我睡不著。你放心，木把什麼都幹，就是不偷不搶不騙更不欺負女人。你是好女人，你放心睡吧。」

車葉子不吱聲，也不敢熄燈。

老棒子又說：「要不這樣，你熄了燈，你數數，數十個數我不打鼾我就輸了，我就出去睡在外面野地裏。」

車葉子馬上就翹起身子吹滅了油燈，又躺下，扳著手指數數，還沒扳完十根手指，沒數上十個數，老棒子的鼾聲就響起來了。車葉子想，老傢伙挺漢子的，看起來人也不算壞……

一連又過了十二天，魯十七還沒回來，虎小弟也沒回來。車葉子和老棒子一間木刻楞板鋪、地鋪睡十二天了。

這十二天老棒子特有精神，頓頓飯都搶著做，什麼鹹魚、鹹肉都翻出來變著法地做給車葉子吃，也把自己的衣服、身子收拾得像個五十三歲的男人樣了。雖然說話還是那麼粗糙，但一點點打動了車葉子。

車葉子就講了她的遭遇，把老棒子聽哭了。老棒子這一哭，車葉子也哭了。兩個人好像哭反了，但哭一堆去了。

老棒子首先收了淚，又說了幾句暖人心的話安慰了車葉子。吃完晚飯後，他看著坐對面燈影裏縫鞋子的車葉子的側臉，半張著嘴發了半天愣，又抬手抹去流出嘴丫子的口水，突然說：「真想不到啊，真他媽的想不到。怎麼就想不到呢？」

車葉子好奇了，抬眼看一眼老棒子，問：「想不到見了我？還是什麼？」

老棒子說：「也是也不是，我是想不到見到了你，但我更是想不到我他媽的會看錯了老十七。」

車葉子揮起鞋底拍了老棒子的腦袋一下，說：「老十七是我的恩人，你說老十七不好，我一刀割了你的臭棒棰。」

老棒子說：「你聽哪兒去了？我不是說老十七不好，那小子太好了。是我眼力不夠看錯了那小子。我原以爲老十七就是個腦筋轉得快點的軟腳漢子，他媳婦丟了就算丟了，他找都不敢找啊，沒想到老十七殺人都不眨眼。還是和六爺看得準，和六爺總說老十七邪性。我都當和六爺胡說八道，現在我可算信了。大奶奶的那個麻煩事，只能老十七去頂了。難怪和六爺那麼在意老十七。這人看人的眼力真他媽的不能比。我老棒子白活了。」

車葉子聽不大明白，老棒子卻不說了。

車葉子縫好了鞋子，穿腳上走幾步試試，歎口氣，又收拾了桌子。覺得睏了，爬上了板鋪，看老棒子坐在地鋪的行頭上吸煙，還不能脫衣服睡覺，但還是躺下了，拉過被子蓋身上。

老棒子熄滅了煙袋鍋，說：「地鋪有些潮，我老棒子睡久了腰痛，我的棒棰就不好使了，你下半輩子就靠不上我的寶貝棒棰了。」

車葉子知道老棒子又說騷情話勾引她，也不吱聲，翻身起來吹了油燈，說：「我還數十個數，你不打鼾就輸了，你就出去野地裏睡去。」

老棒子說：「也行，真行。但我想了，我要有了你這樣的大媳婦，我下半輩子就行了，美得我走平地都能摔八個大跟斗。」

車葉子還是不吱聲，腦海裏閃過丈夫的臉，眼淚就從眼角流了下來。又悄悄擦去了，又想了下魯十七，發了陣兒呆，知道那不可能，就說：「你上來吧，明天咱倆去收拾我男人的屍骨。我早就想去收拾了，可我一個人去不了。」

老棒子翻身起來，麻溜地爬上板鋪，笑嘻嘻地鑽進車葉子被窩裏說：「今天你跟了我，明天我跟你去厚葬你男人，我和你男人成親戚了，是一眼兄弟了。」

車葉子聽懂了，歪著臉，無聲地哭了。

老棒子說：「你真好，大媳婦，你身上像緞子，滑滑的。我下輩子就爲你活了，咱倆使勁生幾個孩子，就美死我了。我不想我女兒了。我女兒那不真實，你才是真實的，我好好待你，你就別不高興了。」

車葉子說：「你錯了，臭老棒子，我有過三個孩子，都不到月份就生，生出來就是死孩子。就有一個，生下來活了半個時辰就也死了。我不知道能不能給你生出活的孩子，你不想要我了也行，你卷鋪蓋抬屁股走了，我也就知道了。」

老棒子愣了愣，抬腦袋看眼皮底下的車葉子的臉，就翹起嘴巴低下去親一下車葉子的嘴巴，說：「你是坐月子時病了，你那肚子掛不住孩子了，我媽也像你這樣，要不我的兄弟姐妹能有十幾個。這病不怪你，怪你男人，你懷了孩子你男人也老靠你吧？那樣不行，孩子就是那樣被你男人靠掉的。這也像我爸，所以我知道。這病高明的郎中能治，有大洋就能治。告訴你吧，我老棒子這十幾年大把頭幹下來，又沒怎麼花大洋也沒怎麼靠女人。幹山場子活掙的四千三百多塊大洋埋我女兒家老榆樹下了，我來之前幫我女兒挖出來留給我女兒了。幹水場子活掙了兩萬三千多塊大洋，差不多都省下來存起來了。我記著數哪，那數好記，以前是一萬八千一百一十一塊大洋，我裝十八個罈子裏埋南海大東溝高麗屯我老窩裏了，那是座挺好的挺大的石頭房子。這一次我放排去南海，又埋老窩裏了二千塊大洋，咱的大洋是兩萬一百一十一塊了。我本來想見了老十七告訴他的，現在不用告訴老十七了。咱幫大奶奶辦完了事，不管順不順利，咱和老十七一塊回南海過日子去。就用一千塊大洋治你的病，咱倆生一個兒子就行了。大媳婦，下半輩子你什麼也不用幹了，咱的大洋夠用了，你就吃好喝好養得白白胖胖叫我使勁靠著樂就行了。你瞧我老棒子對你好吧。」

車葉子咬著嘴唇閉著眼睛聽著，不知道應該高興還是不高興，但過了不一會兒，車葉子的高興就來了，車葉子忍不住了，用鼻子嘴巴哼哼，享受老棒子給她的高潮了，開始不自主地開心叫炕了。

老棒子終於貼著車葉子躺好了，把車葉子抱緊了。車葉子心想，老棒子真是叫對了字號，他是真厲害不是假厲害。

車葉子有個疑問，就問玩她奶子的老棒子：「喂，你說，你爲什麼說咱倆和老十七一塊兒過日子？」

老棒子說：「這事啊，也沒什麼。我打算叫老十七給我養老送終。但現在呀，我有了你，心勁也就有了。我不爲認我女兒的事鬧心了，下半靠子也不用見我女兒了，也就不想著早死了。咱倆都好好活，要生了兒子，也就有兒子養老送終了，也不用麻煩老十七了。好吧？」

車葉子嗯了一聲，表示知道了……

次日，老棒子和車葉子起來。車葉子蒸了許多苞米麵窩窩頭和鹹魚，準備路上吃。老棒子在白樺樹木刻楞裏找了些辦喪事能用上的東西捆成個大包，用帶來的那根木棒挑了挑試試，說：「大媳婦，你看著，我挑這玩意兒一口氣挑到天黑不歇氣，我歇氣你就割我棒槌。」

車葉子說：「你就使勁吹吧。不管你怎麼吹我也不割你的寶貝棒槌。那是我下半輩子活著的靠。」

老棒子說：「這回說點上了，是我大媳婦說的話了。過了午時了，咱走，我那一眼兄弟這麼多天沒人收拾，秋老虎的節氣太熱，可能都爛成臭泥了。」

車葉子臉上閃過一絲悲傷，說：「他太實在，才遭了橫禍。我告訴你老棒子，你再說一眼兄弟，我真割了你的臭棒槌。」

老棒子說：「那不就是一眼兄弟嗎？不叫一眼兄弟叫什麼？叫一井兄弟？啊，對了，叫前輩。對頭，就應該叫前輩。咱走，老十七回來就知道咱倆走了，我在桌上撒了層苞米麵，在苞米麵上給他畫了畫，老十七一看就明白。」

老棒子和車葉子挑了東西剛走出白樺樹林，就聽身後汪一聲，青毛大狼狗追過來，一口咬住老棒子的挑子，往回拽。

老棒子一邊和青毛大狼狗拔河叫勁，一邊說：「怎麼？老十七回來了？這狗東西不讓咱倆走了。」

老棒子見青毛大狼狗咬著大包不鬆口，怕拽散了挑子，就放下挑子。回頭找魯十七，就看到魯十七跑過來了，老棒子對車葉子說：「咱倆先回去，我和老十七說了重要的事再走。」

老棒子再伸手去抓挑子，青毛大狼狗不幹了，像不認識老棒子，衝著老棒子汪汪直叫，就要下口咬了。

車葉子說：「這狗認識家裏的東西，牠不讓你拿走。」

老棒子罵一聲：「老子以後不餵你肉吃了。狗眼看人低的狗東西，你知道個屁，這糧食麵粉都是我存的。」

青毛大狼狗不管東西從前是誰的，由牠大老遠背回來的就是牠的，別人就不能動，就盯著老棒子不讓動。

魯十七跑過來，看看紅了臉頰低下臉的車葉子，看看得意洋洋的老棒子，似乎明白了，就笑了。

老棒子卻搶著說：「老十七，她是我大媳婦了，也是你親師娘了。昨晚才是的。我老棒子找女人最費勁的就是這次了，我才知道找媳婦不是找破靠，還真他媽的不容易。這不，我和她正要去把我那前輩一眼兄弟埋了。要不你也去，我還有事和你說，咱一路走一路說一路再回來。」

魯十七說：「棒子叔，你不用去了。我剛從那裏回來，車大哥的後事我都整好了。我給你們賀喜吧。這挺好，真的挺好。我在回來的路上也這樣想過，你倆碰上就能靠上了。」

車葉子想明白了魯十七去了她家能幹什麼，一下就給魯十七跪下了，捂著臉嗚嗚哭了。

魯十七急忙扶起車葉子。

老棒子說：「老十七，按說我也應該給你來一個頭，可我是師父你不能受我這個頭。我也有給你的好事，咱先扯平了。大媳婦，咱們回去吧。以後年節的咱倆多給一眼前輩燒紙送錢盡心意吧。」

魯十七挑了老棒子的挑子，老棒子接了車葉子手上的包袱拎著，三個人回了白樺樹木刻楞。老棒子坐下，看車葉子把挑子裏的東西拿出來收到木桶裏，又看看青毛大狼狗歪著臉在旁邊坐著盯著看，問：「這狗東西能咬死兩個二鬼子，真是條好狗。老十七，你這十幾天就幹那個事去了？」

車葉子聽老棒子這樣問，放下手裏幹的事，也坐過來聽。

魯十七說：「我還為另一件事……」

下面插上魯十七這十幾天發生的事，這也許不是這個故事拐的最後一個彎，但關於日本人的事，將是本故事在結束之前最重要的故事之一。

3

魯十七在那天早上離開木刻楞，去埋誘惑大老虎的那兩具日本人的屍體。可是，那兩具屍體已經被大老虎吃得亂七八糟的了，兩具屍體上肉多的部位幾乎被大老虎吃沒了。那隻受傷的大老虎沒逃走，在魯十七和虎小弟走了之後牠又回來了。

受傷大老虎為什麼敢回來，魯十七想還是和東北虎報仇的脾性有關。魯十七還在碎屍旁邊找到了那支射中大老虎的箭。魯十七想不到大老虎可以拔出這支箭，但也能想到大老虎可以彎著身子用嘴拔出屁股上的箭。這麼一回想，對於受傷大老虎的聰明和兇殘，魯十七現在也有了新的認識。

魯十七重新埋了兩具殘屍，就決定去辦另外兩件事，一是引誘受傷大老虎追蹤自己，二是去車葉子的家看看。魯十七想證實一下車葉子說的事情，也想順著手繪地圖的路線走一下，看看日本人進長白山到底幹什麼？他們在山裏找的那座礦到底是什麼礦？

魯十七就帶著青毛大狼狗上路了。

在路上，魯十七仔細留意觀察青毛大狼狗的反應，因為青毛大狼狗總是懼怕山裏的大型猛獸，只要發覺附近有大型猛獸出沒，青毛大狼狗的恐懼感就會暴露出來。這次也是這樣，魯十七從青毛大狼狗的焦急恐懼又警惕的神態上，確知受傷大老虎跟蹤來了。

魯十七就命令青毛大狼狗順著車葉子和日本人留下氣味的路線反追蹤，一面對應手繪地圖上標出的路線。

一天後，魯十七找到了受傷大老虎叼走一個日本人的地方。而那時，受傷大老虎也跟蹤到了那裏。受傷大老虎也許知道逃不出青毛大狼狗的鼻子。那一宿，受傷大老虎用一隻亮亮的獨目和魯十七隔著火堆相望。大老虎待在樹叢裏，不時向魯十七凝視。

這樣的情況一連發生了三晚。魯十七和青毛大狼狗在夜宿時不敢睡覺，時時小心。在三個白天裏，魯十七和青毛大狼狗也是不敢大意，也不敢明目張膽地休息。到了第四天白天，魯十七和青毛大狼狗都是又睏又累快盯不住了。

魯十七對青毛大狼狗說：「青毛，咱哥倆這次玩大發了，也可能死定了。但你記住了，青毛，咱一旦打不過大老虎，你聽我喊葉子你就快逃。這次你不要逃回家，你去和白母狼團聚，去當一隻自由的大公狼吧，不要再找人當主人了。你這臭德行的狗狼，沒準就成了新主人桌上的一道菜了。」

青毛大狼狗晃一下尾巴，表示知道了。

這幾天，魯十七和青毛大狼狗雖然被受傷大老虎追蹤，但也順著日本人的手繪地圖上的標記，找到了四處他們曾經待過的探礦點，也找到了他們在探礦點留下的痕跡。但魯十七不明白，差不多的石頭會有什麼不同？

到了第四天晚上，魯十七和青毛大狼狗又一次和受傷大老虎隔火堆相望，魯十七突然發現了一個問題，受傷大老虎每隔一段時間都會整出點聲音驚一下青毛大狼狗，這和前三個晚上或三個白天是一樣的。受傷大老虎這幾天裏從不企圖靠近魯十七和青毛大狼狗，而又總是時不時地出現，並整出響聲，引起青毛大狼狗的煩躁狂叫。

受傷大老虎爲什麼這樣做呢？魯十七想到了，是牠不叫魯十七和青毛大狼狗順利休息。牠在和這一個人一條狗較量耐力和耐心，在等這一個人一條狗累極了睡過去，牠好襲擊。牠知道，在青毛大狼狗警惕的時候，牠是無法靠近那個可以威脅牠生命的人的。

這個發現使魯十七的後脖子直冒涼氣，魯十七終於知道以前把老虎的智慧想得太過簡單了。好在發現了受傷大老虎的招數就好對付了。天亮後，魯十七在找到日本人第五處探礦點之後，背靠一方大石，用石塊搭了一個圓形的小石堡。在搭小石堡時，受傷大老虎出現了，遠遠地站在一方大青石上看。

魯十七發現受傷大老虎有了問題，牠瘦多了，精神也不似昨天了，可能牠的傷勢更嚴重了。想到受傷大老虎在拚最後的耐力，在等最後的機會，魯十七就後悔進行這場和受傷大老虎的較量了。但好在魯十七和青毛大狼狗可以在小石堡裏睡覺了。

這一個白天一個晚上過去了，魯十七和受傷大老虎的較量到了第六天的晚上。這二十幾個小時，魯十七和青毛大狼狗都是在小石堡裏度過的。在第六天的午夜，天下了雨，山裏的秋雨挺大，也陰涼，又有雷聲和閃電。

在雨天裏，因有水氣，青毛大狼狗的鼻子就不管用了，而人也容易睏倦。魯十七和青毛大狼狗靠在一起，背靠大石塊，雨雖淋不到，但都沈沈地睡著了。如果不是青毛大狼狗那雙沒了耳朵的耳孔在睡夢中還管點用，魯十七和青毛大狼狗就都完蛋了。

青毛大狼狗聽到受傷大老虎扒石塊的聲音，驚醒了，看到大老虎已經扒開了一塊石塊，一隻前掌和腦袋探進小石堡裏了，獨目幽光閃閃的恐怖極了。青毛大狼狗汪的一聲狂叫，跳起，炸起了背上的鬣毛，尾巴卻夾進屁股溝裏。青毛大狼狗不敢上去撲咬，軟了四肢吱吱汪這樣狂叫。驚醒的魯十七撲上去用金柄單刃短刀扎傷了受傷大老虎的那隻探進來的前掌，又用短刀扎受傷大老虎的腦袋。也許這隻受傷大老虎已經對魯十七有了極深的恐懼之心，被發現了又被扎一刀，就驚恐地咆哮著縮回了腦袋，低沈地咆哮著，逃遠了。

魯十七和青毛大狼狗再也沒敢睡覺，也不敢從小石堡裏爬出去。受傷大老虎總是待在弓箭的射程之外。牠怎麼能測算出一把弓箭的射程，魯十七後來也整不明白。想來，猛獸對於弓箭的認識，千百年遺傳下來，已經印在骨子裏了。

魯十七就決定和青毛大狼狗用隨身帶的窩窩頭對付，在小石堡裏多待一天。等雨的氣息沒了，青毛大狼狗的鼻子管用了再決定去留。

這樣就過去了第七天。第七天晚上，魯十七一宿沒睡，通過石塊間的縫隙，盯著受傷大老虎。受傷大老虎趴在遠處一棵巨大彎曲的松樹下面。漸漸地，魯十七發現受傷大老虎的獨目在黑暗的夜色裏不亮了，就久久地盯著看，直到天亮，受傷大老虎的那隻眼睛沒再亮起來。牠盯著牠的仇人，卻倒下去死了，身上的一處槍傷、一處箭傷爛成了兩個大洞，而那隻被箭刃劃瞎的眼睛也爛成了洞。

魯十七沒心情毀壞受傷大老虎，把牠深埋在了大松樹的旁邊。魯十七在離開時，回想了一下，心裏也難受了一下，想，如果受傷大老虎不來搶虎小弟的領地，或者牠比虎小弟弱小，被虎小弟趕走，他都不會想到獵殺牠，就像幫助搶母狼的青毛大狼狗擊斃那隻黑公狼一樣。如果那兩個日本牲口沒用槍射擊青毛大狼狗，魯十七也不會毫無忌憚地射死那兩個日本牲口。

這也許就是魯十七的內在性格。魯十七把青毛大狼狗和虎小弟看成了不能被傷害的家人，這也說明了魯十七爲什麼那樣對待奪他田產的大哥魯一郎了，他不可能對家人動刀子。

魯十七順著日本人的手繪地圖標的線路目標走了一趟，也找到了車葉子說的叫那幾個人狂叫高興又放鴿子的那面大的山溝邊的大山坡。他又發現，那手繪地圖上的路線，是從大山坡這裏向乾飯盆林場的伐木點的方向去的。這裏是乾飯盆區域最南面的一處山區，從這裏對照手繪地圖上一個點一個點的線路點，再連接起來，就看出這裏和乾飯盆林場的伐木區是條直線上的兩個極。但魯十七就是不明白，日本人在這條線上探出的是什麼礦？又怎麼進來採礦呢？帶著這個疑問，魯十七在青毛大狼狗的尋找下，找到了車葉子的家，那座小南嶺的茅草土屋。車葉子男人的屍體自然爛成臭肉了，也漲大了，因爲沒人發現——如果沒有事情，一年中，獵戶出不了幾次山，一般也就不會有人進山。

魯十七費了些事，才從土屋裏整出了車葉子的男人，在土屋後面挖坑埋了車葉子的男人，就順來路回來了。前後用去了十四天……

4

魯十七講完了這十四天的過程，把放在桌上的一個包袱推給車葉子，包袱裏面裝著魯十七從車葉子家給車葉子帶回來的衣服、女人用的東西和七八十塊大洋。

睹物想死去的男人，車葉子想哭，又看到新男人老棒子在看她，她又想不能哭，又想忍住。

老棒子人老成精，瞄一眼車葉子就說：「老十七，你說完了，該我說了。我說的事，這大老娘們不能聽，咱倆外面說去。」

車葉子的心思就從死男人那裏轉回來，轉到老棒子身上了，爲以前的男人哭也哭得夠多了，於是大聲說：「老棒子，你有事不許背著我，我是你媳婦了。」

老棒子嘿嘿笑說：「這不是我的事，是我的事我晚上一邊靠你一邊告訴你。這是老十七的事。老十七讓你聽，我就在這兒說。」

車葉子不好辦了，只好說：「我出去走走吧，你們爺們嘮嗑吧。」

魯十七說：「等等，棒子嬸，你坐著聽吧。棒子叔你也真是，我能有什麼事？我正想問你幹嗎叫我在山裏等你這麼久？」

魯十七的一句棒子嬸叫得車葉子臉頰通紅，坐下不好意思抬頭了。

老棒子說：「好吧，好吧。這件事得拐幾個大彎，你慢慢聽。可是我先問你，你看到我頭一次給你留的畫了？你把畫擦了，就是你看到了。就像我看到你留在霸王圈桌上的路線畫一樣，我看懂了就找來了。你也看懂那畫了，知道和六爺死了。我叫你下山奔喪，你怎麼不去奔喪？這不像你了老十七，你小子挺不是人的。」

魯十七吃一驚，問：「真的？你畫了一個男人躺板鋪上，一個女人在哭，那是指依爾覺羅．和六死了？」

老棒子說：「是呀！你看懂了怎麼不去？我還畫了一個男人下山，就是叫你下山奔喪。和六爺這一死，咱擔心受怕的事全他媽拐大彎了。」

魯十七說：「原來依爾覺羅．和六死了，我可全想錯了。」

老棒子說：「好，咱不拐彎了。你聽我講吧，你別插話，你插話我就講岔了道，我還得拐回來重講。你聽我慢慢講，也告訴你我這些日子是怎麼想的……」

下面讓我再拐一個大點的彎，因為故事進行到了這裏，整個拐大彎了，決定這些人物命運的故事開始了。這一堆出現的人物和即將出現的人物，都將由這個大彎拐進各自的故事和各自的宿命裏去。故事的高潮從這個彎拐完之後開始，也許這高潮來得晚了點……

5

老棒子那日夾著黑狼皮，離開霸王圈，又去了六道溝木場，就碰上了依爾覺羅．和六的喪事。掐套的那場酒，依爾覺羅．和六喝醉了，睡了，就沒再醒過來。是額爾德特．東珠兒看依爾覺羅．和六睡到了午時還不起來，叫和六爺起來，才發現和六爺死了。也許這種死法沒有痛苦，依爾覺羅・和六看上去就是睡著了。

這位東家大櫃的喪事就開始辦了。

老棒子想，依爾覺羅・和六死了，他和魯十七擔心害怕的事也許拐大彎了，也許在開春不用偷偷開溜了。現在大奶奶裏裏外外正式當家了，大奶奶喜歡魯十七，願意魯十七上她的炕，這一來還用偷偷跑嗎？

老棒子就找了魯十七丟在木刻楞裏的大山貓皮帽子，連夜跑回了霸王圈。可是魯十七不在，老棒子喊破了嗓子魯十七也沒回答，老棒子就在桌子上留下那幅叫魯十七下山奔喪的畫，又連夜趕回了六道溝木場。

老棒子跑在路上就想了，他怎麼也得把依爾覺羅・和六送入土了，盡盡一個大把頭對東家大櫃的心。但老棒子也有私心，也想悄悄探聽一下大奶奶日後的想法。那個時候老棒子是盼望魯十七能進依爾覺羅家大院的，那是好事，也是大奶奶額爾德特・東珠兒的好事。

可是魯十七沒像老棒子盼望的那樣看了畫看懂了趕去，而且直到依爾覺羅・和六的喪事辦完了，魯十七也沒去。

老棒子又突然得到了額爾德特・東珠兒的信任，幫著那拉・吉順二櫃處理一切依爾覺羅・和六死後的事。這些事忙完，老棒子又受了額爾德特・東珠兒的指派，串木排去南海。額爾德特・東珠兒說，誰死了日子也照過，事也照幹，大洋也照掙。木排當然不能誤了下水。

老棒子覺得額爾德特・東珠兒信任他，得把她要辦的事辦好了。老棒子有一肚子的話想找到魯十七講給他聽，偏偏又不得空去不了霸王圈。老棒子要趕在鴨綠江開江之前把木把老排們召集起來做岸上的活，就是編繞子。

繞子就是用三二根笤條擰一起編的圈，用來連接木排用的。笤條是長白山生長的一種低矮的柳樹的枝條，柔軟又有韌性，而且經了水，笤條繞子更結實有拉力，是它把一節一節的原材連接成一串串的木排的。這一切忙出了頭緒，在準備串木排時，依爾覺羅家大院又發生了一件事。

額爾德特．東珠兒把老棒子、烏日樂、那拉．吉順二櫃和烏雲其其格叫回大院一起吃飯，額爾德特．東珠兒說，爺去了，爺身邊的女人守寡在家不是個事，說想將烏雲其其格嫁給烏日樂。額爾德特．東珠兒認為，烏雲其其格肚裏的孩子不是依爾覺羅．和六的就一定是烏日樂的。另一個不能說出的原因是額爾德特．東珠兒確知自己肚裏有了孩子了，她不能叫另一個和自己及依爾覺羅．和六都沒有關係的孩子，成為依爾覺羅家的孩子。

額爾德特．東珠兒宣佈這件事時，烏日樂正高興得站起來想敬大奶奶的酒說幾句感恩的話，那拉．吉順二櫃不幹了，突然說烏雲其其格肚裏的孩子是他的，大奶奶應該把烏雲其其格嫁給他，烏雲其其格心裏想嫁的人也是他。那拉．吉順還說拚命為爺做事，為的也是想時機到了求爺答應他娶烏雲其其格。證明之一就是那拉．吉順和烏雲其其格一起想的招，說魯十七不舉，褲襠裏的那根棒槌沒用，為的就是不叫爺把烏雲其其格嫁給魯十七。

那拉．吉順二櫃這樣的說法不能叫人信服，烏日樂更是惱火。那拉．吉順二櫃一著急就說，在他得知爺想把烏雲其其格嫁給魯十七之後，他想阻止，就問了老棒子，對老棒子說烏雲其其格在富貴人身邊待慣了，不可能願意嫁給一個窮木把。老棒子當時說，吉順二櫃咱倆打個賭，老十七要是娶了烏雲其其格，我輸你一百塊大洋，老十七要不娶烏雲其其格，你吉順二櫃輸我一百塊大洋。那拉．吉順二櫃嘿嘿笑不賭大洋卻問老棒子怎麼知道老十七的心事？老棒子說老十七忘不了他那破媳婦，別的女人他連看都不看。和六爺這件事做的霸氣，老十七雖是個木把也不會給和六爺面子。但老十七精得像孫猴子，他會想個招拒絕這件事，你吉順二櫃就等著瞧吧。

那拉．吉順二櫃於是拽著老棒子，叫老棒子說話證實。老棒子紅了臉對額爾德特．東珠兒說有這事，真有這件事。

額爾德特・東珠兒又問烏雲其其格，肚裏的孩子到底是誰的？把烏雲其其格問蒙了。烏雲其其格自己也整不清是依爾覺羅・和六的還是烏日樂的，還是那拉・吉順的，就低著腦袋不吱聲。

額爾德特・東珠兒看著那拉・吉順二櫃，似乎也想到那拉・吉順二櫃爲什麼悄悄勾引烏雲其其格了。烏雲其其格若生了依爾覺羅・和六的孩子，烏雲其其格自然就是奶奶了。母憑子貴，也就有可能將來在依爾覺羅家大院當家。那拉・吉順二櫃想當依爾覺羅家大管家的心願也就有可能實現了……

依爾覺羅・和六不能使女人有孩子，這事又嚇壞了那拉・吉順二櫃，那拉・吉順二櫃才想到烏雲其其格肚裏的孩子有可能真是他的，也有可能是烏日樂的。正怕得睡不著覺想招應對時，依爾覺羅・和六死了。懼怕已不存在了，又聽額爾德特・東珠兒說想把烏雲其其格嫁給烏日樂，想到若娶了烏雲其其格過日子當二櫃也行了，才出頭爭的。

額爾德特・東珠兒爲了烏雲其其格的這點事，爲什麼把幾個有牽扯的人和沒牽扯的人整一起說？額爾德特・東珠兒真正的目的是什麼？那拉・吉順二櫃、老棒子、烏雲其其格等人是想不到的。

額爾德特・東珠兒在當天沒能解決這件事，以後也就不用爲解決這件事傷腦筋了，因爲當天晚上，製造麻煩的那拉・吉順二櫃就死了，是被依爾覺羅・和六養的大肥貓似的老虎咬死了。

依爾覺羅・和六有個毛病，好打獵，打獵就需要獵犬和獵鷹，養獵鷹（即滿族人喜歡的海東青）還得每年需要放生，又需要熬鷹，比較麻煩，因此依爾覺羅・和六不喜歡獵鷹，就不養獵鷹，卻堅持自己餵養獵犬，依爾覺羅・和六認爲這樣在打獵時，獵犬才能完全聽從他的指令。養老虎依爾覺羅・和六更是這樣，給老虎洗澡、餵食、馴化都是依爾覺羅・和六自己幹。也只有依爾覺羅・和六出門辦事無法帶著老虎時，才由烏日樂或者那拉・吉順二櫃餵食老虎和獵犬。爲什麼安排兩個人分別餵食，有依爾覺羅・和六自己的目的，其他人無法猜測。

依爾覺羅．和六死後，額爾德特．東珠兒怕老虎傷人，就把老虎關在空屋子裏，並拴著鐵鎖鏈，仍由那拉．吉順二櫃和烏日樂餵食。

那天晚上，小佟子去叫那拉．吉順二櫃去給老虎餵食，說烏日樂在衝烏雲其其格發火呢，誰叫他去餵老虎他就罵誰。那拉．吉順二櫃罵跑了小佟子，坐著生了會兒悶氣，但他到底是當了二櫃的人，責任心總比烏日樂強些，就去廚上取了牛肉去餵老虎。也許這隻老虎長時間見不到依爾覺羅．和六，太想念，就上火了，見了牛肉不愛吃，走過來嗅嗅就臥下了。

那拉．吉順二櫃也喜歡這隻老虎，但老虎不當他是主人，那拉．吉順二櫃和烏日樂最多也就是給老虎戴上項圈，摸摸老虎的上肩部，別的地方老虎不讓他們摸。這也是依爾覺羅．和六生前告誡那拉．吉順二櫃和烏日樂的。

那拉．吉順二櫃見老虎不吃牛肉，就往老虎嘴邊推推食盆叫老虎吃牛肉。老虎就伸舌頭先舔牛肉，這是吃食前的動作。那拉．吉順二櫃放心了，站起想走，老虎舔了兩下牛肉，突然咧咧嘴跳了起來，甩腦袋咆哮著發怒了。

那拉．吉順二櫃看看發怒的老虎，又看看銀製大食盆裏的牛肉，那拉．吉順二櫃想到了什麼，嚇得叫一聲，轉身就跑。老虎瞄著那拉．吉順二櫃起跳，往前一撲，兩隻前掌探出去就抱了那拉．吉順二櫃的腦袋抓過來，一口下去，那拉．吉順二櫃的腦袋的上半部就碎了。那拉．吉順二櫃當時就死了。

可是，老虎舔吃了那拉．吉順二櫃腦袋裏流出來的血，卻不懂得怎麼吃人。那拉．吉順二櫃身上別的部分也就沒少。老虎消停了，似乎也害怕了，臥在一邊的角落裏，離那拉．吉順二櫃的屍體遠遠的。

烏日樂被人喊來了，大著膽子進去拽那拉．吉順二櫃的屍體，老虎歪腦袋看著，還把耳朵對著烏日樂轉轉，像說不好意思這是誤會抱歉什麼的，也不阻止烏日樂挪動那拉．吉順二櫃的屍體。

據老棒子私下裏猜測，是有人用辣椒水泡過餵老虎的牛肉，老虎舔牛肉才被辣得跳了腳，才發怒咬死了那拉．吉順二櫃。

額爾德特．東珠兒問大夥，老虎是不是長成大老爺們了？是不是到了找媳婦的發情季節了？也就是問老虎是不是發情了。烏日樂說，有可能，狗春天發情掉秧子還發脾氣呢，何況一隻大老虎？那拉．吉順人挺好，就是倒楣了點。那拉．吉順就這樣死了，沒人提出異議。

給那拉．吉順二櫃辦了喪事，也給那拉．吉順二櫃的父母送了兩千塊大洋，這件事就過去了。

額爾德特．東珠兒過一天又把烏日樂、烏雲其其格、老棒子，這回加上了小佟子，把幾個人叫到一起吃飯，對幾個人說依爾覺羅．和六死的不是時候，依爾覺羅．和六年年盼孩子，我剛剛知道我懷上孩子了，他卻死了。烏雲其其格，你的孩子有可能是爺種下的，也有可能不是爺的。你怎麼辦呢？烏雲其其格就哭了。大奶奶又說，反正爺也去了，依爾覺羅家有我一個守寡的女人就行了。如果烏日樂不嫌棄，你就嫁給烏日樂吧，我給你三千塊大洋，你們兩口子好好過日子吧。

額爾德特．東珠兒又問烏日樂娶不娶烏雲其其格，能不能對烏雲其其格好？烏日樂沒遲疑，都答應了。

額爾德特．東珠兒又對老棒子說，你跟依爾覺羅．和六十幾年了，既是東家又是兄弟。我敬你是兄長，林場的事你就多操心吧，將來你幹不動了進府來管點事，依爾覺羅家大少爺或者大小姐長大了，還要你幫襯呢。

老棒子人老成精，明白額爾德特．東珠兒話裏的意思，也想到了她肚子裏的孩子九成九是魯十七下的種。老棒子說，好人不長壽，是老天爺不長眼，和六爺說過大奶奶有喜了，還說林場越來越順了，唉！老棒子歎口氣停下話眼圈就紅了。大夥也都歎氣了。

額爾德特．東珠兒說，小佟子，那拉．吉順丟下的那攤事你接了吧，當林場的二櫃，和老棒子下南海你多聽老棒子的。小佟子答應了。

安頓了烏雲其其格的事之後，只過了一天，額爾德特·東珠兒把三奶奶的娘家人，二奶奶的娘家人都找來了，每家給了一萬塊大洋，就打發了四十九歲的三奶奶和三十八歲的二奶奶。兩個奶奶都是小戶人家的女兒，在依爾覺羅家又沒辦法生兒育女，收了額爾德特·東珠兒的一萬塊大洋，謝了一番就跟著各自的娘家人走了。她們還可以再嫁，也能嫁個富人家，有名號老戶人家的女兒成了老寡婦也不愁嫁……

老棒子看看木排快串好了，就跑到霸王圈找魯十七，想告訴魯十七這些事。老棒子在霸王圈裏外找不到魯十七，也沒工夫等，就在桌上畫了那幾幅叫魯十七知道他的去向的畫。在畫那幾幅畫之前，老棒子看到他留的頭一幅畫叫魯十七擦去了，老棒子還在心裏暗怪魯十七知道依爾覺羅·和六死了怎麼不去奔喪？可能魯十七不想見額爾德特·東珠兒才不去奔喪？老棒子就沒想魯十七看到那幅畫時依爾覺羅·和六的喪事也辦完了，更沒想魯十七猜錯了那幅畫所表示的意思。

老棒子回了六道溝木場。在木排出發之前，額爾德特·東珠兒來了，把老棒子叫一邊，和老棒子說話時眼睛不看老棒子，老棒子也不怎麼敢看額爾德特·東珠兒，她的漂亮下巴太吸引男人的眼睛。

額爾德特·東珠兒問了木排下到南海的時間等等的事，老棒子一一回答，心想大奶奶真正當家了，也有了當家女主人的樣子了，看來不會再問別的了。額爾德特·東珠兒卻問到了魯十七。老棒子這時的私心上來了。老棒子想額爾德特·東珠兒喜歡魯十七，魯十七留在額爾德特·東珠兒肚子裏的種現在也已經生龍活虎了，她遲早會把魯十七整進依爾覺羅家大院，魯十七進了依爾覺羅家大院也就是上了額爾德特·東珠兒的暖炕了。進一步，魯十七的身分就是依爾覺羅家大管家了。再進一步，額爾德特·東珠兒就從依爾覺羅家大奶奶變成魯家少奶奶了，依爾覺羅家大院也就成了魯家大院了。他老棒子當魯家大院的老爺子就他媽當定了，什麼養老送終都不用老棒子自己發愁了。

老棒子這一高興，就一股腦兒說了所有他知道的魯十七的事。但老棒子不知道，他說給額爾德特·東珠兒的事，額爾德特·東珠兒已聽魯十七說過了，還表白說魯十七是山東魯家十七少爺的事，這疙瘩沒人知道，老十七不是個平凡人，只是老十七要了命地忘不了在南海的那個破媳婦，我真不明白一個暗門子女人有什麼好？這次去南海，我打算一上岸去會會那個女人，老十七說了那破女人現在是賭場的老闆娘。其實我懂老十七，老十七不可能再去找那個破媳婦了，能不能忘了那破女人再對別的好女人動心，我就不好說了。

額爾德特・東珠兒想了想，給了老棒子一大口袋現大洋，叫老棒子到了南海去看看叫金葉子的女人。額爾德特・東珠兒再沒說什麼，就回藍旗屯了。

老棒子抱著那口袋大洋想額爾德特・東珠兒叫他見金葉子幹什麼？想了良久想通了。額爾德特・東珠兒是叫老棒子不管用什麼招，目的只有一個，叫魯十七忘掉金葉子。那怎麼叫魯十七忘掉金葉子呢？就是叫魯十七噁心上金葉子，改變魯十七認爲的金葉子是個心地乾淨的女人的想法。

老棒子想明白了，心裏也跳了跳，暗想，我老棒子這樣做了，我老棒子的心也埋汰了。但爲了老十七和額爾德特・東珠兒的好事，我做了我還是老棒子。

老棒子叫陳老五、孫吉祥、道爾吉這三個可以整頭棹事的木把臨時當了各排的排把頭，各領二棹、中棹、尾棹，上了另外三張大排，隨在老棒子的頭張大排的後面，順鴨綠江漂去了南海。在三十來天後的夕陽裏，四張大排在南海大東溝江口靠了岸。

小佟子上岸找了買主辦了交接收了四張大排原材的大洋票，又回來和老棒子結算了這一季水場子活的大洋，小佟子就走了，去了窯子街，住進了最大窯子的後院，也就是槽子會裏。在那裏辦完了其他的事，小佟子才能回藍旗屯。

老棒子給老排們發放了這一季跑排的工錢，這一季的水場子活也就結束了。老棒子在上岸前莫名其妙地告誡這些老排上岸靠女人要小心，找熟不找生，小心被放鷹的放了鷹，整得這幫傢伙哈哈大笑，認爲老棒子在開他們的玩笑。陳老五、趙大勺子、道爾吉、孫吉祥等等這幾十個老木把、老排們都有經驗。幾十個老排有的獨行，有的幾個結夥上岸，有的乾脆上了水上女人的花篷船，都去靠女人玩兒去了。

老棒子見這些傢伙都走了，圍上來的水上女人的花篷船，也載上老排們歡聲笑語地順水浮去了，老棒子就把自己這次掙的二千塊大洋和盛小耳朵、穆歪脖子的工錢都捆腰上，拽拽衣服壓好。就背上額爾德特·東珠兒給的那大口袋大洋，叫盛小耳朵和穆歪脖子緊跟著，上岸直奔窯子街上那家賭場去了。

三個人從大東溝江口順條土路拐進窯子街，走不多遠就到了那家賭場的門前。盛小耳朵上次來時見到的中年人還在賭場門前給客人當墊腳的。

盛小耳朵問老棒子：「棒子叔，咱踩不踩？上次我來我沒敢踩。」

老棒子說：「這人就是幹這個的，不踩不夠意思，也不敬人家賭場的心意，你去墊一下腳吧。」

穆歪脖子覺得不忍心，拉著盛小耳朵沒踩中年人，還過去拍拍中年人的肩膀給了他一塊大洋，叫他餓了買吃的。

中年人看著穆歪脖子哈笑一聲，就接了大洋放嘴裏咬了一個牙印，看著穆歪脖子又哈哈笑笑，又遞給了穆歪脖子，對穆歪脖子說：「好小子，你的心眼大大的好，大大的挺好。這一塊大洋你的收著，有一天你的有了大大小小的麻煩，你的用這塊大洋來找我的，我的幫你的大大的忙。」

穆歪脖子接回了大洋就不知道說什麼好了，看著中年人像看個大傻子。

老棒子也就留心看中年人，發覺他說話老用你的我的口頭語挺古怪，又見他長得矮壯醜惡但也挺普通，外面穿的衣服不應該算是衣服，而是衣服樣式的墊子，厚厚的墊在背上，裏面穿的衣服料子不一般。老棒子就想了一下依爾覺羅·和六裏面穿的衣服，心裏就奇怪了，想這墊腳的中年人可能不是一般人，應該是個什麼古怪江湖道上的人物。

盛小耳朵聽著賭場裏賭大洋的聲音著急了，也不踩中年人了，一拉老棒子，就和老棒子先一步進了賭場。

穆歪脖子對中年人笑笑，把那塊大洋揣懷裏也往賭場裏走。這時，突然響起了鞭炮聲，穆歪脖子回頭看，看見一堆男人在放鞭炮，在跳、在叫。領頭的是一個十六七的少爺樣的人。

少爺樣的人跑過去把中年人從地上扶起來，說：「山爸爸，今天是日子了。你挺過來了。」

中年人哈哈笑說：「乾兒子，山爸爸該去找依爾覺羅．和六那老傢伙算賬了。這回山爸爸給他來個通吃。」

中年人就脫了身上的衣服樣式的墊子摔在地上，在那一群人的喊喊叫叫聲中，奔一家酒館去了。

穆歪脖子想告訴老棒子關於中年人的奇怪事，聽中年人的話，他和依爾覺羅．和六認識，就進了賭場，看老棒子和盛小耳朵正在裏面打轉，像找什麼人。

穆歪脖子過去正想拉著老棒子說中年人的事，老棒子卻說：「你先等會兒，先不說那個破事。我告訴你們兩個小子，一會兒賭上大洋只能賭到五塊，五塊輸了贏了都收手。聽到了嗎？」

穆歪脖子說：「棒子叔，你吩咐小耳朵吧，我才不賭大洋呢！五塊大洋可以找女人靠十幾次呢，賭輸了不划算。」

老棒子說：「你這臭小子行，像我，我就不賭錢。輸一下不如找女人靠一下。」

盛小耳朵奇怪了問：「棒子叔，那你來賭場幹什麼？還背這麼多大洋？我知道了，也是十七哥叫你來的？」

老棒子說：「去，別他媽瞎打聽，等一會兒我辦了事叫你倆，咱就麻溜走。」

盛小耳朵齜牙笑笑，拉著穆歪脖子就賭大小去了。

老棒子到賭場的櫃檯問二櫃，說找金葉子。

賭場二櫃是個矮胖子，就是被盛小耳朵上次來時當成老闆的矮胖子。凡是胖子穿光亮點都像老闆，其實大多數的胖子是伙夫。盛小耳朵剛剛還湊過去和胖子二櫃打招呼，還問少爺哪？我又來了。胖子二櫃已經把盛小耳朵忘腦袋後面去了，只擺擺手指指賭桌沒說話。這會兒聽了老棒子問金葉子，胖子二櫃打量著老棒子，問：「老排？」

老棒子說：「是！老排。老排中的老排，木把中的木把，把頭中的把頭。我找我兄弟媳婦來了。」

老棒子是故意這麼說的。

胖子二櫃說：「原來是木幫大把頭到了，大把頭滿身銀光，帶的財氣不少啊。好吧，金葉子真是你兄弟媳婦？大把頭你沒蒙我？」

老棒子說：「沒錯，我兄弟就這樣跟我說的。我不蒙你。」

胖子二櫃說：「金葉子以前是有個小男人，那小子從前在窯子裏挑水，聽說長得比窯姐還好看。我他媽沒運氣，他來咱賭場打聽他那墊腳的老丈人，我都錯過去了沒見上。現在那小男人早就沒影了，原來投靠大把頭當木把去了。現在金葉子可發達了，她可是銅山爺的女人了，你真想見見？」

老棒子說：「原來金葉子靠上別的男人了？還是個爺？了不起，這可麻煩了。這些大洋大多是我兄弟的，我兄弟死了，叫我來找他媳婦金葉子送大洋。得了吧，金葉子不是我兄弟媳婦了，我還送屁大洋？你忙著，我走了。」

胖子二櫃說：「你等等，你等會兒，你急個屁！我話還沒說完呢。我告訴你老傢伙，算起來我和金葉子還是乾兄妹。我是她混蛋爸爸收養的孤兒，又被她混蛋爸爸當樣會說話的破東西輸給別人了。可我心裏還是想金葉子以後能過好點，她小時候對我這乾哥哥好啊，我能不記得嗎？我這麼和你說吧，金葉子按理說她還是你兄弟媳婦，她一直是。你兄弟現在死了，她再找男人了就不是了。可現在金葉子還沒找別的男人，就還是你兄弟媳婦。你個老傢伙你眨眼睛瞪我幹什麼？我他媽的說得多明白。金葉子和銅山爺的日子也就快到頭了。今天是銅山爺出晦氣的好日子，可能晚上不用金葉子，你運氣好趕巧了，你跟我來吧。你兄弟的大洋就他媽應該給金葉子留下。金葉子不要那些大洋，你才可以背走。」

胖子二櫃的話不容易懂，老棒子越聽越糊塗，也就打定主意見見金葉子，就跟著胖子二櫃去了賭場後院的一座小四合院裏，在一間廂房的門前站下了。

胖子二櫃看著廂房門先運了下氣，才衝廂房裏喊：「金葉子、金葉子，太他媽好了，你成了沒男人的小寡婦了，你那小男人當木把死他媽山裏了。你小男人的老兄弟背口袋大洋來看你了。那是你小男人的命錢，你他媽快出來收了命錢，到了日子，從這滾了就能再找小男人了，真他媽太好了。」

老棒子聽這胖子二櫃這樣喊，心裏直想笑，也奇怪這哪是乾哥哥應該對乾妹妹說的話。

老棒子就探頭往廂房門裏看，看不到廂房門裏出來人，卻聽從廂房裏衝出一串脆甜脆甜的話：「死胖子，操你媽的你鬼哭狼嚎地天天來找罵。滾你媽個蛋的！你老爺爺才是我小男人的老兄弟。」

老棒子忍不住張嘴一下子就笑了。

胖子二櫃把雙手對著老棒子一攤，說：「這姑奶奶一張嘴就罵人，罵人從來不重樣。我他媽說的都是實話啊，不就那麼回事嗎？他媽的她罵我快五年了，她那嘴丫子也不長毒瘡，還那個臭棒棰樣兒。老傢伙，你他媽的自己進去吧。」

老棒子看胖子二櫃掉頭走了，廂房裏沒了動靜，就乾咳一聲，說：「我兄弟是十七郎，山東魯家魯十七郎，我來找金葉子。」

老棒子聽廂房裏砰的一聲響，又一聲女人的驚叫，再聽沒動靜了，才又盯著看廂房的門，門開了，金葉子光著腳丫子，揉著膝蓋跑出來了。

老棒子想，金葉子可能著急出來摔地上了，連鞋也來不及穿。老棒子心裏又狂跳一下，想，這可糟了，金葉子心裏是有老十七的，這可怎麼辦？老棒子就仔細看金葉子皺著細細彎眉的小小的臉，眼珠也被晃得散了一下光。但老棒子想，金葉子沒有大奶奶額爾德特・東珠兒長得好看。但也還行，彎彎細細的眉毛、秀秀氣氣的不大不小的眼睛，還是朝鮮人那種特點的單眼皮。小巧上翹的鼻子，圓潤的小嘴巴，尖尖小小的白淨淨的小臉，高高瘦瘦身材，看上去乾乾淨淨的。也還真算行，另一種味道的好看女人。

老棒子半張著嘴，齜著一口黃牙，盯著金葉子不說話。金葉子微皺著眉，瞄著老棒子也不說話，兩個人像鬥雞似的在對眼。

老棒子幾次想說魯十七死了，這是老棒子想好的試試金葉子的招，也是叫金葉子死心高興的招。但剛剛金葉子出來的樣子，叫老棒子說不出來了。老棒子想，除了媽媽能光著腳丫急匆匆出門給兒子開門，還有什麼人能這樣光腳丫下地跑出來，給一個只是帶來男人消息的兄弟開門呢？

老棒子被感動了，衝口就說：「得了，大奶奶的破事黃他媽的黃瓜菜了。他媽的我告訴你金葉子，老十七沒白白想你、沒白白戀你。他媽的，老十七真值了。你進屋，咱倆都進屋，這地多涼。老十七活蹦亂跳活得像條山裏的大草魚，那小子成人物了，好著哪。就一樣不好，老十七想死你了，真他媽想死你了。知道你成了賭場老闆娘，老十七進山了，可老十七還是忘不了你，他天天棒棰翹老高想你。」

金葉子眨眨眼睛，吸吸鼻子，抬手捂上鼻子，眼淚就下來了。愣愣地看著老棒子，笑笑，就往屋裏退，就坐在了炕上，看著老棒子一步步進屋，看著老棒子把一大口袋大洋倒在炕上，看著老棒子坐下來滿屋看，又看著老棒子抓起桌上的茶壺倒茶。

金葉子才說：「你喝茶，你多喝茶。你來找我，是十七郎叫你來的嗎？十七郎怎麼知道我在這裏的？我不是這裏的老闆娘，我是一件給個臭男人玩的玩意兒。可我還是十七郎的媳婦。十七郎現在不能來找我，我知道十七郎進長白山當木把了。我也不能去找十七郎，現在還不到時候。你幹嗎瞪那麼大眼珠看我？」

老棒子說：「我看你，不是看你好看，你是我徒弟的媳婦，你再好看我這當師父的也不能盯著傻了巴嘰地死看。我現在看你是告訴你，你有麻煩了，老十七也有麻煩了。這些大洋是大奶奶給你的。你沒見過大奶奶，大奶奶長得賊好看，是我見過最好看的女人，比老十七挑水那會兒那小樣子還好看。大奶奶也有麻煩了，大奶奶成寡婦了。大奶奶喜歡老十七了，老十七卻犯傻不喜歡大奶奶。老十七不喜歡心裏埋汰的女人。其實大奶奶的心不埋汰，老十七瞭解了也會知道的。你幹嗎笑了呢？噢，你笑是你聽懂了。」

金葉子哧哧笑出聲了，像脖子癢了似的縮了縮細脖子，說：「我是聽懂了，十七郎有一個好漂亮好漂亮的大奶奶喜歡，對吧？十七郎以前有過一次這樣的事了，也是一個漂亮的大奶奶給三十塊大洋，叫十七郎給洗腳再上炕。你這個當師父的對我說這些，你想叫我怎麼辦呢？」

老棒子說：「我不知道你該怎麼辦，我可知道我該怎麼辦。我回去告訴大奶奶再找個男人上她的炕。小佟子就挺好，人也不錯，就是他的棒棰太細小可能不經靠。你用這些大洋給什麼銅山爺換個自由身回家等著，我回去叫老十七趕緊趕來會你。就這麼著吧，你看行吧？」

金葉子不笑了，要哭的樣子搖搖頭，說：「我的事沒那麼簡單，你再坐會兒，聽我給你講個故事吧。」

老棒子說：「行，我喝著茶水慢慢聽你講，回去講給大奶奶和老十七聽。我不插話，你就講，我記得住就行。」

金葉子說：「那我講了。」

老棒子說：「那我就聽著了。」

金葉子說：「以前這間賭場是我家的，這個屋就是我以前住的。有一個日本人叫山下小次郎的來和我爸爸學賭術，我爸爸沒教他，還嘲笑他並叫人狠揍了他。我爸爸恨日本人。山下小次郎後來成了槽子會的人物來和我爸爸賭錢，我爸爸輸掉了這間賭場，把自己也輸掉了，但沒輸掉我和媽媽。從那以後，我爸爸就成了賭場門外墊腳的了……」

老棒子說：「現在在門外墊腳的就是你爸爸？」

金葉子說：「那個臭傢伙不是我爸爸，我爸爸死了兩年了。現在在外面墊腳的臭傢伙就是山下小次郎。這街上的人不知道他是日本人，都以爲他是高麗人。他去年夏天和一個叫依爾覺羅·和六的人賭砸大洋，輸給依爾覺羅·和六了。依爾覺羅·和六叫他在門口當墊腳的。今天依爾覺羅·和六的木排靠岸，正好也就到了山下小次郎結束當墊腳的日子了。」

老棒子說：「這麼巧啊，看上老十七的大奶奶就是依爾覺羅·和六的正房媳婦，依爾覺羅·和六今年二月死了。他是個挺好的東家大櫃，有心栽培老十七，前年夏天就要來南海砸一千塊大洋，就是把南海這塊地面拎起來抖落抖落也要幫老十七把你找出來。可是老十七不隨和六爺來南海，說媳婦跟別的男人了，和六爺才算了。」

金葉子說：「我想，那時十七郎一定恨死我了。」

老棒子說：「老十七真恨死你就好了，老十七就會自個麻溜兒地跑大奶奶炕上趕也趕不走了。我也不會跑來找你了。」

金葉子哧哧又笑了，說：「我見過依爾覺羅·和六，他和山下小次郎賭博時我在場給他們倒水。山下小次郎想要依爾覺羅·和六的林場，依爾覺羅·和六不幹，兩個人就用砸大洋的方式賭勝負。依爾覺羅·和六若贏了，叫山下小次郎做什麼要什麼都行，山下小次郎要贏了就要依爾覺羅·和六的林場。結果山下小次郎輸了。依爾覺羅·和六說大洋他家裏多得是，不在乎大洋，就叫山下小次郎當賭場墊腳的，到次一年他的木排靠岸時爲止。你說，依爾覺羅·和六看上去是不是挺老又醜了巴嘰挺難看的，他那種老男人的正房大媳婦會不會只是個漂亮點的五十多歲的大老娘們？喜歡小白臉的騷乎乎的富家大老娘們？」

老棒子聽金葉子突然把話拐彎了，又聽得不對味，就說：「徒弟媳婦，你這是想哪兒去了，不能這樣想大奶奶。咱們好看的大奶奶才三十……得了，徒弟媳婦咱不說大奶奶了。大奶奶年紀輕輕成了富家小寡婦，咱再說她我這心裏過意不去。你還是講你的故事吧。接著剛剛的講，要不我記起來再講也就講拐彎了。」

金葉子說：「好吧，好吧。看你叫我徒弟媳婦的高興上，我承認十七郎的師父敬重的大奶奶，一定是個好看的大奶奶。那我就接著講了。後來就沒什麼了，只是你可能不知道，依爾覺羅．和六和山下小次郎都是槽子會的大櫃，在槽子會裏，山下小次郎叫金銅山，他的兄弟叫他銅山爺，外人叫他金爺。」

老棒子說：「這就難怪依爾覺羅．和六肯和那日本狗雜種賭砸大洋了，他們也算是同會的大櫃兄弟。我也聽懂了，原來咱們和六爺的木排一靠岸就到日子結束墊腳。要知道這樣，我在江裏多漂幾天，讓那日本狗雜種多被踩幾腳。徒弟媳婦你說我剛剛怎麼沒踩那狗雜種一腳呢？砸大洋賭錢挺好玩兒的，老十七也喜歡玩兒。老十七把這幾年掙的大洋都賭砸大洋輸光了。」

金葉子說：「我想我懂十七郎，十七郎是少爺，本來就不看重大洋。十七郎要養我，才去窯子裏挑水掙大洋的，沒我了就認為大洋沒用了。十七郎以後就不會賭砸大洋了，我知道的。」

老棒子說：「你看看，我一張嘴你的故事就講得又拐一個大彎了。你再講吧，我這次不插嘴了。」

金葉子說：「這樣挺好，這樣也是講故事，你聽啊。十七郎知道我爸爸在賭場當墊腳的，老叫我去看，送些吃的。我不想去，我救不了我爸爸，看了太難受。可有一天蓋小魚回來告訴我，我爸爸快病死了，我就去了。我爸爸真的快病死了。可是山下小次郎說我爸爸是他的，死了屍首也是他的，我要人，行，得和他賭，賭幾次都行。我輸一次陪他一年，我贏一次就可以帶走我爸爸。沒辦法了，我就把我自己押上了。賭砸大洋，我輸了五次，第六次我贏了。我贏回了我爸爸，卻輸了自己五年。我沒辦法向十七郎交代，就不告而別了。可是我是十七郎的媳婦，永遠都是。你是十七郎的師父，你能聽懂我的故事，能回去好好講給十七郎聽吧？」

老棒子說：「我懂了，我真聽懂了，挺簡單個故事，沒有叫人聽了心情難受的大拐彎。我本來準備哭來著，可是聽完了我哭不出來了。我聽老十七講了和你碰一塊做夫婦的事，我和老十七講你是放鷹的女人，老十七就是不信，我服老十七了。可是你帶走老十七的那些少爺裝扮，就像放鷹的那夥人幹的事兒。」

金葉子說：「你真說我是放鷹的女人了？你真是十七郎的好師父，十七郎要信了，他就傷心死了，我就恨死你了。在我輸了自己以後，山下小次郎對我說可以回家帶件珍貴的東西，也可以和十七郎告一下別。我沒有勇氣和十七郎告別，就拿走了十七郎來我家時穿的衣服。那就是我最珍貴的。我爸爸被郎中救活了，我前夫的兒子一直守著我爸爸，他也看到十七郎來賭場找我爸爸，但他沒去告訴十七郎，他怕十七郎知道了鬧起來會送了命。我爸爸在前年秋天病死的。到今年十月十五那一天的午時我就自由了。我會去長白山去找十七郎，去當一個木把的媳婦。」

老棒子說：「這也行，也只能這樣了。可是徒弟媳婦，你可能整錯了你爸爸的事。你為什麼不找老十七救你爸爸呢？」

金葉子說：「十七郎的師父，你真是個傻了巴嘰的師父。你問問你自己，十七郎怎麼救我爸爸？」

老棒子抬手拍下腦門說：「是啊，以老十七的脾氣，老十七有本事救早救了。唉！一個在窯子裏挑水的破少爺是救不了你爸爸的。」

金葉子說：「十七郎一個少爺出身的人，拚命挑水掙錢，在外面一個錢也不花，也不願意我用存的大洋開鋪子，我知道十七郎想存些大洋救我爸爸的。其實十七郎想不到，大洋是救不了我爸爸的。」

金葉子歎了口氣，把滾了半面炕的三千塊大洋收了裝回大口袋裏，叫老棒子背上，說：「傻師父你走吧，回去告訴好看的東家小寡婦，我不賣我男人。除非十七郎當我面說不要我了。」

老棒子說：「行，徒弟媳婦，我就這樣回去告訴老十七和大奶奶。」

金葉子把老棒子送到賭場門口。盛小耳朵和穆歪脖子已經在門口等著急了。盛小耳朵輸光了身上的大洋想翻本，向穆歪脖子借大洋，穆歪脖子不借，兩個傢伙在賭場門口站著，冷著臉誰也不理誰。看老棒子和金葉子出來，盛小耳朵看一眼金葉子，眼珠就定住了，傻了。

老棒子說：「看什麼看？小王八犢子，看眼裏拔不出來。走了。」

走在路上，盛小耳朵忍不住問老棒子，賭場裏的小小臉盤好看的女人到底是誰？也是個可以去用大洋靠的女人嗎？和十七哥是什麼關係？十七哥和賭場又是什麼關聯？

老棒子抬腿踹了盛小耳朵的屁股一腳，說：「你知道個屁，她可不是花大洋靠的女人，她是老十七的媳婦，是你倆的十七嫂子。知道了，都他媽長點記性，回去不能跟別人胡說八道啊。」

盛小耳朵揉揉屁股卻說：「不對吧棒子叔，你蒙人吧，咱們大夥都知道十七哥的棒棰不舉，十七哥的媳婦才跟別的男人跑沒影了。這個小小臉的女人可是這家賭場的老闆娘，我上次來就知道她是老闆娘了。」

老棒子說：「別聽別人瞎說，你哪隻眼珠看見老十七的棒棰不舉了？什麼他媽的老闆娘，這賭場就是她們家的。」

盛小耳朵一下子高興了，哈哈笑說：「真的？難怪上次我輸的一百塊大洋十七哥給了我。我這次回去找十七哥要回我輸的三十塊大洋。這賭場連開十一把大，一定他媽有鬼。難怪十七哥古古怪怪的本事那麼多，就是在賭場學出來的。」

穆歪脖子聽半天了，他卻不信，問：「棒子叔，十七哥的媳婦家開賭場，十七哥怎麼還跑咱們堆裏當木把？你就是在蒙人吧？」

老棒子說：「兩口子吵架了，老十七才一口氣跑山裏當木把了。他媳婦這幾年後悔死了，求了七八十個人才找到我，求我幫她找回老十七。知道嗎？我和老十七可是在吉麻子管事的窯子裏交上朋友的。老十七沒身分能接我老棒子的斧把當大把頭嗎？兩個臭小子以後好好跟著你們十七哥，那沒虧吃。現下啊，咱快找到趙大勺子和崔虎子，回藍旗屯去。」

穆歪脖子和盛小耳朵一聽，對了下眼色，都晃腦袋不幹了，辛辛苦苦放了排上了南海，不使勁靠幾個女人怎麼能走？

老棒子火了，喊：「我老棒子翹了屁眼叫你倆個小王八犢子靠靠？小王八犢子，咱的事急，麻溜兒回去。」

穆歪脖子和盛小耳朵嘟噥嘟噥地小聲商量了幾句，穆歪脖子突然大聲說：「棒子叔，你隨小佟子二櫃回去，小佟子二櫃可是直接回藍旗屯。我和小耳朵在南海待一段日子再趕回六道溝木場去。再說離幹山場子活還早著呢。」

老棒子看看天下來黑影了，心裏也著急了，知道穆歪脖子和盛小耳朵這兩個傢伙是打定主意不跟他走了，就歎口氣想由他倆去了得了。男人心野了是收不住的，老棒子年輕那會兒比穆歪脖子和盛小耳朵還野。

老棒子就叫盛小耳朵和穆歪脖子陪他去了吉麻子管事的那家窯子的後院，在槽子會裏找到小佟子二櫃住的小院，又再三告誡穆歪脖子和盛小耳朵小心留意少受點騙，又把兩個人這一次跑排的工錢，每人兩百四十塊大洋都結算了。看著穆歪脖子和盛小耳朵抱著大洋往前院窯子裏跑，老棒子就對小佟子二櫃說：「兩個小王八犢子不出十天，就得背著行頭要飯回六道溝。」

小佟子二櫃給老棒子遞過了茶，說：「咱們人不一樣，命就不一樣，活法更不一樣。棒子叔管太多了也是不好。看看明天我辦完了事你跟我一路回去也行。這裏不對勁，我想快點回去找大奶奶早拿主意。」

老棒子並沒問小佟子這裏什麼事不對勁，小佟子二櫃代表的是東家大奶奶，是主人一邊的人，有什麼事也不會告訴雇傭的老棒子，老棒子也不會問，而且老棒子心裏還有另外的事。

可是，在第二天，小佟子二櫃辦的事不順利，被絆住腳走不了。老棒子也趕出去辦自己的事去了，就是獨個跑去了大東溝南山裏的高麗屯。在高麗屯裏，老棒子有座閒置的石頭房子，是老棒子早年和父母住的家。後來，老棒子的父母死了，老棒子當了木把，家裏就沒人住了。老棒子當了大把頭之後的這十幾年來，每次跑完排都跑回來在石頭房子裏埋上些大洋再走，這一次跑排掙的兩千塊大洋也就又埋石頭房子裏了。老棒子埋好了大洋，坐在石頭房子裏慢慢發了呆，遙想小時候發生過的事，也想死去的父母和幾個在石頭房子裏陪他住過的女人，就歎息著流了滿眼淚。看看夕陽下來了，老棒子把石頭房子收拾了收拾，又找了幫忙看護房子的鄰居給了十塊大洋。等他回了小佟子二櫃住的槽子會的小院，才知道小佟子二櫃辦的事不順利還得辦幾天。可老棒子一個人背著額爾德特・東珠兒給金葉子的三千塊大洋往回走也不行，於是就陪著小佟子二櫃待在小院裏多耽擱了些日子，在八月初才回到了藍旗屯依爾覺羅家大院，才告訴了額爾德特・東珠兒他見了金葉子的事，並把那三千塊大洋還給了她。

但是額爾德特・東珠兒沒心情去在意老棒子說的事，因爲小佟子二櫃說的事才是叫她著急的事。她就挺著大肚子，帶著小佟子二櫃跑臨江辦了二十多天的事，可是，這件事卻沒辦成。

額爾德特・東珠兒生著氣就回了藍旗屯。那時老棒子已經離開藍旗屯了。額爾德特・東珠兒連日勞累，急躁上火，回到藍旗屯的次日晚上就生產了。老棒子也就不知道額爾德特・東珠兒生了個男孩，是不足八個月生的，但長得漂亮，像個美貌俏丫頭。見過小男孩的人都說，小男孩長得和大奶奶一個樣兒，將來長大了還不迷死一群大姑娘。

老棒子離開藍旗屯並沒馬上進山去找魯十七，而是去了小南屯女兒的家，拍下十塊大洋在女兒家借住了七天，就找個女兒單獨在家的機會，假裝幫她刨地，把他埋在門口老榆樹下的大洋挖出來了。老棒子的女兒自然看到了，但那女兒說，這一定是她爸爸埋的，她媽媽說過她爸爸是個本事大的排把頭，本事大的排把頭掙的大洋才多。

老棒子很高興聽女兒這麼說，但老棒子永遠不能認這個女兒，也不能叫女兒知道他就是埋大洋的排把頭爸爸。

晚上，老棒子看到女兒一家老老小小遮擋了窗戶悄悄蹲地上數大洋的樣子，老棒子的眼淚流出來了，悄悄離開了女兒的家。他走出院門，拍了一掌老榆樹時就想，女兒心裏有個爸爸想著挺好。老棒子也就下決心再也不來看女兒了。到這時，他才走上了進山找魯十七的路。

老棒子這一去一回，用去了差不多二十天。老棒子走到六道溝木場打算歇腳時，碰上了小佟子二櫃，才知道額爾德特．東珠兒和金銅山的麻煩事。老棒子才急急忙忙去找魯十七……

6

老棒子講到這裏停了話，喝了碗水才問魯十七：「老十七，你媳婦的事，你現在知道了，你怎麼打算的？」

魯十七說：「我還能怎麼打算，是福是禍，我是她男人就得和她一起挺啊。我現在就去南海的賭場找葉子。」

老棒子說：「還不行，老十七，你還走不了。」

車葉子插嘴說：「老十七爲什麼走不了？咱倆和老十七一塊去南海，能幫上一點忙，咱倆也要去。」

老棒子說：「等等，等等，你倆別急，聽我把話說完。老十七，大奶奶現在需要你幫忙。行了，老十七，你媳婦已經在南海了。你媳婦沒他媽丟，她就是被別的爺們騎著跑了一大圈又拐個大彎，就快回來了。咱不看大奶奶好吧？咱看依爾覺羅．和六，和六爺對你小子真不錯。」

老棒子見魯十七不吱聲，又說：「老十七你聽著啊，那個金銅山，也是槽子會的一個大櫃，也就是贏了金葉子的日本人山下小次郎，咱們大奶奶在臨江和這日本狗碰上了。咱們和六爺有的木稅排票人家也有一份，和咱大奶奶手裏的一模一樣。木稅局的官背後告訴咱大奶奶，人家來頭太大，勸大奶奶讓了乾飯盒林場，叫破財免災。咱大奶奶什麼脾氣？她不讓，和六爺生前不讓的大奶奶都不讓。這就是小佟子急忙回來找大奶奶拿主意的事，也是小佟子在槽子會探聽到的事。小佟子不是碰巧在六道溝木場碰上我，他還不告訴我，也是沒招了才抓到我幫他想招。小佟子說，人家木稅局的官們都當縮頭王八了，人家不敢管，兩家都有權開採乾飯盆林場，那就都他媽幹吧。可是呢？金銅山和咱大奶奶說可以一人一半，各幹各的，也可以合作，但由他來管。咱大奶奶給金銅山出了個難題，老十七你猜是什麼難題？」

魯十七想到依爾覺羅．和六對他真的不錯，他有對不住依爾覺羅．和六的地方，就說：「你快說吧，別像老貓拉屎似的，拉一會兒埋土裏一會兒再挖出來玩一會兒的。」

車葉子說：「就是，這老棒子急死人了。我真想一刀割了他的臭棒棰。這老傢伙這急人勁兒的。」

老棒子嘿嘿笑，說：「咱大奶奶提出和那日本狗雜種鬥虎。老十七你想不到吧？」

魯十七一愣，問：「用依爾覺羅．和六的老虎和我的虎小弟鬥虎？這他媽的！虧這女人想得出來。那可是我的虎兒子。」

老棒子說：「等等，等等，老十七你聽我說完了，這裏沒你的虎兒子的事，不是用你的虎兒子。咱大奶奶這招高明，咱們有老虎，日本狗雜種沒老虎，日本狗雜種這不先輸一半了嗎？」

魯十七說：「是啊！大奶奶再把鬥虎的日子提前，日本雜種現捉隻老虎也來不及了。這女人的壞心眼真多。」

老棒子說：「對，老十七，你猜對了。咱大奶奶就怎麼辦的。你猜那日本狗雜種聽了怎麼說的？」

魯十七說：「還能怎麼說，不答應，賭別的唄。」

老棒子就說：「錯了，老十七你猜錯了。那日本狗雜種狂啊，一口就答應了。日子定了，就在今年十月開套的那天，離現在就不到一個月了。就在六道溝木場鬥虎。」

魯十七說：「日本雜種答應了，大奶奶怎麼辦了？」

老棒子說：「是啊！大奶奶想人家答應了就有贏的把握唄，咱得做好準備啊。依爾覺羅．和六要是還活著，他就帶老虎上去頂了，可和六爺死了呀，誰能比他更懂老虎呢？」

魯十七的臉青了，是氣青了，說：「你就告訴小佟子我養老虎，就懂老虎，是吧？我的好棒子叔！」

老棒子的臉難得地紅了，咳嗽一聲，說：「老十七，你和金葉子馬上就能團圓了。你走了，咱這幫兄弟還得在山裏混飯吃。林場換了日本人當主子了，這幫兄弟還有得混嗎？再說，再說你個臭小子，你個王八犢子你拍良心想一想，你也要對得起大奶奶才行啊。」

魯十七聽了這句話，像被利箭擊中心臟了，呆住了，想，額爾德特．東珠兒還給我送過衣服，算算日子也就知道額爾德特．東珠兒是挺著大肚子來山裏的。我是應該幫幫她的……

第十章　鬥虎

青上衛是趴在草窩裏，嘴巴壓著一隻前腳，另一隻前腳壓在嘴巴上，擋住眼睛，露出嗅氣味的鼻子尖，像睡覺那樣死的。但也許，青上衛之所以死在家裏，是因為青上衛的內心之中沒有了可以信任的主人，也就失去了敢於離開家死在外面的勇氣……

《狼狗》

1

次日清晨，魯十七隨老棒子去依爾覺羅家大院之前，魯十七把幾個日本人的石片等物品重又裝在五個背包裏，拎出來埋在了一棵高大的白樺樹下。魯十七刨坑埋日本背包時，老棒子在一旁幫忙，總是一副想問的樣子，但魯十七沒告訴老棒子他爲什麼埋上這些東西，也沒說他對這些東西的懷疑。

魯十七又悄悄把兩支日本短槍藏到了白樺樹木刻楞的屋頂上，把那張手繪地圖和那個皮製外皮的小本子壓在了板鋪底下。

等這一切做完了，魯十七出去射傷了一隻大麅子扛回來，給大麅子治了傷，把大麅子關在白樺樹木刻楞裏，再在木刻楞裏放一大堆大麅子吃的草，養著大麅子，才從外面關上了白樺樹木刻楞的門。從外面關門，虎小弟是會開的，虎小弟回來開了門看到大麅子，也就知道這是魯十七給牠留的食物了。

老棒子冷眼旁觀看魯十七做完了這些，才說：「老十七，你的腦袋到底怎麼長的？那老虎不過是一隻人養的野牲口罷了，還能比人重要了？」

車葉子就捅了老棒子一拳，老棒子嘿嘿笑笑，就挑了帶來的那根棒子先往外走了，棒子上挑著他的破行頭。

車葉子在臂彎上挎著包袱，隨魯十七走出白樺樹林，又回頭看了看白樺樹木刻楞。車葉子知道，她不會再回來了……

2

額爾德特．東珠兒生完孩子剛剛坐完月子，身體比以前胖了，也更白了，更有成熟的女人味了，也更好看了。尤其是好看的下巴，成雙層的了。但是額爾德特．東珠兒看到魯十七沒顯得高興，也沒顯出不高興。她瞭解了魯十七和金葉子的事，也就體諒了。這也許就是額爾德特．東珠兒能坦然面對魯十七的原因。

烏雲其其格看上去也胖了，顯得比額爾德特．東珠兒更具大老娘們的風姿了，她那對大奶子掛在胸上，像在胸上生出了兩顆軟乎乎一動就亂顫的大水袋。這也是剛生完孩子的原因。烏雲其其格笑瞇瞇地在旁邊看著魯十七、老棒子和車葉子在廳堂裏坐下，烏雲其其格就出去張羅下人上菜了，因爲已經是晚上了。

額爾德特．東珠兒端起茶杯，啓了杯蓋，吹了吹漂浮的茶葉，說：「這是關內安溪的鐵觀音，你們嘗嘗。」

老棒子忙點頭答應喝茶，也叫發蒙的車葉子喝茶，又偷眼看挺不自然的魯十七。

額爾德特．東珠兒看著魯十七問：「老十七，路上走了三四天吧？我聽小佟子說你們要來，我在六道溝木場給你們準備了馬車，馬車沒接到你們。」

魯十七說：「謝謝大奶奶，我們從山裏轉到小河邊走來的，沒去六道溝木場，在山裏走了不到兩個白天就到了。」

老棒子說：「按說若走六道溝坐馬車來可能還慢些，別看我帶著我媳婦，這大媳婦上山下山並不慢。咱們從白樺樹木刻楞出來，走到霸王圈就晚上了。咱們在霸王圈住到天亮，吃了飯再走時是準備趕到六道溝住一宿的。可是老十七著急了，這傢伙在山裏待著變成了野猴子，沒人走過的地方也知道怎麼走，就帶咱們直接向北進了山，拐幾個山坡山溝，鑽幾片黑林子，插到河口了，就沿鴨綠江的支流江岔直接奔藍旗屯來了。要不明天過了午時咱們才能趕來。」

額爾德特．東珠兒說：「原來那條江岔能通到霸王圈？我可不知道。我在春天去過一次霸王圈，從六道溝木場的扒犁道騎馬跑去的，真挺遠的，一路跑下來，馬都累壞了。」

額爾德特．東珠兒說著看了眼魯十七。那條通向霸王圈的江岔的某個地方，也就是兩個人相遇做了一次夫妻的那片河灘。魯十七也就想到額爾德特．東珠兒去霸王圈的那次，是給他往林場木刻楞裏送衣服，現在魯十七身上穿的衣服也就是額爾德特．東珠兒那次送去的四套衣服中的一套。

魯十七和額爾德特．東珠兒都有些不自然了，兩個人的眼睛碰一下，閃了火花，又都看向另一邊。

小佟子托著只紫色檀香木的盤子走進來，檀香木盤子上並排躺著三卷外包紅紙的大洋。

額爾德特．東珠兒說：「老棒子一進家就說有了大媳婦，我跟著高興，這三百塊大洋是賀禮。老棒子，請你大媳婦收下吧。」

老棒子就站起來稱謝，車葉子低著腦袋紅了臉不敢吱聲。烏雲其其格進來叫大夥去吃飯，大家就隨額爾德特．東珠兒進了飯廳。

吃飯期間，額爾德特．東珠兒叫奶媽抱來了兒子。小男孩剛剛滿月，白白淨淨胖乎乎，招人喜歡。奶媽抱著小男孩輪著給大夥看，到了魯十七這裏，魯十七卻伸手抱了小男孩，抱孩子的手法熟練，看笑了奶媽，看愣了額爾德特．東珠兒。

魯十七說：「我有幾十個侄子和侄女，也有幾十個外甥和外甥女，還有孫子輩的侄孫子、侄孫女。我懂得怎樣抱小孩。」

魯十七仔細看小孩，不知爲什麼，魯十七心裏對小孩沒感覺，沒有和他有關的某種聯繫的那種感覺，還不如抱姐姐家的外甥有感覺。小男孩長得像額爾德特．東珠兒，幾乎是一模一樣兒。這也就是長得像魯十七了，魯十七和額爾德特．東珠兒長得挺像。

魯十七就說：「長這麼漂亮，比過了我關裏老家所有的外甥女。是個女孩吧？是個漂亮的大小姐吧？」

烏雲其其格先笑了，說：「我生的才是大丫頭哪，才是個大小姐。大奶奶的乾女兒當然是大小姐了。長得他媽的那個小樣像他媽的烏日樂，賊醜賊醜的，哪比得上大少爺俊俏。咱大奶奶就是會生。一會兒叫烏日樂抱來給老十七看看我生的醜丫頭，老十七差點成了醜丫頭的便宜爸爸呢。」

烏雲其其格的話把大家都說笑了，吃飯的氣氛也就好起來了。

額爾德特．東珠兒說：「我聽說老十七識文斷字，你給這孩子取個名字吧。」

在座的幾個人就笑呵呵地看著魯十七，魯十七卻突然紅了臉，舌頭也打絆了，說：「這、這，不合適吧……」

老棒子歪著腦袋仔細看看魯十七手裏抱的小孩，又偷偷瞄瞄魯十七，就咧一下嘴，皺了下眉頭，突然說：「大少爺的小棒棰像他老子，這點大個小東西就把小棒棰老翹著，長大了還不又粗又壯？我說老十七，和六爺可就看得起你一個木把，大少爺的名字你應該起。你別忘了，你老十七可是當了大把頭的十七大少。」

魯十七不看老棒子，想想說：「這……好吧！我想想，我看這大少爺就叫依爾覺羅．知漁吧。」

魯十七又紅著臉解釋知漁兩個字是出自莊子的「子非魚焉知魚之樂」之句。而他將莊子此句中的魚改爲漁，意爲希望依爾覺羅家的大少爺知漁知獵，不忘滿族祖先創業之苦的意思，也是希望大少爺長大後懂得東家之樂與木把之樂的不同和真正意義。一番話聽得額爾德特．東珠兒臉若桃花挺高興，她也就沒有去理解魯十七這番話裏的另一層意思，那就是，這個孩子是滿族大戶家的孩子，和別人沒有關係。於是，額爾德特．東珠兒生的小男孩，就叫了依爾覺羅．知漁。

烏雲其其格看魯十七把孩子送還到奶媽的手裏，奶媽抱著出去餵奶了，她就突然站起來，也急匆匆跑了出去。過了不一會兒，烏雲其其格和烏日樂抱了一個小女孩笑呵呵進來。烏日樂給額爾德特．東珠兒請了安，在魯十七旁邊的空座位上一屁股坐下。

烏日樂說：「老十七，我看見你來了，我就急急忙忙地餵老虎餵獵犬，也好不容易把你的大狼狗整進院子餵了肉。那傢伙真是野慣了，前腳跟你鬼頭鬼腦地進了這院子，後腳偷偷摸摸就想溜。叫我帶人關了院門截回來了。老十七，咱家丫頭挺好，就是還沒名字。咱大奶奶看得起你叫你給大少爺起名字，你起的名字一定好。咱家丫頭的名字，你就也給取了吧。」

魯十七說：「你家小丫頭的名字不是早就起過了嗎？怎麼還起？你小子厲害呀，你生了幾個小丫頭？」

烏日樂一愣說：「幾個？你小子開我玩笑。我他媽就生了這一個丫頭啊，小丫頭才滿月不幾天，真還沒名字啊，剛剛烏雲其其格叫我來就是叫你給咱家小丫頭取名字，是不是，烏雲其其格？」

烏雲其其格說：「對，就是這事。老十七偷懶你就像上次揍他那樣揍他。」

魯十七一本正經地說：「你生兩個小丫頭那名字也夠用了。你忘了？我在這院裏養病時就給過你兩個名字了，你選一個給小丫頭用上就行了。」

烏日樂抬手拍拍腦袋，說：「是有這事？啊，我想起來了。你是說過兩個名字，是烏鴉樂烏雞樂。」

烏日樂扭頭問烏雲其其格用哪個名字給小丫頭當名字好，額爾德特．東珠兒忍不住先笑了，其他人也笑了。烏雲其其格抬手敲了烏日樂的腦袋，烏日樂才愣一下，反應過來，說：「這他媽是罵我的，不能當咱家小丫頭的名字。老十七，那不算，你小子馬上重起。」

魯十七認真想了想，腦海裏想到了雪白的雪和如火的楓葉，說：「你女兒叫烏紅葉吧。你想啊，長白山最美的是冬天，在大雪中一叢叢紅紅的楓葉，多美。你女兒現在長得像你，看不出漂不漂亮。但女大十八變，越變越好看，小丫頭配得上漂亮的紅楓葉。」

烏日樂嘿嘿笑說：「好，烏紅葉好。咱家小丫頭叫紅葉好。老十七你真行，我沒白幫你熬藥，你也幫了我了。」

額爾德特．東珠兒從魯十七取的這個名字上，猜出魯十七是想到了金葉子，就在心裏輕輕一歎，想，這個男人她是得不到的。她就把一根雞骨頭放嘴裏舔，不時拿出來，看看，再放嘴裏舔，就整得滿下巴口水了。

魯十七看一眼額爾德特．東珠兒油亮亮的雙層下巴，心裏突然痛了一下，站起來說：「大奶奶，魯十七人蠢心笨，就借大奶奶的酒謝大奶奶看得起我，一切都在酒裏，我敬大奶奶一杯。」

額爾德特．東珠兒和魯十七碰了杯，一揚頭喝了這杯酒，說：「老十七，我懂你心意。咱們大夥過了這一關，大奶奶給你和你媳婦在藍旗屯裏安家。」

於是，大夥就把話題轉到和金銅山鬥老虎這件事上了。對這個話題，最熱心的卻是二櫃小佟子。

他問魯十七：「老十七，我打聽到了消息，金銅山那雜種在半個月前就派一幫高麗人，從咱這六道溝木場那邊進山了，是捉老虎去了。我偷偷跟著他們跟到六道溝木場，才碰上了棒子叔，才說起這事。棒子叔說你養了老虎就懂虎。那你看，金銅山捉到老虎的機會有幾成？」

烏日樂也說：「老十七，真想不到你也養了老虎。咱大奶奶回來告訴我賭鬥老虎，我一下子就蒙了。金銅山那雜種明知道咱有老虎，還敢跟咱賭鬥老虎，我就更蒙了。你來接手真好，我真不知道怎麼鬥老虎。」

魯十七先回答小佟子，說：「咱這長白山是東北虎的老家，山裏有多少隻老虎我不知道。但我知道一點，假如金銅山能捉到山裏長大的活老虎，假如他們可以叫他們的老虎來和咱們的老虎對陣，咱們八成就輸定了。」

額爾德特・東珠兒把雞骨頭從嘴裏拿出來不舔了，右手舉著雞骨頭問：「那爲什麼？咱家的老虎吃得好，長得壯，還咬死過人，咱家的老虎就不行嗎？」

烏日樂說：「就是，老十七你沒看到咱的老虎。那傢伙六百多斤重，那大嘴巴子，那大爪子，我不信咱的老虎不行。牠出去一亮大嘴巴子叫一聲也把別的老虎嚇跑了。我剛剛說的是我不知道怎麼鬥老虎，可沒說咱的老虎不行。」

魯十七說：「你別急，你聽我說完。你們可能不知道，咱們人養大的老虎和母虎養大的老虎是不一樣的。我養的老虎撲倒麅子不知道怎麼咬，碰上野豬被野豬一口氣頂了兩個跟頭，只知道掉頭一口氣往木刻楞裏跑。你們相信那是老虎嗎？」

烏日樂嘿笑了一聲，看額爾德特・東珠兒皺了眉發愁，說：「也是，咱的老虎大是大，壯是壯，但那傢伙行動起來像隻大笨貓……」

烏日樂叫烏雲其其格在腰眼上捅了一指頭，看看烏雲其其格又看看眉頭越發皺緊的額爾德特・東珠兒，就不吱聲了。

小佟子二櫃說：「老十七，還有沒有別的招，叫家養的老虎威風一下，像吸上大煙的人牛那麼一小會兒，也許咱就有機會贏了。」

額爾德特．東珠兒也看著魯十七，目光中也是這樣希望。

魯十七說：「咱們沒辦法再捉一隻山裏母虎養大的老虎來鬥虎，金銅山也不一定就有辦法。咱們還有機會。咱的老虎咱下下工夫馴馴，就算金銅山捉了山裏的老虎和咱們對了陣，咱的老虎也有贏的機會。」

額爾德特．東珠兒說：「你想怎麼馴老虎？」

魯十七說：「這隻老虎吃不吃帶毛皮的肉？或是整隻小動物的肉？」

烏日樂說：「咱的老虎不用吃帶毛皮的肉，也不吃什麼整隻小動物的肉。咱的老虎，每天精牛肉、瘦羊肉餵著牠都不愛吃，帶毛皮的破肉是什麼玩意兒，牠見都沒見過。帶毛皮的肉就不是咱的老虎吃的玩意兒，咱的獵犬都不吃那破玩意兒。」

老棒子說：「烏日樂，你別插嘴，老十七說的你沒聽懂。」

魯十七說：「我的辦法很簡單，就是餓這隻老虎，然後丟活羊活豬叫牠撲食，叫牠知道活動物也是食物。否則牠和金銅山的老虎對了陣卻不知道活著的老虎也是食物，牠不撲上去咬，金銅山的老虎會撲上來咬，牠就死定了。」

額爾德特．東珠兒說：「老十七這話說到點上了。咱們就這樣辦。小佟子你抓緊打探消息，別怕花大洋。我就信一樣兒，準備越好越輸不了。就是不知道這老虎到底怎麼個鬥法。」

車葉子插話說：「大奶奶我說一句，我知道怎樣鬥老虎。」

幾個人愣了，都看著車葉子。

老棒子說：「你個大老娘們別跟著摻和，這說正經事呢，叫大奶奶笑話。」

車葉子是頭一次見到依爾覺羅家大院這樣的房子，頭一次見到額爾德特．東珠兒這樣漂亮的大奶奶，一直坐立不安的，連茱也不好意思夾，坐在一角也不敢看人。好不容易鼓起勇氣說話，又被老棒子滅了勇氣，就低下腦袋不吱聲了。

魯十七想到車葉子也許真知道怎麼鬥老虎，就說：「鬥老虎我也不知道怎麼鬥，我想的做的是爲怎麼馴老虎準備的。棒子嬸你知道就說吧。」

老棒子說：「她個山裏野老娘們，能知道鬥老虎？老十七你可真會想。」

車葉子把腦袋抬起來，突然說：「我就知道怎麼鬥老虎。你個老木把，除了破木頭你懂什麼？老十七，大奶奶，我聽我死了的男人說過，他爺爺幫過以前的官捉過老虎也鬥過老虎。就是像老十七說的那樣餓老虎。把老虎餓到最難忍受的那一天，再準備把老虎放出去。人家對方也是這樣對待老虎。在老虎的鬥場上還懸一隻活羊，兩方人同時把老虎放出來，再把羊放下來，兩隻老虎爲爭羊就掐架了，厲害的老虎一口就能咬死不行的老虎，活的老虎就去吃羊了。」

車葉子一口氣說完這些話，把眉眼揚起來斜眼看老棒子，她挑釁的表情把幾個人看笑了。

老棒子說：「還是我的前輩兄弟厲害，他會的都教你了。以後啊我會的也都教你，你也出去傳揚，給我長臉色啊。」

小佟子二櫃說：「棒子叔，棒子嬸說的沒準真那麼回事。這可不好辦了。咱們以前都是按對方沒老虎準輸去想的，現在按對方有老虎來準備是不是遲了呢？關鍵關頭咱的老虎沒精神咬不了那一口就糟了。咱們不知道火候啊。」

魯十七說：「這個火候我能算出來，老虎餓二十天，就到極限了，最多再餓二三天。但這是指母虎養大的活在山裏的老虎。咱們人養的老虎，大約七八天吧。距離鬥老虎還有二十一天，正好有時間馴馴做準備。」

車葉子說：「老十七，還有個事咱應該想到。」

魯十七說：「你說，棒子嬸，我們聽著。」

車葉子說：「咱家養的老虎和山裏白生的老虎不一樣。在鬥虎時，人家是山裏的老虎，人家可能會用帶毛皮的活羊、活麅子當誘餌，人家的山裏的老虎一嗅一看就知道那是食物，就會搶先向咱的老虎撲咬。咱的老虎不知道活羊、活麅子是食物，反應就慢，就會吃虧了。而我想，二十來天叫一隻大笨貓似的老虎認識帶毛皮的活物是食物，這難了點。老十七，咱能不能想個招，用咱的老虎熟悉的牛肉當誘餌，咱的老虎習慣那是食物，才能搶先撲咬那隻爭食的老虎，有可能咱們就贏了。」

額爾德特．東珠兒眼睛亮了一下，說：「這可以辦到，我和金銅山有言在先，鬥虎以咱們的方式爲準，就是咱們出招，他接招。棒子嬸，你真是提醒我們了，這個想法真是太重要了。」

老棒子看車葉子的臉頰紅了，說：「大老娘們還真有鬼點子，我老棒子一不小心撿了破寶貝了。」幾個人看著紅頰更紅的車葉子笑了。

小佟子二櫃說：「棒子叔能撿到好媳婦，我就不行。我媳婦是花大洋娶來的，卻像個傻麅子，什麼忙也幫不上大奶奶的。」

額爾德特．東珠兒說：「你媳婦忙裏忙外不多言不多語的也不錯了，你小佟子就知足吧。具體的事，老十七就幹吧，小佟子、烏日樂、老棒子、棒子嬸都幫著。咱的山林不能輸。」

魯十七說：「就用餓這一招，家養的老虎一樣懂得爭食，這是猛獸的天性。咱還用牛肉馴老虎。不過咱們不在這院裏馴老虎，咱們先去六道溝木場，叫咱的老虎先認那裏是領地。這在鬥虎上是占先機，領地虎總能比闖入的虎更兇猛。」

額爾德特．東珠兒卻想，這可能是魯十七不想在這院裏天天見到她，也就知道魯十七怕天天見到她把持不住上了她的炕。她心裏熱了一熱，想到魯十七心裏也是有她的，這是一個安慰。

額爾德特．東珠兒就同意了，畢竟此時鬥虎的事情是最重要的。乾飯盆林場是她打算留給兒子的。她想，如果有一天，魯十七突然動了想兒子的念頭，可能魯十七就會主動進入依爾覺羅家大院了。但額爾德特．東珠兒想不到魯十七對她的兒子沒感覺。魯十七心理上不認爲依爾覺羅．知漁是他兒子。這也是魯十七感覺額爾德特．東珠兒心裏埋汰的地方。在魯十七的印象裏，一個拿槍搶劫男人聽故事當一次媳婦的富家奶奶，永遠比那些用身體靠木把掙錢養家的女人埋汰。

魯十七的這個想法，是額爾德特．東珠兒到死都想不明白、也不可能想明白的一個心結……

3

依爾覺羅．和六的這隻老虎被關在六道溝木場的一個大木籠子裏，老虎的脖子上還拴著細鐵鏈。老虎被關在木籠裏已經七天了，只餵過一次食物，老虎餓得在木籠裏不停地走。每次看到烏日樂和魯十七，老虎的目光就充滿希望地盯著看，嘴裏還會發出急躁短促的叫聲。那目光在烏日樂和魯十七掉頭離開的瞬間，再從希望變成絕望。

在第八天早上，當烏日樂用木盆托著牛肉走進木籠子時，老虎的目光一下子閃爍了，不等烏日樂放下牛肉，老虎一躍而來，從烏日樂手上的木盆裏叼去牛肉就開吃。在一旁的魯十七就看到了什麼是狼吞虎咽。魯十七就在腦海裏想像了一下虎小弟，虎小弟也有幾次像這隻老虎這樣吃食物。這隻老虎和虎小弟應該是一母所生的兄弟，但境遇是不一樣的。虎小弟一直都是自由的，這隻老虎先是寵物，現在是工具，然後可能就是死。這是魯十七同情這隻老虎的原因，也是想發狠地餓這隻老虎的原因。只有發狠地餓這隻老虎，這隻老虎才有可能在鬥虎中獲勝活下來。魯十七也想好了，如果這隻老虎活下來，魯十七會帶走牠，像馴虎小弟那樣馴馴，再把牠放到山裏去。

在第八天下午，小佟子二櫃神色有些急躁地回來了。小佟子帶回了金銅山捉到老虎的消息。那隻被金銅山的人從山裏捉到的老虎也關個大籠子裏，也許過個十天八天就運來了。這是小佟子二櫃花了三百塊大洋，通過臨江的一個大煙販子從賭場的胖子二櫃嘴裏得到的消息。胖子二櫃是這次進山捉老虎那隊人的頭，是負責付錢並給金銅山打前站的人。

小佟子二櫃又去看看木籠裏的老虎，說：「老十七，金銅山那雜種的老虎小，比咱這隻老虎小一號，是五百多斤的老虎。老十七，他們裝老虎的木籠子不叫人看，罩著黑布，你知道這是搞什麼鬼嗎？」

魯十七說：「他們那麼做也許是叫老虎保持精神吧？也許也是故弄玄虛。」

小佟子二櫃一邊吩咐人手馬上整黑布做罩子罩上木籠，一邊說：「咱們也這樣幹，就學唄，不吃虧就行。」

烏日樂說：「你小子急個什麼勁？就像馬上要輸了似的。你要沒底氣，就回屯子靠靠你傻媳婦的破井，整幾次睡個好覺在屯子裏等消息。你這麼慌慌張張把我的腦袋都整蒙了。成不了大事的玩意兒，還當他媽什麼二櫃？」

小佟子二櫃說：「你懂什麼？咱大奶奶這林場要輸了，我這林場二櫃還幹得成嗎？還不得回大院再去打雜？一年三百塊大洋就泡湯了。我不著急誰急？棒子叔你說，咱這林場能他媽輸嗎？」

老棒子這八天過得舒服，總是舞棒棰靠車葉子的井，白天沒事就睡覺，這會兒剛睡醒了起來，說：「兩個小子說得都對，但咱著急不想招就沒用。小佟子二櫃，咱倆搭伴跑排真好。你比那拉．吉順那小子強多了。那拉．吉順那小子每次木排靠岸歇夜，他總把大夥整到給他吃紅的那幾家去，叫大夥三兩個靠一個女人，他給結大洋。木排到了南海，算工錢了，那拉．吉順就扣大夥靠女人的大洋，你沒靠他幫找的女人，他也扣你的工錢。那拉．吉順那小子有理呀，他說誰叫你們不靠呢？他付那幾家女人的錢是按人頭按次數算的。那拉．吉順那小子死了我也不說他好。那拉．吉順那小……」

小佟子二櫃聽煩了，打斷了老棒子的胡說八道，問：「棒子叔，你亂七八糟瞎說，到底想說什麼？」

老棒子說：「你小子傻了，這還聽不明白？我說咱倆搭夥跑排好。你不喜歡找女人也不管我們找不找女人，你這樣只管付錢不管閒事的二櫃多好。所以你得想招，這林場真的不能輸。輸了咱倆就搭不成伴了。」

小佟子二櫃眨著眼睛就打定主意了，就去買了大煙，在自己住的木刻楞裏偷偷用加工好的大煙水泡牛肉悄悄餵老虎。這隻老虎天天餓肚子，別說給牠用煮熟的大煙水泡製的牛肉吃，就是給牠大便水泡的牛肉牠也猛吃。小佟子二櫃的老爸種大煙，他就瞭解大煙的好處。小佟子二櫃算準了這隻老虎一旦上了大煙癮，在鬥虎時用上大煙水泡製的牛肉當誘餌，那就好了，這隻老虎還不瘋了似的搶……

小佟子二櫃偷偷幹的這一切，在鬥虎的前一天晚上，才被烏日樂和魯十七發現。那天晚上，在夕陽下來之前，金銅山的老虎籠子由一幫人架在馬車上拉進了木場。像小佟子二櫃說的一樣，裝老虎的木籠子是用黑布罩著的。

烏日樂聽說金銅山的老虎運來了，就緊張了，出去看，看到魯十七正在外面看。魯十七看的並不是裝老虎的木籠子，魯十七是看一個手上拎根鞭子的人。魯十七初看到這個人嚇了一跳。山東人和東北人本來就夠高大的了，但這個人更高大更粗壯。十月中旬的天氣已經落小雪了，在山裏已經穿上大棉襖了，這個人卻還穿著秋天的夾襖，腰間纏著又粗又寬的灰布帶子，穿的鞋也和其他人不一樣，他穿牛皮靴子，往那一站，像段粗粗的大樹樁。

烏日樂問：「看到雜種的老虎了？」

魯十七說：「我沒看到老虎，我在看那個大漢。」

烏日樂說：「像那大漢那傢伙這麼壯的人我也沒見過，看樣子不像漢人。咱去看看咱的老虎吧，那傢伙這幾天老是打蔫。」

魯十七說：「我這幾天也覺得咱們那老虎奇怪，好像牠不是餓得眼露凶光那樣了，這傢伙會不會病了？」

魯十七和烏日樂去看也被黑布罩在木籠裏的老虎，是拎著燈籠過去看的。老虎見到燈光不在意，卻躺在木籠裏，張著大嘴打哈欠。老虎打哈欠也正常，但一袋煙的工夫打十幾個哈欠，就不正常了。

魯十七說：「難不成這傢伙真病了？老虎不缺睡眠啊。」

烏日樂走近了舉燈籠仔細觀察，老虎還打哈欠，甩著腦袋甩鼻涕打成串的哈欠。

烏日樂歪歪腦袋蹲下了，仔細觀察老虎，又抬手抓了抓頭皮，揚起脖子想了想，又站起來說：「這傢伙現在這樣子像我爸爸。我爸爸大煙癮上來了就這樣兒，難不成老棒子老蹲在這吸煙，這傢伙嗅著煙味上癮了？」

魯十七說：「不能吧？老棒子沒在這吸過幾次煙，煙氣風一吹就散了，老虎哪能嗅了上癮？」

烏日樂說：「糟了，糟了。這傢伙就是上來煙癮了，鼻涕眼淚也甩出來了，和我爸爸上來煙癮那會兒是一個棒棰樣了。這怎麼會呢？」

魯十七說：「難道是……」

烏日樂甩一把腦門上急出的汗，一拍手說：「小侉子，他媽的小侉子害死咱們了。這怎麼辦？完了，完了，完了，完了，我虎爸爸呀，你怎麼像我爸爸了呢？大煙是你抽的嗎？你是老虎啊。老十七，難怪小侉子總是悄悄跑來看老虎，這小子會不會被金銅山那雜種收買了？」

魯十七的腦門上也見汗了，這隻老虎看起來真成了大煙鬼。魯十七想想說：「要真是這樣，咱們就輸定了。現在還有一個招，就是叫小侉子說出真相，只有證實了金銅山收買他，咱們才可以不賭鬥虎。」

烏日樂說：「咱還等什麼？這小子現在不會知道咱們發現了老虎的毛病，他接了大奶奶馬上就會回來，他不會逃跑。你說，老十七，咱們千算萬算，怎麼沒算到咱們這邊會出內奸呢？」

烏日樂和魯十七正說著，正商量怎樣捉了小侉子問出情況，老棒子跑過來喊：「老十七，青毛在咬人哪。快來。」

魯十七和烏日樂快步跑出去，見青毛大狼狗正圍著那個大漢嗚嗚地咆哮打轉，時時齜牙要撲上去撲咬。而那大漢卻咧著大嘴笑，用右手一勾一勾地在向青毛大狼狗挑釁。

魯十七就喊青毛大狼狗回來，並跑了過去。青毛大狼狗卻衝著魯十七吱吱聲，又要往大漢守的老虎籠子那邊跑。

魯十七不理解青毛大狼狗這是怎麼了，現在腦袋裏亂著，也沒時間仔細想，就抓住青毛大狼狗脖子上的毛往回拽。

大漢湊過來說：「小瘦子，你的狗真他媽好。你他媽的不懂狗，沒養好，牠叫你養壞了。牠是條天生的好鬥狗，值金子的鬥狗。」

魯十七說：「滾你媽的，你離我遠點。你爸爸才是天生的鬥狗。」

魯十七見大漢招惹青毛大狼狗就冒火。這邊老棒子怕出事，舉了根繩子過來，叫魯十七拴上青毛大狼狗。

魯十七接了繩子拴上了青毛大狼狗。

大漢不離開，又湊過來說：「小瘦子，咱倆賭一次，你輸了你的狗給我，我輸了給你十根金條。賭你摔不倒我。」

烏日樂說：「老十七咱不上當，大塊頭一看就是摔跤手。賭了你就完了，準輸。」

魯十七拍拍青毛大狼狗的腦袋，把拴青毛大狼狗的繩子遞給烏日樂，叫烏日樂拽住了，轉身對那大漢說：「我不賭狗，我賭你輸了向我的狗叫聲爺爺。」

大漢哈哈笑，說：「行，我賭你輸了給我當一晚上媳婦，你長得比俏姑娘還好看，我愛看。」

大漢那邊的十幾個人圍過來嗷嗷叫著叫號。

胖子二櫃也過來問出了什麼事。胖子二櫃說：「我用五百塊大洋賭你小子今晚給這傢伙當媳婦，這傢伙不喜歡女人就喜歡男人，老虎這傢伙都敢捉，你那小身板哪行？你還是滾他媽一邊去吧。胖子爺這樣說你聽懂了吧？胖子爺看你順眼是爲你好。」

胖子二櫃又仔細看了看魯十七，說：「你他媽的還別說，你小子收拾乾淨了，整身女人的衣服穿上可了不起了，你比金爺身邊的女人都好看。我也想摸摸你的屁股。你還是和他賭吧。你贏了就輸你五百塊大洋，你輸了我就摸摸你的屁股，我摸一個時辰。」

老棒子說：「老十七，咱他媽不賭。你打不倒這大樹樁似的傢伙。老十七，咱不能上他的當。」

守六道溝木場的陳老五聽到這邊要打架，也招呼道爾吉、趙大勺子他們十幾個早來的木把拎著棒子跑了過來，就連車葉子也拎著一根木棒跑過來了。兩邊的群架就要打起來。大漢那邊的十幾個人也都從腰間拔出了細長的彎身短刀。

老棒子看看不行，接了車葉子手上的木棒喊：「胖子二櫃，你他媽的叫你的人後退，要不我老棒子先叫你的豬腦袋開花。」

胖子二櫃看老棒子覺得像見過，可胖子二櫃在賭場待著一天到晚見人太多，又總記不住見過的人，盯著老棒子認不出來就不想了。

胖子二櫃也喊：「幹就幹，爺他媽就不怕打架。老傢伙，你往爺腦袋上砸一棒子試試？爺整不死你。」

烏日樂看對方十幾個人的後面有四個舉槍的人，就叫車葉子拽住青毛大狼狗，招呼依爾覺羅家大院的人快去取了槍，也舉著槍瞄上了。兩邊的人越湊越近，就要撞一起開幹了。魯十七把雙手舉起來，叫陳老五、道爾吉、趙大勺子帶人後退。

魯十七說：「大傻子，我賭了。你準備叫我的狗爺爺吧。」

大漢說：「太好了，今晚不用睡覺了。你等著我整得你滿炕紅吧。」

兩邊的人退開，讓出了場子。

大漢那邊的十幾個人手拉手站一排，嗷嗷叫著給大漢打氣。魯十七這邊的陳老五、道爾吉、趙大勺子他們都挺安靜，提著棒子在看。

老棒子卻在歎氣。老棒子不知道魯十七今天是怎麼了。想到魯十七今晚要是在大漢那裏交代了，日後不會再有木把拿魯十七當男人看了，就對車葉子說：「你快想個招幫幫老十七，老十七要輸了，今晚就和那大傢伙進洞房了。」

車葉子說：「我想了，我也想好了。老十七要輸了，今晚我替他去睡那個臭大漢。這樣行不？」

老棒子就猛咳一聲，一口痰沒上來，憋嗓子眼裏了，等上來痰又吐了透出氣來時，魯十七已經和朝鮮大漢動上手了，老棒子還沒忘問一句：「你說真的？」

車葉子說：「真的！」

老棒子說：「也行，真的行。老十七是你救命恩人，應該的。你不死回來，我老棒子還要你當媳婦，還對你更好。」

車葉子說：「死老棒子，快看吧你，怎麼就想不到老十七會贏呢？可老十七怎麼光轉圈不打呢？」

老棒子看幾眼說：「操他個老十七，我老棒子真他媽看走了眼又看走了眼。這小子身上能耐大了去了。這是咱這邊的太極拳，以柔克剛，八成老十七輸不了了，你不用那樣報恩了，真他媽的好。」

魯十七的太極拳雖然就會幾招，但二十來年練下來自然不凡。太極拳就像不倒翁似的，講究飄逸而有根，借力打力，四兩撥千斤。

魯十七先用纏手試了試大漢的下盤，大漢的下盤真像樹樁似的不易撼動。魯十七就圍著他轉圈，想引他動起來，再借力摔倒他。可大漢身大力壯，腳步移動得卻是又穩又快，用的是高麗摔跤術的手法。

大漢的雙手揮動雖快，但卻抓不住魯十七，偶爾抓住也帶不動魯十七，瞬間會被魯十七脫開。

魯十七也知道，和大漢糾纏久了肯定不行，得引得他動得更快才行。人們通常認爲太極拳是慢悠悠突然發力的慢活，其實太極拳也能快速發動。就見魯十七突然在大漢抓住他的左手往懷裏拉時，魯十七借力搶進大漢的懷裏，太極拳的一招撞擊而出，借大漢回拉之力集中全身的力量用左肩撞他的前胸，甩出右腳勾他的左腳，左肩先撞中，右腳再勾中，大漢一下子失去平穩，像面牆似的向後砰一聲摔倒了。

陳老虎、道爾吉、趙大勺子一下子跳腳叫好，一起喊：「狗孫子，狗孫子，叫啊！叫啊！你他媽的叫啊……」

那邊的十幾個人靜了一下，就紛紛鼓噪起來，也一起喊：「不算，不算。這小子取巧使詐。不算、不算……」

雙方的人又吵將起來了。

大漢從地上一招鯉魚打挺就跳起來，並不認輸，晃雙臂又撲上來，還吼一聲：「我要你的命！」

魯十七終於知道這是一群沒有信用的人。魯十七一時不察被大漢抓住雙肩掄起來甩得飛出去，魯十七卻借力在空中打個旋風腿落下來站穩了。

老棒子、趙大勺子、道爾吉、陳老五等人一起叫好。

大漢吼一聲又撲上來，魯十七身子一轉搶進大漢懷裏甩開左臂，左臂甩出鞭勁，像鞭子似的抽在大漢的臉上，大漢噔噔退幾步，鼻孔裏就流出了血。他抹一把鼻血，鼻血又流出來。

大漢吼一聲又撲上來，探出雙手抓魯十七。魯十七走出太極步已經轉到他身體後側部位，左手探出抓住他的腰帶，借他前撲的衝力上提前甩，右手兜上他的屁股向前發力。

大漢身體離了地面，向前撲出，人重摔得就重，這一下摔得狠了，額頭鼻子、下巴全在地上頂破了。大漢終於痛得哼出了聲，但他爬起來又向魯十七撲來。

老棒子等人的叫罵聲就四起了，山東的國罵、河北的國罵、山西的國罵、老東北的國罵全上來了。

那十幾個人也罵著給大漢鼓勁，他們的罵聲越來越整齊，卻十分不標準：打死他！打死他！

老棒子等人這才知道他們不是中國人，而是被日本人控制的二鬼子。

老棒子用棒子砸地也喊：打死二鬼子！打死二鬼子！

魯十七知道今天不是他趴下，就是二鬼子大漢趴下。魯十七這是頭一次跟人真正動手，這頭一次動手就是生死之戰。而在開打之初，魯十七早就橫下心來接這一架了，也再不會給他歇氣的機會了。這是一群沒有信用的二鬼子，對付這樣的雜種就是打到他服輸或打死他爲止。

大漢的臉上全是血了，又被魯十七以手臂當鞭子用抽中了三下。但大漢力氣太大，把拳頭掄開，呼呼地每一拳打出都掛著拳風，如果魯十七中上一拳，也可能骨斷或吐血。

當大漢的右拳又直搗過來，打擊魯十七前胸時，魯十七右腿往旁邊側一步，身子轉至打橫，大漢的拳頭從魯十七胸部衝過去。魯十七起兩手，拿住大漢這條右臂的腕部，順勢前帶卸了大漢手臂的前衝之力，猛地用全身之力把大漢的手臂扭轉到左肩膀上，魯十七沒有猶豫，雙手向下發力，肩膀向上發力，咔的一聲，就掰斷了大漢的這條右臂。這還不算完，魯十七放開大漢這條折斷的右臂，用左肘直接向後撞擊大漢前傾低下來的面部，大漢在這幾招之下一連慘叫了三四次，這又慘叫了一次，噔噔往後退。

十幾個二鬼子舞短刀叫喊著往上衝，老棒子、陳老五、趙大勺子、道爾吉這些人早忍不住了，叫喊著掄木棒往上衝。雙方眼看著要撞一起刀棒相鬥了，槍響了，一連兩槍都打在胖子二櫃的腳前。

胖子二櫃就張開手臂站住了，胖子二櫃身後的人也站住了，老棒子等人也站住了，都看誰打的槍。就看騎著紅馬的額爾德特．東珠兒，右手拎著一支漢陽造步槍過來了。額爾德特．東珠兒的身後是拎著漢陽造步槍騎匹黃馬的烏雲其其格，烏雲其其格的身後是駕著馬車的小佟子二櫃。

雙方都靜下了，都往後退。烏日樂迎上去告訴額爾德特．東珠兒正在發生的事。

大漢又一次被魯十七一招矮身弓步，用雙手兜起一條腿摔倒了，就像摔倒那頭大黑牛一樣。

大漢的骨頭似乎比那頭大黑牛硬，又一個滾翻爬起，掄著一條左臂又往上撲。魯十七又一次展雙手抓住他左臂手腕，同樣的一招，不同的是相反的方向，同樣扭上了肩膀，同樣毫不猶豫要掰斷他的這條左手臂。

大漢在關鍵時刻軟了，也就喊了：「別！別！我認輸了。」

魯十七猶豫了一下，又咬牙發力甩開右肘猛擊大漢向前傾斜的面門。大漢慘叫一聲，向後摔倒了。

大漢的臉上連遭重擊，全是傷，鼻梁被打斷了，鼻梁也扁了，滿嘴的牙齒也幾乎都被打掉了。

車葉子笑瞇瞇地牽著青毛大狼狗向二鬼子大漢走過去。

老棒子喊：「大夥別吵，青毛大狼狗有二鬼子當孫子了。」

那大漢卻不肯叫青毛大狼狗爺爺，爬起來蹲地上也不站起來，抬頭看著魯十七說：「我叫你爺行嗎？我再給你五根金條。」

魯十七說：「賭了就要認，我沒賭你叫我爺爺。我和你也沒賭金條，我的狗也不需要金條。你自己說你應該叫我的狗幾聲爺爺？你他媽叫啊！」

大漢說著，用左手從懷裏掏出五根金條丟在青毛大狼狗的前面。青毛大狼狗衝他汪汪叫。

那大漢梗著脖子就是不叫。

老棒子過去彎腰撿起五根金條說：「這樣也行，用金條頂也行，算這雜種叫了狗五聲爺爺。」

老棒子又衝胖子二櫃喊：「胖子二櫃，你他媽別往後縮。大洋哪？五百塊，你們他媽沒一個說話算數的。」

胖子二櫃從一個手下背的口袋裏掏出一口袋大洋丟給老棒子，說：「誰他媽賭了不算，這幫王八蛋沒信用，可不是你老子我沒信用。五百塊大洋壓死你個老傢伙。」

魯十七走過去從老棒子手裏要過五根金條丟在大漢的腳邊。魯十七不說話，看著大漢在活動手指。大漢終於怕了，衝青毛大狼狗叫了三聲爺爺。叫完就抱著斷的右臂把腦袋垂向褲襠了。

胖子二櫃深深地看了魯十七一眼，掉頭招呼十幾個人去搭睡覺用的棚子。因爲此時的天已經下來黑影了。

老棒子帶著木把們也散去，開始準備明天鬥虎的雜事，也就是清理場子之類的。青毛大狼狗又衝著魯十七吱吱叫，想拽著車葉子往老虎籠子那邊跑。

車葉子說：「這傢伙興許嗅到另一隻老虎的味了，牠跑過去再起爭端就不好了。老十七，怎麼辦？」

魯十七說：「你拽著牠進木刻楞拴上牠，到了明天午時就沒事了。」

車葉子拽著急得吱吱叫的青毛大狼狗走了。

魯十七去了依爾覺羅・和六以前住的木刻楞裏見了額爾德特・東珠兒。額爾德特・東珠兒臉上似笑非笑地看著魯十七。

烏雲其其格說：「老十七，剛剛大奶奶說了，咱們賭鬥老虎賭錯了，咱們應該賭鬥人。老十七你上場準贏，也不用那麼費勁想招鬥老虎了。」

魯十七看一眼愁眉苦臉的烏日樂，知道烏日樂還沒說老虎上了大煙癮的事。也許烏日樂還想不好怎麼說，或是還不敢說。

魯十七說：「大奶奶，現在改賭鬥的方式還來得及嗎？」

額爾德特・東珠兒愣了愣，問：「改賭？爲什麼？咱的老虎不行，牠病了？不能上場了？還是餓死了？」

小佟子二櫃說：「你沒事吧，老十七？難不成你真想當老虎上去頂？」

烏日樂突然甩手給了小佟子二櫃一個大耳光，把小佟子二櫃打了一臉鼻血，也把他打蒙了。

烏日樂喊：「你個王八犢子，大奶奶，這小子是內奸，他把咱的老虎變成大煙鬼了。大奶奶你聽老十七的咱們換個賭法吧。」

小佟子二櫃邊忙著擦臉上的鼻血邊衝烏日樂喊：「我他媽的不是內奸，餵老虎大煙是我想的準贏的招。大奶奶你聽我說……」

小佟子二櫃就把用大煙水泡製牛肉當誘餌，激發老虎鬥志的事，說了一遍。

額爾德特．東珠兒問：「老十七，你說小佟子這招行嗎？」

魯十七說：「人家都說十賭十騙。小佟子二櫃用這招也不是不可以。人家有什麼招，咱們也不知道。如果改不了賭法，也只能按小佟子二櫃說的試試了。就怕咱的老虎只盯著大煙水泡製的牛肉搶，不知道去咬老虎了。現在這樣子勝負全在天意了。」

小佟子二櫃說：「大奶奶，我這招準行。我見過大煙鬼搶大煙，打得可凶了。咬耳朵、摳眼珠，什麼招都能用上。」

額爾德特．東珠兒說：「小佟子從小就是咱大院的人，不可能被人收買。只是小佟子，你這事做得叫我不痛快，這不是你一個林場二櫃就能決定的事。你的事回頭再說。明天鬥虎成不成也只能看天意了。」

魯十七和烏日樂對看一眼，烏日樂歎了口氣。

青毛大狼狗在另一座木刻楞裏嗷嗷叫，魯十七心裏煩沒理會。

額爾德特．東珠兒看場面沈悶，就說：「老十七，你剛剛想過你要輸了怎麼辦嗎？」

魯十七愣了一下，想到大漢下的賭注，臉頰一下子就紅了。

烏雲其其格說：「老十七，幸好你贏了，要輸了，你今晚就當新娘子了。」

烏日樂揚起腦袋想了想，又低頭看看魯十七的屁股，嘿的一聲笑了，說：「真是好險，幸虧老十七你有兩下子。」

額爾德特・東珠兒也笑了，看了眼魯十七，眼睛裏卻閃過一絲憂傷。

魯十七避開額爾德特・東珠兒的目光，說：「我沒想輸了怎麼辦，我光想怎麼打倒他了。那傢伙的力氣真是大，是我見到的力氣最大的人。」

額爾德特・東珠兒說：「是啊，所以你贏了。可是咱們鬥虎呢？就沒這樣想，想的做的全是怕輸的招。好吧，明天就叫老天爺決定吧。」

小佟子二櫃先跑出去看成了大煙鬼的老虎去了。魯十七和烏日樂也隨後出去了，就等著明天鬥虎了……

4

次日，長白山下雪了。這是入冬以來頭一場真正的雪。這場雪從後半夜開始飄雪花，飄到辰時就是大雪了。大雪下了一個多時辰才轉小了。長白山這片神奇的土地蓋上了頭一層雪羽。在頭一層雪羽上面的故事也就快開始了。

午時之前，六道溝木場又來了幾幫木把，有曹叫驢子的那幫木把，也有陳老五的那幫木把，都是上一季來幹山場子活的老人。

穆歪脖子和盛小耳朵也從南海趕回來了，也被老棒子說對了。兩個小子在南海靠女人靠光了身上的大洋，連老羊皮襖也變賣換成窩窩頭吃了，這會兒穿著開花破衣服，像兩個叫花子似的扛著破行頭，凍得鼻青臉腫回來的。

隨在穆歪脖子和盛小耳朵後面過來的是十幾駕馬車，是金銅山帶著幾個女人、二十幾個二鬼子和大量物品來了。

老棒子帶人已經把場子裏應該收拾的都收拾好了，只是沒掃場子裏積了半尺深的雪，老棒子認爲鬥虎不用掃雪，老虎在雪地上咬架才好看。

老棒子看到穆歪脖子和盛小耳朵縮頭縮腦地走過來，就叫這兩個小子拜見師娘車葉子，也就開口臭罵了兩個小子。老棒子正罵著，就看到金銅山的一串馬車過來了。老棒子停嘴不罵了，仔細看第二駕馬車上有沒有金葉子，那馬車上的幾個女人都穿著雪白的老羊皮襖，個個像老白羊似的白花花地晃眼睛。

老棒子沒認出幾個女人裏的金葉子，金葉子也沒和他打招呼。老棒子就抬手揉揉流出眼淚的右眼睛，對車葉子說：「咱的徒弟媳婦可能留在南海等老十七了。今天午時一到，她就是自由身了。你想姓金的日本雜種多忙，還不提前放了咱的徒弟媳婦嗎？咱啊，這次鬥完虎，老十七肯定不耽擱了，肯定馬上回南海找他媳婦去，咱倆也跟著回南海。咱的行頭我都收拾好了，咱挑了就走。咱四個人到南海搬一起住去。我要先你死了，我的終，老十七和咱的徒弟媳婦就送定了，你的老，他們也養定了。誰叫咱倆是師父師娘呢？你說是不？咱倆就這樣辦。」

車葉子不關心老棒子說的，也想看清馬車上的那幾個女人，伸長脖子看著老白羊似的幾個女人遠遠地下了馬車，說：「我看著怎麼都是高麗女人？老棒子，我左眼皮老跳，跳一早上了。老棒子，我看啊，咱們今天怕不順呢。」

老棒子說：「我老棒子閻王爺見幾十回了，跟著我老棒子上山打蟲下江捉蝦都沒事，你就放心吧。」

車葉子說：「得了，你就吹吧，不吹你就唄一聲憋死了。我也不看了，想想就心驚肉跳的。我去給青毛整頓肉吃。這大狼狗不知怎麼了，光嗷嗷叫，也不吃食。一會兒老虎開鬥了我就放開牠，牠再跑過去看人家的老虎……」

說到這兒，車葉子臉色一下子變了，聲音也變了，顫聲問：「老棒子，他們捉的老虎，會不會是老十七的虎小弟？」

老棒子說：「淨瞎想，你個老娘們真是病得不輕。這世上就沒那麼巧的事。你別聽青毛叫幾聲就胡猜。青毛是野慣了，一會兒你餵了肉放開就好了。再說老十七養的老虎不也像老十七精得像啞巴猴子似的，哪能叫那些雜種捉了。我說你真不看鬥虎了？百年不遇啊。」

車葉子猶豫一下，說：「等等再說吧。我現在不似從前了，現在我見血光就眼暈。我看青毛去了。」

額爾德特·東珠兒帶著烏雲其其格過去和金銅山說的鬥虎的條件和方式，金銅山沒遲疑全答應了。

額爾德特·東珠兒揣著疑惑回來和魯十七說這些。魯十七告訴額爾德特·東珠兒，金銅山之所以這樣痛快，是金銅山知道一隻家養的老虎是鬥不過野生老虎的，但願小佟子二櫃的招法能管用。

魯十七看著額爾德特·東珠兒皺著彎眉離開場子去旁觀了，他的心裏也隱隱生出不安了。他歎口氣，叫幾個大院的下人把裝老虎的木籠子推到場子的東側。另一邊的幾個人把他們裝老虎的木籠子推到西側。兩個木籠子距離六七丈的樣子。

昨天被魯十七掰斷右臂的大漢沒閒著，他折斷的右臂用四塊木條包圍著綁好了，現在吊在脖子上了。他的左手抓著一根用多條生牛皮擰成的繩索，繩索彎曲著爬在地上，繩索的另一頭在木籠子裏。

烏日樂也抓著條粗繩子，繩子的另一頭連接著拴老虎的細鐵鏈，細鐵鏈的另一頭也在木籠子裏，連接在老虎的項圈上。

兩邊人都是一樣的心事，罩木籠子的黑布都沒拉下來。兩隻木籠之間的場子裏，有一個用整根的木杆綁成的門字形的架子。架子的橫杆上懸空懸掛著一個大肚小口的罎子，罎子裏是四十斤的一塊牛肉。這塊牛肉是小佟子二櫃用大煙水泡製的。

老棒子挺直了胸脯，大步走過去和胖子二櫃對了時辰，午時正點到了。雙方的鬥虎開始了，開始放老虎了。

魯十七過去掀開黑布打開木籠子的門，老虎看到陽光就從木籠子裏走出來。但老虎的動作顯得懶極了，比懶洋洋的老綿羊還像懶洋洋的老綿羊。這隻老虎出了木籠子，剛走到雪地上就下蹲要臥下。

烏日樂把左手裏的鞭子甩了一個響，這隻老虎才瞇了下眼睛，扭頭看了眼烏日樂，站直了後腿。

對方的木籠子也掀起了黑布，打開了木籠子的門，從裏面一下鑽出一隻老虎。這隻老虎滿身是傷疤，腦袋上有隻耳朵還少了半隻，個頭兒比烏日樂牽的老虎小了一號，足足輕了一百多斤。

魯十七一眼看到這隻老虎，眼珠隱隱就紅了，也一下子明白了青毛大狼狗爲什麼總是企圖靠近那只木籠子。這隻老虎是虎小弟。他們捉的老虎居然是虎小弟。

魯十七的腦袋瞬間暈了一下，但馬上冷靜下來。魯十七想到虎小弟獲勝的機會大過另一隻老虎。魯十七必須考慮怎麼才能從金銅山的手裏救出虎小弟，什麼額爾德特·東珠兒和林場，魯十七全不想了。

魯十七看虎小弟脖子上的項圈，項圈不是生牛皮擰成麻花狀擰成的，是比較細的鐵線纏成的，不過有鐵製的接頭，接頭是用鐵環連接在一起的，一個扣鎖壓下去，接頭鎖死，項圈也就小了。當然，把扣鎖翻起來，拉開，項圈也就大了，這個機關，也是把項圈從老虎頭上取下來或戴上去時用的。

魯十七看懂了，由於緊張，魯十七慢慢蹲下了。

鬥虎開始了。

金銅山抬手向額爾德特·東珠兒示意。額爾德特·東珠兒抬手一槍，懸空的那只罐子墜落下來，啪的一聲砸在雪地上，破碎了。牛肉的血腥氣，大煙水的香味飄了出來。

虎小弟和另一隻老虎都餓到極限了。尤其虎小弟，被捉之後只吃過一次半飽的食物。但另一隻老虎多了一種折磨，就是大煙癮。此時這隻老虎懶洋洋地站著，甩著腦袋甩鼻涕，也打哈欠。

這隻老虎就沒精神去注意對面的虎小弟。而虎小弟從出了木籠的門，就盯上了對面的老虎，在虎小弟的眼睛裏，對面的這隻肥胖的老虎就是塊長毛的肉。而且虎小弟也不會記得，這隻老虎也許是牠的同母同父的哥哥，在小時候總會第一個吃母虎帶回食物的強壯的哥哥。而那時，虎小弟等待的是這一個哥哥和另一個姐姐吃完，牠才有資格去吃的所剩無幾的食物。但另一隻老虎也不會記得，虎小弟也許是牠的被母虎拋棄的弱小的小弟弟。兩隻可能是兄弟的老虎這樣的面對，就是人爲的宿命。

當鑵子落地碎裂，大煙水泡製的牛肉飄香的時候，所有的人都安靜了。那隻一串串打哈欠的老虎突然嗅到了大煙水泡製的牛肉的氣味，陡然間精神大震，鼻孔收縮幾下，盯著散發出大煙味的牛肉撲了過去，就沒有去留意把牠當成食物的虎小弟正向牠撲過來。這隻垂著腦袋直撲大煙味牛肉的老虎還沒靠近大煙味牛肉，虎小弟已經撲過來，已經撲倒了這隻老虎，虎口下指，四顆鋒利的犬齒瞬間把這隻老虎一側的脖子切開了。

這隻老虎沈悶地吼一聲，伸縮了伸縮四肢，一下跳起，脖子裏的血已然流出來了，點點片片出現在雪地上，血紅雪白刺激了人的眼睛。

這隻老虎遭到重創，精神雖然振了振，咆哮著用一雙前掌對著虎小弟的腦袋撲拍幾下，又用犬齒空咬幾下，但牠的目的卻是企圖趕走虎小弟，去搶吃大煙味的牛肉。於是，這隻老虎的命運就注定了，牠在虎小弟雷霆般的對撲對咬連續攻擊下，後腿軟了下去，又被虎小弟兩隻前掌發力撲出來抱住腦袋摔倒了，也被虎小弟的兩隻前掌按住了，被虎小弟摔得肚皮朝了天，牠的咽喉處也就被虎小弟又一口死死地咬住，牠無法吸氣了，牠的身體也被虎小弟死死地壓住。這隻老虎的身體扭動幾下，四肢伸縮抖動了一番，終於不動了。

虎小弟確知對手沒了氣息，才鬆開犬齒，抬起頭，坐下來，肚皮急劇起伏著，邊喘粗氣邊向四周的人群看，這一次的生死之戰，打得虎小弟累極了。對於那塊散發出怪味的牛肉，虎小弟看都不看。虎小弟喘順了幾口氣，低頭伸舌頭舔這隻老虎屁股上的毛，老虎吃獵物多從屁股開始吃。

魯十七突然喊出一聲：「靠！」

隨著話音，魯十七就從雪地彈起撲了過去。所有的人都驚呆了，認爲人和老虎的搏鬥開始了。而對魯十七關心的人已經閉上了眼睛，或者捂手捂上了嘴巴。

虎小弟聽到熟悉的這聲靠，抬起腦袋看到魯十七撲過來，虎小弟甩下腦袋，高興得一撲而起，用一雙前掌抱住魯十七的脖子，一下摔倒了魯十七，並壓住了魯十七，魯十七也就趁機迅速掰開虎小弟項圈上的扣鎖，把項圈從虎小弟腦袋上取了下來。

魯十七衝著虎小弟的耳朵大喊：「十七郎！」

虎小弟知道這是叫牠出去玩兒，就跳起來，轉身一溜煙向六道溝木場外跑去。魯十七爬起來跟著就跑。魯十七的身後汪汪叫著追來了被車葉子放開的青毛大狼狗。

魯十七又大喊：「十七郎！」

這是叫虎小弟和青毛大狼狗去玩兒。青毛大狼狗追過魯十七，瞄著虎小弟的屁股飛奔追去。

魯十七又大喊：「葉子！葉子！」

這是叫虎小弟回家，家是白樺樹林裏的白樺樹木刻楞，白樺樹木刻楞裏還養著一隻大麅子。虎小弟四肢展開，加速飛奔，向白樺樹木刻楞的方向奔去，牠奔跑過的雪地，被牠的四隻腳掌甩起了雪粉。

所有的人愣愣地看著這一切，都沒能及時反應過來，也沒有人看見那個大漢左手甩動收回了鐵線項圈，這傢伙的左手居然比折斷的右手還要靈活。這隻靈活的左手把繩索的一頭從鐵線項圈裏穿過去，結成了一個越拽越緊的繩套。大漢向前大步追趕，就甩出了這個繩套，魯十七就像被套馬杆甩出的套馬扣套住的兔子似的，被繩套套上了脖子，兩下是脖子和繩套的較量，魯十七被拽得騰空而起，身體向後摔倒。大漢把繩索的一頭甩過門字形的橫杆，又接住落下的這一頭的繩索，憑左手單手之力拽著繩索快速向後移動。魯十七剛剛把左手探進去但沒能脫開勒上脖子的這個繩套，人就被拽得向後滑行，又騰空而起，被掛在了門字形木架子的橫杆上，像串臘腸。

魯十七左手的四根手指雖然墊在了繩套的裏面，擋在了咽喉的前面，但已無力脫開活扣，這個活扣已經把脖子勒緊了。那麼就用右手。但是，在人的脖子被勒住吊起來時，人的手在使用上會失靈。這也是上吊的人在後悔時無法用手取下繩套的原因。因爲人在那時是無力舉起手的。魯十七的左手如果沒有墊在繩套的裏面，也是無法舉起右手的，也就被吊死了。

魯十七的右手探進懷裏掏出金柄單刃短刀，金柄短刀的金製刀鞘落到了雪地上，魯十七努力上舉短刀，所有的人都看著魯十七吃力地往頭上舉短刀，也盼望魯十七能夠舉起短刀，能夠割斷繩索。所有的人都看到青毛大狼狗汪汪叫著跑回來。狗不是老虎，老虎跑了就是跑了，狗就是狗，人有事了狗就回來了。狗不是人，狗沒能想到拉住繩索的人才是要人兄弟命的人。青毛大狼狗看到魯十七被吊在半空就紅了眼珠飛奔過來，汪叫一聲，後腿奮力一蹬，一躍而起，一口咬住魯十七的一條亂蹬的腿，企圖把魯十七拽下來。青毛大狼狗咬住的同時也就吊在半空上了，在繩套上增加了一百多斤的重量，這個重量使魯十七脖子上的繩套勒得更緊了，上舉的右臂終於無法再上舉了，失靈似的往下一甩，就垂了下來，金柄短刀也脫手落到了雪地上。青毛大狼狗也終於咬著一條從魯十七褲子上撕下的碎布條，摔在了雪地上。

但在那個大漢的大笑聲中，青毛大狼狗看到了抓在他手裏的繩索，終於明白是這個人手裏的繩索吊起了魯十七。青毛大狼狗就汪一聲，甩下腦袋就奔大漢撲了上去。

幾乎同時，金葉子終於把咬破的手指從嘴裏抽出來，終於淒厲地尖叫著，從幾個穿雪白老羊皮襖的女人中間撲了過來，像隻母狼似的嗥叫，張著十指撲向大漢。大漢已經被青毛大狼狗兜一圈一躍而起咬住了肩頭，青毛大狼狗的四肢也已經抓在他的身上，晃著腦袋使勁地撕咬。

金銅山的短槍響了，他的槍法很準，擊中了青毛大狼狗的腦袋。青毛大狼狗的身體猛然抖了一抖，四肢軟下去，但青毛大狼狗的四顆犬齒已經死死地咬在大漢肩膀的肉裏了，整個身體掛在了他的身上。

額爾德特．東珠兒在金銅山的槍聲中才清醒過來，額爾德特．東珠兒剛剛盯著魯十七做的一切事卻在想，依爾覺羅．和六的林場輸了，小佟子的辦法錯了，老虎盯著大煙牛肉根本沒心情去對付另一隻老虎。

原來那是魯十七養的老虎，他救了他養的老虎，老虎在他的心裏比我的林場重要……原來那個女人就是金葉子……

額爾德特·東珠兒早該射的一槍射出了，擊中了魯十七頭頂的繩索。繩索斷開了，魯十七落下去砸在雪地上，又摔個滾翻，並濺起了雪花。

金銅山快走過來，蹲下，把短槍頂在魯十七的腦門上，說：「你的算個什麼東西？你的敢壞了我的規矩。」

魯十七咔咔咳著，嘴裏咳出了血，但魯十七看著金葉子，咧開嘴笑，一邊咳又一邊笑。

金葉子掉頭撲過去，跪下去抱起魯十七的腦袋喊：「十七郎，十七郎，十七郎！我回來了。」

金葉子叫一聲撲下去，蓋住了魯十七的腦袋。

金銅山一把抓住金葉子的頭髮，拽得金葉子揚起了頭，說：「我的老虎是我要午時三刻宰了祭天照大神（**日本的神**）的，你的放跑了牠，我的就用你的腦袋祭神。」

金葉子這一次真正地被金銅山嚇住了，嗚嗚哭著說：「求你了，金爺，我、我、我們聽話……」

金銅山說：「我的這一次還是沒有強迫你的，你的還是自願的。」

金葉子哭著一個勁地點頭。

金銅山鬆開金葉子的頭髮，說：「我的知道帶你的來鬥虎，我的準有大大的意外。現在你的是自由身了。但你的男人是我的了。你的男人不聽我的，你的男人的命就沒有了。你的不聽我的，你的男人的命也沒有了。我們的協定當然有一個限期，是完成了我的計劃之後。你們的明白？」

金葉子點頭說：「我和我男人明白。謝謝金爺。」

金銅山用槍頂一下魯十七的腦門說：「我的知道你是大戶人家的少爺，你的叫魯十七郎。你的命運是金葉子改變的，你是娶了我的仇人女兒的愚蠢傢伙。你的是我的見過的唯一的一個用一根扁擔挑四桶水的男人，你的是一個叫人難忘的男人。」

金銅山揮手使勁拍了拍魯十七的腹部，哈哈笑笑，站起來向額爾德特．東珠兒走過去了。

金葉子全身都嚇軟了，軟堆在了雪地上，哭著說：「十七郎，十七郎，我們真的完蛋了，我們沒有可以和他再賭的了。你有機會就逃跑吧，不要當我是你媳婦了，不要想著我了……」

魯十七咔咔咳嗽幾聲，往雪地上吐了口血沫子，抬手把金葉子的頭壓下來，喘息著說：「我們還有機會。葉子，你信我，還有機會。葉子，五年前就應該我去頂了，而不是你去頂。」

金葉子說：「是的是的，就應該你去頂的。你是我的男人，十七郎就應該你去頂，我做錯了。」

魯十七說：「好在我們還活著，那雜種一定要他死，我的狗兄弟決不能白死。」

魯十七聽到有腳踩雪的聲音，扭頭瞄一眼笑呵呵快步走過來站下，又蹲下，歪著脖子看他的胖子二櫃，不說話了，甩下腦袋咔咔又咳。

胖子二櫃說：「原來你小子就是金葉子的小男人，早幾年在窯子裏挑水的那個小白臉？你的一個大把頭兄弟說你死了啊？他媽的你怎麼會沒死？我記錯了？興許我他媽記錯了。你沒死可太好了。你的拳腳真厲害，我是開了眼界了。以後胖子爺用你跟人賭鬥拳，胖子爺也就能贏大洋了。」

金葉子揚臉瞪著胖子二櫃，說：「死胖子，他媽的你滾一邊去，你不要妨礙我和我男人說話。你快滾開。」

胖子二櫃對金葉子是又恨又怕又有點別的情感，就站起身往後退幾步又站著不動了，瞪著金葉子發狠地說：「金葉子你恨死我了。等哪天你家胖子爺偷了你小男人的屁眼給你戴一頂大大的綠帽子。叫你動不動就罵你家胖子爺，你再敢罵你家胖子爺一句，胖子爺今晚就收拾你的小男人。你信不信？」

金葉子沒接胖子二櫃發狠的話，對魯十七就說：「死胖子是我爸當年撿的孤兒，當乾兒子和徒弟養大的。我爸爸把他和賭場都輸給了金銅山，他才恨我爸爸的。但我就是不怕他，我不高興就罵他，十七郎你也不要怕他。」

魯十七說：「我們現在這個樣子還能怕什麼？死胖子傻裏傻氣的那樣，他想不到我們沒有怕的事了。」

金葉子又扭臉發狠地瞪著胖子二櫃，說：「死胖子你聽見了？聽見了你他媽的就再滾遠一點。」

胖子二櫃氣呼呼地瞪著金葉子，又退開了幾步……

金銅山微笑著走近額爾德特．東珠兒，問額爾德特．東珠兒想不想和他再賭一場？額爾德特．東珠兒問賭什麼。

金銅山說：「我的和你的還用乾飯盆林場做賭注賭一場鬥人。你的出一個人和我的僕人魯十七郎鬥一場拳腳功夫，如果我的輸了，乾飯盆林場還是你的。」

額爾德特．東珠兒問：「我若輸了呢？」

金銅山說：「你的輸了就容易了，你的就當我的媳婦，當我的真正的媳婦。我的那幾個下等女人統統的送人不要了。」

額爾德特．東珠兒的眼珠轉了一下，瞄了眼和金葉子並著腦袋趴雪地上說悄悄話的魯十七，說：「你想要的我已經輸給你了，我不會再和什麼人賭了。我謝你看得起我，我不喜歡長得像野豬的男人。」

額爾德特．東珠兒掉頭飛身上了馬，在馬背上又回身看了看魯十七和金葉子，就夾了下馬腹，馬小跑著走了。

烏雲其其格瞄著魯十七和金葉子也上了馬，追著額爾德特．東珠兒走了。烏日樂招呼幾個依爾覺羅家大院的下人把那隻死老虎抬上馬車，就架著馬車向六道溝木場外跑去。

小佟子二櫃見沒人招呼他，突然衝過去給了老棒子一個耳光，喊：「都是你叫我想的損招，他媽的全完了吧。」

小佟子二櫃掉頭就哭了，向馬車追去，邊喊：「大奶奶、大奶奶，我不是成心的，大奶奶……」

老棒子發覺周圍好幾個木把在瞪他，車葉子也在瞪他，老棒子說：「小佟子想錯了招怪別人，這他媽是什麼損人？」

老棒子一拉車葉子，兩人走到胖子二櫃面前。老棒子給胖子二櫃鞠了一個躬，說：「胖子爺，我老頭子要走了。我也許再也見不到我徒弟和我徒弟媳婦了，我和我徒弟說幾句心裏話行不？」

胖子二櫃抬手拍拍老棒子的臉，笑著說：「你這老傢伙挺好，胖子爺挺喜歡。我就覺得見過你，我還記得和你說話還他媽挺投脾氣的。可惜我忘了在哪兒見過你了，也不記得你他媽的是誰了。你真走啊？金爺的工錢可是那寡婦女人給的三四倍。你個老傢伙不掙了？留下來吧，胖子爺推薦你當大把頭。」

老棒子說：「胖子爺，我謝你抬舉我，別說大把頭了，小把頭我也沒幹過，我也幹不了。我年紀大了，爬山坡走林子腿腳不行了。我啊帶著孩子他媽，打算回老家投靠女兒養老去了。」

胖子二櫃說：「是啊，你個老傢伙看上去是老了。可你媳婦不老，還挺好看的。你想說什麼就說吧，你徒弟和你徒弟媳婦一樣了，都是金爺玩的玩意兒了。」

老棒子就走近了魯十七，大聲對魯十七說：「老十七，我想了，我幫不上你了。我本來想叫你給我養老送終的，看來我要反過來給你送終了。你和你媳婦都放心，我和我媳婦在你倆死後肯定趕來給你倆收個全屍……」

蹲在一旁問魯十七傷沒傷到哪兒的車葉子氣得甩手猛捅一拳，捅老棒子小肚子上了，老棒子哎喲一聲，在胖子二櫃張大嘴哈哈的笑聲中蹲下了。老棒子把腦袋探近，對魯十七悄悄說：「霸王圈糧食洞能出山，咱們在大東溝高麗屯碰頭。」

車葉子也聽到了，也就明白老棒子為什麼這麼說了。車葉子拍拍金葉子的肩膀笑笑，站起來和魯十七、金葉子告了別，就抬手拽住老棒子的一隻耳朵，聽著胖子二櫃的笑聲，拽著老棒子向木刻楞走去了。

老棒子和車葉子回了木刻楞，老棒子把自己早早收拾好的破行頭用棒子挑了，又放下了，在木刻楞的板鋪下面摸出他春天放裏的那張黑狼皮，對車葉子說：「這是老十七獵的大黑狼皮。本來想做兩頂狼皮帽子的，現在做不成了。咱留個念想帶走當褥子用吧。咱去南海高麗屯我的老窩先住下，等老十七和金葉子逃回南海去找咱們，咱們再和他們一起找個好地方過日子養老去。」

車葉子點了點頭，想想魯十七今後由不得自己的命運，又不清楚魯十七和金葉子能否從那個山洞逃得出去，鼻子發酸了，忍了忍，忍住了沒哭。

車葉子從老棒子手裏接了黑狼皮打在大包袱裏，雙手抱了，和老棒子悄然走出了木刻楞，悄然走出了六道溝木場，又悄然回頭向魯十七和金葉子那邊看，車葉子忍了好久的眼淚終於忍不住了，從眼眶裏流了下來。

老棒子先是快步往外走，在走出六道溝木場時，放慢腳步了，猶豫了幾猶豫，但老棒子最終沒能回過頭去，沒去和他的幾十個木把兄弟告一下別。老棒子生平頭一次不知道該對這幾十個木把兄弟說什麼了，也就不說了。

老棒子和車葉子從這一刻離去，也就離開這個故事了……

第十一章　新規矩

鐵七在雪坡上滑過半圈，又掉頭迎著帶頭的幾隻公野豬滑過去，在衝近了時，一扭身子，用左手的冰扎子使勁抽了帶頭大公野豬的脖子。這一下嚇傻了樹上的幾個人，這太冒險了。

大公野豬嗷的一叫，又向鐵七撲去，鐵七滑出一個滑步，再加速就滑遠了。大公野豬紅著眼珠又追。

《狼狗》

1

百十個木把站在雪地上發了呆，沒有木把想到離開另找個東家。這些木把都是來幹這一季的山場子活掙大洋的。林場易主換了東家在他們看來也沒什麼，反正都是幹活拿工錢。就等著看新東家怎麼招呼。

胖子二櫃擺手吆喝叫木把們聚過來。

胖子二櫃說：「大夥都聽好了。現在大夥都是給金爺幹活的人了，金爺叫幹什麼你們大夥就幹什麼。咱們給的工錢比你們以前東家給的多幾番。你們交上好運了。」

胖子二櫃擺手叫幾個人把一小口袋一小口袋的大洋，用兩塊馬車底板抬過來，放在腳邊。

胖子二櫃說：「大夥瞅見沒有？這是現大洋。願意留下的兄弟就過來自己拿，每人一口袋是一百塊大洋。咱們完活了再來這麼一口袋也是一百塊大洋。拿了大洋的兄弟來這邊記個名字按個手印。是把頭的兄弟拿兩口袋，完活了還是兩口袋。咱們今天拿了大洋的兄弟就算上工了。來吧，拿吧。不拿大洋的就可以滾蛋了。」

陳老五沒遲疑，頭一個走過去，拿了兩口袋大洋，去對一個二鬼子人說了名字，拿筆把名字記在一個折開的大本子上，陳老五就在自己的名字上按了手印。曹叫驢子也沒遲疑，隨著陳老五過去也拿了兩口袋大洋，也去對那個人說了名字按了手印。然後是孫吉祥。

這次孫吉祥帶來了十幾個木把，也算是個小把頭了。他不太自信地走過去，拿了一口袋大洋，又猶豫著又拿了一口袋大洋，也過去對那個人說了名字按了手印。

老棒子的那幫老兄弟遲疑了一會兒，這六七十個木把都知道老棒子走了，魯十七又把命賠給新東家了，他們沒把頭了，就合計誰來當把頭。道爾吉提出叫趙大勺子當把頭，大夥都沒意見。

趙大勺子就挺著胸，得意洋洋過去拿了兩口袋大洋，也去對那個二鬼子說了名字按了手印。

接著是陳老五、曹叫驢子、孫吉祥這幾幫裏的四五十個木把和趙大勺子這幫裏的六七十個木把，他們一個個過去拿了大洋，一個個對那個二鬼子說了名字並一一按了手印。

胖子二櫃看沒一個木把空手的，也就是沒有走的木把，就咧嘴哈哈笑，擺手把各把頭叫過去吩咐說：「咱們的大洋也拿了，手印也按了，就得守咱們的規矩。在金爺沒有說完工之前，你們把你們的人手管好了，少一個人跑一個人你們都要受罰，怎麼罰金爺說了算。懂了吧？」

曹叫驢子說：「懂，咱們拿錢幹活就要守規矩。二櫃你放心吧。」

胖子二櫃說：「那就吩咐下去叫大夥都守規矩好好給金爺幹活。金爺給大夥準備了開工飯。大夥吃了飯就上山，明一早就上工。去吧，喝酒吃肉招呼去吧。」

2

在木把們圍著大鐵鍋吃喝的時候，一個叫全賢秀的女人來叫金葉子，並吩咐魯十七去木刻楞見金爺，金爺在等著。

金葉子隨全賢秀走幾步，回頭看看魯十七就傷心了，眼圈就紅了。魯十七用眼睛告訴金葉子忍耐下去。看著金葉子走了，魯十七才往木刻楞那邊去。

穆歪脖子在那座木刻楞的外面急得轉圈，看到魯十七就迎上來問：「十七哥，棒子叔丟下大夥走了。你還能當大把頭帶咱們嗎？金爺人不錯，你告個饒，金爺不會爲了隻老虎要你賠命。咱叫金爺用老虎做個價，咱用工錢頂總行了吧？」

魯十七笑了，說：「你這小子穿得像個叫花子。你這樣明天上山就凍死了。你去小佟子的那間木刻楞裏，找件老羊皮襖和羊皮褲子穿上，也給盛小耳朵拿一身。去吧，去遲了胖子二櫃就收去了，就沒你們的了。」

穆歪脖子一把拉住往木刻楞裏走的魯十七，把手裏的一塊大洋遞過去，說：「十七哥，你把這塊大洋給金爺。金爺咬過的，這上有他咬的牙印。金爺說過我有麻煩用這塊大洋找他，他幫我大大的忙。我去木刻楞找他叫他饒你，斷爪子的二鬼子大漢不叫我進。十七哥你拿著找金爺試試吧。」

魯十七說：「好兄弟，十七哥心領了。你這塊大洋真有用，你留好了別丟了。有一天用它救你的命。十七哥的事，十七哥自己頂著。十七哥和金爺的事沒那麼簡單。你不明白的，快找衣服去吧。」

穆歪脖子看著魯十七從二鬼子大漢的身邊過去，推開木刻楞的門進去了，又低頭看著手裏的大洋嘟噥：「我就知道沒這樣的事，拚了命留著不花，我真他媽的傻。」穆歪脖子又看看木刻楞的門，就跑去小佟子的木刻楞裏找老羊皮襖和棉褲去了……

魯十七進了木刻楞，就愣一下站下了。魯十七發現依爾覺羅．和六的這座木刻楞在短短的時間裏就變了樣兒，擺在中間的大桌子不見了，通鋪也不見了，地上全鋪上厚厚的羊毛毯了，成了地鋪了。金銅山和一個女人坐在一張矮腿桌前吃火鍋。不，應該這樣說，是穿著寬袖長衫的金銅山，盤腿坐在一個坐墊上吃火鍋。再往下看，這傢伙的腳上還穿著黑色的分個叉的襪子。那個女人穿著花不溜丟的寬袖衫，還束著腰，腳上也穿著分個叉的白色襪子，跪在一個坐墊上侍候著。

魯十七看清了就愣一下，在山東濟南府時，魯十七見過甩著和服穿木頭鞋踢踏響著走路的日本人，知道現在金銅山和那個女人穿的就是日本式的衣服。魯十七不知道是不是要脫下腳上的靰鞡鞋，也就又遲疑了一下。

金銅山看見魯十七進來，注意到魯十七遲疑了兩次，看魯十七不打算脫鞋，就用手裏的筷子指指小矮桌側面的坐墊，叫魯十七坐下。

魯十七就踩上羊毛毯，像金銅山那樣盤腿坐在坐墊上。

金銅山指指那個女人說：「她的叫崔真子，我頂頂喜歡的女人。他的是金葉子的男人，魯十七郎大把頭。」

崔真子給魯十七行禮說：「大把頭好。」

魯十七點點頭，看著崔真子跪著挪過來給倒酒，又點了下頭。

金銅山說：「金葉子的我的不喜歡。我的喜歡金葉子的爸爸。金葉子的爸爸是唯一一個叫我受辱的朝鮮人。朝鮮人是不可以叫日本人受辱的。金葉子的命運是她的爸爸改變的。我的只在這件事上加了一把火，我的知道金葉子有個挑水的男人喜歡，這叫我的不開心，金葉子只能做一件事，就是當個暗門子的女人。我的就給金葉子的爸爸吃狗的食物，金葉子的爸爸就病了，快死了。金葉子自然會來看她的爸爸，自然會向我的要求帶走她的爸爸，就自然會答應我的條件。金葉子輸給了我，變成了我的不喜歡使用又要偶爾用一下的女人。魯十七郎大把頭，你的不和金葉子做夫婦，你的命運也不會改變。你的明白了嗎？魯十七郎大把頭，你的不瞭解我的，我的從大日本帝國來到朝鮮，又從朝鮮來到中國東北。我的從槽子會做到一個當家大櫃，都是一路鬥上來的。我的喜歡和男人鬥，也喜歡好鬥的男人。來，乾杯，吃肉。」

魯十七努力控制臉上的表情，努力使自己和金銅山碰杯的手不抖，魯十七也喝了酒也吃了火鍋裏的肉，覺得肉挺香也挺辣。

金銅山說：「魯十七郎大把頭，金葉子的事就不要想了。我的問了那幾個把頭，誰的能幹大把頭，他們都說你的是個聰明能幹的大把頭。那麼你的就是他們的大把頭。但我的在你的眼睛裏看到了公狼的眼神，這很好。我的不是獵人，也不懂獵狼。但我的可以收服一個大把頭。我的計劃大大的，你的將來大大的大把頭的。女人漂亮的、大洋多多的。來，乾杯，吃肉。」

魯十七又和金銅山碰杯，又吃了火鍋裏的肉。崔真子來來回回挪動膝蓋給兩個人倒酒。魯十七在腦海裏想了一下金葉子這樣倒酒的樣子，眼睛看東西就散光了，就努力盯著崔真子手裏的酒壺，一把奪過來，說：「這樣子哪是喝酒？這是長白山，我是中國的木把，你是日本的賭徒。木把和賭徒喝酒應該有木把和賭徒的樣子。來，咱倆一人一壺，一壺一壺地乾。看誰他媽先趴下。」

魯十七就把手裏的那壺酒一口氣喝光了，酒壺口朝下舉到金銅山面前，叫金銅山看有沒有酒滴下來。

金銅山看了一會兒，一滴酒、兩滴酒從酒壺口裏滴下來了。

魯十七說：「哈，兩滴，那就罰酒。」

魯十七又抓過兩壺酒一口氣喝乾了，說：「夠了，我夠了。我走了，你不行你不喝。你就是不行，你不敢喝。」

金銅山看著站起來打晃的魯十七哈哈大笑。金銅山說：「魯十七郎大把頭，你的知道你的吃的是什麼肉嗎？」

魯十七說：「什麼肉都行，怎麼了？」

金銅山說：「這是你的狗的肉。」

魯十七說：「好，好狗肉。」

魯十七強忍著往上翻的傷心噁心，也強忍住湧入眼中的淚水，走到門口回頭看金銅山，朦朧的淚光中看到金銅山放倒了崔真子，正在扒崔真子的衣服。魯十七在心裏狂喊了一聲：葉子！揚起頭，哈哈笑著出了木刻楞。

木刻楞門口的二鬼子大漢看魯十七出來，說：「小瘦子，等我胳膊好了我摔死你。我想了，你就會幾招中國的軟骨頭拳法，我能破解了。」

魯十七伸手把大漢拽過來，抖開他的衣服，把腦袋往他懷裏探。

大漢說：「小瘦子，想見識見識爺滿身的疙瘩肉？」

魯十七一張嘴，把憋嗓子眼裏的酒肉一股腦兒吐大漢肚皮上了。

大漢甩開魯十七，跳腳罵。

魯十七哈哈大笑，隨著掉頭，眼中的淚水奪眶而出。

大漢咬了幾次牙不敢上去爭鬥，看著魯十七晃晃悠悠走遠了……

3

胖子二櫃叫曹叫驢子帶一幫木把在霸王圈的邊上建一座大的霸王圈。木把們叫這個霸王圈大「霸王刻楞。

圈」。胖子二櫃又叫陳老五帶幫木把將溫泉邊的幾塊小的火山岩砸碎挪走，魯十七刻著一串串日期的那塊火山岩也就被砸碎搬走了。那裏地方大了，修了間溫泉水池，並連接了住人的木刻楞，成了一座連套的木刻楞。

連套的木刻楞裏面的內部收拾好了，金銅山就帶著幾個女人住進去了。也在這一天，金葉子和全賢秀每人抱一隻大木盆，在連套木刻楞外轉悠，像是要去溫泉水流那邊洗菜，也像在找什麼人。卻被在給原木打眼的陳老五突然看到了。

陳老五愣一下，揚起腦袋喊：「金葉子，你還記得我不？我是陳老五啊。我記得你呢，你一點沒變樣兒，還那麼好看。」

穿著雪白老羊皮襖的金葉子，轉臉看到陳老五，眼神愣一下，就笑笑，搖搖頭，掉頭想走開。

陳老五說：「你別走，你停下。我沒別的事，我就想問問你。好多兄弟都說老十七的媳婦家在南海是開賭場的，被金爺贏了去。老十七的叫金葉子的媳婦也被金爺贏了去。那個金葉子是不是你？」

金葉子說：「是呀，是我啊。十七郎是我男人啊。不是十七郎輸了賭場又輸了我，是我爸爸輸了賭場，我自己輸了我啊。」

陳老五說：「真的？真有這樣的事？你沒蒙我？」

金葉子說：「真的！就有這樣的事，我不蒙你。」

陳老五說：「原來老十七不是騙我，他的媳婦真是你金葉子。我那時犯了混，差點動手殺了老十七。」

金葉子好奇了，問：「那你怎麼沒殺十七郎呢？」

陳老五嘿嘿笑說：「我膽虛了沒敢動手。我告訴你啊，我也有媳婦了，是個真媳婦，不是個破靠。我掐套她就到木場裏陪我，現下是大著肚子走的。想想就開了鍋似的開心。我打算著這次掐套回去，就買些地種地養媳婦吃飯了，就不幹木把了。」

金葉子笑笑說：「真挺好的，你挺有福氣的還能找到個真媳婦。你也知道心疼女人了，這也挺好。十七郎呢？我看一圈了，這疙瘩怎麼沒有十七郎？」

陳老五說：「老十七帶著六七十號木把和二十幾個二鬼子，把這些人攪和在一起，分成三十幾個小幫帶進深山了。那些人都背著古怪的包包，還帶著送信的鴿子，也有帶槍的。他們走了二十幾天了，不知道幹什麼去了。本來胖子二櫃是叫曹叫驢子和孫吉祥領頭去的，老十七是大把頭應該留下來帶咱們幹活呀。可是老十七爭著替下曹叫驢子帶人走了。老十七對胖子二櫃說，這山裏沒人比他熟。」

陳老五說完這番話，脫了狗皮帽子在臉上扇扇風，又看了看金葉子，突然覺得並不喜歡金葉子，好像從沒喜歡過金葉子。仔細想想他就從沒喜歡過他靠過的女人，更別說一個暗門子了。現在陳老五看著金葉子就覺得應該得意些，他嘴上說的真媳婦不是個招木把去靠的靠，也不是個暗門子，更不是窯姐，而是個帶著兩個孩子的大寡婦。這是陳老五得意的地方。陳老五也就和金葉子沒話說了，就戴上狗皮帽子，又衝金葉子笑笑，低頭準備幹活了。

金葉子看陳老五現在的笑是皮笑肉不笑又輕視的笑，金葉子並不在意，問：「哎，你們木把都喜歡和十七郎做兄弟嗎？」

陳老五說：「說不上喜不喜歡，也就那樣吧。這麼說吧，老十七當大把頭，他想著大夥，大夥信他。老十七又不瞎管事。早先和大夥賭砸大洋，輸的賊他媽乾脆。」

金葉子說：「噢，這也算叫木把喜歡的一大好處？」

陳老五又看著金葉子意味深長地笑笑，聲音也壓低了，問：「我問你個事，老十七那根棒棰靠你的井時是不是不舉，他那根棒棰不管用？」

金葉子愣一下，似乎沒聽懂，問：「什麼？」

抱著大木盆坐在一邊等金葉子的全賢秀聽到了，也聽懂了，推一下金葉子，扁扁嘴哧哧笑了。

金葉子反應過來了，說：「你媽的你怎麼問這個？你的破棒棰兩寸半長小屁孩的似的，你舉也不行。你真媳婦就沒告訴過你？你也應該自己知道啊。」

陳老五說：「嗨，這說哪去了這是。這不看見你我才想起來了嗎。以前的東家把大奶奶身邊好看的大丫頭給了老十七，那是多少人眼紅的事啊。可是呢，那大丫頭哭著說老十七不舉。以前的二櫃就給傳出去了，大夥知道了就都信了，也不奇怪老十七不找女人靠靠的古怪了。大夥說起來就笑一氣，早成這疙瘩的笑話了。」

金葉子說：「十七郎還有這笑話啊，是挺好笑的。我告訴你呀，你們新東家他不舉，他的破棒棰像截狗腸子似的用手托著才能站著撒出尿，要不托著他就得蹲著撒尿，和女人撒尿一個樣，是叫我爸爸揍成那樣的。真的，我不蒙你。」

金葉子和全賢秀看看發愣的陳老五，笑眯眯地抱著大木盆扭身走了……

4

今年木把們上山開套比往年奇怪，進林場一個多月了，也不開鋸伐木。曹叫驢子和陳老五帶著兩幫木把幹完了大霸王圈和連套木刻楞等等的一些雜活，有的木把還以爲應該去伐木了，並收拾工具準備上了。可是胖子二櫃的新活安排下來了，還是不伐木。木把們也沒多想，曹叫驢子和陳老五就帶著兩幫木把去了乾飯盒林場深處的一處平坡地段，平整那裏的土地，再建一片連套的木刻楞。而隨魯十七進山的木把和二鬼子還沒回來。

趙大勺子雖然成了一大幫木把的把頭，但趙大勺子還是當了伙夫，也管了事，就是帶著穆歪脖子和盛小耳朵、崔虎子他們七八個木把做飯和送飯。這是和以前不一樣的變化。

木把們不伐木的奇怪事，就是趙大勺子首先說出來的。

趙大勺子在木把們進駐平坡地段的頭一天中午，帶著穆歪脖子和盛小耳朵、崔虎子去給木把們送去了飯。在木把們圍火堆吃飯時，趙大勺子就背著手，在平坡地段轉了一圈四下看看，又踢踢清去了雪草露出的黑色凍土，就咧嘴偷著笑了，轉回來坐在曹叫驢子和陳老五旁邊，問：「叫驢子，這地皮難啃吧？崩了門牙吧？」

曹叫驢子一聽就冒火了，說：「廢他媽話，現在和咱們整大霸王圈時不一樣。那時是十月下旬，地皮就凍了一小層，不用動鎬不費勁三五天地皮就整平了。現在是十一月中旬，這地皮凍了兩尺來深了，凍得比石頭還硬，使勁一鎬下去就刨他媽一個小白點。真他媽費了牛勁了。」

陳老五也生氣了，說：「這活幹的就他媽不對，胖子二櫃是個雜種操的大老趕，瞎他媽整。這活就不是這個節氣幹的。」

趙大勺子說：「是呢？有一個事我想了一段口子了，我說你倆聽聽啊。咱今年這時候了還不伐木，掐套後的工錢怎麼算，你兩個想過沒有？另一半的一百塊大洋，咱們還能挣到了嗎？」

曹叫驢子愣了一下，說：「是呀！這雪一場比一場大，咱整完這些沒人住的木刻楞再去伐木，就算費上牛勁也放不出一張大排的原材了。」

陳老五說：「趙大勺子不說我沒往那疙瘩想。是呢，咱木把不伐木，開春的木排怎麼下水呢？」

盛小耳朵插嘴說：「那不是咱們管的事，反正到了掐套那一天咱們拍屁股就撤。這兒沒木排放咱們找有木排放的東家去。」

穆歪脖子說：「我覺著咱們新東家不是想伐木，新東家像是在乾飯盆林場裏造窩，一個窩一個窩地造到林場大裏面去。」

穆歪脖子這一說，幾個人都這樣去想了。

趙大勺子說：「我問問去，問到底伐不伐木。造窩也行找別人造，咱們木把是伐木的，不是在冰天雪地裏造窩的。我剛剛看見胖子二櫃了，他在地蒼子裏齜牙咧嘴啃豬蹄子呢，對著火盆還凍得打哆嗦。你們還別說，新東家給的伙食還算行，比依爾覺羅．和六給的伙食強，三天給一頓加肉骨頭的土豆湯，七天給一頓光溜溜的豬骨頭啃。」

陳老五說：「那骨頭真他媽的是骨頭，像狗啃過了再煮了給咱們啃。趙大勺子你別瞎高興，羊毛出在羊身上，說不定掐套了就扣咱們啃骨頭的工錢了，那就是掛肉骨頭的價錢了。說到底這事有點怪，咱們建這幾座木刻楞值不了這麼多的工錢。」

曹叫驢子說：「趙大勺子，你嘴麻利，你快去問問。胖子二櫃出來了。你說他這人怎麼長成那樣？像個懷了一堆豬崽的母豬。新東家金爺呢，長得那個樣兒，像個齜獠牙的大公豬。朝鮮人長得也不這樣啊，八成都是雜種。」

盛小耳朵和穆歪脖子嘿嘿笑。

穆歪脖子說：「曹把頭說得對，怎麼那麼對呢？笑死我了。」

趙大勺子就過去問了胖子二櫃，為什麼不伐木？胖子二櫃幾句話就打發了趙大勺子。胖子二櫃匆忙跑雪窩裏，屁股頂著風拉屎去了。

趙大勺子邊走回來邊嘟囔：「這傢伙連頂風放屁順風拉屎也不懂，卻只管捏住鼻子張著嘴吸氣，那不騙自己嗎？」

曹叫驢子趕緊問趙大勺子問出什麼了。

趙大勺子說：「胖母豬對我說，這樹長得一棵是一棵，都直溜溜粗粗壯壯漂漂亮亮老老實實的，幹嗎伐倒呢？叫你們他媽幹什麼你們就他媽幹什麼，多嘴多事胡說八道扣他媽大洋。」

陳老五歎口氣說：「看看，得了吧。咱們還是幹活吧。再過兩個多月咱就回家摟媳婦使勁靠靠，抱兒子使勁親親，不幹他媽受氣的木把了。」

趙大勺子突然想起一個事，問曹叫驢子：「我說叫驢子，上季死的大老劉真的跟驢靠那個事了？」

曹叫驢子說：「我他媽哪知道？我又沒看見大老劉靠驢，你他媽怎麼問這個？大老劉的死我現在想想還難受。你說我當時怎麼就叫他去順小溝滑道呢？」

趙大勺子說：「哎，叫驢子，大老劉拉邊套的女人不是你的靠嗎？你不會是爲了三百塊大洋的命錢幫那女人害大老劉的吧？」

曹叫驢子歎口氣，說：「我知道好多兄弟都這樣想我。那女人我是靠過，我這幫兄弟也靠過。你的好兄弟道爾吉和孫吉祥他們都去靠過，就是孫吉祥告訴我，他看到大老劉靠他的大黑驢的。人啊，不能在發火時決定事，要不準他媽出事。」

陳老五心有所感地點點頭。

崔虎子坐過來悄悄聽了有一會兒了，這會兒插嘴說：「大勺子叔，大老劉的女人咱們這幫裏好多兄弟都去靠過，是道爾吉帶著去的。現在不能去靠了，孫吉祥正和那女人拉邊套呢，那女人的大兒子，孫吉祥這次也帶來了。」

趙大勺子和陳老五對對眼睛，看著曹叫驢子笑了。曹叫驢子想想也就明白了，大概打算害一下大老劉的就是孫吉祥了。

曹叫驢子說：「孫吉祥不得好死了。那個損招一定是那女人給孫吉祥出的。這對狗男女害了大老劉，叫我背了黑鍋。你們說，孫吉祥告訴我大老劉和他的驢靠那事，我一聽就火了。那是人幹的嗎？我叫大老劉去順小溝滑道也是想整治整治大老劉，咱們人能靠驢嗎？不整治一下咱那些拉扒犁的母驢不都被人靠壞了，可誰知道大老劉會凍死？這傻霿子冷了不會回來嗎？就在那兒蹲著等著凍死？我後來也想了，大老劉那體力幹那麼重的活，天又那麼冷，就不可能翹了棒棰去靠驢。我別提多他媽後悔了。」

趙大勺子說：「是呀，你早像現在這樣想，也不會叫大老劉去順小溝滑道了，大老劉也不會凍死了。你他媽也不乾淨，那女人和孫吉祥算準了你的驢脾氣，才想這樣的招叫你上當，幫他們害大老劉。」

陳老五說：「這也不能怪叫驢子，是大老劉命不好，傻了巴嘰的一個憨老爺們，去拉什麼邊套。他精細一點也不會凍死，他不會帶了火種生堆火烤烤？這人要該著怎麼死就得怎麼死。」

穆歪脖子嘿嘿笑起來了，說：「拉邊套真不好嗎？道爾吉年年跑去想拉黑皮女人的邊套，這都幾年了，道爾吉這傢伙還沒拉上。」

曹叫驢子說：「你個小軲轆杆子你懂什麼？黑皮女人年輕。道爾吉想拉黑皮女人的邊套是為生幾個孩子。黑皮女人生的兒子雖不姓道爾吉的姓，可將來拆夥時道爾吉可以和黑皮女人的丈夫『劈犢子』。道爾吉就能帶走一個兒子。你以為道爾吉像大老劉那麼傻？連個孩子也不和那女人生。大老劉要和那女人生了自己的孩子，那女人也不會對大老劉那麼絕情了。」

盛小耳朵問：「曹把頭，你說明白了，什麼是『劈犢子』？」

趙大勺子和陳老五都笑了。

陳老五說：「你小子去找個有病男人的女人去拉邊套，那是一個母和兩個公過日子。兩個公分正副，正牌丈夫是正，拉邊套的你是副。這兩個公都能靠這一個母。這個母生的孩子名義上都是正牌丈夫的，但兩個公拆夥時，那個副的你是可以帶走一個孩子的。這就叫劈犢子。小子你懂了？那就去拉邊套留個後人，等你老了幹不動了，劈個犢子也有個靠山。別把大洋都填在窯姐的井眼裏，那是填不滿的無底洞。」

盛小耳朵說：「你說的真是那麼回事，窯姐的臭井真填不滿。你現下有大媳婦了，咱倆打個商量行不？我去拉你媳婦的邊套，我幫你媳婦多生幾個孩子，我還不和你劈犢子。夠意思吧。」

幾個人都笑了。

陳老五說：「行，小子，真行。掐套了你跟我走。你這輩子就給我當牛用吧。咱這就說定了，誰反悔誰是窯姐養的。」

幾個人又笑，笑過就幹活了……

5

趙大勺子和陳老五他們這次嘮嗑之後，又過了一個多月。那時離以往掐套的時間就剩一個多月了。陳老五和曹叫驢子帶著這三十幾個木把，也終於平整了那片平坡地段，一片木刻楞也用白樺樹建成了。

木刻楞建成的那一天，胖子二櫃的新安排又下來了，還是不伐木。曹叫驢子和陳老五又帶著木把們去了十五里外的一處平坡地段，在那裏再圍一座大的木刻楞。這回陳老五和曹叫驢子不犯嘀咕了，他們也就明白今年是不可能伐木了。

趙大勺子帶穆歪脖子和盛小耳朵送來了飯，給大夥派完了飯，就在曹叫驢子身邊坐下，說：「叫驢子，你小子瘦了。」

曹叫驢子啃著窩窩頭沒吱聲。

陳老五問：「大勺子，那些跟老十七進山的兄弟都回來了吧？」

趙大勺子說：「剛剛我和穆歪脖子來時咱們還說這事來。跟老十七走的那些兄弟和那些二鬼子一個也沒見回來。二鬼子大漢還把崔虎子他們叫走了，被一個二鬼子帶著用背的扛的往山裏運吃的。你說這冰天雪地的那些人在幹什麼？」

陳老五無法想像，也猜不出來，就低頭吃飯不吱聲了。

曹叫驢子說：「老五，你去探探胖子二櫃的口風，問問咱們到時間能不能順利掐套？這件事是我心裏最沒底的事。」

陳老五說：「我他媽心裏也沒底，我去怎麼問呢？」

趙大勺子說：「老五你記著，胖子二櫃說話老拐彎，像放回龍屁似的說車軲轆話。你也多拐幾個彎，冷不丁地問要問的事，他就一下子告訴你了，你直接問不行。我看胖子二櫃要待不住了，凍得滿臉凍瘡，脾氣壞透了，老嘟嘟噥噥地自己罵自己的爸爸也罵把他養大的乾爸爸。腦筋興許凍壞了。他那樣的哪遭過這個罪？還有啊，興許還有人要進山了，咱那大霸王圈原來真不是住人的。」

陳老五問：「趙大勺子，不能吧？那不就是住人的嗎？」

趙大勺子說：「我仔細看了裏面的東西才想到那不是住人的。那裏面放了好多糧食，還放了好多鍬、鎬、鐵錘之類的鐵傢伙，還有火藥那火器。」

曹叫驢子說：「那他媽就不是伐木的家什，咱木把能拿那玩意兒伐木嗎？看來咱們下季得換東家了。」

陳老五說：「叫驢子你先別說這個事，咱們想想那些糧食是給什麼人吃的？那東西是給什麼人用的？趙大勺子，那些糧食運來多久了？」

趙大勺子說：「有半個多月了，可我總留意，沒見有新木把來。」

曹叫驢子抓抓腦袋，說：「現在上哪招木把去？再說咱這疙瘩的人口本來就少，就算新東家不伐木幹別的，開春用人也招不了多少人。那這糧食和那些家什是給誰吃給誰用呢？」

陳老五不回答曹叫驢子，對趙大勺子說：「大勺子，剛運來的糧食夠吃多久的，趙大勺子你約莫一下。」

趙大勺子說：「那用約莫嗎？咱以前六七十人幹一季活吃多少糧我能沒數嗎？就現在那大霸王圈裏存的糧食，夠咱們百十人吃一年半的。」

曹叫驢子說：「你倆聽啊，這是不是也是個好事？我想啊，現在新糧還有存貨，糧價低，要開春買糧糧價高。新東家自然會打算，提前存了糧少了後顧之憂。再說，今年雪大，雪封了山咱山裏人出不去，外面的人進不來，沒存糧也真不行。」

趙大勺子說：「照你這樣想也行，在這山裏，有糧存著總比沒有好。可我覺得新東家搞事就是古怪。」

陳老五用一根松樹枝點火吸煙鍋，噴一口煙，咳兩聲，說：「叫驢子，我可想明白了，咱們上當了，咱們沒掐套的那一天了。」

這也是曹叫驢子這一陣子擔心的事。曹叫驢子說：「你是說咱們這季沒幹伐木的山場子活，也就沒掐套那一天了？這他媽哪行？陳老五、趙大勺子你倆等著，我找母豬二櫃問問去。」

趙大勺子知道曹叫驢子是頭叫驢的脾氣，曹叫驢子去問事，一句話不對勁就動拳頭幹架，就拽住曹叫驢子叫陳老五去問問。

陳老五卻說：「我說叫驢子去問正合適，不成就幹了胖子二櫃，咱大夥就散夥回家了。叫驢子這次可就看你的了。」

曹叫驢子說：「那是自然的，你倆放心，我得對得起我那幫兄弟。」

曹叫驢子就過去，氣沖沖鑽進胖子二櫃待的地蒼子。不一會兒，一個驢子的嗓門，一個母豬的嗓門爭吵起來了，母豬的嗓門習慣性地罵人了，也意外地大聲嚎叫了。又不一會兒，胖子二櫃罵罵咧咧滿臉鼻血像只皮球似的從地蒼子裏幾跳就蹦出來。曹叫驢子的一隻眼睛也發紅了，也罵罵咧咧地追出來，和胖子二櫃在地蒼子外面又打一起去了。曹叫驢子邊揮拳頭乒乒揍胖子二櫃的腦袋，邊用驢嗓門罵：「我他媽找你好好問事，你他媽敢罵老子的媽，老子揍死你個王八犢子。」

趙大勺子趕緊過去分開互相揮拳頭的胖子二櫃和曹叫驢子。

三十幾個木把聽了爭吵也都圍了過來。胖子二櫃手下的兩個抱著槍的二鬼子也過來了，喊叫三十幾個木把散開，也就和木把們吵起來了。

胖子二櫃擺手叫木把們別吵，指著曹叫驢子告訴他，這場架打完了。就揚起脖子喊趙大勺子往他腦門上拍雪，這樣用雪冰一下腦門就不流鼻血了。這傢伙的臉上除了血跡，還有青一塊紫一塊的凍瘡，像畫了個大花臉。曹叫驢子的左眼睛挨了胖子二櫃一拳，烏青了一大圈，像隻獨眼熊貓。

胖子二櫃的鼻子不再出血了，對曹叫驢子挑起大拇指說：「你媽的曹叫驢子你行，揍了你家胖子爺，也給你家胖子爺出火了，等胖子爺歇口氣再和你較量。現在你他媽的去幹活。」

曹叫驢子盯著胖子二櫃不動窩，木把們也不動窩。

胖子二櫃就火了，衝木把們嗷嗷喊：「幹活、幹活！誰他媽叫你們買呆了？吃了飯就他媽幹活。這是規矩。誰他媽說掐套就收工了？我他媽不懂什麼是掐套。你們要一直幹到把全部的活幹完才算完工。一年幹不完幹兩年，二年幹不完幹三年。三年幹不完就他媽幹十年幹三十年，幹到你們一個個都他媽老死埋在這疙瘩。」

胖子二櫃這一喊，把三十幾個木把喊炸鍋了。這些木把都認爲到了新年二月，一般到春節前就掐套歇工了，這一季山場子活也就結束了。想不到給新東家幹活不但幹不成伐木，也沒掐套的那一天。

趙大勺子聽大夥吵得太久了，胖子二櫃母豬的嗓門都變成公鴨的嗓門了，還一再用公鴨嗓門叫喊要開槍了，趙大勺子才舉起雙手招呼木把們聽他說。三十幾個木把才不爭吵了，想聽趙大勺子說什麼。

胖子二櫃認爲趙大勺子怕他開槍才出頭勸阻木把們，胖子二櫃就走過去對趙大勺子悄悄說：「胖子爺今天認你這個朋友。你說服他們繼續幹活，胖子爺加你的工錢，多多地加你的工錢。」

趙大勺子衝胖子二櫃咧嘴笑笑，抬手拍拍胖子二櫃的肩膀，說：「一塊大洋你加的了嗎？瞧你他媽的多會蒙人。今天認我是朋友，明天呢？後天呢？做你朋友得按天算，我沒那個閒工夫，我有那個閒工夫還不如摸會兒棒棰想會兒女人爽一下。我看你和南海放鷹的騷娘們是一路蒙人的貨。你知不知道咱們木把的規矩，你知不知道咱們木把爲什麼一年就幹這一季的山場子活？」

胖子二櫃氣得哧哧打響鼻，鼻血又流出來了，但他自己卻沒感覺到，他說：「去你他媽的木把，你個趙大勺子整天嬉皮笑臉地裝大尾巴鷹，胖子爺看你他媽的最不是個東西。胖子爺不在乎知道你們木把的規矩，胖子爺只在乎你們懂金爺的規矩。」

趙大勺子說：「你有規矩太好了，咱們木把也有規矩。你他媽的死胖子想叫咱們木把懂規矩，就要先懂咱們木把的規矩。我就問你一句話，到了咱們木把掐套的那一天，你掐套不？」

胖子二櫃說：「掐他媽個屁套，咱們沒這個規矩。」

趙大勺子又衝胖子二櫃咧嘴笑笑，又一擺手，說：「兄弟們，咱們走人了。咱們找東家大櫃說理去。」

胖子二櫃看三十幾個木把紛紛掉頭去收拾東西了，胖子二櫃才抹一把流進嘴角的鼻血，卻看著手上的鼻血嘿嘿笑了。胖子二櫃沒叫手下人向趙大勺子和曹叫驢子開槍。看著三十幾個木把拎著工具魚貫地向大霸王圈走去，胖子二櫃也帶著兩個人跟著木把們回了大霸王圈。

趙大勺子、曹叫驢子和陳老五帶著三十幾個木把回到大霸王圈，自然早有人去報告了住在連套木刻楞裏的金銅山。金銅山也就帶著幾個人過來了。那幾個穿得像老綿羊的女人也跟過來，目的是看熱鬧。

趙大勺子看到金銅山來了，就挺挺胸迎過去了。在三十幾個木把的眼裏，趙大勺子從沒像今天這樣高大過。趙大勺子以前也沒機會表現今天的高大形象。

金銅山看著趙大勺子先說話了：「你的是做飯的新把頭，那一大幫木把的新把頭，你叫趙大勺子？」

趙大勺子說：「是，你好記性。我叫趙大勺子，我是做飯的新把頭。可我趙大勺子還是個正兒八經的木把。東家大櫃找木把幹活，就要懂得咱們木把的規矩。按規矩幹活說話，這一切都好辦了。就是到了日子就掐套，東家大櫃答應了，咱們還是情願爲東家大櫃效力的。」

金銅山說：「很好，講規矩就很好。我的懂木把的規矩，也尊重木把的規矩。但現在你們的不再是木把了，你們的是收了我的現大洋的，為我做工的人了，你們的按了手印。破壞規矩要受罰的，你們的可知道？」

趙大勺子咧嘴笑了，說：「誰領工錢不在名字下面按個手印，在以前東家大櫃那裏都那樣。難不成在你這兒就變了？是不是，兄弟們？」

三十幾個木把跟著鼓噪。

曹叫驢子擺手叫大夥別吵，說：「東家大櫃，你別轉彎子。你說句他媽的痛快話，到了掐套日子，咱們掐套不？」

金銅山說：「你們的說法我的懂。我的提議按我的和你們的定的規矩解決這次爭吵。你們的同意嗎？」

陳老五說：「開套掐套是咱木把的老規矩，咱們憑什麼和你定什麼新規矩？咱們開套進山先收一半大洋也是規矩，咱們都是按規矩來的。到了掐套日子咱們收大洋就走，這也是按規矩。」

胖子二櫃吼一聲：「金爺，這幫棒棰木把收了金爺的工錢，和金爺立了規矩，金爺就能治他們。金爺還客氣什麼？」

趙大勺子說：「胖子二櫃你說什麼？咱們和東家立了規矩，咱們怎麼不知道？你拿出咱們立的規矩，咱們怎麼立的咱們就怎麼辦。拿不出來就給個痛快話，到了掐套日子就掐套，咱們回家過年去。」

金銅山說：「我的同意趙大勺子把頭的提議，給你們的看我的和你們定的規矩。你們的同意？」

三十幾個木把交頭接耳了半天，沒人記得和東家立過什麼新規矩。這些木把們都知道，開套掐套不論東家還是木把們守的都是俗成的老規矩，哪有什麼新規矩？

陳老五說：「行，東家你就拿出和咱們立的新規矩，拿不出來，咱們到了日子就掐套走人了。」

曹叫驢子說：「這他媽的新東家就是不如老東家乾脆，磨磨嘰嘰像個脫褲子不利索的老娘們。」

三十幾個木把就笑了。

金銅山看了看曹叫驢子，說：「你的是曹叫驢子把頭，你的脾氣大大的不好。我的卻很喜歡你的脾氣，不會重重的罰你。」

金銅山擺手，一個二鬼子拿著一個大本子過來，翻開就念了以下的話：

凡於開工之日收現大洋一百塊者、二百塊者，自願同意為金銅山大把頭做工七年。在做工期滿時，結清全部工錢，即每人二百塊現大洋。期間凡不守此規矩者，金銅山大把頭可以對其處以鞭罰或罰沒工錢。此規矩以金銅山大把頭及眾工友手印為憑。

這人念了兩遍，又叫了一個人和他各拿一邊，一折一折展開，舉著給三十幾個木把看他們在名字上按的食指指印。每個木把都認出了這個摺子就是他們收現大洋時按手印的那個摺子。

在當時是每個拿了現大洋的木把說了名字，這個人記在這摺子似的大本子上，再叫木把在名字上按了手印。這和那拉·吉順二櫃結算工錢時是一樣的。三十幾個木把看到自己按的手印，都傻了，二百塊大洋，他們要做工七年。

盛小耳朵看到自己按的手印，再看一眼趙大勺子，扁了嘴，一下子就哭了。

趙大勺子仔細看了，卻只認出了幾個簡單的字。趙大勺子說：「等等，咱們大夥都不認字。十七哥認字，咱們等十七哥回來看了才行。」

曹叫驢子說：「這東西是蒙人的，咱們不認。誰他媽的給你個野豬雜種幹七年。叫爸也不給你幹。」

胖子二櫃捂著鼻子嘿嘿笑，說：「這玩意兒就展開著明明白白擺在那，你們他媽的一個個都盯著現大洋，就爭著往上按手印，現在不守規矩遲了。曹叫驢子看我怎麼收拾你。你他媽的敢揍我，你他媽的敢說我長得像帶崽的母豬，你他媽的等著看我他媽的怎麼扒了你的皮。」

曹叫驢子眼珠瞪得賊大，氣得呼呼喘粗氣，但也發不得脾氣了。曹叫驢子知道上當了，是他自願去按的手印，此時此刻也就真完蛋了。

陳老五打哆嗦了，他好不容易整了個大寡婦當了真媳婦，真媳婦又懷了孩子，陳老五是最盼望掐套回家的一個木把。一想有可能七年回不了家了，真媳婦沒可能白白等他七年，也就不可能還是他的真媳婦了，陳老五褲襠裏的棒棰就要失禁了。但陳老五仍懷著一絲希望，衝站在幾個女人中的金葉子喊：「金葉子妹子，你是老十七的媳婦，咱大夥信老十七就信你，你識字。你幫大夥看看那紙上寫的是這狗雜種念的那些蒙咱們的字嗎？」

金葉子看著三十幾個木把都眼巴巴看著她，她走過去，仔細看了展開的摺子上的字。金葉子再掉頭看看三十幾個木把，金葉子的眼淚就流出來了，點點頭，掉頭跑一邊去了。

陳老五打個晃，抬手扶住了身邊的穆歪脖子，才沒坐進雪地裏去。但陳老五的棒棰終於失禁了，屁水順一條褲腿流出來，裝滿了那隻腳上的靰鞡鞋，又流出來浸濕了那隻腳下的雪地，一會兒，那片雪地就凍成一小片黃色的尿冰了。

金銅山說：「趙大勺子把頭、曹叫驢子把頭、陳老五把頭，現在我的來說說規矩。你們的大大壞了我的規矩，我的不想大大的處罰你們所有的木把，只小小的處罰你們這三個把頭。我的想這樣，打鞭子或是罰大洋。你們的來選，我的來決定。快快的選擇，不要像你們的老娘們磨磨嘰嘰脫褲子的那樣子。」

趙大勺子歎口氣，扭頭對曹叫驢子說：「我趙大勺子白精明了大半生，怎麼就沒想到找十七哥好好識幾個字呢？完了，這一次被王八蒙狠了。我是捨肉不捨大洋。咱們上當被王八蒙了我認了。七年，我操他姥姥的七年，我趙大勺子叫王八犢子養七年了。打鞭子，我他媽選打鞭子。打死我他媽的。」

曹叫驢子搖腦袋嘟噥：「幹一季山場子活給兩百塊大洋，從來就沒有那麼好的事兒。該！活該！叫你貪！七年完工我操死王八犢子他奶奶。老子也選打鞭子，老子害了一幫兄弟。來，母豬胖子先打老子。」

陳老五也鼓鼓勁說：「打吧，我也選鞭子。打重點，我他媽一見大洋光想幹完這一季活給我大媳婦買地了。」

金銅山笑了笑，說：「好的，我的要是你們的就不選打鞭子。趙大勺子的大大的壞蛋，重重打十鞭。曹叫驢子的罵人的打人的大大的壞蛋，但我的喜歡他的脾氣，重重地打三鞭。陳老五的尿濕了褲子、鞋子，減一鞭打重重的兩鞭。開始打鞭子。你們的好好的看著。」

過來三個拿細繩的人，把趙大勺子、曹叫驢子、陳老五叫到三根埋在地上的大樹樁邊上。這三根大樹樁每根一人合抱粗細，不是直立埋的，是斜著埋的，有四十五度斜角。

這是陳老五按胖子二櫃的指令埋的，在今天，在此時，陳老五才知道，這三根大樹樁是爲處罰挨鞭子的人準備的。

三個人叫趙大勺子、曹叫驢子和陳老五伸展雙臂抱著大樹樁，用細繩子把兩隻手腕綁了。

趙大勺子說：「不就他媽十鞭嗎，我蹲會兒你打完就行了，還綁上，費那勁幹什麼？我又不能跑。受騙上當的規矩咱們木把按了手印也得算，要不就不是闖在老東北的男爺們了。」

金銅山咧嘴哈哈笑。

三十幾個木把看到金銅山笑的樣子被嚇了一跳，這傢伙一笑真像頭齜獠牙的大野豬在晃腦袋笑。

趙大勺子、曹叫驢子和陳老五都是雙臂抱著大樹樁被綁上了，都是臉貼著大樹樁。

先打趙大勺子，動鞭的是二鬼子大漢。他右臂的斷骨長好了，不用吊脖子上了，但這傢伙用左手揮鞭子。鞭子是用生牛皮分成細細的長條纏成的，鞭身上全是棱角，越到鞭梢越細，但鞭身裏像纏著鋼條，因爲鞭子看上去有彈力、也有韌勁，不似普通的鞭子。

這根鞭子也曾經叫虎小弟吃盡了苦頭。二鬼子大漢捉虎小弟的手法很簡單，是在一隻死麅子的肉裏加入麻藥，麻倒了看到人不跑、還靠近人的、也不怕火的虎小弟。可以說虎小弟是自己送上門才被他捉住的。虎小弟醒來發覺被拴了項圈發怒的時候，大漢的這根鞭子打得虎小弟一點脾氣都不敢發了，乖乖地趴在木籠裏發抖。

此時，大漢把鞭子浸在水盆裏泡了泡，拎出來在空中揮舞，鞭子甩動與空氣相撞發出嗖嗖嗚嗚使人心裏發毛的破空聲。

趙大勺子說：「大個子，別他媽留勁，老子受不住叫一聲就當你爺爺。那可是給狗孫子當了爺爺。」

二鬼子大漢嘿嘿笑，示意站在趙大勺子身邊的人可以開始了。那人就把趙大勺子的老羊皮襖從腰部往上扒出赤裸的後背、扒出肩膀。老羊皮襖和裏面的衣服都裹在趙大勺子腦袋上了。

趙大勺子的腦袋被裹住，卻高喊：「給老子露出耳朵，老子還要聽這狗孫子累出屁的響聲。」

三十幾個木把沒笑，幾個女人也沒笑。金銅山又咧嘴哈哈笑了，還晃下腦袋表示讚賞。大漢也笑了，胖子二櫃正用棉花球堵塞鼻孔，也忍不住笑了。大漢把鞭子憑空抽一下，又抽一下。

趙大勺子喊：「我操，這天太冷了。狗孫子你小子別玩兒了。你爽快地打完了我好做飯去呢。什麼玩意兒……」

趙大勺子突然從嗓子眼裏衝出一聲慘叫，又一下忍住沒聲音了。趙大勺子的背上挨了頭一鞭。

二鬼子大漢把鞭子又掄一下，第二鞭抽下去，趙大勺子背上的皮就裂開了。趙大勺子的雙臂雙腿也夾緊了大樹椿。但趙大勺子沒叫出聲。第三鞭、第四鞭打完，趙大勺子的慘叫喊出來了，那不是人可以發出的慘叫聲。四周的木把們也都看到了，大漢的四鞭都一分不差地抽在頭一鞭抽出的鞭痕上，重複四鞭下去，趙大勺子背上那道裂開皮肉的鞭痕不一樣了，皮肉全部翻開了。第五鞭、第六鞭、第七鞭抽下去，趙大勺子沒聲音了，緊緊地夾在大樹椿上的雙腿放軟了，變得整個趴在了大樹椿上。大樹椿接雪地的根部也濕了，那是趙大勺子撒出的尿順棉褲褲腿流出來整濕了大樹椿根部的雪。

二鬼子大漢把第八鞭、第九鞭甩出去。盛小耳朵摸了下臉，盛小耳朵的手上就抓下塊瓜子大小的碎肉。盛小耳朵臉上沒有這樣的碎肉，碎肉是從鞭子上甩盛小耳朵臉上的，盛小耳朵緊咬著下嘴唇拚命忍住了不敢哭。

趙大勺子還是沒有聲音，趙大勺子整個身體似乎都軟了，趴在大樹椿上像隻扒了一半皮的老綿羊。

二鬼子大漢甩出第十鞭，趙大勺子背上的那道鞭痕就不是鞭痕了，是一道像粗糙的寬刃鋸子鋸出的肉溝了，而且沒有血流出來。

二鬼子大漢憑空甩鞭子，把血糊糊的鞭身上的碎肉甩落。這樣隔了這一會兒，趙大勺子背上那道破裂的肉溝才出了血，由於天氣太冷，血很快就不出了，凝固在趙大勺子背上了。但趙大勺子還是沒聲音。趙大勺子屁股上的棉褲裏也濕了，濕跡發黃，是被趙大勺子拉褲襠裏的屎浸透了。

時間像是靜止了，那個二鬼子把趙大勺子的衣服和老羊皮襖從趙大勺子腦袋上拉下來，蓋上了趙大勺子的背。

趙大勺子的腦袋歪在大樹椿的一邊，下嘴唇已經脫落了，是趙大勺子爲忍住不叫痛自己咬掉了下嘴唇。但沒成功，趙大勺子還是在中途痛得慘叫了。

曹叫驢子的臉貼在另一根大樹樁的另一邊，看不清趙大勺子怎麼了，又覺得靜得奇怪。曹叫驢子就喊：「大勺子，趙大勺子，你他媽的別熊，就十下你就暈了。沒種，你先暈一會兒，看我的。」

曹叫驢子跟前的那個人，把曹叫驢子的老羊皮襖也像扒趙大勺子那樣扒到腦袋上，也裹住了曹叫驢子的腦袋，曹叫驢子也就露出了赤裸的背。

二鬼子大漢走過去拍了拍曹叫驢子的背，曹叫驢子的皮膚黑，背上的肌肉一疙瘩一疙瘩的像一塊塊鐵塊。

曹叫驢子把腦袋在衣服裏晃晃，說：「你給我抓抓癢，我好幾個月沒洗澡了。生老鼻子蝨子了。」

二鬼子大漢喜歡有豐富肌肉的男人，像喜歡漂亮的男人一樣，就給曹叫驢子抓了抓背上的癢，還趁機揉了揉曹叫驢子的屁股蛋。曹叫驢子的皮膚好癢，扭了幾下屁股哈哈就笑了。

二鬼子大漢的大手在曹叫驢子背上摩擦，說：「你爲什麼叫曹叫驢子呢？叫驢子和驢子不一樣嗎？我的名字叫金驢子。」

曹叫驢子說：「我告訴你叫驢子不是一般的驢子，叫驢子是脾氣壞的大公驢子。我也知道你真叫金驢子，你這名字和我關係大了去了。」

金驢子把曹叫驢子的腦袋從衣服堆裏扒出來，笑眯眯地問：「真的？你不蒙我吧？」

曹叫驢子透出口氣，說：「真的，我不蒙你。你聽我告訴你。」

金驢子笑呵呵地點點頭。

曹叫驢子說：「老鼻子年前我去了朝鮮那邊伐木，在山裏碰上了奇遇。那乖乖可美死我了。」

曹叫驢子看著眼前的金驢子不說了，扭扭後背。金驢子明白了，伸出大手又給曹叫驢子抓背上的癢。

曹叫驢子才說：「什麼奇遇呢？我呀碰上了一個美人兒，長得那個好看就別他媽提了。我見了這麼好看的一個美人兒能放過嗎？我上去就按倒了她，脫了褲子就把她給靠了。你猜後來怎麼了？」

金驢子說：「她打你了？罵你了？」

曹叫驢子一搖腦袋說：「她對我好著呢，她給我生了一個兒子。」

金驢子說：「不可能，就你那醜樣她能給你生兒子？你蒙我，你小子吹牛。」

曹叫驢子說：「你不懂，那會兒你太小了。我離開朝鮮時給我兒子留了個名，我兒子隨了他媽的姓，就叫了金驢子。」

金驢子愣一下，抓抓鼻子揚起腦袋沒等想明白，抱著另一根大樹椿綁一邊的陳老五就笑著說：「對，那小男孩是叫金驢子。那會兒我他媽也在場，我還抱金驢子那小子了。這小子現在他媽長大了，長大了本事也有了，現下這兒子正拿鞭子要抽他爸爸和他大爺呢！」

曹叫驢子和陳老五就笑得趴在大樹椿上不行了，兩個綁人的二鬼子也笑得軟腳了。三十幾個木把聽得不太全，但也聽了大概，也有多人笑了。

金驢子卻不笑，陰著臉退後，往正笑的曹叫驢子的背上抽了頭一鞭，曹叫驢子的四肢抖一下就抱緊了大樹椿，歪著腦袋一嘴也咬大樹椿上了。金驢子甩出了第二鞭，重疊在頭一鞭的鞭痕上，那鞭痕就破裂開皮了，像老虎的爪子抓開羊皮似的裂開肉縫了。曹叫驢子的牙齒也咬進了大樹椿。第三鞭抽下去，曹叫驢子咔的一聲，咬下了一塊大樹椿上的木頭，也掰斷了兩顆門牙，頭一歪也痛暈了。

金驢子說：「下次我把你小子抽兩半了。叫你他媽的再胡說。」

陳老五雖然無法看得真切，陳老五心裏卻犯嘀咕了。陳老五瞭解曹叫驢子是個打死也不服軟的滾刀肉，想不到只挨了三鞭曹叫驢子就沒音了，這就不像曹叫驢子了。

陳老五看著有人過來扒他的老羊皮襖，就說：「大侄子，你先歇口氣，我也喘口氣。你那鞭子挺驢性。我準備準備再接你的鞭子。我就喘一口氣，我喘了氣我晃晃腦袋你就打。」

陳老五的腦袋也被自己的衣服裹住了。陳老五在衣服裏吸氣，陳老五赤裸背上的肌肉往上鼓。原來陳老五會點硬氣功。陳老五的腦袋在衣服包裹晃晃，金驢子的頭一鞭就抽下來了，陳老五的背上多了一道白印，白印瞬間就紅了。

金驢子第二鞭抽在頭一鞭的痕跡上，陳老五憋不住氣了，這口氣從鼻孔裏噴出去，陳老五衝口就吼：「我操你媽的，痛死我了。」

金驢子也奇怪，金驢子的鞭子不論抽誰也是兩鞭破開皮，但抽陳老五就不是。金驢子看看手裏的鞭子，再看看陳老五的背，那背上的鞭痕已經腫起來了，但沒破開皮。

金驢子嘟囔一句：「原來不吹牛的傢伙才皮厚。」

三個朝鮮人把陳老五、曹叫驢子和趙大勺子的手解開繩子。陳老五跳著腳齜牙咧嘴用手抓後背。曹叫驢子沒醒還暈著，叫兩個木把抓把雪拍臉上才冰醒了。

去扶趙大勺子的穆歪脖子突然哭起來了，喊：「死了，死了，打死了！大勺子被這狗孫子抽死了！」穆歪脖子就跳起來，撲過去，發力地一頭撞在金驢子的肚子上，反被金驢子一挺肚皮給撞得後退幾步坐雪地裏了。穆歪脖子坐在地上抓把雪砸金驢子，又放聲大哭。

三十幾個木把圍上去，趙大勺子真死了，嘴裏的血都凝了。

陳老五就挺直了背走過去看趙大勺子，陳老五的背上那道鞭痕腫起一寸多高，陳老五彎不下腰了。

陳老五問：「打死人了，這怎麼辦呢？」

金銅山笑笑說：「挨鞭子是打不死人的。趙大勺子把頭可能是個病人，再挨鞭子就死了。這是個意外。你們的挖個土坑快快地把趙大勺子埋了吧。今天你們的歇歇，明天統統的去幹活。」

胖子二櫃說：「趙大勺子不裝牛能挨鞭子嗎？記住了這裏的規矩。快點把趙大勺子整走吧。」

陳老五想一想，咬牙切齒地說不出什麼有理的話了。

被兩個木把扶著的曹叫驢子說：「他媽的你們總得給口棺材吧？趙大勺子的工錢、命錢總得給吧？」

胖子二櫃說：「趙大勺子的事不用你管，他病死的不算工傷，憑什麼要命錢？你們誰想破壞規矩就走出來嘗嘗鞭子。」

三十幾個木把都怕了。

曹叫驢子說：「那埋屍給副棺材板總行吧？命錢算一半總行吧？」

胖子二櫃說：「不行，這不合規矩。曹叫驢子你再裝牛下一個就是你。我還記得你揍你胖子爺的事呢。」

穆歪脖子看著金銅山轉身要走了，就衝過去，喊：「金爺，你還記得我嗎？」

金銅山停下，看看穆歪脖子表示不記得了。

穆歪脖子掏出金銅山在南海賭場門外咬過的那塊大洋，說：「你說過我有小小的麻煩，你會幫我大大的忙。這是你在賭場墊腳時咬的大洋，這是你的牙印。我就要你給趙大勺子一副棺材板。求你了金爺。」

金銅山拿過那塊大洋看看，說：「我的記得你的了，你的是那個良心好的小子。很好，就給趙大勺子把頭一副棺材板。」

金銅山把穆歪脖子的那塊大洋丟給穆歪脖子，說：「我的想不到你的這樣用這塊大洋，這塊大洋現在沒用了，你的不後悔？」

穆歪脖子接了那塊大洋甩手丟得遠遠的，掉頭走了。

金銅山愣了……

6

趙大勺子這個一生中唯一一次當上把頭的人，也是唯一一次敢為兄弟出頭的人，就這樣死了。

趙大勺子背上被鞭子撕裂的那道一尺長的裂口，直深到骨頭，骨頭也幾乎就被抽斷了。誰能想到只是十鞭的結果。

陳老五和曹叫驢子看了趙大勺子的傷口，這兩個挨過鞭抽的把頭的臉全嚇白了。他們知道他們兩個人在金銅山的手裏撿回了命……

此後的十多天裏，隨魯十七進山的人陸續回來了。

但是孫吉祥死了，是在一處崖下找礦時，被一塊滾下來的石塊砸死的。那女人的大兒子隨這些人回來就找到胖子二櫃，向胖子二櫃要孫吉祥的命錢，開口就是三百塊大洋。這和這小子上一個拉他媽邊套的大老劉的命錢一樣。胖子二櫃一口就確認孫吉祥算工傷，也答應了給這小子三百塊大洋算孫吉祥的命錢，但要在收工之後付。這小子又問什麼時候掐套算命錢？現在離掐套還有幾天？胖子二櫃告訴那小子，在這裏幹活沒有掐套的那一天，也沒有掐套這一說，只有完工的那一天。快了，還有六年多。那小子一下子就傻了，回到霸王圈躺大通鋪上人還發愣呢。

另外，還有十幾個人凍傷了。金銅山准他們住進連套木刻楞洗溫泉治傷。但在後續回來的人中，也有一個木把和三個二鬼子和一個帶槍的二鬼子在深山野外被狼群咬傷後凍死了，屍體自然被狼群吃了。這也是他們撤回來的原因之一，因爲大雪封山了，狼群聚集起來，在山裏就是王了。

道爾吉和一個木把隨一個二鬼子是最後回來的，進山的人除了死的都回來了。但還有一個人沒回來，這個人就是魯十七，他是自願留在山裏的。

道爾吉回來住進霸王圈裏，看一圈熟悉的木把兄弟，沒感覺到氣氛不對。道爾吉就坐下說：「你們知道了吧？咱新東家要這乾飯盆林場，不是伐木是找礦，聽人說約莫是個大金礦或是個大銅礦。金礦好啊，挖出大金塊咱揣上跑他媽的就是錢。他們又說大銅礦更重要，可以煉出銅用來造槍子和炮彈。你們說新東家造槍子和炮彈幹什麼用？」

曹叫驢子和陳老五不回話，其他木把也不說話，他們已經從其他回來的木把嘴裏知道新東家找礦的事了。

道爾吉又說：「那些人裏面不全是二鬼子，他們裏面有好幾個說話就是命令的日本人。這些人全是傻麅子，穿的鞋好看卻不管用，沒咱的靰鞡鞋好。咱的靰鞡鞋墊上靰鞡草就不冷，腳不冷身上就不冷。他們那些人的鞋不行，腳都凍壞了，整個腳全是凍瘡，手臉也凍壞了，要不就算再被狼群吃幾個人也不見得讓咱們回來呢。再說，這大雪天，什麼礦都被雪蓋住了他媽上哪兒找去。還叫咱們滿山滿溝找死人，是去年進山找礦的五個，說五個人找到礦了，用三隻鴿子給新東家報了信，這五個人就沒了。帶咱們進山的頭，叫井上一夫的那小子要咱們多注意找死人，還說死人不重要，重要的是死人身邊的背包。笑死人了，上哪兒找去？找不到死人就找礦，結果礦也沒找到。整個白忙活，新東家這回虧大發了。」

道爾吉說到這兒才感覺到霸王圈裏氣氛不對，就問盛小耳朵大夥怎麼了？

盛小耳朵告訴道爾吉，趙大勺子被金驢子十鞭子抽死了，咱們大家沒掐套那一天了，要幹上七年才能收工掙二百塊大洋。道爾吉聽了就愣了愣，就躺到大通鋪上想事去了。

那會兒，每個回來的木把都在發愁，眼看著新年快到了，習慣性的掐套時間也快到了，他們有家的少數十幾個木把沒可能回家過年了，沒家的大多數木把也沒可能去投老靠靠女人貓冬了，就都發愁了……

7

陳老五和曹叫驢子帶著兩幫木把，把那片木刻楞幹完，就回到大霸王圈旁邊幹了。這次是在林子裏伐硬雜木備用，就是專伐柞樹、榆樹、橡樹等等的硬質樹種。從深山回來的木把們歇了一天，就隨曹叫驢子、陳老五他們上工找硬雜木伐樹了。

到了晚上，木把們收工吃了飯回到霸王圈睡覺了，陳老五才發現道爾吉和孫吉祥帶來的拉邊套女人的大兒子沒影了。陳老五回想了一下，道爾吉和那個小子早上跟他這一幫出的工，之後道爾吉和那小子就沒影了。陳老五叫起曹叫驢子問道爾吉和拉邊套女人的那大兒子哪兒去了？

曹叫驢子拍下腦袋說：「他媽的，該死、該死，我怎麼沒想到呢？道爾吉這小子帶著那個該死女人的大兒子肯定跑了。」

木把們聽說道爾吉跑了都起來了。他們也都猛然想到他們太笨了，被騙了還準備苦幹七年，爲什麼不跑呢？爲什麼被一根鞭子，一紙騙人的規矩嚇住呢？曹叫驢子就抓著腦袋看著陳老五。

陳老五說：「這就對了，咱們都有一百塊大洋，咱們跑他媽的。誰他媽陪頭野豬在這靠七年？七年沒女人咱們襠裏的棒棰就真的不舉了。」

穆歪脖子說：「我早這樣想了，我天天盯著瞅，就是看不到十七哥回來，我想叫十七哥幫咱們拿個主意。」

陳老五說：「老十七的媳婦在金銅山那雜種手裏，老十七不敢跑。那些人都回來了，老十七沒回來，興許早他媽死在山裏了。」

盛小耳朵說：「十七哥不可能死在山上，十七哥精得像孫猴子。十七哥多厲害，肯定還在山裏找五個死人呢。十七哥要找到五個死人，他就給金雜種立了一功，金雜種沒準就把他媳婦還給十七哥了。但咱們指望不上十七哥了。我也看了，老棒子叔要在這，也比你們兩個棒棰把頭有膽色、有主意。」

穆歪脖子說：「趙大勺子把頭不死也有膽色，也有主意，也比你們兩個聽雜種吆喝的狗棒棰強。你們兩個都是屌貨。」

曹叫驢子無法發脾氣狠揍穆歪脖子一頓出氣，因為穆歪脖子說對了，他和陳老五變得主動聽胖子二櫃的吆喝了。曹叫驢子就一下躺大通鋪上歎口氣不吱聲了。

陳老五看看曹叫驢子，也歎口氣躺下不吱聲了……

次日收工的時候，所有的木把都被集中在大霸王圈那邊了。木把們也就看到了道爾吉的屍體，也看到孫吉祥拉邊套的那女人的大兒子的屍體了，兩個人都是腦袋中槍死的，現在被一隻大黑驢子拖著送了回來。牽大黑驢子的那漢子腦袋上蒙著塊破狼皮，遮了大半張臉，看不清長相。他從胖子二櫃手裏接了一口袋大洋就牽著大黑驢走了。但木把們看那漢子行事打扮，就知道那漢子是山裏的鬍子。不用問，金銅山已經把山裏的鬍子收買了，出去的路都被鬍子守住了。

胖子二櫃說：「你們把這兩個蠢傢伙埋了吧，這兩個蠢傢伙沒棺材板。他們兩個一條命就值一百塊大洋，兩條命就值兩百塊大洋。你們這幫傢伙死在外面被送回來也是這個價錢，也沒有棺材板。」

木把們唉聲歎氣了兩天以後，又看到逃跑的希望了。木把中又有人跑了。是陳老五和穆歪脖子、盛小耳朵、崔虎子他們四個木把一起跑了。

原來穆歪脖子在趙大勺子死後被胖子二櫃指派管了做飯，成了管七八個做飯木把的把頭。穆歪脖子就叫送飯的盛小耳朵和崔虎子，利用給木把們送飯的時機，在林子裏偷偷藏了兩大口袋窩窩頭和火種還有兩柄開山斧。穆歪脖子還帶上了三個人的三百塊進山幹活時拿到的大洋。

穆歪脖子找個時機跑去林子裏會合了盛小耳朵和崔虎子，在三個人往林子深處跑時，被蹲在雪窩裏拉屎的陳老五發現了。陳老五截住了這三個人，但陳老五見穆歪脖子他們準備的充足，而且是向深山裏拐大彎逃跑。這種逃跑路線只要在山裏不碰上狼群，在轉出山時就不會碰上鬍子，這樣逃出去的把握大。陳老五一咬牙，也跟著穆歪脖子他們逃跑了……

曹叫驢子和其他木把就天天等著牽大黑驢的鬍子來送穆歪脖子、崔虎子、盛小耳朵和陳老五他們的屍體。可是三四天過去了，也沒見有鬍子送這四個木把的屍體回來。

曹叫驢子就想，看來穆歪脖子、陳老五、盛小耳朵、崔虎子他們四個人真逃出去了，看來動動腦筋也真能從這裏逃出去。曹叫驢子就打算帶所有的木把在出工時來個大逃亡，但是很快金驢子帶著十幾個手拎步槍，腰別彎刀的二鬼子槍手當了監工把頭。

曹叫驢子眼看失去了大逃亡的機會，想想七年就靠在這深山老林裏給雜種當驢了，別提多後悔了……

第十二章　追逃

長白山一帶的狼幾乎絕跡。墾田開荒的北方外來人發瘋般多了起來，野狼走過的綠野一點點變成了農田……

這個結局是決定性的，在征服了大自然的一切之後，我們人類的對手是誰呢？是努力恢復大自然的一切？

那麼，當初為什麼征服呢？這是一個怪圈。

《獵狩山河》

1

夜已經深了。天空上的殘月發出冷清的光。雪色的山林大地又被剛剛下的一場大雪加上了一層厚厚的雪羽，在殘月和雪地的映照下，四周就清晰見物。

金驢子進了霸王圈清點了木把人數出來，覺得來尿了，就在霸王圈的門外掏出棒棰撒了尿，剛剛抖了抖捧棰，剛剛提上褲子，他的肩膀上就被人拍了一掌。

金驢子嚇一跳，往前衝一步，回身掃出一拳，拳掃空了，才聽到來人的笑聲。金驢子衝口就說：「是你，你他媽的小瘦子嚇我一大跳，你他媽的你沒死在山裏啊，你回來了？」

拍金驢子肩膀的是魯十七。魯十七說：「嚇死你個大傻了，你家十七少爺命大死不了。」魯十七就往霸王圈裏走。

金驢子追著魯十七後背說：「小瘦子，我告訴你一件事，你別說出去。你媳婦擔心你在山裏叫狼群吃了去求金爺叫兄弟們進山去找你。金爺高興了，叫你媳婦仰了身子分開小細腿躺下，金爺用手指一根一根拔你媳婦臭井上的毛，你媳婦疼得像狗似的叫，真他媽好聽。」

魯十七就想金葉子受辱的事是不可能避免的，就回身抬高手，用羊皮手套拍拍金驢子的大臉，說：「真乖！不愧是青毛大狼狗的孫子。剛剛你告訴我金爺的棒棰不行，像你的舌頭似的不能硬，那是早年叫我老丈人打壞了落下的病。金爺靠女人也只能用用舌頭什麼的。是不是？」

金驢子馬上說：「我他媽的不知道你胡說的是什麼，我就是不知道，你蒙不了我。」

魯十七笑笑轉身進了霸王圈。

金驢子對著霸王圈的門狠狠罵一句：「等有一天，我一準地靠你小子的屁眼，叫你知道你驢子爺的厲害。」

魯十七走進霸王圈裏整出的聲音驚醒了十幾個睡不踏實的木把。而且胖子二櫃爲了在晚上能隨時進霸王圈裏查夜，就想了個招，在霸王圈的四個角落裏掛了四盞大油燈，整夜都燃燒著不熄。

這十幾個木把突然看到進來的是魯十七，也就知道魯十七沒死，從山裏回來了，都挺高興地從大通鋪上坐起來了。

曹叫驢子也沒睡踏實，看到魯十七急忙起來，邊幫魯十七用大爐子烘棉褲和靰鞡鞋，邊對魯十七說了連日發生的事，並和魯十七商量以後怎麼辦。

魯十七聽了發生的事，臉上沒什麼表示，就爬上大通鋪又叫曹叫驢子躺在身邊就睡了。那十個木把看沒戲也失望又躺下睡了。曹叫驢子也快睡著了，發覺魯十七用手指捅他左肋，曹叫驢子想可能魯十七有事，就側了身面向魯十七。

魯十七，悄悄告訴曹叫驢子，這身下的鋪板下面是個糧倉，裏面有很多糧食，還是一條山洞的一個小洞拐角，山洞可以通到山外的一條河。你們出去順河道可以走進深山，過河往北再翻過兩面山坡，穿過山溝和兩片紅松林，再順山角拐向一條江岔，那條江岔是鴨綠江的支流。那條江岔能到藍旗屯。現在大雪封山雖然不好走，但帶上糧食和火種走上四五天也就能走出去了，也可以進藍旗屯找大奶奶幫忙了。

曹叫驢子吃一驚，自己在這座霸王圈裏睡了六七年了卻不知道這個秘密，就急忙點頭，悄悄說：「十七哥，我曹叫驢子發誓，我一個兄弟也不落下，我全帶他們逃出去。十七哥你放心吧。」

魯十七又告訴曹叫驢子，明天你見到拿槍的槍手離開你們走了，你就帶兄弟們行動。趁機燒了這裏的東西，連胖子二櫃和那二十幾個日本人和二鬼子都殺掉。咱們這山裏有個大秘密不能叫日本人知道。

曹叫驢子的腦袋暈一下，有點發蒙，小聲問：「十七哥你真叫我這樣幹？叫我帶兄弟們一下子殺二十幾個人？」

魯十七小聲說：「你必須帶兄弟們這麼幹。曹叫驢子，你是東北爺們就這樣幹，就算丟了命也要這樣幹，你懂了嗎？」

曹叫驢子嘴裏出的氣息粗了，也緊張了，想了想，壓低聲音說：「那你呢？你媳婦怎麼辦？我救了一起帶走？」

魯十七笑笑，小聲說：「別的你別管了，把那些雜種都殺掉，一個也不能留。然後你帶兄弟們從山洞帶足了糧食出去，也就避開山外的騎子了。你曹叫驢子就是長白山的人物了。咱好好睡一覺，明天就看咱兄弟倆的了。」

魯十七伸直了腿，不一會兒就睡著了。

曹叫驢子翻了幾次身，默默想了好一會兒，才想通決定按魯十七說的這樣幹了，也就呼呼睡著了。

次日，曹叫驢子帶著木把們吃了飯，在胖子二櫃和十幾個槍手的監視下，扛著工具去林子裏伐木。曹叫驢子走在木把們的最後，回過頭對魯十七說：「十七哥，我曹叫驢子還有一個本事，就是想幹的事，一準的幹到底。咱哥倆找機會砸大洋，我等著贏死你。」

魯十七笑笑，說：「我等著你，有本事你就使出來吧。」

魯十七看著曹叫驢子他們走了，就去連套木刻楞去找金銅山。全賢秀出來告訴魯十七等著，金爺還睡著沒起來。

魯十七就坐在連套木刻楞的外面等到快午時了，全賢秀才出來帶魯十七進了連套木刻楞，並直接去了金銅山平時洗溫泉澡的那間木刻楞。

金銅山和崔真子、金葉子還有兩個女人坐在溫泉水池裏泡澡，自然都赤裸裸的沒穿衣服。金葉子這個樣子見了魯十七就把腦袋低下去，不敢看魯十七。全賢秀瞅著魯十七笑笑，也脫光了衣服下了溫泉水池。

魯十七仔細看金葉子，發現金葉子的肩上有傷，背上也有傷，像是牙齒咬上咬破了皮留下的新舊傷痕。再看其他幾個女人的身上也都有牙齒咬的傷痕。崔真子身上的傷痕最多，新傷痕舊傷痕紅一塊紫一塊的，而且傷痕大都在大腿上和小肚子上，手臂上也有。而且魯十七注意到，崔真子在幾個女人中是最漂亮的，身上膚色奶酪似的白還柔潤。

全賢秀在溫泉裏站起翹起了屁股，趴水池裏游向金葉子，魯十七也就看到了全賢秀那面漂亮的屁股，魯十七衝口就笑了。全賢秀兩瓣屁股蛋上幾乎全是牙齒咬過留下的傷痕。

魯十七也就想到金銅山什麼毛病了，也知道幾個女人在金銅山這裏的用處了。全賢秀的屁股漂亮，金銅山就咬全賢秀的屁股。金葉子的背部和肩部漂亮，金銅山就咬金葉子的肩部和背部。崔真子的大腿和腹部漂亮，金銅山就咬崔真子的大腿和腹部。另一個女人的胸部漂亮，自然的，金銅山就咬另一個女人的胸部。

還有一個女人身上沒傷痕，全身光溜溜的一個傷痕也沒有。魯十七奇怪了，就問金銅山：「金爺，這個女人古怪，身上沒你咬的傷疤，這不大可能啊。金爺，你能告訴我，你咬這個女人哪個部位嗎？或者容我猜一猜？比如你咬這女人的腳心？」

從魯十七進來，坐在溫泉邊的一張躺椅上起，金銅山就一直看著魯十七面對這麼多裸體的漂亮女人的反應，也觀察魯十七看到金葉子的反應。金銅山感覺到了魯十七的奇怪。

魯十七是仔細地，一個個地看這幾個女人，只不過看金葉子時是笑著看的。而且魯十七突然問出了這樣的問題，把金葉子都聽笑了。

金銅山一下子惱火了，眼睛瞪圓，從溫泉水池裏嘩地一聲，一下站起來。

魯十七就看到金銅山襠上吊著晃悠的那根棒棰了，嘴裏發出噢的一聲。

金銅山也就低頭看一眼自己的已經不能算是棒棰的棒棰，就一下子又洩氣了，嘩一聲，一屁股又坐水池裏了。

金葉子和全賢秀哧哧就笑了，崔真子也笑了，幾個女人都忍不住笑了，像幾朵美麗的白蓮花、粉蓮花突然在水池裏開放了。只不過是開在了一頭野豬的腦袋周圍。

魯十七也就拍了一下大腿，哈哈笑了，歎息著說：「金爺，你這樣的日本賭徒，今天死了也他媽的值了。」

金銅山安排的這一切，本來是想看魯十七笑話的，這和叫魯十七吃青毛大狼狗的肉做的火鍋是一個目的，這也是金銅山的一種變態行爲。但金銅山今天輸了，輸慘了，因爲金銅山怒氣沖天了。金銅山點手叫站在一邊的金驢子用槍打傷魯十七，慢慢地再打斷手腳，慢慢地殺死魯十七。

金驢子高興極了，舉起槍就推子彈。

魯十七馬上說：「金爺你現在不能殺我，你不想問問我，在山裏這麼多天都看到了什麼嗎？」

金銅山盯著魯十七，咧嘴笑了，衝金驢子擺下手，對金驢子說：「我的剛剛和魯十七郎大把頭開開玩笑，你的不必緊張。」

金銅山抬手示意魯十七喝桌子上的酒。

魯十七說：「我和你喝酒不對路。如果酒是女人，我是用心喝酒，你不是，你是用舌頭舔酒或者是用牙齒咬酒。這酒不喝也罷了。金爺能說說你下這麼大氣力在山裏到底找什麼嗎？爲什麼不在春天找呢？春天，樹木、雜草、石塊、泥土也看得清楚些，不強過在大雪地裏的瞎找嗎？」

金銅山說：「我的在你的帶人進山時就說過了，我的三個朋友帶著兩個朝鮮朋友在這山裏失蹤了，我的爲了朋友和另一件事才要你的帶人進山去找找。魯十七郎大把頭，你的找到他們了嗎？」

魯十七說：「今天天氣不錯，大雪過後風停樹靜，是打野豬和洗澡的好天兒。我在木刻楞裏打不成野豬，就面對野豬和美人講個故事吧。」

金銅山說：「好，這一定是一個好聽的故事。你的講，我的聽。」

魯十七說：「在上一個秋天，在這座長白山裏，來了五隻外國的牲口。金爺你知道什麼是牲口嗎？」

金葉子和全賢秀哧哧笑出了聲。

金銅山說：「我的知道，牲口就是牲畜，你們的東北人罵人牲口就是罵人是畜生。我的懂的，你的講。」

魯十七說：「金爺懂得的真不少，居然知道什麼是畜生，了不起。進了長白山的五隻外國牲口，去山裏一戶獵戶家裏做客，結果他們殺害了獵戶，強暴了獵戶的媳婦。獵戶的媳婦剛剛流過產，但還是被強暴了。金爺，這五隻牲口是人嗎？」

金銅山說：「他們的是大大的牲口，人的不是。他們的現在在哪裏？你的抓到了他們？」

魯十七說：「在中國的東北要懂東北的規矩，聽東北的故事要有聽東北故事的樣子，你的著急的不要。」

魯十七學著說了一句金銅山的話，幾朵蓮花樣子的女人的臉上又忍不住笑了。

金銅山也哈哈笑了，說：「我的不急，你的慢慢地講，我們的有的是時間來聽你的講故事。」

魯十七說：「他們強暴了女人，卻仍然沒有放過她……」

崔真子突然插話問：「他們最後殺死了那個女人嗎？」

金銅山啪地甩了崔真子一個大耳光，崔真子一頭撲進水裏，水裏就翻上了一絲血跡。崔真子從水裏爬起來，捂上臉不敢哭。全賢秀和金葉子把崔真子扶到一邊去了。崔真子的牙齒被打落了兩顆，吐在手心裏了。

魯十七抬手笑著拍了兩下巴掌，恨得金葉子都瞪了魯十七一眼。

金銅山說：「魯十七郎大把頭，你的講。」

魯十七衝著崔真子笑著說：「你不用擔心，那個女人沒死，這個消息我只悄悄告訴你一個人知道。」

全賢秀想笑，瞄瞄金銅山的野豬臉，就嚇得拚命忍住了不笑。

金葉子卻哧的笑一聲，馬上也嚇得忍住了，卻笑瞇瞇地又瞪了魯十七一眼。

魯十七說：「他們把高麗女人綁了帶走，像帶著一件會說話的玩意兒進山了。他們白天在這山裏轉著找他們沒有的東西，晚上一個個輪著強暴那個女人。七八天之後，女人想到了復仇的法子，成功地把他們引進了老虎的虎道……」

金銅山突然問：「老虎的虎道在哪裏？我的要知道。」

魯十七說：「金爺，老虎的虎道不是像你理解的是一條什麼道，老虎的虎道不是指什麼道。這個問題太高深，不是你小小海島上漁夫的兒子可以聽得懂的。你還是安安靜靜地聽故事吧。亂插話的很不禮貌。」

魯十七就看著金銅山腦門上的青筋鼓了起來，還一個勁跳動，就衝著金驢子說：「大傻子，你快出去給你的金爺抓把雪冰冰腦門，你的金爺需要冷靜冷靜再冷靜。否則，你的金爺一下子把腦門上的血管鼓破了，唄的一聲斷氣死了，我的故事講不完我他媽的多難受。」

金銅山抬手衝金驢子擺擺手，說：「雪的不用，我的冷靜冷靜。魯十七郎大把頭，你的講。」

魯十七說：「他們被女人引進了老虎的虎道，正好在老虎的虎道裏有兩隻老虎在打架。一隻是大一號的老虎，一隻是小一號的老虎。大一號的老虎因爲大些自然就厲害，就打跑了小一號的老虎。領頭的牲口用槍打傷了大一號的老虎，和大一號的老虎結了仇。在當天晚上，領頭的牲口就被傷在他槍下的大一號老虎跟蹤上咬死吃掉了……」

金銅山說：「噢！山口太郎是這樣死的，並不是被你捉到了。很好，你的接著講老虎的虎道。」

魯十七衝金銅山伸出大拇指，並點點頭表示這句話插得好。

金銅山咧嘴哈哈笑笑。

魯十七說：「剩下的牲口，嚇得爬樹梢上去了。金爺，你們日本小島上有猴子嗎？噢，你不點頭就是不知道了。但我想是有猴子的，那四隻牲口就像猴子，否則你們這種漁夫的後代是不會爬樹的。後來，他們叫女人帶他們逃跑。女人帶他們闖進了一個木把的木刻楞。」

金銅山和金葉子聽到這裏，都猜出是誰的木刻楞了。金葉子緊張得臉色都變了，又一想魯十七好好地坐在這兒並沒出什麼事，又看著魯十七悄悄笑了。

魯十七說：「一隻日本牲口在木把的木刻楞裏亂翻，木把打了隻麅子回來。金爺你知道什麼是麅子嗎？」

金銅山腦門上的青筋又一次被氣得鼓起來，又一跳一跳地跳動了。金銅山氣極了，雙手握得緊緊的，但金銅山說：「我的知道，麅子是長白山裏的一種吃草的羊一般大的動物。你的慢慢講，著急的不要。」

金葉子從沒見有人能把金銅山氣成這樣，也從沒想到過金銅山會如此忍讓一個人。金葉子就擔心了，擔心過一會兒魯十七講完了，她和魯十七就會不得好死了。金葉子就看著魯十七悄悄打眼色，但魯十七不看金葉子了。

魯十七說：「木把的狗當然不能叫陌生人進木刻楞了，木把的狗襲擊了那個牲口，但沒能咬死。結果兩隻領頭的牲口出來乒乓射擊，直到把兩把槍裏的子彈打光了，也沒打中木把的狗。金爺，那兩隻牲口的槍法太差勁了，我猜他們不是漁夫的兒子，因爲他們的槍法比不上你金爺。」

金銅山說：「廢話的不要，你的講下去。」

魯十七說：「木把沒槍，木把有弓箭。金爺我告訴你，弓箭是中國人發明的，火藥也是中國人發明的，但發明千年來沒有發展，這是個遺憾。否則那個木把也會用更好的槍還擊了。好在木把的箭術高明，十步之內百發百中，木把就悄悄地靠近、再靠近，就射出了四支箭，就射死了那兩隻打槍的牲口。另外那兩隻牲口被木把的狗咬死了。女人得救了，現在找了個好男人過日子去了。木把自然知道了一切。」

金銅山說：「魯十七郎大把頭，你的故事講得很好。山口太郎君是我的朋友，我的只想找回他的遺物。你的給我，我的給你大大的好處。」

魯十七說：「他們的遺物有很多種，亂七八糟的。金爺是要罐頭？還是要石片？還是要地圖？手繪的厚厚紙上的地圖，還是要一個本子，皮製外皮的本子？金爺應該知道，每樣東西的價値都不一樣。」

金銅山突然把金葉子拽過來，推出溫泉，說：「金葉子的還給你，那些東西你的統統還給我。」

金葉子一下子傻了，呆了一呆，光著屁股跑過去衝魯十七喊：「十七郎，原來我們可以贏回自己了？

你辦到了，十七郎。」

金葉子就跑一邊去穿衣服，她一刻也不想待在這裏了。

魯十七沒說話，靜靜地盯著金銅山。幾個女人盯著魯十七。金銅山把後背靠在溫泉的石壁上，也盯著魯十七。

正穿衣服的金葉子感覺周圍突然變得太靜了，就停止了穿衣服，扭頭看魯十七。魯十七不看金葉子，金葉子又呆了呆，轉了下眼睛，想到也許魯十七郎噁心她了，不會要她當媳婦了，金葉子臉色就變了變，慘淡地笑笑，吸了吸鼻子，一行眼淚順臉流了下來，軟軟地坐在了地上。

魯十七仍然沒說話，仍然看著金銅山，金銅山也看著魯十七。這個空間安靜極了，連金驢子也不敢粗聲吸氣了。

過了兩袋煙的工夫，魯十七抬手拿起桌上的酒壺，在手裏把玩。金銅山又一把拽過全賢秀，又一指崔真子，說：「你的不想要回金葉子，我的明白。這兩個女人給你。你的窮木把一個，不可能得到兩個漂亮的女人。我的再給你一萬塊大洋。你的再若獅子大開口，我的馬上殺了你。」

魯十七哈哈笑了，說：「金爺，你不瞭解我，我是個不好鬥，也不貪心的男人，我只要我自己的媳婦。」

金葉子已經哭得滿臉鼻涕了，聽了掉頭衝魯十七罵一句：「壞心眼的臭十七郎，變得壞死了。」

金葉子又開始麻溜地穿衣服，還時不時瞄一眼魯十七，似乎怕魯十七改變主意，把她丟在這裏。

金銅山對著魯十七伸出大拇指，說：「魯十七郎大把頭，你的可以留下來，給我的當助手。我的大大的好處給你。」

魯十七說：「金爺，你別急。我的話還說完呢。」

金銅山說：「你的說，我的聽。」

魯十七說：「金爺，你之所以在這種天氣裏下，花這麼大氣力找不可能找到的屍體，就爲了那些東西。你也清楚那五隻牲口死了，他們的屍體會被山裏的野獸吃光，但野獸不吃背包裏的東西。如果一旦春天到了，天會下雨，背包裏的東西濕了也就毀了。這就是金爺急於整到乾飯盆林場，急於集中一群熟悉山裏的木把去找那些東西的原因。當然，你作了兩手準備，一是找到那些東西，二是重新探礦，找你要的那座礦。那麼我們就來猜一猜，是什麼東西讓你急於找到，而又擔心淋濕毀掉？那就是那張手繪的地圖和那個本子了。只有那兩樣東西，被雨淋濕後會損壞。那麼我和你來賭一把。」

金銅山說：「你的說的不對，那東西對我的並不重要，否則我的會捉住你的強迫你的說出來，我的還會叫木把們輪姦金葉子，你的也會說出來。但我的願意和你的合作，一起發財大大的。魯十七郎大把頭，你的不要強迫我的幹出強迫你的事。你的說的沒有錯，現在是冬天，不是探礦的時候。我的沒有你的東西，也一樣可以在春天重新找到那座礦。魯十七郎大把頭，你的不要打錯了算盤，快快地拿出那個本子、那張地圖，快快地帶走金葉子，否則我的改變主意了。」

魯十七看看靠到身邊又一次軟了腳坐下去的金葉子，說：「葉子，我們能在一起了真好。但還不行，還有一件事沒做完。我要做一件可能丟掉我和你的命的事，或許比丟掉命更難過的事。你怕嗎？」

金葉子也意識到事態的嚴重，把腦袋靠在魯十七的腿上，想了想說：「你是男人，我是你媳婦，我聽你的。咱們一起活過了，就不怕一起死，也不怕被分開一個一個地死。死了我和你也在一起。你就去做要做的事吧。」

魯十七衝著金銅山笑笑，說：「金爺，我和你的賭博，從我老丈人和你賭博時就開始了。本來已經結束了，你就不應該又找上我和我媳婦。但這一次你可以不賭，可以對我和我媳婦做任何事，我們就在這裏等著你。對你而言，馬上找到那座礦和春天找到那座礦是一樣的。就只怕你沒有我手裏的東西，你這頭野豬永遠也找不到那座礦。在今天，在此時此地，長白山十七大少吃定你了。」

金銅山腦門上的青筋鼓起來，一個勁地跳，眼睛盯著魯十七慢慢發紅了。但是，金銅山眼睛裏的怒火一點一點地又熄滅了，腦門上的青筋也平復了，也哈哈笑了。

金銅山問：「我的和你的怎麼賭？」

魯十七說：「我帶著我的媳婦從這裏離開，往山裏逃。一個時辰之後你來追我們，就像獵狗追隻兔子那樣給我們來場圍獵。你捉到我，我帶你去找那張手繪的地圖和那個本子，還可以帶你看到那座礦。你追不到我，我和我媳婦也就帶著那兩樣東西遠走高飛了，假以時日，那個礦就是我的了，我的也就發財大大的了。你的明白？」

金銅山哈哈笑，說：「我的一個人追你們兩個？」

魯十七說：「那對你不公平，也是欺負一個漁夫的兒子。你一個人怎麼敢和十七大少在長白山裏玩狩獵遊戲，你帶多少人都行，我看到你抓住我，我才能把那兩樣東西交給你。我看不到你，就算你的人真的抓住了我，你也得不到那兩樣東西。」

金銅山說：「魯十七郎大把頭，你的原來是想殺死我？」

魯十七說：「金爺，你挺聰明的，你聰明的頭腦可不像你的漁夫爸爸。你猜對了。你加在我媳婦身上的恥辱我要統統還給你。我的青毛狗兄弟的命也要從你身上找回來。」

金銅山哈哈笑，說：「很好，魯十七郎大把頭，你能說實話我的很開心，我的接受你的賭注。我的也告訴你，我的捉到你們，我的煮了你統統地吃下肚去。你的金葉子，我的把她送給那些木把，叫金葉子當一百一十七個木把的共用媳婦。」

魯十七仔細看了看金銅山野豬似的臉，和金銅山對視了片刻目光，站起來，拉著軟了腳的金葉子往外走。走到門口時，魯十七停下來回頭對金銅山說：「金爺，你是日本男人你就別玩花樣。」

金銅山說：「你的是中國男人，你的大大的玩花樣好了。我的還要告訴你，魯十七郎大把頭，我的不是日本漁夫的兒子，我的是日本武士世家的後代。不過這一點並不重要。一個時辰之後，我的捉住你，你的就知道我的厲害了。」

魯十七說：「我們獵場見。」

魯十七轉過頭，牽著金葉子的手邁出了溫泉水池的門……

金銅山看著魯十七和金葉子走出了這間溫泉木刻楞，才站起來出了溫泉水池，並張開了雙臂。崔真子和全賢秀跟出來，一個給金銅山擦身上的水，一個取了衣服準備給金銅山穿衣服。

金銅山問全賢秀和崔真子：「你們的說，魯十七郎大把頭可能說謊嗎？」

全賢秀說：「魯十七郎大把頭不可能說謊，我看的聽的都非常仔細，我想爺要的東西就在他那裏，他也不能夠說謊。爺還是不要親自去的好，叫一個人扮成爺的樣子去捉了他也就可以了。或許爺應該現在捉住他，利用金葉子強迫他交出爺的東西。」

崔真子說：「我也這樣想，這是魯十七郎大把頭的弱點。魯十七郎大把頭說的那些話就是想叫爺生氣，好答應和他賭。其實魯十七郎大把頭最怕的是爺不和他賭。」

金銅山說：「你們的看的想的說的都很好，不愧是我的寶貝。但你們的不懂。一個男人看到自己的女人的那個樣子，居然還能笑，那說明這個男人的準備好了用他的命來搏他想要的這一切。剛剛我的和你們和魯十七郎大把頭的一樣都處在危險之中，爲了完整地得到我的東西，答應魯十七郎大把頭的賭注是唯一安全的選擇。我的不會在一個時辰之後出發，我的在半個時辰之內出發，悄悄的跟上去，在一個時辰時，突然的動手，危險就是他的了。獵殺魯十七郎大把頭，將是我的最刺激的一次賭博遊戲。」

金銅山擺下手，金驢子靠過來。

金銅山說：「你的去叫上兩個人悄悄地跟著那兩隻兔子，看看那兩隻兔子是不是往山外逃。再去告訴胖子的，小心看管木把們。你的把十二個槍手悄悄地帶走，半個時辰之內悄悄地出發捉那兩隻兔子，那隻公兔子只有一把可以射中十步目標的弓箭，他也有槍，但沒有子彈。你的明白？」

金驢子急忙點點頭，快步跑出去按金銅山的吩咐辦了……

2

金葉子被魯十七拽著跑進連套木刻楞後面的那片黑糊糊的柞樹林，又跑出那片黑糊糊的柞樹林，跑進一片更加黑糊糊的紅松林，再跑出更加黑糊糊的紅松林。眼前就是一面在陽光下反射刺目銀光的大雪坡。

金葉子瞇縫起眼睛，喘著粗氣說：「十七郎，雪太深了，邁不動腳，我跑不動了。我累死了，怎麼辦？」

魯十七面朝天往雪坡上一躺，說：「來，趴我身上。」

金葉子問：「趴你身上幹什麼？」

魯十七說：「坐人扒犁，快點，他們的人跟過來了。」

金葉子說：「金銅山不會不守信用吧？」

魯十七說：「他守信用就不是日本人了。你別喘粗氣了，快點，趴上來。」

金葉子卻覺得不好意思了，說：「五年多沒趴十七郎身上了。」

魯十七說：「以後天天給你趴，今天不能耍賴啊，今天你只能趴一會兒。」

金葉子哧哧笑，先在魯十七身邊跪下來，再趴在魯十七的身上，抱住了魯十七的脖子。魯十七用腳蹬雪幾下雪坡，就頭下腳上，抱著金葉子飛快地滑下了大雪坡。金葉子啊啊驚叫，又突然想到有人跟蹤，就忍住不叫，再想叫時，已經滑下了這面三四十丈長的大雪坡。

魯十七說：「快起來，人扒犁到地兒了。過了半個時辰了，那些雜種一定會提前悄悄跟過來。咱們得進入狩獵場了。」

金葉子從魯十七身上爬起來，把臉上濺上的浮雪抹去，跟著魯十七順大雪坡的根部走向一片落葉松樹林。

金葉子走著又回頭看一眼，就是一聲驚叫，衝口說：「完了，十七郎咱倆跑不了，後面全是腳印。」

魯十七說：「我知道，你注意把腳印踩在我的腳印裏，這樣像一個人在逃，我們需要騙一下那些雜種。」

金葉子長得細高，腿也長，走在兩尺多深的雪地裏本來就費勁，還要把腳印踩在魯十七的腳印裏，就更費勁了。她就張開雙臂，晃晃悠悠像隻長腿白天鵝似的，踩的腳印也比較小心。

終於走進了那片落葉松樹林。魯十七停下腳，金葉子也停在魯十七的身後。金葉子歪頭往前看，看到魯十七側面的那片雪地上鋪著許多松枝，松枝上壓著昨晚下的雪，現在看上去像一片把枝枝叉叉伸出雪面的灌木叢。

魯十七叫金葉子趴在他的背上，背著金葉子轉到一棵大的落葉松樹後面，彎腰在樹根部位的雪地上掀起一張落滿了雪的麅子皮，麅子皮的下面是一個雪洞。魯十七直接從背上把金葉子放到雪洞裏。

魯十七說：「把那個布包遞給我。在你的屁股邊上。」

金葉子在屁股邊上的雪洞裏摸到了個長形的包，拿起來遞給魯十七，問：「你要我藏在這裏？這裏行嗎，十七郎？」

魯十七不吱聲，把包打開，取出弓箭背在背上，看眼金葉子說：「這裏是我這幾天準備好的獵野豬的獵場。我們不是逃跑，逃是不行的。你不是在藏貓貓，你也是獵野豬的獵人。你明白嗎？」

金葉子說：「不太明白。十七郎，我們為什麼不趕快逃得遠遠的呢？叫金銅山再也找不到。你只有弓箭，他們卻是槍。」

魯十七從包裏取出兩支日本短槍，說：「用日本的槍打死日本牲口是很過癮的。這支槍裏還有五發子彈，這支你拿著。」

魯十七遞給金葉子一支日本短槍，自己拿著另一支日本短槍說：「這支槍裏還有兩發子彈。我教你要這樣上子彈，這樣開槍……」

魯十七突然看到金葉子凍得紅彤彤的小臉上閃過一絲笑，就想到金銅山是玩槍的人，否則金銅山不可能有本事一槍打碎了青毛大狼狗的腦袋。那麼，金葉子在金銅山身邊那麼久，會用短槍是有可能的。但金葉子努力控制不笑，表情卻古怪地裝出在聽魯十七講解怎麼用槍的樣子。

魯十七就用手在金葉子的腦袋上拍了一下，說：「瞄不準腦袋就打前胸，打胳膊、腿的沒用。」

金葉子卻想起一件事，說：「我猜到這是你殺死的那兩個日本人的槍，你剛剛不是說那兩個日本人打光了子彈也沒殺了狗嗎？那槍裏怎麼還有子彈？」

魯十七想不到金葉子在此時此刻會問這個，就說：「我那麼說是叫金銅山想到我有槍，但沒有子彈。我是騙他帶人大膽地追我，他們是不怕一把只能射中十步目標的弓箭的。其實我的弓箭可以在五十步之內百發百中。你放心吧。」

金葉子卻說：「你學會騙人使詐了，十七郎。你變壞了十七郎，成了壞心眼的臭老爺們了十七郎。這怎麼辦呢？十七郎，我就問你一句，以後再也不問了。」

魯十七說：「你問吧。」

金葉子說：「你真的要我當你的媳婦，對我像以前一樣好，只要我一個女人當你一輩子的媳婦嗎？」

魯十七趴下去，把坐在雪洞裏的金葉子的下巴托起來，在金葉子的嘴唇上使勁親了一下，說：「葉子，你說對了，我現在答應你只要你一個媳婦，要你一輩子跟著我，一輩子侍候我。」

金葉子卻嘟囔：「什麼你答應我？像我求你似的。再說，你欠我一個紅蓋頭，漢族男人的媳婦都有一個紅蓋頭。」

魯十七笑笑，又抬起金葉子的下巴又親了一下金葉子的嘴巴，說：「你看到你左側的繩子了嗎？」

金葉子往雪洞左側看，看到樹根部位有一根順樹垂下來的繩子，就說：「我看見了，我知道了，我也懂了。我射完這槍裏的五發子彈，你又殺不完那些壞傢伙，你就被捉了或是已經死了，我就用這根繩子上吊自殺。十七郎你放心吧，我做得到，我再也不想活著離開十七郎了。」

魯十七說：「真是傻媳婦，你想哪兒去了？我再說最後一次，我們不是逃跑，我們是狩獵，獵野豬群。你記好了，你藏在這裏，不管聽到什麼聲音你也不要出聲，他們發現不了你，你也不要開槍，就算他們喊叫我被打死了，你也不要相信不要出聲。只要聽到我喊十七郎，你就用這把刀割斷這根繩子。記住了嗎？」

魯十七看著發呆又皺眉頭的金葉子，掏出金柄單刃短刀遞給了金葉子。

金葉子接過金柄單刃短刀，點點頭，說：「我想我懂了。可是，就這麼簡單嗎，十七郎？別的什麼的我都不用幹了是嗎，十七郎？」

魯十七說：「對的，你就幹這一樣兒，聽到我喊十七郎就割斷繩子。你不用怕，我們不是逃跑，我們是狩獵。我們這次贏定了。」

金葉子笑笑說：「我知道我的十七郎長大了，變成了有心眼的壞老爺們了，本事也像壞老爺們一樣大了。我也知道，現在的我們只會贏，再不會輸了。十七郎，你都準備好了嗎？」

魯十七真的都準備好了。魯十七帶著大幫木把和二鬼子進山後，魯十七就冷眼旁觀，一點點想明白金銅山的目的了。那幫人無法找到要找的礦，眾木把也無法找到五個人的屍體和背包，魯十七就勸叫井上一夫的日本首領帶二鬼子和眾木把回去，因爲他們不但凍傷了，也和小群的狼群遭遇了。

魯十七自己留下來回到白樺樹木刻楞，看到白樺樹木刻楞的門是敞開的，木刻楞裏的活麅子自然被虎小弟吃掉了，虎小弟也就走了。魯十七把手繪地圖和皮製外皮的本子，藏在木刻楞門前那棵高大白樺樹的樹洞裏，就取了兩支短槍和繩索在大雪坡下的兩片有間隔的落葉松樹林裏製造了獵場，然後才去和金銅山叫板攤牌。

魯十七又一次告訴金葉子放心，一定穩住了神，一定不能緊張也不能怕，就拽過麅子皮把金葉子的洞口蓋上，用雪僞裝好了，就向與這片落葉松林有段距離的另一片落葉松樹林裏跑去了。

又過了不到半個時辰，天上的陽光弱下去了，夕陽即將下來了。金銅山和金驢子帶著十二個端著槍的槍手，順著大雪坡滑下來了。

魯十七又向旁邊觀察，沒有發現別的槍手，又清點了金銅山帶來的人數，知道留在霸王圈的槍手不過只有兩三個人了，加上那些凍傷了的日本人和二鬼子也不足懼了。只要曹叫驢子勇敢些，智慧些，就能統統殺掉了。那樣，金銅山在霸王圈的一切準備都會被毀掉。魯十七相信脾氣暴躁又敢擔當的曹叫驢子，能夠帶著百十個木把做到這一切。

魯十七仔細看十四個槍手中的金銅山，金銅山的穿著和其他人不一樣，其他人穿的是老羊皮襖，金驢子也穿著老羊皮襖，金銅山卻披著狐狸皮大氅，在槍手之中格外顯眼。打頭的一個槍手，引著其他槍手，順著魯十七留在雪地上的腳印，向金葉子藏身的那片落葉松樹林裏來了。

金驢子蹲下來看魯十七留下的腳印。他回身對披著狐狸皮大氅的金銅山說了什麼，可能說魯十七背著金葉子在逃。因爲金銅山身邊的幾個人都笑了。

魯十七看頭一個槍手搜索到金葉子藏身的那棵落葉松附近了，魯十七就從雪窩裏探出身子，一箭射中了那個槍手側面的脖子。那個槍手身體打一個踉蹌，左手上抬一抬，又垂下去，身體轉個半轉，就倒下了。

魯十七從雪窩裏爬出來，用四肢在雪地上爬行。雖然魯十七穿著在雪地裏不易被發覺的掛滿雪的老羊皮襖，但還是被發現了。槍響了，魯十七周圍的雪裏鑽進了十幾發子彈。這些子彈瞄準的都是魯十七爬動的腿，這是金銅山的吩咐，他必須捉到活的魯十七。

魯十七的一條腿伸直了，似乎中彈了，不能動了，只用一條腿在雪地上爬，爬進落葉松樹林深處去了。

一個二鬼子大喊，喊的應該是：「打中了，爺，那小子沒死，腿傷了。爬樹後去了。」

金銅山看看眼前的落葉松樹林心裏就奇怪了。所謂落葉松就是在冬天會落光樹葉的松樹。這種松樹長得高，粗枝少，伐倒後容易乾裂，多用於整根使用。落葉松的葉子是針葉，一寸長左右一根一根的。這種落葉松一旦落光了葉子，樹林裏的環境就一目了然。魯十七在這種少遮掩的落葉松樹林裏狙擊金銅山是金銅山想不到的，也是懂一些狩獵之道的金驢子想不到的。那麼，在金銅山和金驢子看來，就是兩種解釋了，一是背著金葉子的魯十七跑不動了，二是魯十七是想留下來阻擋一下，叫金葉子先逃遠些，魯十七再逃。

金驢子用漢話喊：「爺，那小子悄悄爬另一棵松樹後面去了。咱們大夥散開圍過去捉吧？打斷那小子的胳膊腿的，捉活的。但大家小心了，這小子剛剛那一箭射了五十步遠。」

十二個二鬼子槍手在穿狐狸皮大氅的金銅山揮手之下分散了，金驢子卻靠近了一個矮壯的槍手。這些槍手向魯十七藏身的那棵落葉松樹圍過去。魯十七根本沒受傷，魯十七裝出受傷的樣子，就爲了把槍手們引過來。

魯十七看著十二個二鬼子槍手和穿狐狸皮大氅的金銅山、以及金銅山前面的金驢子都進入這片落葉松樹林裏了，也進入魯十七爲他們準備的第二個獵場了，魯十七用弓箭的鴨嘴形箭刃割斷了靠著的這棵落葉松樹上的繩子。一節粗短的枯樹幹，隨著繩子的飛速上升，落下來，砰一聲撞上了一棵落葉松樹。這棵落葉松樹發出一串咔咔的輕微的聲音，接著整棵樹倒下去，砸向另一棵落葉松樹。另一棵落葉松樹也發出一串咔咔的聲音整棵倒下去，砸向又一棵落葉松樹。這是連鎖反應，是木把們伐木時最怕碰上的「羅圈掛」的人爲變種。

木把們伐木，如果幾個木把同時伐的多棵樹不是「順山倒」，其中某一棵樹變成了「橫山倒」就容易形成「羅圈掛」。一棵「橫山倒」的樹，砸倒另一棵樹，另一棵樹再砸倒另一棵樹，就是「羅圈掛」。在「羅圈掛」裏的木把們十個人得傷亡四五個。現在，金銅山、金驢子和他們的十二個槍手全在魯十七設計的「羅圈掛」裏。這圈「羅圈掛」前後倒下了三十幾棵落葉松樹，就把這些人砸得鬼哭狼嚎了，也就基本都被砸進了「羅圈掛」裏。

魯十七從樹後探出腦袋察看，看到有六七個槍手砸在落葉松樹的樹身下不掙扎也不動了。又看到披狐狸皮大氅的金銅山，四肢臥在雪地裏，從倒地的落葉松樹的樹枝中往外爬，卻沒有槍手去救護他。金驢子真是力大無窮，居然橫舉槍桿托起了一棵粗粗高高的落葉松樹。另有兩個人從樹枝裏爬出來，卻急忙在一棵落葉松樹的枝杈裏往外扒一個矮壯的穿老羊皮襖的二鬼子槍手。

金驢子一邊用高麗話叫喊，似乎叫大夥往外爬，一邊在問那個矮壯的穿老羊皮襖的槍手有沒有事？往外拽矮壯槍手的一個二鬼子槍手在回答。

魯十七就冷笑了，那個矮壯的也穿老羊皮襖的槍手才是真正的金銅山，險些叫這頭野豬樣子的雜種騙過去了。

魯十七悄悄往前向另一棵落葉松樹後靠過去，瞄著兩個朝鮮槍手從落葉松樹的枝枝杈杈中扶起的金銅山，魯十七這一箭就出手了，距離四十步，正中金銅山的後脖根上。金銅山叫一聲，雙手上揚，一頭又撲倒在落葉松樹的枝枝杈杈裏了。

魯十七又一箭射向披狐狸皮大氅的假金銅山，假金銅山已經逃到了一棵落葉松樹的後面，聽到金銅山的慘叫聲才探出腦袋看，就被魯十七的箭射裂腦門倒下去死掉了。

金驢子一把拽起金銅山，往背上一甩，背上金銅山就往這片落葉松樹林外面逃。幾個受傷輕或沒受傷的槍手也跟著往落葉松樹林外面跑。

這幾個槍手逃出這片落葉松樹林，跑進了金葉子藏身之處的那片落葉松樹林裏時，魯十七發聲大喊：「十七郎！」

貓在落葉松樹後雪洞裏的金葉子正提心吊膽緊緊張張留心著，聽了十七郎的喊聲，就割斷了繩子。這幾個槍手是從這片落葉松樹林過去的，那時沒事現在就放心地跑進去。就在一片咔咔細微聲中被二十幾棵落葉松樹砸在又一個「羅圈掛」裏面了。這幾個被砸中的朝鮮槍手就嗥叫了。

但那金驢子卻大步如飛從這片落葉松樹林衝出去了。他背上背著一個體重一百五六十斤重的人，在兩尺多深的雪地裏奔跑起來像頭熊一樣踢踏著雪，衝得殘雪在腳下四濺。

魯十七大喊：「別動！」

魯十七這是叫金葉子待著別動。他就從另一片落葉松樹林裏向前追去。金驢子已經背著金銅山跑到大雪坡腳下了。魯十七往左側繞到一條溝樑的上面，溝樑上迎風，積雪就淺，積雪上還生有硬殼，吃腳也淺，魯十七爬得就快，路程雖遠過金驢子，但搶先繞上了大雪坡。

金驢子背著金銅山爬上大半大雪坡時，回頭往後看，在找魯十七是不是追來了。

魯十七就在大雪坡上探出了腦袋。魯十七努力喘順了氣，看朝鮮大漢金驢子背上的金銅山。金銅山的後脖根上中了魯十七一箭居然還沒死，也許是金銅山的脖子根太粗肉太厚封住了箭頭上的放血槽，這才可以挺到現在。這會兒，金銅山把腦袋靠在金驢子左側的肩膀上，右手裏居然還握著把短槍。

魯十七第一反應就是射箭，絕不能給金銅山任何射擊的機會。魯十七這一箭射出，正中金銅山的腦門。金銅山在金驢子背上抖了幾抖，右手的短槍脫手砸進了雪裏。

金驢子在大雪坡上站住了，這傢伙跑那麼久居然不喘粗氣。金驢子把金銅山從背上甩下去。金銅山落在大雪坡上，金銅山長得矮壯就比較圓，掛不住雪坡，就向大雪坡下面滾去，就黏上雪越滾越大，越滾越圓，也越滾越快也越遠。那包裹了人的大雪球又順坡勢滾出個大拐彎，滾進了落葉松樹林旁邊的小山溝裏，就滾得看不見了。

金驢子說：「魯十七郎大把頭，我金驢子服你了。你放了我吧，我給你五根金條。」

金驢子說著，兩隻眼睛緊緊盯著魯十七拉滿弓上對準他的箭，雙腿也暗暗下蹲準備往雪坡的一側撲倒避箭。

魯十七卻點點頭笑笑說：「五根金條怎麼行，你的命值六根金條。」

金驢子咧嘴笑一下，神色馬上輕鬆下來，雙腿也鬆了勁，邊微微低頭伸手進懷裏掏金條邊說：「行，就給你六根金條。」

魯十七喊：「大傻子！」

金驢子一抬頭，魯十七的箭就出了手，射進了金驢子的咽喉。金驢子抬手捂上咽喉，似乎想努力問魯十七一句話，魯十七知道他要問什麼。

魯十七說：「我們這裏的人，就是太講仁義太守信用才被你們這種雜種算計。對於不守信用不懂仁義的你們，我沒必要守信用。」

金驢子咽喉中的血終於激射出來，是金驢子自己拔出了箭血才大量射出來。金驢子向後倒去。他的塊頭太大又太沈，砸進了雪裏，往雪坡下滑了滑就停了。

魯十七從雪坡上滑下來，在金驢子身邊停住，從他懷裏掏出了一個布包，打開數數，布包裏居然是十根金條。

魯十七抬手把金驢子大睜的雙眼閉上，說：「你不該來我們這裏。」

魯十七把十根金條包布包裹揣進自己的懷裏，滑下雪坡，去了金葉子藏身的那片落葉松樹林，卻沒有直接進去，站在落葉松樹林的一棵落葉松樹後面觀察一下，發覺雪地上有三行歪歪扭扭的腳印，伴著一滴滴的血跡，從落葉松樹林裏爬出來，向大雪坡的另一面爬去了。

魯十七就瞄著腳印悄悄繞行跟過去，也就兩袋煙的工夫，魯十七就看到了兩個互相扶持著的、用三條腿向前踉蹌走路的二鬼子槍手，他們的身上往下滴血。那個靠別人幫忙，用一條腿蹦著走的槍手的另一條大腿上插著一根手臂粗細的斷樹枝。魯十七把弓箭瞄向用兩條腿走路的槍手，但是魯十七又把弓箭放下了，也咧嘴無聲地笑了——魯十七的老朋友白母狼的狼群，截住了兩個受傷的人。

魯十七看到兩個抱一起走路的槍手發現狼群站住了，那個兩條腿能走的槍手突然發力推倒了一條腿能走的槍手，甩開那個槍手撲抓他的手，掉頭向一邊跑去。魯十七舉起瞄向跑的槍手的弓箭，但又放下了。

那隻可以發出咔咔叫聲的小青狼，現在已經長成大公狼的白母狼和青毛大狼狗的兒子，像一道青煙從雪地上升騰飛奔向前，衝過去，一躍而起，就把逃跑的槍手撲倒了，一人一狼在雪地裏撲騰。那槍手淒厲的叫聲很快斷了音，他被大青狼咬開咽喉咬死了。

另一個被同夥推倒的槍手，驚叫著企圖從雪地上爬走，被白母狼另一個長成大黑狼的兒子撲過去，撲在背上咬住了後脖子，他的慘叫也就斷了音。

白母狼往空中吸吸鼻子，也就嗅到了使牠懼怕又不需躲避的氣味，白母狼也就看到了魯十七。白母狼衝魯十七短促地嗥叫一聲，語氣像見面問候打招呼。

魯十七掉頭就走了，狼的人肉大餐，魯十七沒心情觀賞。魯十七回到金葉子藏身的那片落葉松樹林，在倒樹下發現了兩個被倒樹砸死的槍手和兩個重傷的槍手。兩個重傷的一個被落葉松樹砸斷了腰，一個被砸扁了胸部。他們企圖向魯十七求救，魯十七從他們的懷裏掏出兩口袋大洋，就站起走開了。這片落葉松樹林的倒樹下再沒有活著的人了，而且數量也對，隨金銅山參與和魯十七賭博的十二個二鬼子槍手全部傷亡在兩片落葉松樹的「羅圈掛」之下了。他們隨身帶的金條和大洋也被魯十七一一搜去了。

魯十七走到金葉子藏身的落葉松樹旁，在雪地上坐下來，說：「臭媳婦，你睡著了嗎？出來吧。」

金葉子把頭頂的氅子皮推開，從雪洞裏探出腦袋問：「你幹完了，十七郎？你這麼快就全都幹完了？」

魯十七笑笑點頭。

金葉子說：「金銅山那頭野豬呢？」

魯十七說：「他死的挺好，被雪葬了。可惜那些葬他的雪也都是埋汰的雪了。」

金葉子皺下眉，說：「就是，那臭傢伙咬了那麼多漂亮女人，拔光了我井眼邊上的毛毛，他死也值了。」

魯十七說：「我們走吧，我想咬你了。」

金葉子立刻正色說：「那可不行。我是你媳婦，你不能咬我，那不是你這樣的男人幹的事兒。你是我男人，只能和我親親密密地靠靠，不能咬我。你曉得了？」

魯十七說：「曉得了。那咬一下行嗎？我就咬一下。」

金葉子看著魯十七，皺皺眉頭想答應又似在遲疑。魯十七趴下去扳過金葉子的腦袋，托起金葉子的臉，在金葉子小小上翹的鼻子上輕輕咬了一下。金葉子臉上的五官裏鼻子最漂亮，每當金葉子揚起臉看人時，翹起的小鼻子顯得調皮成趣又傲氣十足。

金葉子說：「原來你想咬我鼻子，以後你聽話再給你咬其他地方。知道嗎，給你咬是我自願的，也是喜歡的。」

魯十七把金葉子拉出雪洞，說：「狼群在那邊大餐，一會兒就會過這邊來繼續大餐。漂亮的白母狼看到我拽著你，牠吃起醋來會撲上來咬你。」

金葉子哧哧笑，就回頭看，一眼看到白母狼正遠遠地站在一棵落葉松樹的下面，正揚著腦袋看著她。

金葉子叫一聲，一衝撲到魯十七的背上，喊：「一隻白狼，牠看到我了！」

魯十七卻說：「背媳婦回家了，臭媳婦，咱們的木刻楞老鼻子好了。」

金葉子說：「那我騎著我男人快跑。媳婦就是騎丈夫的。」

魯十七背著金葉子走進另一片落葉松樹林，叫金葉子下來。魯十七去把狐狸皮大氅從二鬼子槍手的身上扒下來，又從另幾個槍手的身上扒下四件新的老羊皮襖，又從幾個槍手的懷裏收穫了四十多根金條和三百多塊大洋，用個布包包了背在背上。

金葉子皺著眉頭站在一邊邊看邊皺眉，終於忍不住了問：「十七郎，你這是幹什麼？死人的大洋你也搶？」

魯十七說：「這你就不懂了。他們都是日本人和二鬼子，而金條、大洋都是咱們中國的。再說，我現在又要養媳婦，還要準備和媳婦養兒子，沒大洋這些事都幹不成，你叫我怎麼辦？」

金葉子聽魯十七這樣說，就眉開眼笑、笑瞇瞇地不吱聲了。但是金葉子突然驚叫一聲，說：「糟了十七郎，你的少爺衣服和牛皮箱子丟在金雜種的木刻楞裏了，剛剛著急逃命我忘了拿上了。怎麼辦啊十七郎？」

魯十七說：「那就不要了，我早就不是少爺了。那些東西早就沒用了。」

金葉子又笑了說：「是，金葉子的男人是個木把了，早不是少爺了……」

3

金葉子在圓大的月亮的映照下，站在雪地裏，看到了魯十七說的老鼻子好的木刻楞、那座白樺樹林裏的白樺樹木刻楞。金葉子就高興了，叫著又一次，又撲到魯十七的背上，叫魯十七背著圍著白樺樹木刻楞轉一圈，再圈一圈，又喊著要轉第三圈。

魯十七不轉了，哈哈笑著背著金葉子跑進了白樺樹木刻楞，把金葉子和帶回來的那些東西丟在板鋪上，就告訴金葉子待著不要動，今晚是大日子，今晚兩個人第二次成親。聽得金葉子雙眼發呆直發蒙，腦袋還一個勁地暈。

金葉子就坐在一堆皮毛裏看魯十七裏外忙碌。

魯十七去點上了兩盞油燈，生了爐火燒了開水，打掃了一番木刻楞，把髒東西丟出去，關了門。

那時天已經是午夜了。

魯十七就和了苞米麵蒸了八個窩窩頭，又用鹹魚鹹肉做了菜，才招呼靠在毛皮裏快睡著的金葉子起來吃。

金葉子抓起一隻窩窩頭咬了一口，窩窩頭太硬沒能咬下一塊來，就舉眼前看看是不是苞米麵蒸的窩窩頭。沒錯，是苞米麵蒸的窩窩頭，就又放嘴裏，晃著腦袋使勁才咬下了一塊。

金葉子嚼碎了咽下這塊窩窩頭，眼圈就慢慢紅了，眼淚也快下來了，吸了下鼻子忍忍，說：「十七郎會蒸窩窩頭了。你、你，你這五年吃了多少苦啊！」

魯十七說：「從現在開始，魯十七郎和金葉子就不吃苦頭了，也沒人敢給兩個獵殺了那麼多野豬的夫妻苦頭吃了。我魯十七郎會蒸窩窩頭了。」

金葉子就含著淚水笑笑，用力咬手裏的窩窩頭吃。

魯十七郎和金葉子吃完了飯，金葉子在板鋪上鋪好了褥子、被子，又坐下發呆了，也不敢看魯十七郎了。

魯十七把兩盞油燈挑得更亮了，看著紅著臉低下頭不敢看他的金葉子，說：「你閉上眼睛。」

金葉子點點頭閉上了眼睛，卻支棱著耳朵想聽魯十七幹什麼。

魯十七掉頭從一個角落裏的木桶裏取出那件鐵銹紅的短汗衫，抖開，給金葉子蓋在腦袋上，說：「我可以掀我媳婦的蓋頭嗎？」

金葉子頂著鐵銹紅的短汗衫點點頭。

魯十七就掀開了金葉子頭上的鐵銹紅色的短汗衫。

金葉子接過蓋頭，才認出這個蓋頭是五年前她給魯十七做的鐵銹紅的短汗衫，就把鐵銹紅的短汗衫捂在臉上，淚水流下來了，卻嘟噥：「漢族男人的媳婦都有漂亮的紅蓋頭，我也有更漂亮的紅蓋頭了……」

這個在長白山區域流傳極廣的長白山木幫大把頭十七大少和暗門子金葉子的故事到這裏，就應該結束了。可是，還得拐一個彎才能真正結束，因為在魯十七郎和金葉子光了屁股說情話的時候，來了一位不速之客。

4

魯十七郎，對了，現在魯十七又叫回魯十七郎了。魯十七郎和金葉子光溜溜睡在被窩裏，不論魯十七郎射出去多少子彈也覺得不夠。金葉子也是，塡不滿子彈的井始終激動著，需要著。兩個人分開太久，有說不完的話，也就無法睡著，白樺樹木刻楞裏的油燈也就努力燃燒著。

白樺樹木刻楞的外面起風了，風嗚嗚在白樺樹林裏響。木刻楞的門被嗵一聲推響了，白樺林木刻楞也晃了晃。

金葉子就嚇了一哆嗦，抱緊了魯十七郎，說：「外面有人。」

魯十七郎也嚇了一跳，但一下子明白了，說：「我的虎兒子回來了。」

魯十七郎笑呵呵起來，痲溜地穿上衣服，叫正自好奇的金葉子躺著別動，就去拉開了門閂。

金葉子就看見一顆毛茸茸的老虎腦袋探進門，一雙大虎掌一下按在了魯十七郎的雙肩上，就嚇得尖叫一聲，也就認出了這隻老虎是在鬥虎場上跑掉的那隻虎。

虎小弟閃亮的眼睛也就看見了金葉子。牠把雙掌從魯十七郎肩膀上放下來，就要往板鋪上跳，似乎想靠近了看看這個媽媽。嚇得金葉子驚叫一聲，一下甩被子蒙了腦袋。聽聽沒了動靜，又掀開被子看，看到虎小弟躺在大地鋪上，勾著四肢，肚皮朝上，魯十七郎正在拍虎小弟的肚皮。

魯十七郎說：「你這傢伙終於知道吃飽了回家了。虎兒子，你是隻真正的大老虎了，這肚子吃得像懷了你兒子。」

虎小弟看著魯十七郎，晃頭晃掌，一副得意洋洋的樣子。

魯十七郎突然覺得不對了，背後冒了涼氣，就回頭往敞開的木刻楞門外看。外面是明亮的月亮地，魯十七郎就站了起來，突然說：「虎兒子，你這臭傢伙，原來你帶著媳婦回來的？」

魯十七郎就仔細看站在門外高大白樺樹下的老虎，這隻老虎比虎小弟小一些，看樣子是隻小母虎，小母虎站在雪地上，揚著腦袋奇怪地看著魯十七。也許這隻小母虎不明白牠的夫君在這個人的面前怎麼像隻乖乖大笨貓。

魯十七郎說：「虎兒子，叫你媳婦進來給老子瞅瞅。」

魯十七郎又往板鋪上指一指金葉子，說：「她是你媽，正牌的老媽。也叫你老媽看看你媳婦。」

虎小弟站起來，走出門，衝小母虎沈悶地吼一聲。小母虎慢慢轉過身，向白樺樹林外走去了。

魯十七郎跟出門，說：「虎兒子，你有媳婦了，你老子我也到了離開你的時候了。你老子我要回到人群裏過日子了。」

虎小弟在魯十七郎面前像小時候那樣，左撲右撲晃頭搖尾蹦跳幾下，就轉身尾隨小母虎走去了。虎小弟走出十幾步之後，又突然掉頭跑回來，把雙掌又一次按在魯十七郎的雙肩上，對著魯十七郎的臉晃晃腦袋，又收掌跳下去，慢慢轉過身。

魯十七郎吸了下鼻子，不讓眼淚流下來，歎口氣說：「虎兒子，你記住了，千萬不要傷人，更不要接近人，連人養的大小牲口也不要接近。這是你老子我叫你記住的最重要的一句話。」

虎小弟這次轉過身就跑去了，沒有再回頭。魯十七郎知道虎小弟終於走了，去過山林之王的自由生活了。

金葉子披上狐狸皮大氅走出來，靠在魯十七郎身邊看，只看到虎小弟奔跑離去的身影。

魯十七郎笑笑，說：「虎小弟走了。青毛死了。青毛和白母狼的兒子留下了。葉子，我們留下還是走呢？」

金葉子說：「你是男人，我聽你的。」

魯十七郎突然想起一件事，問：「咱們的假兒子蓋小魚哪兒去了？」

金葉子說：「小魚真是猴精猴精的。爲了我能少受罪，小魚去討好金銅山，見了金銅山喊山爸爸。金銅山不知怎麼的就喜歡小魚了。金銅山這次進長白山就叫小魚留在南海管賭場。你猜小魚在我隨金銅山進長白山時對我說什麼？」

魯十七郎說：「他還能說什麼？」

金葉子不滿意，推了魯十七郎一下，說：「小魚告訴我，叫我找到叫十七郎的爸爸，就去南海山裏的鳳凰城找他，小魚打算離開金銅山的賭場，去鳳凰城落腳開個小賭場。我們就去鳳凰城找他吧。」

魯十七郎說：「我們去鳳凰城也行。但我在那兒能幹什麼呢？」

金葉子說：「幹我家的老本行啊，小魚去了打好前站，你去了就當賭場老闆，我就是老闆娘了，多好。」

魯十七郎說：「你的腦袋壞了吧？還開賭場？你家的故事整不好又重新開始了。我看咱們回南海自己的小家，我去找吉麻子還去窯子裏挑水掙大洋養你的好。多簡單的日子啊，不好嗎？再說棒子叔和棒子嬸還在南海的高麗屯等咱們，我答應棒子叔他死了我給他送終的，這話不能不算。」

金葉子說：「行，真行。我終於懂了，出了這座長白山，十七郎你也就剩下挑水的本事了。我啊不管了，我也就是挑水小子媳婦的破命了。」

魯十七郎一下把金葉子抱懷裏，轉身往白樺樹木刻楞門裏跑，腳下被什麼東西絆了一下打了一個踉蹌，就扭頭往下看，借助月光和雪地，認出絆了他腳一下的是顆齜牙咧嘴的大野豬頭，大野豬頭還連接著大塊殘皮和脊梁骨、肋骨。

魯十七郎說：「葉子，咱們明早有新鮮野豬肉吃了。咱們的虎兒子給老子送了顆大野豬頭。」

金葉子扭頭往雪地上看，說：「像！真他媽像！這就是金銅山的頭。其實金銅山真是個日本人，他叫山下小次郎。」

魯十七郎就左手夾著金葉子，右手拎起人野豬頭，進了白樺樹木刻楞的門……

現在，在魯十七郎和山下小次郎賭博的那片山林裏，有日本人修建的鐵路線，有一百多公里長，還有日本人廢棄的未建成的鐵路線多處。那個年代，日本人搶走了大量長白山裏的物產，東北各族木把們和礦工們和日本人的血淚故事也就有許多在流傳……

附錄：書中的地名

南海：清朝時稱安東縣，現為遼寧省丹東市。南海是伐木工、排工對丹東市木排停靠的江口或入海口的叫法。

臨江：今吉林省臨江市。

鳳凰城：今遼寧省鳳城滿族自治縣

南流水：指鴨綠江，民間稱為南流水，排工的放排水道。此江從長白山天池發源，然後拐向西南流去，流入黃海全長七百九十五公里。

北流水：指松花江，民間稱為北流水，排工的放排水道。此江從長白山天池發源，向北而去，北源流入鄂霍克次海全長兩千零三十九公里，南源到船廠（今吉林省吉林市）三百五十公里。

白山黑水三部曲之三 虎兒（原書名：黃金老虎）

作　　者：張永軍
發 行 人：陳曉林
出 版 所：風雲時代出版股份有限公司
地　　址：105台北市民生東路五段178號7樓之3
風雲書網：http://www.eastbooks.com.tw
官方部落格：http://eastbooks.pixnet.net/blog
信　　箱：h7560949@ms15.hinet.net
郵撥帳號：12043291
服務專線：(02)27560949
傳真專線：(02)27653799
執行主編：劉宇青
美術編輯：吳宗潔

法律顧問：永然法律事務所　李永然律師
　　　　　北辰著作權事務所　蕭雄淋律師
版權授權：中文繁體版由北京共和聯動圖書有限公司授權風雲時代股份有限公司在台灣獨家發行
初版換封：2014年8月

ISBN：978-986-352-060-3

總 經 銷：成信文化事業股份有限公司
地　　址：新北市新店區中正路四維巷二弄2號4樓
電　　話：(02)2219-2080

行政院新聞局局版台業字第3595號
營利事業統一編號22759935

定 價：320元

國家圖書館出版品預行編目資料

白山黑水三部曲之三《虎兒》/ 張永軍著．— 初版．— 臺北市：風雲時代，2014.05
面；　公分

ISBN 978-986-352-060-3（平裝）

857.7　　103010753